愿他身血与火的灰烬中醒来

遇见你这一捧尊雪

苏景闲
Su
Jing Xian

著

长江出版社
CHANGJIANG PRESS

图书在版编目（CIP）数据

限定关系 / 苏景闲著 . — 武汉 ： 长江出版社，
2022.5
ISBN 978-7-5492-8271-5

Ⅰ. ①限… Ⅱ. ①苏… Ⅲ. ①幻想小说－中国－当代
Ⅳ. ① I247.5

中国版本图书馆 CIP 数据核字 (2022) 第 052723 号

限定关系　　苏景闲　著
XIANDING GUANXI

出　　版	长江出版社	
	（武汉市解放大道 1863 号）	
选题策划	晴　子	
市场发行	长江出版社发行部	
网　　址	http://www.cjpress.com.cn	
责任编辑	钟一丹	
封面设计	吴思龙 @4666 啊	
印　　刷	长沙鸿发印务实业有限公司	
版　　次	2022 年 5 月第 1 版	
印　　次	2022 年 5 月第 1 次印刷	
开　　本	710mm×1000mm　1/16	
印　　张	22	
字　　数	400 千字	
书　　号	ISBN 978-7-5492-8271-5	
定　　价	54.80 元	

目 录 *Contents*

第一章

图兰学院

星舰降落在星港时，首都星勒托正是傍晚，薄云被风吹散，两颗卫星的形貌出现在淡蓝色的天幕中。

祈言最后一个走出连接星舰与地面的廊桥。

从梅西耶大区到首都星勒托，一共需要进行六次虫洞跃迁，祈言近几年极少出远门，上了星舰才发现自己添了个毛病——晕跃迁。

头晕、心悸、呼吸困难，二十七个小时的星际航程让他以为自己会死在星舰上。可能是他的脸色太苍白，连乘务员都忍不住放了一个医疗机器人在他座位旁，只等他一出事，医疗机器人就立刻开始抢救。

从廊桥出来，祈言一眼看见空荡荡的停泊区，一辆大红色的悬浮车张牙舞爪地停在正中央，车旁站着一个穿亮绿色外套的高个年轻人，正朝他猛挥手，笑容灿烂。

将这人的长相和之前收到的全息影像做对比，重合率达到百分之九十七，祈言提步走过去。

"你肯定是祈言！刚刚一直没见你下来，还以为我记错班次了。"夏知扬长着一张娃娃脸，为了让自己显得成熟一点，头发打蜡，耳廓上连扣三个骷髅银环。他望着祈言，有点忐忑，"你还记得我吗？夏知扬，以前住你家隔壁，我妈说我们天天一起玩玩具！"

勒托稳定的引力场让人终于舒服许多，祈言点头："记得。"

听见回答，夏知扬骤然松了一口气。

他妈说祈言离开十几年，第一次回勒托，人生地不熟，三岁的友谊也是友谊，现在就是他搞好关系的好时机。但他妈明显忽略了一个客观事实：两三岁时候的事情，谁还记得？

夏知扬心里正在嘀咕，就听见祈言接着道："我还记得，三岁那年的夏天，在你家，你踩到地板上的水，摔了一跤，撞在陈列架上，打碎了五个古董花瓶。你妈妈回来后，你哭着用手指着我，说是我打碎的。"

夏知扬一愣："这件事你竟然还记得？哈哈哈，对不起对不起，那时候年纪小，求生本能，要是被我妈知道我打碎了五个花瓶，不死也难活！"

他有点好奇祈言怎么连这种久远的小事都记得清楚，转念一想，说不定对方跟自己一样，被家里大人抓着，复习了不少小时候的事。

没再多想，夏知扬按下按钮，停在一旁的悬浮车车门如双翼般展开，露出车内宽敞的空间。

夏知扬毫不掩饰地炫耀："酷不酷？我攒了半年零花钱买的，最新型，全联盟限量 100 辆！"

祈言以前没见过这种类型的悬浮车，他扫了一眼微光闪烁的操纵台，下意识分解操纵机制，嘴里答道："酷。"

坐进车里，操纵台的微光尽数亮起，夏知扬手握红色操纵杆，笑眯眯道："你十几年没回勒托，要不要我带你到处逛逛？天穹之钻广场不错，常年位居'来勒托必去地点排行榜'前三位！"

祈言手肘抵在窗舷上，袖口顺势下滑，露出冷白细瘦的手腕，他支着太阳穴说道："今天有点累了。"

"也是，星际跃迁不好受，特别是从虫洞出去的一瞬间，人都要被挤扁了。那我先送你回家睡一觉，过两天再约？"

"不去祈家。"祈言报出一个地址，"送我去这里，可以吗？"

"可以，当然可以！"夏知扬连忙答应，而后在心里埋怨自己，祈家的破事大家都心知肚明，祈言现在回去，别提休息了，气都能气饱。想到这里，他又有点同情自己这个多年没见的小伙伴，流放梅西耶大区的偏僻星球十几年不算，家里还有人鸠占鹊巢，看起来身体似乎也不太好。

夏知扬这么想着，视线时不时地瞥向副驾驶座上的祈言。

祈言坐姿随意，穿着一件酒红色衬衣，正望着窗外，露出的半张脸上没什么明显表情。皮肤冷白，让夏知扬怀疑他是不是长年生活在阳光照不到的地方。

长得……很好看，眼睛内勾外翘，眼弧如月，眼尾稍稍扬起，现在疲惫地半垂着眼，有几分漫不经心的冷。

跟记忆里祈叔叔的长相对比，夏知扬猜测祈言应该是像他妈妈。

悬浮车行驶在慢车道上，夏知扬特意减了速，一边握着操纵杆一边介绍："右手边是前几年才开的公园，据说搜集了不少星球的动物植物。前面马上要经过的发射塔，军方的地盘，虽然我在勒托住了十几年，也不知道那东西到底是用来发射什么的……"

祈言望过去，军方长剑银盾的徽记印在塔身，反射夕阳的光，尤为刺眼。

"右边右边！看到那一大片大理石白的建筑没？图兰学院，首都星top1的学校！想进去不容易，我爸花了大价钱才把我弄进去，跟课程进度也难得要死，每到期末我都要没半条命！"夏知扬想起来，"你呢？你家里安排你进哪所学校？"

"图兰学院。不过不是家里安排的。"

以为祈言是不想承认自己花钱进的图兰，夏知扬没接话，只高兴道："那正好！你以前住的那颗行星，很……有点偏，教育水平跟首都星有差距是正常的，但别有压力，课如果跟不上，我可以找人帮你代写作业，先应付过去，你看起来就聪明，慢慢一定能跟上。对了，你是读一年级吧？"

图兰学院白色的屋顶很快消失在视野里，祈言收回视线，问夏知扬："你几年级？"

"我19岁，当然是二年级。"

祈言："我也19岁，也读二年级吧。"

嗯？朋友，你脑子真的清醒吗？跳过整整一学年的课，直接蹦到二年级？你就不怕期末考试门门白卷名留校史？

看出夏知扬眼神里的欲言又止，祈言却没改主意："二年级，我今年19。"

"好吧，开学第一个月是缓冲期，你要是反悔了，可以申请降级。"夏知扬想着现在两人不熟，自己再劝就招人烦了，反正等真正开学了，不用一个星期，祈言肯定知难而退。

经过天穹之钻广场时，夏知扬特意开着悬浮车在外绕了一圈："天穹之钻广场是勒托中心，联盟的会议厅也在这里，以后你有空，我可以带你去看看。"

祈言的视线从广场宏伟的建筑、精美的雕塑、华彩的喷泉上一一掠过，对旁人来说值得惊叹的美景，却无法勾起他的兴趣，甚至没在他眼里留下半点痕迹。

悬浮车停在目的地时，天已经黑透了。勒托特有的双月悬在深蓝色的夜空中，让暗处的树也落下了深重的阴影。

夏知扬往外张望几眼，建筑低矮，花坛里长满野草，他不明白祈言为什么会住这种破破烂烂、快废弃了的平民区。但这句话肯定不会问出口，他从车窗探出脑袋，耳廓上扣着的银环映着光："那你先好好休息，有什么需要记得找我！"

祈言站在街边，光线描画出他清瘦的身形："好，谢谢你今天特意来接我。"

"不客气！"

"好歹我们三岁一起玩过玩具"这句话夏知扬没好意思说出口，他挠挠头："反正……你注意注意你家里的情况，晚两天再回去挺好的……不说了不说了，我走了啊。"

直到悬浮车从眼前消失，祈言才转过身，循着记忆，往居住区里面走。

跟夏知扬以为的不一样，祈言十一岁时回过一次勒托，就是住在这里。

这个居住区建筑老旧，一路往里走，没碰见人，甚至几栋楼里亮着灯的窗户，不用一只手便能数完。

楼门前，祈言忽然停下，垂在身侧的手指不可控制般颤抖起来。

他原本以为，过了八年，自己已经克服了那段记忆给自己带来的影响。可现实是，还没上楼，他的身体就先一步表现出了抵抗。

祈言站在原地，夜晚的风从他的周身穿过，吹得轻薄的衬衣贴在皮肤上，他竟恍惚有种紧绷的窒息感。

下一秒，祈言似是察觉到了什么，目光依次扫过昏暗的路灯、静默的树影、低矮的灌木，风里，一股淡淡的血腥味绕在鼻尖，祈言微微蹙起眉，朝风来的方向走了几步。

建筑物避光的角落里，血腥味浓重到熏人的地步，有人斜躺在墙脚，对人靠近也没有反应，明显已经昏迷。

祈言走近，又打开个人终端，调出弱光，这才看清，面前这人的腰腹上一道贯穿伤，拳头大的血洞，周围皮肤焦卷，浸满血的纱布松松地搭在肋下，上面的血已经干涸成浓黑色。

几乎不用任何探查手段也能猜到，这个人快死了。

祈言视线重新落在那道贯穿伤上，这样的伤口他见过，只有光粒子枪才会留下这样的痕迹。但光粒子枪因其杀伤力强大，依照规定，在首都星由军方调控，专供南十字大区前线。

祈言顿了三秒，蹲下身，手指托起对方的下颌，上抬。

弱光下，一张可称为好看的脸撞进眼里。

因为失血过多，皮肤苍白，嘴唇色淡，反将眉眼轮廓衬得深邃，棱角分明，连线条都显得硬朗，半点没有被死神擒住的迹象。

将这人的五官看清后，祈言瞳孔微缩，连呼吸都滞了几秒，一直不住颤抖的指尖蓦地收紧。

"轰——"爆炸声在耳边接连响起，耳膜被震得阵阵疼痛，指挥舰的舰桥不住震荡，让人站立不稳。

"报告指挥，护卫舰队全灭！"

"报告指挥，歼击舰序列2-31失去回应！"

"报告！防护系统失效，装甲层已破！"

"报告……"

无数人影化作扭曲的色块，喧闹嘈杂也逐渐变得不真切，仿佛隔了一层真空的膜。贴着舱壁的手掌被热度灼伤，血液尚未流出便已干涸成痂，最后化作虚无。

"砰——"

陆封寒猛地睁开了眼睛。

映入眼中的是一块黑底显示板，上面显示的数据陆封寒再熟悉不过。掠过心率、血压、修复百分比等数值，陆封寒看见了日期：星历 216 年 7 月 29 日。

时间已经过去了三天。

最后的记忆，是他昏倒在一个隐蔽的角落。

他没有死。

有人救了他。

视线下移，陆封寒注意到显示板右下方的一行字符，心下一沉，这行数字与字母构成的编码是 VI 型治疗舱独有。

还没等他将浮出的念头厘清，显示板上的指令发生了变化，治疗舱外的人看到了他苏醒的信息，正在开启舱门。

治疗舱旁，祈言按下绿色按钮，"咔嚓"声后，椭圆形的半透明舱盖缓缓向一侧滑开，舱内的修复液已经被迅速抽空，里面的人就在这零点几秒间，将祈言右手腕闪电般钳住。

祈言被剧痛袭来的同时，对方骤然发力，几步将他推至墙边。

祈言趔趄向后，来不及站稳，背弓已经撞在了冷硬的墙面上，骨节仿佛碎裂，又是一阵钝痛扩散开。同一时间，咽喉处，脖子被铁铸般的手指锁紧，呼吸霎时变得困难，胸腔憋闷。

此刻，两人靠得比较近，这人上身不着寸缕，肌肉线条有如刀刻般利落，修复液浅淡的味道里，隐约透出浓重的硝烟气，甚至有几缕铁锈味。

强势至极的压迫感铺天盖地地笼罩下来，让祈言不由得想后退半步。

然而身后是墙，退无可退。

陆封寒眼神凌厉得像淬火的锋刃，与指尖力道相对的是，他的嗓音放得沉且慢："谁派你来的？"

祈言回过神，他呼吸频率毫无变化，似乎被制住的不是他，只哑声一字一句地反问："你以为，我是谁派来的人？"

"你还在勒托，这里是我家。"他双眸漆黑，睫毛平直细密，很长，柔软又无害。

陆封寒察觉，在这样的情况下，指腹下紧按的血管连脉搏都未曾起伏，面前这个人似乎并不恐惧死亡，或者，有所倚仗？

在陆封寒的注视中，祈言突兀地勾唇，却无甚笑意。

陆封寒直觉不对，身形微动，又在下一刻滞住。

祈言手握一把巴掌大的折叠枪，稳稳抵在陆封寒后背，清晰报出型号："蜂鸟 62 式折叠手枪，全长 11.2 厘米，配六颗微粒子弹。治疗舱确实让你反应迟钝，也说明，这个型号很实用？"

陆封寒眸光微凛，却蓦地笑出来，唇角带着一丝漫不经心："确实很实用。不过，要不要我教教你该怎么开枪？免费的，这次破例，不收你钱。"

枪明明在祈言手里，却好似他才是两人间的主导。

不等陆封寒下一步动作，祈言像轻松结束某种对峙游戏，他移开对准陆封寒的枪口，直视对方："现在可以放手了？你把我弄得很疼。"

这个人一开始就没准备开枪，拿枪出来，只是为了表明自己无害而已。

"当然可以，听你的。"陆封寒松开了手。

同时，折叠手枪被祈言随意扔到了地毯上，发出沉闷的钝响。

咳嗽了几声，缓了过来，祈言手指勾起提前准备的制式白衬衣，扔给陆封寒道："穿上。"

一分钟后，陆封寒慢条斯理地系完扣子，最上面三颗没系，露出胸膛一段明显的肌肉线条。

他看向坐在沙发上的人。

对方介于青年与少年之间，皮肤霜白，脖子上浮起一层惹眼的红色指痕，因为咳嗽，眼尾的红还没散去。细得一折就会断的手腕上，一圈青紫痕迹。

陆封寒略带懒散地倚着墙，带着股不正经的匪气，下巴往祈言手腕一指："这让我怀疑，刚刚不只握了十几秒，而是对你用了刑。"

祈言抬头，瞥了陆封寒一眼，跟没听见一样，低头继续在纸上写字。

被当面忽视了的陆封寒没在意，瞟了眼祈言手里的纸笔。

日常生活里，纸已经非常少见，但涉及机密文件时，偶尔仍会用上这种脆弱而原始的载体，陆封寒并不陌生。

他只是觉得，祈言看起来，比纸还要白。

有点像……像一捧雪。

精细照顾，能保护周全；但拢在掌心，又会轻易化开。

陆封寒轻"啧"了一声，心想：这人实在过于娇气了。放在我手下训练，活不过半天。

房间里，祈言依然低着头认真写字。他神情专注，平直细密的睫毛垂着，握笔的手指弯曲，连指甲弧都修得平整。

陆封寒看了两秒就没再看，倚墙站着，一个转眼便把室内陈设打量了个遍。

黑白灰三种颜色的家具，简洁得让视野内乏善可陈。引人注意的除安稳放在一旁的治疗舱外，就是覆盖了整面墙的书架，满满当当，露出五颜六色的书脊。

陆封寒觉得奇怪。

星历都走过两百年了，纸质书这类堪称原始、且十分昂贵的存在，有的人一辈子见不到一次，这里却摆了满满一架子，明显还有翻阅的痕迹，活得这么复古？

正想着，手指轻敲桌面的"笃笃"声吸引了陆封寒的注意力。

祈言等陆封寒看过来，将手里写满字的白纸递过去："你看看。"

"原来，写给我看的？"陆封寒两步走近，伸手随意接过来，笔锋峻秀的手写体映进眼里。

"治疗费用单：治疗舱运行总时长 84 小时，共花费 787 万星币；修复液消耗量折现，共 162 万星币；治疗舱损耗折现，共 80 万星币；能源消耗折现，共 5000 星币。"

听陆封寒念完，祈言用手里捏着的笔，指了指陆封寒腰腹的位置，总结："治好你的伤，很贵的。"

陆封寒心想，看出来了，确实很贵，这几个数字全部加起来，1000 万星币了。手指滑过下巴，陆封寒回忆自己账户里的余额——或许只够支付……零头？

幸亏是治好后才看见的这张账单，否则，陆封寒不觉得自己有躺进治疗舱的勇气。

祈言见他停了下来，提醒道："继续往下看。"

"合约？……自星历 216 年 7 月 29 日起，乙方保护甲方的人身安全，无论何时，无论何地。……时限两年。到期后，合约解除。薪酬，1029 万 5 千星币。"

念完，陆封寒挑唇笑道："保护你的人身安全？你从哪里看出我合适的？"

祈言抬起单薄的眼皮，反问："你认为你哪里不适合？"

陆封寒发现，跟这个小朋友聊天挺有意思。比如现在，明明是自己提问题，但这个问题转头又被利落地抛了回来。

他屈起手指，弹在纸面上，发出清脆的"啪"声："这么说吧，小朋友，先不论我值不值得信任，单就这份合约来说，对你不公平。两年 1000 万星币，你拿这笔钱去请联盟顶级保镖，能请一个团了。十个人一队，每天轮换，360 度围着你，不比对着我一个人的脸有意思？"

"我认为有意思，而且我有钱。"祈言言简意赅，且明显对陆封寒提议的"请一个团的保镖、每天看不同的脸"不感兴趣。

陆封寒心道，有点傻，显然没经过坏人的毒打。不过挑中了自己，不得不说眼光还行，不算太差。

他拎出合约里的一句话："'无论何时，无论何地'，这句解释一下？"

这句话放上下文里还没觉得有什么不对，单独念出来，就多了种别的意思。

祈言很配合："意思是，随时随地，你都必须在我身边保护我。"顿了两秒，他又进一步解释："我的处境很危险。"

陆封寒挑眉："哪种程度的危险？"

祈言认真想了想，下定义："随时会死的程度。"

说是这么说，却半分看不出紧迫感，像不懂事的少年随口开的玩笑。

陆封寒黑眸深潭一样，没对祈言的回答发表看法，而是确认："两年？"

祈言沉默几秒，才像是确定什么一样，点头："对，只用两年。"

答完，他就察觉到，自己手里捏着的笔被陆封寒抽走了，笔尖磨过纸面，那个男人"唰唰"签完自己的名字，又把纸笔递回来，扬眉："该你了。"

祈言接下，乙方空白的位置多了"陆封寒"三个字，这个男人写字跟他本人如出一辙，横竖重，撇捺张狂，铁画银钩间有逼人的锋锐。

一笔一画地在甲方后面写上自己的名字，祈言神情认真，甚至有些过于慎重。

陆封寒站在他身侧，低头看他写字："祈言？你的姓氏不多见，你和勒托的祈家什么关系？"

祈言一边仔细将白纸对折，小心地放进一个密码盒里，一边回答陆封寒的问题："祈文绍是我父亲。"

对祈言的身份大致有了数，陆封寒很快进入角色，接着问："那我们现在要干什么？你有没有什么安排？"

对身边多出一个人的状态，祈言还不太适应，他按照自己的作息："我从现在开始，会看三个小时的书，不会出门，家里你随意。"

见祈言在宽大的书桌后坐下，打开了阅读器，一页一页飞快看起来，陆封寒没走，往沙发上一坐，尽职尽责地履行合约里的"无论何时，无论何地"。

外面天光明亮，偶尔会有风声和巡航机起降声传来，恍然间，摧毁星舰阵列的剧烈爆炸、无数从雷达显示中消失的光点、腰腹上被贯穿的伤口，甚至从前线辗转无数光年、悄然回到勒托的狼狈，都变成了陆封寒独自一人的臆想。

这一刻，进行繁复计算的祈言停下笔，似有所觉般看向坐在一旁的陆封寒。

对方坐姿散漫，垂着眼，面无表情，不知道在想什么，室内的空气却以他为中心，变得滞涩而沉凝。

祈言收回了视线。

过了一个小时，祈言放下笔，起身，踩着地毯，无声走到陆封寒身前，站定。

治疗舱虽然能够快速修复伤口，但受过的伤对身体并非毫无影响。比如现在，陆封寒唇色微白，精神困倦，已经靠着沙发睡着了，连警觉性也跟着一起沉眠。

没了那道冷淬逼人的视线以及天然压迫的气势，祈言打量陆封寒的目光变得肆意。

眉眼深邃如刻，鼻梁削直，下颌线条冷硬利落。醒着时，说话总带着股漫不经心的懒散痞意，现在睡着了，唇线却绷得很紧，显出刀刮一样的厉气。

确定陆封寒睡得沉，短时间里不会醒过来。祈言迟疑一瞬，咬咬唇，轻手轻脚地窝进沙发里，在陆封寒气息笼罩的范围内，格外贪婪地长长吸了吸气，抱着膝盖，身体蜷缩，眉宇舒展，闭上了眼睛。

二十分钟后，身边人的呼吸变得平缓，陆封寒睁开眼，目光落在了祈言身上。

他直觉对方另有所图，但他暂时看不分明。不过，陆封寒唇角拉开一抹笑——游戏开局，总会露出端倪。

陆封寒再次醒来时，手下意识碰了碰伤处，伤口虽然已经愈合，腰腹肌肉一片光洁，但还是会隐隐有痛感冒出来。

书桌后面空了，他的保护对象不知道去了哪里，陆封寒起身往外走。

出门沿着楼梯下去，有新闻播报声传过来："……从联盟军方获得最新消息，自星历216年7月22日远征军大溃败以来，南十字大区前线，远征军余下部队已与反叛军星际舰队对峙数日，战事胶着……"

听见这句，陆封寒脚下一滞，很快又恢复如常。

厨房里。

祈言从才送到的新鲜水果里挑出一个红色雾果，手腕上的个人终端响起来，他看了眼屏幕上显示的终端号，按下接通。

一阵沉默后，对方先开了口，说话的是一个中年男人："三天前你就到了勒托，为什么不回家？"

祈言打量手里的雾果，皮很厚，他想了想，找了把水果刀，笨拙又耐心地开始削皮。

外面隐约传来下楼的脚步声，陆封寒醒了。

说话的人渐渐失去耐性："前面十几年不住在家里，怎么，现在回勒托了，也不屑回家里住？你眼里到底有没有我这个爸爸？还有，"他话里没了严厉，颇为骄傲地提起，"你弟弟考上了图兰学院，你可能不知道，图兰是勒托最好的学校，他成绩一向都非常不错。我这几天准备办一个庆祝宴，你既然回来了，就记得参加，给你弟弟庆祝庆祝。"

等了半分钟，没等到祈言的回答，祈文绍又重新变得严厉："怎么，又不说话？"

祈言思考几秒，平淡叙述："跟你，没有什么好说的。"嗓音清冷。

不知道触到了对方哪根神经，祈文绍低斥："你跟你妈一样，都是怪物！"

与此同时，祈言手一颤，刀划在了手指上。痛感通过神经，蜿蜒到心脏。

血连着滴了两滴在地上。

通话被挂断。

祈言盯着自己手指上的伤口，有些出神。

跟妈妈一样的……怪物吗？

外面的脚步声逐渐靠近。

放下水果刀和红色雾果，祈言转身去找陆封寒。

新闻画面里，军方戎装笔挺的发言人正在接受记者的采访，被问及反叛军时，发言人严肃道："两天前，反叛军狙杀目标排行榜再度更新，名单被发布全网，这是对联盟的持续挑衅！军方誓必保证目标人员的生命安全，阻断反叛军的阴险图谋……"

见祈言从厨房出来，陆封寒挑眉："刚刚在干什么？"

"我受伤了。"

陆封寒眉头瞬间皱紧。

从楼上下来，他没有发现打斗的痕迹，除了刚刚的水流声，没有听见任何动静。而他站的地方和厨房不过几步远，他不相信有人能在他的眼皮底下袭击祈言。

他还没有这么无能。

"谁伤了你？"

祈言把受伤的手指递到陆封寒面前，陈述事实："削水果，水果刀伤了我，需要包扎。"

"削水果？为什么不用家务机器人？"陆封寒顺口问了句，一边皱眉看着祈言递来的手。

祈言的手很漂亮，像陆封寒以前上学时见过的艺术雕塑，骨节匀称，白得像霜，纤长的指尖上有一道细小的血口，红得莫名刺眼。

难得迟疑，陆封寒不确定地问道："包扎什么？"

祈言奇怪："流血了，要包扎。"

陆封寒终于听明白了，并对之前祈言说的"随时会死"的程度表示怀疑。

流血的伤口需要包扎，他知道。可是，这也能叫伤？再眨眨眼，都要愈合了！

见祈言看着自己，眼巴巴地，想起自己刚刚签下的合约和高额的年薪，陆封寒妥协："药和绷带在哪儿？"

祈言："那个柜子，右边第三个抽屉。"

拿药原本是家务机器人的事，祈言似乎不喜欢用机器人，正好陆封寒长年待在前线，跟着星舰在太空飘来荡去，没有这么好的福利能分配一台家务机器人，也很习惯什么都亲力亲为。

抽屉里药非常全，常用的不常用的，连濒死抢救的药都有几种，再加上楼上卧室那台治疗舱，陆封寒想，这人就算跟易碎品似的，应该也能活得安安全全。

就是太惜命了点。

在祈言的伤口上喷了厚厚一层愈合凝胶，陆封寒又拿出百分百的耐心，给祈言的手指缠了好几圈白绷带。一边缠一边唾弃自己，竟然向一个蚊子咬伤都要用上凝胶和绷带的异端势力低了头！

最后打了一个标标准准的漂亮蝴蝶结。

陆封寒欣赏完自己的劳动成果，对祈言道："怎么样？"

祈言抽回手指，仔细打量指尖上的白色小蝴蝶结，翻来覆去看了好多遍："很好看。"

"有眼光。"夸完，陆封寒无意识地捻了捻指尖，不由想起刚刚捏着祈言手指时的触感，跟他认识的所有人粗糙、带着薄茧的手，都不一样。

祈言手指上的伤当天晚上就完全愈合了，但他假装没看见陆封寒的欲言又止，手指依然缠着白色绷带在家里晃来晃去。

陆封寒第一次觉得绷带这东西碍眼。

第三天，祈言手指仍缠着厚厚一层绷带、且不允许陆封寒帮他解下来的时候，陆封寒有点无奈地捏了捏眉心："祈言，你的伤已经好了，愈合得半点痕迹都不会留下。"

祈言正在窗边看书，一目十行，翻页飞快。发现陆封寒站到了他对面，他眼皮也不抬，慢吞吞转身，背对陆封寒，回了一句："我知道。"

我知道，但我不解绷带。

陆封寒反省，自己是不是太过关注那截绷带了？而且，不想解就不解，不就是喜欢手指缠绷带吗？行星千百颗，人类那么多，谁还没有点特殊癖好呢？

做完心理建设，陆封寒看了看时间，提醒："九点了，你该出门了。"

祈言把最后两页内容看完，换上一件浅灰色丝质衬衣："走吧。"

这是陆封寒上任以来，第一次跟祈言一起出门。

以他这几天的观察来看，祈言的日常生活十分规律。早起，吃过早餐就开始看书或者做大量的计算，一直到天黑。

祈言看书的速度非常快，至少陆封寒没有见过翻页翻得这么快的，甚至让他不禁怀疑祈言到底是在看书，还是在练习特殊的翻页技巧。

至于祈言笔下写出的那些公式和运算过程，陆封寒看过几眼——全是不认识的符号，弯曲复杂得犹如天书。

陆封寒产生了第二个怀疑：我到底是不是文盲？

祈言住的是独栋小楼，上下两层，悬浮车停泊位设在地下。看见停着的悬浮车，陆封寒眉峰微抬："改装悬浮车？"

祈言："嗯。"

大步走近，陆封寒屈起指节轻轻敲在漆黑的金属车身上，听见钝响："液态复合金属做的？防护等级非常高，你这台悬浮车，抵得上一辆陆上装甲车了。"

当然，价格也是。

祈言觉得地下有些闷，单手解开衬衣的顶扣，他脑子里正回忆着出门前刚看完的论文，听陆封寒问才答："应该是吧。"

车是他回勒托前就运过来的，一直放在地下，他也是第一次见。如果不是今天要出门，他都忘了这辆车的存在了。

男人天性里就对这些东西感兴趣，陆封寒更是典型，他又查看了车窗，发现车窗玻璃应该是某种材料的升级版，大部分陆上的武器一击肯定轰不碎。

这意味着，车门拆下来，就能当盾牌用。

祈言将手腕上的个人终端靠近悬浮车，下一秒，车门如同双翼般展开，他想起什么："对了，你开车，选全手动操作。"

现今，每一辆悬浮车都配备多维操纵系统，可以选择全自动驾驶、半自动驾驶，或者关闭自动系统，全手动操作。

听见祈言这样说，陆封寒想起以前听过的一桩谋杀案——有人悬浮车的操纵系统被入侵，全自动驾驶失效，车主意识到情况不对时已经晚了，悬浮车直接撞向建筑物，爆炸后，连车身残片都找不到一块。

那件事情导致那段时间开启全自动驾驶模式的人数创了新低。

陆封寒坐上驾驶位，不禁又看了祈言一眼。忽地想起祈言家里，不管是家务机器人还是医疗机器人，都不见踪影。

到底是不喜欢用，还是出于谨慎？毕竟，只要侵入系统，篡改指令，家务机器人摇身变为杀人机器，也不是不可能。

陆封寒很久没碰过悬浮车的操纵杆了，不过在他的概念里，开悬浮车和开星舰没多大区别。

通体漆黑的改装悬浮车开上快车道，两旁的景色如同被砂纸磨过的油画，全然看不清楚。

陆封寒单手握着操纵杆，另一只手不经意地搭在窗舷上，侧眼试探祈言："好像有点快？"

祈言看出他的跃跃欲试："怎么开随你。"

有了祈言这句话，到达目的地的时间比预计的提前了一个半小时。

下了车，陆封寒才发现他们此行的目的地竟然是图兰学院。几乎是下意识地，陆封寒转身朝后望去。

与视野内皆是大理石白、不同时代的雕塑与各色绿植辉映、充满学术氛围的图兰学院不同，另一片建筑物虽然也是白色居多，但屋顶和墙面显得简洁，风格造型偏粗犷，透着一股迫人的铁血与肃穆。

陆封寒闭着眼睛都清楚，从大门进去，百步外是一块石碑，下雨天石碑浸水，颜色会变深。石碑上用遒劲的笔锋刻着联盟军方宣言："以骨为刃，以血为盾，仅为联盟，一往无前。"

这句话，十几年里，他在心底默念过不知道多少遍，深深刻进了骨血。

"你在看什么？"

陆封寒回过神，散漫一笑："没看什么。"

祈言顺着他的视线远望："那里是联盟第一军校？"

陆封寒随意点头："应该是吧，据说第一军校就在图兰学院对面，两个学校中间隔一条河，泾渭分明。"

用"泾渭分明"这样的词语形容两所学校算是十分客气的了。实际上，两所学校的人互相看不上眼。

图兰学院的人认为第一军校的是只会挥胳膊打架的未开化野蛮人，脑子当摆设。第一军校的认为图兰学院全是场下骄横、场上腿软的弱势群体、书呆子，除了脑子，别的都是摆设。

祈言不清楚这里面的纠葛，听完"嗯"了一声，带着陆封寒往里面走。

悬浮车停泊位离校长办公室不远，正是假期，学校里没什么人，祈言和陆封寒绕过草坪，上到二楼，校长已经等在办公室门口了。

祈言指指办公室一旁的露天阳台，那里设有桌椅："你在这里等我？"

陆封寒无所谓："好。"

校长办公室很宽敞，正对着门的是一面透明玻璃墙，能看见楼下翠色的草坪。右手边是一排木质书架，而左手边的会客区则设计了一个砖红色壁炉，看着十分有历史感。

图兰学院的校长是个相貌亲和的中年人，轮廓分明，眼睛呈深蓝色，穿着严谨，衬衫、马甲、领带、袖扣一样不缺。站在壁炉旁，像从油画里走出来的绅士。

见祈言视线落在壁炉上，校长笑道："是不是很像真的？壁炉里的火苗是全息投影，每到勒托的冬季，不少人都喜欢来我办公室，在壁炉边坐坐。虽然火是假的，但隐约会感到温暖。你看，人类是不是很奇怪，竟然会被眼睛欺骗。"

明亮的火光令祈言的皮肤映上一层绯色，他没有继续讨论这个问题，问："您让我过来，是有什么事吗？"

校长正要回答，余光看见祈言手指上缠着的纱布："手受伤了？"

祈言抬手，看了看自己的手指："嗯，不过已经愈合了。"

"那绷带？"

祈言手指动了动，解释："蝴蝶结很好看。"

"原来是这样，"校长笑起来，也仔细看了看，"确实，这个蝴蝶结系得很不错，两边平整对称，大小合适。"

祈言表示赞同。

"今天约你来，主要有两件事，"引着祈言在沙发坐下，校长问，"再过不久就开学了，你决定好专业方向和上几年级的课程了吗？"

祈言思索两秒："人工智能专业，二年级，可以吗？"

"当然可以，我会尽快把手续办好。"校长没有异议，又笑道，"第二件事是，我想见见你。你知道，不单是我，这三年来，肯定不少人都想见你一面。只不过他们运气没有我好，我算是近水楼台先见月？不过，你跟我想象中的很不一样。"

祈言："在您想象中，我是什么样的？"

校长端着咖啡杯，形容道："我想象中，你应该是一个三四十岁的中年人，严肃、内敛、甚至寡言，眼里蕴藏着智慧的光。"他自己先笑起来，又指指自己的眉心："因为常年思考问题，这里会有很明显的褶皱。"

校长还想继续往下说，突然，就在两人都没反应过来的瞬间，办公室的玻璃墙毫无预兆地"砰"一声巨响！

无数透明的玻璃碎片霎时炸开，四散下坠，有如裂冰！

电光石火间，祈言朝门外望了一眼，又飞快做出决定："离开这里！"

就在两人从破开的墙面一跃而下滚落在草坪上的同时，一道光弧落入办公室，只听"轰"的一声，伴着浓烟，半栋楼在两人眼前化作碎片，玻璃与碎渣雨点般溅开，发出了惊天动地的巨响。

祈言脸色苍白，手肘撑着草坪，快速点按个人终端，通讯接通的瞬间，他绷紧的身形骤然一松。

对面响起的嗓音沙哑而冰冷："你在哪儿？"

祈言声线平稳："楼下的草坪，爆炸前跳了下来，和校长一起。"

陆封寒嗓音低沉："躲好，等我过来。"

通讯挂断的同时，校长唇角绷直："是陆地用光压弹，远程精准打击。"他神色复杂："学校的防御系统没有起效。照理来说，这枚光压弹根本不可能逃脱防御系统的拦截。"

一听这个名字，祈言便皱了眉："光压弹？动手的是反叛军？"

校长颔首，声音压得极低："你的身份没有暴露，他们的目标是我。"

祈言很快反应过来——反叛军狙杀目标排行榜上，校长在第 71 位。

嗅到一股血腥味，祈言肯定道："您受伤了。"

"不是什么大事，手骨折了。"校长额头上痛出了一层冷汗，还笑着安慰祈言，"军方派了人保护我，这段时间，已经足够他们反应，我们暂时安全。不过，保险起见，我们不能一起，他们敢定位这里，说不定还会定位我本人。我死，却不能连累你。"

祈言没有多话："我会跟您往相反的方向跑。"

话刚说完，熟悉的气息逼近，随即，祈言的手臂被钳住，来人将他一把拉起，祈言顺着手上传来的力道，猛地撞在了陆封寒的胸膛上。

鼻尖一痛，红了，眼里瞬间生理性地涌出泪水。

看了一眼形象狼狈的校长，不远处已经有军方的人朝这边跑过来，陆封寒话语简短："我带他走。"

说完，他一把握紧祈言的手腕，又想起这人一贯娇气，手腕上的一圈青紫到现在还没散干净，干脆松开五指，手臂扶着祈言一个助跑，稳稳当当地两步越过台阶，躲在了最近的掩体后面。

祈言耳边只有风声，眨眼便已经换了位置。

陆封寒快速将祈言打量了一圈，确定没什么明显的伤口，又看清祈言被眼泪沾湿的睫毛："怎么吓哭了？没事，我这不是来了吗？不怕了。"

祈言开口道："我没哭。"

"行吧，你没哭。"陆封寒极为敷衍地回了一句，半眯着眼，望了一眼已经化作废墟的建筑，"是反叛军？"

"嗯，刚刚引起爆炸的是陆地用光压弹，反叛军的一贯手段。校长说反叛军的目标是他。"

陆封寒立刻反应过来，蹙眉道："图兰学院的校长在黑榜第几位？"

黑榜，反叛军狙杀目标排行榜的简称，上面记录有联盟一百位顶尖科研人员的名字，是反叛军近期的狙杀目标名单。

祈言："71。"

陆封寒眉眼凛冽："这里还是联盟的首都星，太猖狂了。"

星历才走到216年，联盟与反叛军对峙已有七十几年时间，输输赢赢，联盟一直未能将反叛军彻底剿灭。而在前线，联盟刚经历大溃败，死伤半数不止，这让反叛军有了喘息的时间，先是更新了黑榜名单，一转眼，又到勒托高调搞事。

"最近少出门，反叛军那德行，一动手，肯定不止这一处。"怕吓到祈言，陆封寒补充了两句，"勒托还是非常安全的，今天这次袭击是意外，说不准是哪个环节出了叛徒。毕竟，勒托的防御网、巡航机，图兰的防御系统，以及驻扎勒托的中央军，都不是摆设。"

祈言点头。

陆封寒见他绷着一张白净的脸朝自己乖乖点头的模样，不由失笑道："刚刚爆炸的动静这么大，虽然是草坪，但你是从二楼跳下来，受伤了吗？"

祈言的手臂和手掌被擦伤，腰侧被飞溅开的玻璃碎片划伤，膝盖破了皮，小腿擦伤，脚踝扭了一下。伤的地方有点多，祈言反倒不知道应该先说哪一处。

看出他的纠结，陆封寒又笑了："从上到下，挨着说。"

祈言这才开口："手臂、手掌、侧腰、膝盖、小腿、脚踝。"

等挽起祈言沾满草屑的衬衣袖子，看清他手臂上的伤口，陆封寒想，这次的伤口确实……"挺严重"。

连血都没有流。

他再次意识到，自己和祈言对"受伤"的理解，相差肯定不止一百光年的距离。

不过破了皮，红了一大片，再加上祈言皮肤白，看起来还挺刺眼的。

陆封寒拿出随身带着的伤口清洗剂和愈合凝胶，熟练地将伤口处理完。

祈言保持着伸手的姿势，问他："不用缠绷带吗？"

陆封寒睁眼说瞎话："没带。"

祈言没有怀疑，点头："这样啊。"

陆封寒逗他："就算带了，你身上这么多伤，想被缠成木乃伊被我扛回去？"

祈言本能地觉得陆封寒的笑容有点恶劣，他岔开话题："我还有个地方也受伤了。"

陆封寒皱眉："哪里？"

祈言抬手指指："左边耳垂，有点疼。"

陆封寒第一眼没看出哪里伤了，再凑近，才看清祈言白皙细腻的耳垂上有一点泛着红，估计是落地时被草坪上的草尖扎了一下。

陆封寒低声命令："站着别动。"

说完，他垂眼靠近，朝着祈言细白的耳垂轻轻吹了口气。

军方人员展开应对后，图兰学院失效的防御系统再次启动，透明的光膜如一把大伞，将学院全范围笼罩，逐渐消失在众人眼前。

祈言蹲得脚麻，站起来时被陆封寒拉了一下，险些跌倒。

陆封寒环视周围，树木青翠，白色的雕塑旁，喷泉水柱依次变化，全然看不出这里才经历过袭击与爆炸，他问祈言："现在去哪里？"

"我想去看看校长的情况。"之前只知道校长手臂骨折，来不及确认别的地方有没有受伤。

临时整理出来的会议室里，校长见祈言走近，担忧道："你怎么样？"

说完，他看了眼跟在祈言身后的男人，猜测对方应该是保护祈言的人。

这个男人站姿散漫，气势却内敛，进门后一直在祈言两步以内——是不管发生什么情况，都能立刻反应、保护祈言的距离。

祈言摇头："我没什么事，您伤得比我严重。"

"不是大事，治疗机器人看过了，只是单纯的骨折和挫伤，等把这里的事情处理完，我回家休养两天，就又灵活自如了。"说着，校长的目光不由投向窗外。

原本简洁雅致的建筑物已经化为了一片废墟。

祈言随着他的视线望去："您的办公室没有了。"

"办公室没了可以再建，可惜了我书架上的几本书！全是孤本！"校长一脸肉痛，"早知道要经这么一遭，我就该把它们放进保险箱里！"

或许在此之前，谁都没想到图兰学院的防御系统会突然失效，或者说，谁都没想到反叛军会在勒托动手。

祈言不知道怎么安慰，只安静站着，没接话。

外面的走廊上有军方人员走动，隐约能听见"已经确认光压弹发射位置"之类的汇报。

哀悼完被炸毁的孤本，校长目光转向祈言，问他："害怕吗？"

祈言仔细回忆爆炸时的情景，摇头："不害怕。"

校长追问："为什么？刚刚的爆炸，假如我们坐的位置靠近玻璃墙，墙面炸开的瞬间，我们说不定会被四溅的玻璃碎片夺去性命。或者，如果在光压弹到达前，你没有快速做下离开的决定，我们现在早已跟那栋楼一样，被炸成了碎渣。"

他又重复确认："真的不害怕吗？"

祈言还是摇头："我一直有心理准备，所以不害怕。"

这时，有军方的人过来，告诉校长："您刚刚问的问题有了答案。"他神情整肃，"同一时间，全联盟四个大区，共发生了二十一起相同的袭击。"

校长唇角微收："具体情况是？"

"有三位科研人员重伤，五位轻伤，幸好。"

幸好没有死亡。

校长悬着的一颗心终于缓缓松下来。

等人走后，校长苦笑："反叛军真是下的一手好棋啊。这么大范围的袭击，定然瞒不住，媒体和星网又会沸腾许久。"

祈言点头："他们的目的非常明确，自然是范围越大、关注度越高越好。"

校长缓慢颔首："你说，现如今，'当科研人员＝死亡'这个等式，在大部分人心里是不是已经成立了？"

祈言没有回答这个问题，只是简短道："但有些事，就算随时会死，也不能不去做。"

语气平淡却又坚定。

一直站在祈言身后、背倚着墙，安静听他们说话的陆封寒抬起眼皮，看了祈言一眼。

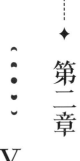

第二章

Y神之作

从图兰学院离开后不久，所有新闻的头条都跟这一次的袭击相关，《勒托日报》更是头版头条，一行黑色加粗大字，占了整个版面。

祈言一连几天没有出门，不是看书就是坐在窗台上盯着窗外发呆，不知道在想什么。

陆封寒不得不担心，天天待在家里，是不是把人给闷坏了？就像以前，他随星舰在太空飘荡大半年，也会找机会降落在某颗行星上放个风。

陆封寒倒了一杯温水递给祈言，提议："晚上要不要出去吃饭？有没有什么想吃的？"

祈言隔了几秒才从正在思考的问题里回过神来，他接过陆封寒递来的水杯，捧着，指出："我遇到你那天，正好是我回勒托的第一天。所以我根本不知道勒托有些什么吃的。"

"那你对吃饭的地方，有没有什么要求？"陆封寒问。

祈言想了想："安静，人少，不吵。"

鉴于这几天观察下来的结果，陆封寒自动在这三条后面又加上了"食材新鲜、菜品味道好、环境雅致、没有服务机器人"这四条。

一通筛选下来，只有几家餐厅达标，现在不配备服务机器人的餐厅，屈指可数。

陆封寒选了最近的一家："走，吃饭。"

黑色改装悬浮车一路走的都是快车道，路上留下车轮稀薄的残影，最后临界刹车，精准停入停泊位。

旁边停着一辆大红色悬浮车，透过车窗，祈言视线在上面停了两秒。

车门滑开，祈言一脚踩在地面，就听见有人叫他："祈言？"

祈言看过去。

红色外套，黑色破洞裤，耳廓上三枚骷髅金属环。

"夏知扬。"

夏知扬一张娃娃脸，笑容灿烂，几步走近："我刚还跟我朋友说呢，车开得这么猛，最后刹车那一下，技术真够绝的。所以特意等了等，想看看下来的是谁，没想到碰上你了！"他看见从驾驶位下来的陆封寒，又问祈言："你们也来吃饭？"

祈言点头："嗯。"

夏知扬挠挠头："我跟我朋友也是，你要是不介意，大家一起？他也是图兰学院的。"说着，指了指一旁从车上下来的人。

祈言不在意，对他来说，不管两个人还是四个人，都是吃饭。

一行人在包厢坐下，内里布置别致，全息投影下，无数支燃烧的蜡烛飘浮在空中，瑰丽而宁静。

夏知扬先做介绍："这是祈言，祈祷的祈，语言的言，开学会跟我们一起，升入图兰学院的二年级。"

另一个人一听姓祈，霎时明白过来，看来这位就是祈家十几年前离开勒托，去梅西耶大区跟外公外婆生活的那个小少爷了。

夏知扬继续介绍："他是我好兄弟，叫陈铭轩，开学大二，跟我一样，都是人工智能专业。"

陈铭轩的长相有点混血，嘴角似乎习惯带着笑，表情温和，看起来很好相处。

祈言打招呼："你好。"

点的菜还没上来，几个人聊天，夏知扬问了祈言几句梅西耶大区的情况，不过不管什么话题，祈言回答都很简洁。陈铭轩识趣，看出祈言性格的冷淡，表达出亲近后，并没有拉着祈言多说。

聊着聊着，话题自然聊到了图兰学院的爆炸上。

"当时消息一出来，星网马上就炸了！我正打游戏，突然看见满屏幕都在说校长受了伤，办公室整栋楼都炸没了。"夏知扬小声道，"听说这次之后，图兰的防护系统会再升一级，等校长养好伤，回学校来，也安全不少。"

陈铭轩点头道："校长肯定会回学校。如果作为图兰的校长，因为恐惧不敢露面，那联盟和军方的面子往哪里放？"

"这次接连二十几起爆炸，各个大区都成筛子了，联盟和军方还有面子？"夏知扬又叹气，"反叛军真是太可恶了！不过排黑榜前一二十位的基本都是代号，无法确定真名，反叛军找不到人，甚至不知道代号后面到底是一个人还是一群人，肯定愁死了！"

陈铭轩说道："筛子倒不一定，不过有消息说这次是内部出了叛徒。事情闹得这么大，军方必定会从上到下整治一遍。"

夏知扬仰靠在椅背上，拖长了语调："也不知道军方什么时候能再给力一点，把反叛军全灭了。到时候我一定要去弄清楚，黑榜第一的Y神，'Y'这个代号后面到底是一个人还是一群人！"

一提起这个称呼，他的神情就变得激动起来，猛地坐直："'Y'这个字母够常用吧？但没人敢跟他重名！凡人怎么敢跟神重名？三年前，'Y'这个代号横空出世，直接空降黑榜榜首，这三年里，一直位列黑榜第一！我当初之所以咬着牙背书，求着我爸花钱把我送进图兰，就是为了能够离Y神更近一步！"

"别一提起Y神就发疯。你想得挺好，看前线的情况，还有得等。"陈铭轩晃着杯子里的饮料，讲道，"前两天我爸又找我聊了，让我换个专业，说现在搞科研太不安全了，一不小心就会没命。"

夏知扬大笑，椅子都差点翻了："不是我说你啊铭轩，就你那期末考试门门低空飘过的破成绩，就算搞一辈子科研也不可能上得了黑榜最后一名！告诉你爸，实在是多虑了！"

陈铭轩笑骂："滚！"

祈言握着一杯冰饮，指尖微凉，他想，这大概就是校长说的，在大部分人心里，"当科研人员＝死亡"这个等式已经成立了。

夏知扬和陈铭轩聊的话题十分宽泛，从勒托的吃喝玩乐到最新爆出的新闻，再到社交圈里的大小八卦，一样不漏。

"对了，我前两天收到祈家的邀请函，说是要办一个庆祝会。"夏知扬知道祈言没住在祈家，问得小心，"你会去吗？"

祈言想起之前通话里祈文绍提到的，不感兴趣："我不去。"

"那我也不去了，"夏知扬手肘撞了撞身边人，"铭轩，你呢？"

陈铭轩抬眉："庆祝江启考上图兰学院？真是想得出来，你、我，谁进个图兰还要开庆祝宴？也就江启事多，屁大点事都要搞得尽人皆知。不去，到时候找你打游戏。"

他们这么说，主要是为在祈言面前表态。

站在他们的立场来看，祈言此前一直不在勒托，江启是江云月嫁给祈文绍时带进祈家的孩子，勉强能称一句祈家小少爷。现在正牌小少爷回来了，自然就没江启什么事了。

夏知扬自觉地跟祈言站在一条战线上，他假装清清嗓子，忍不住问："祈言，那是？"

他用眼光瞟向陆封寒。

从下车起，他就注意到，这个男人一直跟着祈言，完全没和他们打招呼的意思。进了包厢后，祈言没介绍，他也不好意思问。现在觉得关系近了些，没那么冒昧了，这才问了出来。

祈言偏头看向陆封寒。

陆封寒利落的长腿叉开，没个正形，双手插袋，下巴朝祈言抬了抬，挑唇一笑："我保护他的人身安全。"

夏知扬咋咋呼呼："祈言，你从哪里找来的保镖？"

身高腿长，脸长得好，一身气势极为压人，肌肉虽然不算太惹眼，但明显蕴着极强的爆发力，身上隐隐还透着一股夏知扬陌生的气息，这让他下意识地微微瑟缩，莫名其妙有点害怕。

祈言回答："在路边捡的。"

以为祈言是不想透露这人的来历，随便掰扯的理由，夏知扬不好追问，一旁的陈铭轩适时插话："对了，听说祈家这场庆祝宴，蒙格也会去。"

夏知扬："蒙格？为了给便宜儿子造声势做场面，祈文绍是下了血本啊！"

祈言余光发现，在听见"蒙格"这个名字时，陆封寒抬了眼，神情微动，却又像掩饰什么一般，重新变得漫不经心。

祈言问："蒙格是谁？"

夏知扬回答："军方的人，之前一直负责跟前线对接，内部消息，据说再过不久，他的职位会升一升。"

说完，他有点担心祈言会难过。家里偏心偏成这样的，可以说是罕见了。他想，庆祝宴当天，要不要跟陈铭轩一起带祈言去玩点有意思的，散散心。

陈铭轩见祈言对蒙格有兴趣，接着夏知扬的话："不过自从前线大溃败，他在勒托的处境有些不顺，职位能不能升还不好说。"

陆封寒没有插话。

南十字大区前线与反叛军对峙的军队并不属于南十字大区的联盟第四军团，而是隶属中央军团，番号是"远征军"。也是因此，勒托有专门的一个部门负责跟前线对接，但这个部门处境颇有些尴尬。

对远征军来说，它位于勒托，受命于中央军团。对中央军团来说，它是远征军的传声筒，立场站在远征军这边。前线打胜还好，一旦打了败仗，肯定处处招人诟病。

而陆封寒之所以对这个叫蒙格的人有印象，是因为他的副官在他面前几次提起过蒙格。

想到这里，耳边又响起副官临死前的嘶喊，嗓子里沁着血："指挥，肯定哪里出了问题……我们的跃迁点暴露了，对方不可能未卜先知，提前埋伏在跃迁点外！"

是啊，怎么可能未卜先知？

一切看似不可能的可能，或许就是真实。

如果不是未卜先知……只会是人为。

这一瞬间，祈言敏感地察觉到，陆封寒气势变得极冷，仿佛丛林中，潜伏在暗处、悄然蓄势的猛兽。

祈言垂眸，稍稍思索后，朝夏知扬道："我会到场。"

陆封寒目光蓦地转向祈言。

夏知扬一愣："庆祝宴？"

"嗯，庆祝宴。"

夏知扬跟陈铭轩对视一眼。

祈言才回来，人生地不熟，还马上要进入敌人的老巢……

想到这里，夏知扬心里涌起一股强烈的责任感："那我们跟你一起去！顺便，祈家的厨师手艺不错，去尝尝。"

这一餐点了十几个菜，祈言挑挑拣拣，勉强找到两个能吃的，停筷也是他最先。

陆封寒观察下来，对祈言的认知又上了一个台阶。

太甜，不吃；太辣，不吃；太烫，不吃；太酸太咸，不吃。哦，太过清淡，也不吃。

陆封寒有点好奇，前十八年，祈言到底是怎么活过来的？怪不得手腕这么细。

临走前，陆封寒瞥了一眼祈言吃了差不多一半的炒饭，让服务生通知厨房另做一份，打包带走。

拎着保鲜餐盒，陆封寒想，吃这么少，要是晚上饿了，能当夜宵。

上午，祈言被个人终端的提示音吵醒，连接通讯，对面是夏知扬兴高采烈的声音："祈言，我跟陈铭轩一个小时后到！"

祈言闭着眼睛应了声"好"，通讯挂断后，又在床上磨蹭了半小时才起来。

等他趿着拖鞋下楼，跟之前的每一个早晨一样，陆封寒已经完成了每天的定量锻炼，还做好了简单的早餐。

祈言一向不太明白，为什么有些人可以如此自律，仿佛在身体里埋入了芯片，随时严格控制生物钟。否则无法解释为什么陆封寒每天早上七点准时起床，而他通常会在九点至十一点的波动范围内醒过来。

祈言吃了两片面包机烤出的面包，喝完杯子里的清水，开口道："夏知扬和陈铭轩还有十分钟到。"

"过来给你送晚上要穿的衣服？"

"嗯，还会带一个裁缝。"

"裁缝？"这个名词令陆封寒困惑了几秒，随即挑眉，"这个职业，应该也只有在勒托这样的行星上才能存活。"

祈言捧着空杯子，赞同陆封寒的说法："对。"

能够追求这种低效率而复古的生活方式，本就是一种生活格调的体现。

十分钟后，夏知扬和陈铭轩准时出现在了门口。

一进门，夏知扬就惊呼："一个人住太爽了吧？不过，祈言，你这里有点太空荡了，不是灰就是白，自己住着不冷清吗？"

祈言纠正他："两个人。"

"也对，"夏知扬没纠结，指指自己带来的人，"勒托最有名的定制工作室，从小到大，我和陈铭轩的衣服都是找他们的裁缝做的，一人一版，绝不会出现两套相同的衣服。"

手里拿着一卷软尺的棕发中年人笑道："能得到两位的信任，是我们的荣幸。"

夏知扬毫不客气地坐到沙发上："我可是给了你好机会，衣服做出来，我们祈少满意了，以后少不了你的生意！"

裁缝笑着道了声谢。

祈言站好，手臂自然垂下，裁缝单膝半跪在祈言身侧，低声道："冒犯了。"说完，拉开软尺，贴近祈言的手腕，准备测量手腕的数据。

"疼。"

裁缝没反应过来："您说什么？"

夏知扬跟陈铭轩正聊着天，听见祈言的话，也看过来："祈言，怎么了？"

祈言站在原地，没说话。

最先反应过来的是陆封寒——啧，娇气怕疼的小毛病犯了。毕竟，草叶尖扎了耳垂，都能叫受伤。

他两步走过去，朝裁缝伸手："软尺是新的？给我，你告诉我需要哪些数据，我来量。"

"是新的，第一次用。"

裁缝还没反应过来，就已经下意识地听从陆封寒的话，将软尺递了过去。直到陆封寒展开软尺，他才突地回过神来。

不好意思再把软尺要回来，裁缝只好低声告诉陆封寒需要测量哪些地方，再由陆封寒操作，他记录。

将数据依次报了一遍，裁缝又询问："您对衣服的材质有具体要求吗？"

摸了摸有些痒的脖子，祈言视线在裁缝手里的软尺上停了停，回答："衬衣我习惯穿真丝。"

裁缝记下："好的，衣服下午就会为您送来。"

祈言道："谢谢。"

裁缝走后，夏知扬瘫在沙发上，招呼道："来来来，离晚上还有大半天！要不要来玩游戏？"

陈铭轩坐姿规矩许多，朝祈言扬扬手里的游戏终端："《帝国荣耀》今天上线了，要不要试试？"

夏知扬兴致勃勃："祈言，你平时玩什么游戏？"

祈言摇头："我不玩游戏。"不管是《帝国荣耀》还是别的，他都没碰过。

夏知扬惊讶，又想起祈言以前一直住在梅西耶大区的偏僻星球，说不定家里年纪大的长辈管得还严，他高呼："怎么可以错过游戏的精彩！来，我们带你发现新世界！"

勒托一个恒星年是 360 天 3 时 9 分 34 秒，历法上，按照地球历的传统，分12 个月，每个月 30 天，每天 24 小时。

8 月正是夏季，天黑得比较晚，一直到晚上 7 点过，天色才暗下来，勒托独有的双月在蓝色天幕中，犹如天空之眸。

祈家的大厅已经布置一新，明灯高照，三层楼高的穹顶下漂浮着无数金色音符，正随着音乐有节律地波动。

江云月穿着华丽的礼服，将腰身衬得极细，她容貌并不算非常出众，胜在气质温柔娴雅。

"今天，你就是所有人视线的中心。"亲自为江启抹平衣领，江云月温和叮嘱，"等蒙格来了，你记得好好表现，这样，等你从图兰毕业，进入军方担任文职，肯定会更加顺利。"

江启长相六分随他妈妈，十几年的养尊处优，让他比同龄人多了一分贵气。

他点点头："您放心，不会丢您和爸爸的脸的。不过，蒙格论军衔只是上校，爸爸为什么将他视为座上宾？"

"什么叫'只是上校'？你是从小见惯了行政官员在家里进进出出才会这么说。"江云月笑着点了点江启的鼻尖，又解释，"军方……不一样。军方跟行政体制内同一个级别的，实际上说，也会高半级，因为他们手握实权，且内部上下分明，自成体系，外人非常难打上交道。你现在不懂，没关系，只需要按照妈妈说的做。”

想起前些时候得到的消息，江云月不放心：“如果那个人来了……”

江启：“要叫他哥。”

“他从小在梅西耶大区生活，那边比不了勒托，肯定会有很多不适应……”

“作为弟弟，我会好好照顾他的，”母子两人心照不宣，江启露出无害的微笑，“我都记得。”

蒙格是晚8点准时到的。

祈文绍和江云月带着江启迎上去，双方寒暄后，祈文绍将手搭在江启的肩上说道：“来，江启，向蒙格叔叔问好。”

江启礼貌地问了声好。

“你好，”蒙格身穿军礼服，只淡淡说了句，“考入图兰学院，不错。”

江云月微笑着开口：“哪里，这孩子虽然聪明，但性子还不稳，我跟文绍天天都犯愁，至于以后，说不定还要靠他的叔叔伯伯们多照拂了。”

蒙格点点头，却没接话。

为了避免尴尬，祈文绍提了个新的话题，一旁有人端着酒杯走近，自然地加入了聊天。而江云月长袖善舞，趁着这个机会，将江启推到了众人面前。

江启一面跟这些时不时出现在新闻里的长辈说话，分外享受这种被众人瞩目、夸赞的感觉，一面四处打量。

祈言还没有来。

他不由在心里嗤笑，来得比蒙格上校还要晚，果然是偏僻行星来的，不懂规矩。

此时他已经明白江云月所说的军方的人手握实权又很难打上交道是怎么回事了。最显而易见的就是，他身边聚拢的不少人，目标都是蒙格，而蒙格对这样的热情明显很适应，应付得滴水不漏。

这令他对“军方”有了隐约的概念。

就在众人谈笑时，大厅的门忽然从外面被推开。逐渐的，周围的声音慢慢低下来，半数的人都将目光投向了进门处。

江启也有些奇怪地随着众人的视线望了过去。

率先踏进鎏金雕花大门的是一个身穿黑色西服的少年，贴合身形的剪裁将他纤细而挺拔的身形精准描摹。

每个人都不得不承认，这个人确实被造物主所钟爱。鼻翼窄，鼻梁高挺，眉眼秾丽，嘴唇薄而线条精细，像一幅色彩浓郁的油画。因为冷白的肤色，又透出一种不堪一折的脆弱感。

灯下，他像峭壁上开着的花，高而远，矜贵又疏离。

某种预感兜头砸下，江启听见自己突然失去规律的心跳。他垂在一旁的手被自己的母亲猛地抓紧，指甲甚至掐进了肉里。

顾不得疼，他看了看母亲僵硬的笑容，再望向门口，一个不可思议的念头疯狂地冒了出来！

不可能是……

跟在祈言身后的夏知扬低声说话："这些人，怎么跟没见过世面一样，眼睛都直了？"

陈铭轩双手插兜，回他："某个人在祈言换好衣服出来的时候，嘴合不上就算了，眼珠子都差点掉地毯上了。"

"我那是惊艳！惊艳懂不懂？谁知道祈言只换了身衣服，那气场，那气质，蹭蹭就上来了？"夏知扬又故意唉声叹气，"虽然早就知道跟祈言一起进门，是不会有人注意到我的，可真到了这时候，好失落啊！"

陈铭轩也笑："注意看看江启的表情，够精彩。"

所有人的注意力都在祈言身上，没人看见，蒙格盯着跟在祈言身后一起进门的人，瞳孔一震，咬肌瞬间绷得死紧。

作为众人视线的中心，祈言反倒毫无所觉。

推门进来的一瞬间，浓郁的香味让他觉得空气沉闷，他抬手，屈起手指，松了松白色衬衣领口处的黑色领结。

没注意祈文绍投来的眼光，江云月和江启更是被归类为陌生人，直接忽略。祈言带着陆封寒以及夏知扬和陈铭轩，走到一个角落坐了下来。

蒙格牙龈都咬酸了才勉强克制住，没有失态。他第一次主动询问这场宴会的主人，问出了周围所有人都想问的话："刚刚进来的是？"

祈文绍有点诧异，回答："那是我的长子。"

连名字都没提，明显是不想多说。

但周围的人却都多多少少明白过来，一时间，看向江云月和江启的目光便多了别的意味。

江云月笑容依然大方温柔，江启却觉得颇为难堪，勉强朝蒙格笑道："我哥他以前一直跟外公外婆住在梅西耶大区，最近才回来，我为他刚刚的失礼给您道歉了。"

蒙格却像是在思索什么一般，没有理会江启这句道歉。

旁边不少人夸奖江启体恤哥哥，却不免在心里做比较。江启长得不差，礼仪姿态练习得也不错，但跟刚刚进门的少年比起来，差太多了。

或者说，这两个人，本身就不应该放在一起比较。

夏知扬抛着一个从果盘里抓起的红色雾果，视线在满场转了一圈，见不少人看看祈言，又看看祈文绍身边的江启，开心了。

他招来一个服务机器人，让它把雾果的皮削了，一边跟陈铭轩闲聊："我觉得不少人现在都缺这么一句话。"

"什么话？"

"谅腐草之萤光，怎及天心之皓月？"

陈铭轩听明白了："嗯，不错，这句话确实应景，可以拿来用用。"

一旁，祈言要了杯清水，慢慢咽下，又喝一口，时不时将疑惑的目光落在陆封寒身上。

他为什么还不走？

进门时，祈言清楚看见蒙格骤变的神情，而视线落点，就是站在自己身后的陆封寒。他相信，陆封寒不可能没看见。

所以，陆封寒为什么坐在自己旁边，还不走？

而陆封寒则被祈言的目光打量得莫名其妙。

直到祈言小口小口地喝完了第二杯水，陆封寒才开口："我离开一下，几分钟就回来。"

祈言手支着太阳穴，轻轻点了点头："好。"

看到祈言什么都没问，直接应允，陆封寒站起身，又另端了一杯清水放在祈言面前，这才走开。

祈家把建筑凸出的一角做成了温室花房，再往前走，则是园林造景，立着一座假山。

陆封寒站在假山的暗影里，躲开监控范围，等了等。

没过一分钟，就有刻意放轻的脚步声急促接近。

蒙格看清站在假山阴影里的人，隔着三步远的距离停下，脚后跟"啪"地并拢，颤着手指，朝陆封寒行了一个标准的联盟军礼。

陆封寒抬手，指尖并在眉尾，懒散回了个礼。

蒙格走近，无数问题在喉头滚动，最后只喊出一声："陆指挥。"

"在这儿呢，"陆封寒想着祈言还在等他，直入正题，"我死之后，都发生了些什么？"

蒙格原本还以为自己出现了幻觉或者认错了人，现在听见陆封寒亲口说出"我死了之后"，反倒多了些真实感。

在军队里养成的条件反射，让他从激动的情绪中飞快地冷静下来。

"按照我得到的消息，星历7月21日，您连夜带人支援失联的先行舰队，经过跃迁到达交战圈最外围时，遭遇敌军埋伏。"他缓了一秒，才说出下一个词，"无人生还。"

"我们的侦察舰和打捞舰在到达事发地点后，只看见无数星舰碎片漂浮在宇宙里。尔后，由于大爆炸引起的宇宙风暴，迫使侦察舰在确认没有生命气息后迅速回航。"

陆封寒沉默良久才开口："所以，除了知道人死完了，别的什么都没查到？"

他的嗓音很哑，也很冷，像某些不适合人类居住的星球上覆盖的零下几十度的沙。

大厅。

祈言坐在椅子上，面前摆着的清水只喝了两口。他点按着个人终端，一截手腕从纯白的袖口露出来，有种雕刻的美感。

坐在对面的夏知扬好奇："祈言，你在看什么？"

祈言眼也没抬："看新闻。"

与此同时，他成功侵入监控系统，将陆封寒从大厅走到假山后面的影像尽数抹除。退出来时，顺便关闭了所有服务机器人自带的录像功能，已经存储的影像也一并消除了。

做完这些，他调出《勒托日报》的页面，刚看了几行字，就发现有人走近。

对方停在他面前，说了句："你好。"

假山后。

蒙格出于生物的直觉，后背已经出了一层冷汗。

这位第一军校毕业、19岁加入远征军、凶名遍布南十字大区前线的男人，并不像勒托部分人以为的那么好说话。

他担任中央军团和远征军的"传声筒"已经5年，深知如陆封寒这样的丛林动物，能在前线如鱼得水，一步步成为远征军总指挥，靠的可不是心慈手软。

吹过的夜风令后背发凉，蒙格稳了稳心神："是的，别的都没查到。"

陆封寒神情不变，没人看得清他到底在想什么："然后呢？"

"您死……您失踪后，代理指挥收拢残部，由于兵力过少，向勒托申请退守都灵星，上面很快同意了。这条命令是我发出的。"

"所以，这一退，就让出了联盟二十三颗行星，包括四颗珍稀矿星，让反叛军往前一大步的同时，还有心情在联盟炸了二十一颗光压弹庆祝，甚至把手伸进了勒托？真是，"陆封寒平铺直叙，眸光却如夜色般暗沉，"下的好命令。"

蒙格闭了闭眼睛："这是迫不得已，指挥。"

"呵。"

陆封寒习惯性地摸了摸裤袋。

蒙格见了，连忙把自己的烟递过去。

"啪"的一声，金属打火器燃烧，火焰只将他的五官照亮一瞬，很快，黑暗再次聚拢，陆封寒垂眼，将烟点燃。

"继续，"他嗓音听起来更哑了，"接任的代理指挥是谁，埃里希？"

蒙格摇头："不是，是怀斯。"

几秒钟后，陆封寒的嗓音淡淡响起："是他啊。"

明明是无比简单的一句回答，蒙格却听出了山雨欲来。他又详细汇报了大溃败之后的情况，包括所有他知道的军方内部的升迁调任以及现今前线的形势。

他并非陆封寒的直系下属，也对陆封寒的行事风格了解不深，在不知道应该提供哪些线索的情况下，最好的办法就是将自己所知道的，都说出来。

听完，陆封寒摁熄了只抽了一口的烟："听说你升职被卡了？"

蒙格苦笑："您也知道了？"

"嗯，"陆封寒吩咐，"过两天，去找文森特·冯，他会出手帮你。"

陆封寒迈出两步，又在错肩的瞬间停下，灯火在他眼底落下光影："今天就当没见过我，明白？"

蒙格颔首："明白。"他想起陆封寒进门时的情景，问："您跟祈家那位？"

"祈言？"说起这个名字，陆封寒令人发怵的气势褪了些许，他一笑，"他啊，我的雇主。"

"你好。"

大厅里，祈言的视线从《勒托日报》的版面上抬起，发现眼前站了几个跟自己年纪差不多的人，而说话的那个，正站在几人中间。

都不认识。

祈言重新低下头，看了看时间——蒙格离开太久。

"你不理我……是在生气吗？"江启咬咬下唇，愧疚道，"你不要生气，那天我有点事要处理，爸爸很忙，也没有在勒托，所以我们才没去星港接你。"

站在江启旁边的谭瑞见祈言头都没抬，不耐道："江启又不是故意不去星港接你的，那天实在有事，"他眉梢浮起几许骄傲，又故作云淡风轻地接着道，"图兰学院的通知书下来了，我跟他都要去注册信息，这才耽搁了。"

一旁的夏知扬听完，做了个牙疼的夸张表情，大咧咧插话："别的不说，我去年进图兰的时候，登星网注册信息只花了五分钟不到。难道图兰今年改流程了？或者，你们跟大家不一样，简单注册个信息，前后都要耗上五个小时？"

谭瑞一脸不善地瞪向夏知扬："你……"

夏知扬摊手，嗤笑："我什么？我难道说错了？"

江启这才拽了拽谭瑞的袖子："是我的错，不管那天有什么事，都应该去星港的。"

谭瑞为江启抱不平："只是没去接而已，凭什么要你小心翼翼地道歉？他甩脸色不回家住，连累你被你妈骂，怎么没见他给你赔不是？"

江启抿抿唇，脸上闪过一丝委屈，又拉了拉谭瑞，息事宁人："我没什么的，又不是没被骂过，你别说了。"他又看向夏知扬，认真解释："我们登进系统那天出了点意外，所以时间耽搁了不少。"

夏知扬最烦的就是江启这副被人欺负了的委屈模样，翻了个白眼，懒得搭理。

江启垂在身侧的手握了握拳，望向一直没说话的祈言："你相信我吗？"

如果祈言回答"相信"，就是当面打夏知扬的脸。如果祈言回答"不相信"，那就更好。

祈言没理江启，反而看向夏知扬："你跟他认识？他是谁？"

夏知扬刚端起一杯果汁在喝，听完祈言的问题，差点没一口笑喷出来。

江启也愣了愣。

"哈哈哈！这确实是个好问题！"夏知扬莫名有点可怜江启了，不仅带跟班过来一起演戏，还又是咬唇又是低落，微表情做足了全套，最后换来一句，他是谁？

捧着游戏终端的陈铭轩也翘起了嘴唇。

"哥，我是江启，是你弟弟。"江启一瞬的失落后，又苦涩地笑道，"你是生我们的气才假装不认识我，对吗？虽然一直没住在一起，但在我心里，我们一直都是一家人啊！"

祈言手支着下颌，黑色的西服袖口处露出一截雪白衣料，左手搭在座椅的木制扶手上，极为自然地就显出了一股矜贵。他指尖漫不经心地轻敲了两下："我是独生子。另外，我对一切无关紧要的人或事，不会生气。"

江启站在原地，身形有几分僵直。

谭瑞却被祈言的姿态神情激怒，觉得那截雪白的袖口格外刺眼，语气轻飘飘地说道："衣服是黛泊的定制？"他笑容轻蔑："你这辈子，应该是第一次脱下那种流水线出来的廉价布料，穿这种手工缝制的昂贵衣服吧？怎么样？是不是穿过了好衣服，见过了从来没见过的好东西，吃了从来没吃过的食物，就不甘心再回去以前住的偏僻星球了？"

他话音落下的瞬间，江启适时出声："你别说了，他……他好歹是我哥，他刚刚只是在开玩笑。"

话是这么说，但江启心里却格外快意。

明明他才是锦衣玉食、在祈家长大的小少爷，凭什么那些人的目光都落在祈言身上？凭什么这个人一出现，就让他妈妈失态，就抢走了他的所有风头？

谭瑞自顾自地接着说道："哦，对了，说不定你连图兰学院都不知道。这么说吧，你一个偏僻星球出来的，想要考上图兰，这辈子，下辈子，都不可能！"

挑起眉梢，谭瑞拖长声音："哦，也不一定，"手指扫了扫衣领上不存在的灰尘："做白日梦，可能快一点。"

周围立刻响起了几声哄笑。

与此同时，一个面容有些严肃的中年女人从大门走了进来。

江云月满脸笑容地迎了上去："卡罗琳校长！好久不见。"

卡罗琳穿一条黑色礼服裙，设计简洁，她点头致意："抱歉，来晚了。"

江云月连忙道："哪里，您能来，已经让我非常荣幸了。"

这时，角落传来一阵哄笑，吸引了大厅里不少人的注意力。

江云月见卡罗琳也看了过去，笑道："是我儿子在跟他的朋友聊天，他今年刚考上图兰学院。"

"原来是这样。"忽然，卡罗琳视线一定，看清坐在椅子上的人，转身朝江云月道，"抱歉，我看见了一个认识的人，失陪一下。"

江启最先发现走近的卡罗琳。

卡罗琳是图兰学院的副校长，主管行政。江云月发出邀请函后，收到了卡罗琳助理的回复，说卡罗琳当晚不一定能到场，江启还有些失落。

旁边一个人撞了撞江启的胳膊，声音里是掩不住的羡慕："江启，你可真有面子，连卡罗琳校长都来参加你的庆祝会！"

江启努力克制，嘴角还是漏出了一丝笑意，他保持着平淡的语气："我可没这么厉害，校长能过来，只是看在我爸妈的面子上。"

谭瑞也很激动，见卡罗琳走近，他摆出最为得体的笑容："您好，我叫谭瑞，是图兰学……"

走近的卡罗琳却直接略过了他们，径自停在祈言面前，伸出戴着黑色蕾丝手套的右手，温和道："你好，我是卡罗琳，图兰学院的副校长。"

祈言轻轻握住卡罗琳递来的手，不卑不亢，礼貌回答："您好，我是祈言。"

收回手，卡罗琳一改平时的严肃，露出笑容："听说你在这里，校长连拨两次通讯给我，让我一定过来看看你。他很担心你刚回勒托会不习惯，又念着上次的袭击会不会给你留下阴影。"

祈言摇头："我没事，校长骨折恢复了吗？"

"早就好了，"卡罗琳故意抱怨，"却总是以手臂没完全恢复为借口，把学校的事务丢给我们处理，自己每天倒很悠闲。"

随卡罗琳过来的江云月听着两人的寒暄，脸色微僵，又大方笑道："卡罗琳校长跟祈言认识？"

卡罗琳疑惑地问祈言："他们不知道吗？"她转向江云月："祈言是图兰学院的学生，开学后会就读二年级，人工智能方向。"

"哥也是图兰的学生吗？"若仔细听会发现，江启的尾音有些微的颤抖。

谭瑞握紧拳头，艰涩出声："对啊，他根本没在图兰出现过。"

"这是校长的安排。"卡罗琳没再回答他们的问题，看向祈言："我和校长都非常期待开学在图兰看见你。"她又毫不犹豫地出卖了校长："对了，图书馆里有一间专门的藏书室，里面放着校长近些年收藏的纸质书。你要是感兴趣，可以找校长要密码。"

祈言点头："好，我记住了，谢谢您。"

等卡罗琳离开这个角落，走远后，夏知扬松了一口气，毫不在乎形象地趴在桌上："副校长真的可怕！比校长可怕！"又悄悄告诉祈言："卡罗琳校长来的时候，谭瑞和江启他们在旁边怄得都要吐血了！"

祈言想了想："他们为什么要吐血？"

仔细打量祈言的神情，发现他是真真切切的疑惑，夏知扬呆滞两秒，猛地往后仰，辛苦压着笑，肩膀抖动着："哈哈哈！我要是他们，我不是怄得要吐血，我是原地呕血三升！"

而此时，祈言发现，趁着大厅里的人被卡罗琳吸引了注意力，蒙格从侧门重新进了大厅。

端起清水喝了一口，祈言想，看来谈话已经结束，陆封寒应该也快回来了。

由于卡罗琳在和蒙格交谈，众人都识趣地没有靠过去打扰。

谭瑞靠着一张圆桌，远远看着祈言所在的位置："江启，你甘心？"

江启也朝祈言的方向看了一眼，苦笑："再怎么说，他也是我哥。"

谭瑞恨铁不成钢，冷笑："你把他当亲人，他可不见得。刚刚他迟到，说不定就是故意的，想拖累你在蒙格上校那里的印象。就你傻，还帮他兜着，替他道歉。"

江启垂下头，隔了一会儿才轻声道："可是谭瑞，我有什么办法？你知道，我妈让我要讨好他，跟他处好关系。"

谭瑞沉默，视线忽地落在一旁的桌面上，一顿，问江启："那个'森林之声'，是不是你爸去年买回来的？"

江启随着他的视线看见了桌面上摆着的一个小摆件，是用几种颜色的宝石和钻石镶嵌而成的，只有巴掌大，厚度不到一厘米，一直作为装饰摆在大厅里。

他猜到了谭瑞的计划，却假作不知："嗯，我记得那个小摆件很贵。"

"很贵？"谭瑞笑道，"贵就更好了。"

祈言看完今天的《勒托日报》，随手拿起一把银叉，手指灵活地转了几圈。

这时，有人从身后将他手里捏着的银叉抽走，放到旁边："不怕扎到手？"

充满侵略意味的强悍气息围拢过来。

祈言下意识地嗅了嗅，一股很淡的……烟味。

陆封寒刚刚在外面，抽烟了？

没再碰那把银叉，祈言抬眼看向陆封寒："你回来了。"

陆封寒坐回原位："嗯，回来了。"

祈言点点头："那走吧。"他来这里的目的已经达到了。

见祈言又抬起手松了松黑色领结，陆封寒问他："怎么了？"

祈言轻轻皱眉："闷。"

是觉得空气里花香味太浓郁，闷得难受了？陆封寒在心里不由叹道，还真是娇气。

两人起身，夏知扬和陈铭轩也不准备再待下去，跟着祈言往大门的方向走。还差几步到门口，谭瑞突然大步冲过来："站住！拿了东西就想走吗？"

他嗓音不低，很快就将所有人的目光都聚拢过来，包括蒙格上校和卡罗琳校长。

心里一喜，谭瑞加紧两步追上祈言，伸手就准备去拽祈言的手腕，没想到却在半途被猛地钳住。再一抬头，就看见一个高大且气势凛厉的男人稳稳站在祈言身旁，五指攥在他伸过去的手臂上，铁铸一般。

一阵剧痛后，指尖麻木，手臂上，青色的血管通通鼓胀起来。谭瑞想要甩开，却发现整个人如同被定住了一样，丝毫不敢动弹，更发不出半点声音。

后背不到半分钟，就已经湿透。

跟在后面的江启见谭瑞被制住，连忙道："请你放开他！他只是太心急了！"

江云月走过来，适时接话："江启，出什么事了？"

江启咬了咬下唇，移开视线："妈妈，没出什么事。"

"是有什么难言之隐吗？"江云月温和地拍了拍江启的肩膀，道，"如果有什么事，一定要说出来，告诉爸爸妈妈。"

江启看了看谭瑞，像是不忍，颇有些难堪地开口："我刚刚发现，爸爸去年买回来的'森林之声'不见了。"

江云月一惊讶，没能克制住声音："'森林之声'不见了？"

"嗯，"江启点头，"谭瑞说……他看见祈言经过那张桌子时，好像顺手拿了什么东西。又发现祈言马上要走，一时情急才会追上去。"

说完，他越过谭瑞和夏知扬，看到了祈言。

而祈言平淡回视，眉骨精致又清晰，神情清冷。

"怎么可能，祈言怎么可能偷东西？"江云月掩唇惊呼，又再次确认，"会不会是谭瑞看错了？"

周围的人纷纷聚拢过来，有窸窣的议论声响起。

在陆封寒极具压迫感的气势下，谭瑞咽了咽唾沫："是不是我看错了，搜一搜祈言的口袋不就知道了？"

夏知扬脸色难看："谭瑞，你不要给脸不要脸！"

"做贼心虚了？"谭瑞哼笑，"果然是偏僻星球来的，没见过好东西，见了就想悄悄偷走！有本事，你就……"

他话还没说完，就见祈言从衣服口袋里面，摸出了一块巴掌大的东西，晃了晃："你们说的是这个？"

谭瑞没想到祈言会自己拿出来，他瞥见卡罗琳夫人严肃的表情，有一点点激动："果然，东西是你偷的！"

这时，钳在他手臂上的手突然松开。

陆封寒扫了一眼祈言的神情，确定没掉眼泪，这才轻笑，问："你的话说完了吗？"

谭瑞活动麻痛的手臂，抬抬下巴："物证也在，你们还要狡辩吗？不知廉耻！"

陆封寒没说话，而是垂首，几分懒散地在个人终端上点了几下。几秒后，一束蓝光闪烁，在场的人都认出，是视频投影。

有画面投射在了空气中，开始播放。

看清画面内容的刹那，谭瑞尴尬无比！

画面拍摄的是祈言的背影，似乎正穿过人群往前走，没一会儿，只见有人突然挨近祈言，将一块巴掌大的东西悄无声息地塞进了他的西服口袋里，随后迅速离开。

陆封寒关了投影。

"真是不好意思，作为保镖，我的个人终端一直开着录像功能。"陆封寒好整以暇，欣赏完谭瑞脸上骤变的神情以及一旁江启微白的脸色，诚心诚意提了个建议，"可以去认真学习学习《微表情心理学》和《微表情表演学》这两门课程，图兰学院如果不开设，那么，善于利用星网。"

听完陆封寒说的话，夏知扬使劲朝陈铭轩挤眉弄眼——听听，听听！我们以前怎么就没想到，给江启提提这种实用又可行的建议呢！

而谭瑞转头望向江启，后者差点没能绷住脸上的表情。

他认为自己和谭瑞的设计没有任何问题！

作为祈家人，他拥有暂时关闭大厅所有监控设备、开启屏蔽所有人的个人终端录像功能的权限。而且他确信，大部分人相信熟悉的谭瑞不会撒谎，只会先入为主地相信陌生的、来自偏僻星球、没见过世面的祈言会顺手偷窃。

只要大家都相信了，祈言就算说自己没有偷东西也无济于事。

他要的，就是让所有人都知道，自己这个哥哥，上不得台面，甚至会偷窃！

唯一的变数，就是那段录像。

陆封寒轻笑，像是好心解答谭瑞和江启的疑惑："是不是在想，为什么在场所有人个人终端的录像功能都被屏蔽了，我的却没有？"

夏知扬一听，连忙按了两下自己的个人终端："咦，竟然真的被屏蔽了，录不了东西。"他望向陆封寒的手腕，突然灵光一闪："不是吧！你一个保镖，这么有钱？你用的是不是Y神做的东西白隼？白隼是全联盟最强大的屏蔽系统，无论在哪里都能开启录像功能！这玩意儿很贵的！"

陆封寒点头："就是白隼。"

作为Y神狂热粉的夏知扬又看向谭瑞，余光还故意瞥向江启："不怪祈家的屏蔽系统没起作用，是对手太强大，不，太超神了！其实Y神做出白隼，最初是为了供给军方，突破反叛军录像干扰器的限制。用在这里，嗐，埋没了。"

祈言听见"白隼"两个字，下意识地也看了看陆封寒的个人终端。

而江启没有理会夏知扬的嘲讽，转眼朝一直没说话的祈文绍看过去。

一个保镖，不可能这么有钱，能够买得起Y神做出的设备，自然是祈言出钱配置的。可是，祈言一直生活在梅西耶大区的偏僻星球，外公外婆家境普通，怎么可能有这么多钱？

再加上祈言一回勒托，就能进图兰学院上二年级，在他和妈妈不知道的时候，他的爸爸，到底私底下给了祈言多少钱、铺了多少路？

这一刻，江启心里升腾起一股难以抑制的怒意以及被最崇拜的人背叛的愚弄，下唇几乎咬出血来。

谭瑞从小做过不少类似的小把戏，次次成功，从来没像现在这样，被当场抓了个现形。他勉强辩白："我说的是，我看见祈言从桌子边经过，这我没说错吧？谁知道有人要故意陷害他，'森林之声'正好就在祈言口袋里了！"被无数人的目光围着，他心里有点慌，加快语速，"而且他一个偏僻星球来的，我首先怀疑他不是很正常的吗？"

一直看戏的陈铭轩都有点看不下去了："你是白痴吗？"

夏知扬更是觉得自己明明只比谭瑞大了一岁，怎么就能聪明那么多呢？他隔空点了点谭瑞手指上套着的指环："全球限量五十枚，现场应该就你审美垃圾，天天戴着不想取。我说，作案之前，能不能先把显眼的饰品取下来？说你蠢，你自己还意识不到，真是可怕！"

谭瑞下意识地将手背到了身后。

将"森林之声"放进祈言的口袋是临时想出来的点子，他以为屏蔽了监控和录像就能万无一失。

"我……"

"事情的原委已经很清楚了。"说话的是卡罗琳校长，她朝前一步，从人群中站了出来，"听说你已经收到了图兰学院的通知书，那你就已经是图兰学院的学生了。"

谭瑞心里突然慌乱，他喉咙发紧："是的。"

"既然是我校学生，那么，根据校规第五章第二十八条，故意设计、诬陷同学，故意侵害他人名誉权且拒不认错的学生，予以开除处理。"卡罗琳顿了顿，"这位同学，开学时，你不用来图兰学院上课了。"

江启想开口说什么，垂在一侧的手却被江云月狠狠拉住。

他很快反应过来，是啊，证据确凿，谭瑞被开除已经是既定事实，他求情，不仅无济于事，反而会在卡罗琳校长眼里留下不好的印象。

他闭了嘴。

谭瑞一时间以为自己出现了幻听，甚至眼前的所有都是幻觉。否则为什么会有那么多人用惊讶、同情、幸灾乐祸、嘲讽的眼神看他？被图兰学院认定为品行不端的学生，不用到明天，他立刻就会变成整个社交圈的笑话！

他一点点看向站在门边的祈言。

鎏金雕花大门成了背景，穹顶的光线落下来，让祈言仅仅站在那里，便如冷霜般冰寒料峭。

谭瑞想，被判定品行不端、被图兰开除的，为什么不是祈言呢？

为什么不是他？

明明就应该是他，是祈言！

祈言将谭瑞的神情收入眼中，朝陆封寒和夏知扬他们道："走了，很闷。"

从祈家出来，坐进悬浮车里，夏知扬大笑，从头到脚都舒畅了。他好奇地扒着座椅，探头探脑地问陆封寒："你真的一直开着录像？"

陆封寒握着黑色操纵杆，加速钮一按，漆黑的车身便如暗影般开上了快车道。

手肘支在舷窗上，陆封寒笑道："随口胡诌，你也信？"

陈铭轩捧着游戏终端，接话："你和祈言什么时候发现的他们的小动作？"

陆封寒："个人终端的录像功能被屏蔽的时候，白隼会提醒。你们应该知道，所谓的屏蔽录像功能并非真的屏蔽，而是放出干扰波，使得录下的影像空白一片，白隼可以瞬间捕捉到这段干扰波。"

夏知扬激动地拍大腿："我Y神出手，随便搞的小玩意都厉害到爆！"

陆封寒继续道："有人故意靠近，塞东西在祈言口袋里时，祈言也感觉到了。既然这么大费周章，自然要看看那两个人是要干点什么。"

他还毫不客气地评价："不过手段太拙劣，当小调剂都勉强。"

夏知扬整个人往后一瘫，蹭到耳廓上的金属环，又偏了偏头："今天真是尽兴！我和陈铭轩早就跟江启那几个不对付了。那个谭瑞是私生子，十几岁才从外面被接回来，人品也就……擦地的水准？江启呢，是跟着江云月一起进祈家的，明明就不是正经的祈家人，偏偏什么时候都爱出风头，排场大，架子足，生怕别人不知道他爸姓祈。还动不动就一副被欺负了的模样，我已经被恶心好几年了！"

陆封寒听着，余光看了看祈言。

祈家的事，似乎没有引起他的任何注意。

雪白领口处的黑色领结被扯松，车窗外有光透进来，光影以他的鼻梁为界，划分出明暗来。

淡漠的，没有丝毫情绪。

陆封寒蓦地生出一缕烦躁，不想祈言再听祈家这些烂事，自然打断夏知扬："报个地址，先送你们回去。"

回到家，时间已经不早了。

祈言洗完澡，裹着满身的水汽靠在床头，漫不经心地在祈家的监控系统里逛了一圈，确定该抹消的内容全部抹消。

退出来时，个人终端提示收到一份文件，来源未显示。

祈言点开，入眼的是一份熟悉的心理测量表，前后一共有近三百个问题，极为细致。

从头到尾看了一遍，祈言开始凭着记忆，在测量表的末尾处依次写下自己的答案，不到五分钟就完成了。

选择提交后，祈言在等待回复的时间里下了床。他打开卧室门，漫无目的地从楼上走到楼下，站在最后一级台阶前，似在思索什么般站住了。

冰凉的地面让他赤着的双脚也失去了温度，停留许久后，他去厨房为自己倒了一杯水，返身上楼。

卧室门打开的瞬间，提交的心理测量表也有了回复。

荧蓝色的光映入祈言的眸子里。

对方只询问了一个问题——

"现在混淆现实的频率是多久一次？"

第三章

天穹之钻

陆封寒正在卧室里查看近期的新闻。

大到军方就南十字大区前线大溃败做出说明，或中央军团两天前举行了授衔仪式。小到开普勒大区的一颗矿星发掘出珍稀矿藏，或南十字大区某颗行星附近，宇宙风暴导致航道被破坏。

他每一条都看得仔细，似乎正在从这些简短而浮于表面的内容中，精准剔出深埋其下的一根线。

条分缕析，颇为耐心。

直到门外突然传来重物落地的声音。

蛰伏的猎豹般，陆封寒敏捷起身，大步行至门口。

拉开门，下一秒他就看见，祈言穿一件宽松的白色真丝睡袍，站在对面的卧室门前，手还维持着握杯的姿势，而脚下，溅落了不少晶莹细碎的水杯残片。

祈言赤着脚，光裸的小腿上有一道细小的血口，红得仿佛玉白的瓷器上精心描摹的一点浓郁朱砂。

端不稳水杯这样的情况，放在陆封寒的下属身上，能被嘲笑五十年。但祈言没端稳，陆封寒却丝毫不觉得奇怪。

只是，有点反常。

这一次，祈言没有让他包扎伤口，而是问："今天几号？"

像是在确认什么。

陆封寒直觉祈言的状态有点不对劲，谨慎地依言回答："星历 216 年，8 月17 号。怎么了？"

祈言摇了摇头。

他想，他刚刚果然是自己吓自己，没有混淆现实，他认为的日期是正确的。

祈言扫了一眼地上铺开的透明碎片以及一摊水渍，似乎随口道："我刚刚去厨房倒水，见你在楼下看新闻。"

陆封寒探究地看着祈言："我刚刚没有下楼。"

祈言一怔。思索后，他很快得出答案："我记错了，你刚刚一直在卧室里。"

陆封寒目光划过祈言陡然苍白的脸以及垂在身侧、一直颤抖着的指尖，压下心里浮出的疑惑，上前一步，"水洒了？"

祈言点点头："嗯，水洒了。"

陆封寒吩咐："站着别动。"接着，他伸手，两下将赤着双脚的祈言背了起来，迈过一地碎碴，顺便解释了一句："会扎伤你的脚。"

突然悬空令祈言下意识地拽住陆封寒肩部的衣服，他的声音有些轻："你可以帮我倒杯水吗？"停了停："我现在需要……吃药。"

把人放到床上，陆封寒下楼帮祈言重新倒了一杯水。因为没有家务机器人，他亲自收拾干净地上的水渍和碎片。

等收拾完，祈言已经把花花绿绿的几片药吃完了，杯子里还剩下半杯水，被他放在一边。

陆封寒没有追问祈言到底生了什么病，只道："你睡觉，我过去了。"

过去，指的是回对面的房间。

祈言反应慢了几秒，他没什么精神，看着陆封寒："合约上说，你保护我的安全，无论何时，无论何地。"

陆封寒倚着墙："所以？"尾音稍稍上扬。

祈言指指床空出来的另一侧："你坐在这里，直到我睡着。"

迈开利落的长腿，陆封寒按照祈言的要求坐到了床边。

纯白色的床面因为多了一个人的重量，微微下陷，祈言很轻很慢地吸了吸气，一直颤抖的指尖终于慢慢平静下来。

祈言缓慢朝陆封寒所在的方向挪了两寸，仿佛找到了一个适当的距离，屈起膝盖，整个人蜷缩起来，闭上了眼睛。

一个小时后，确定人已经睡着了，陆封寒拿了愈合凝胶，重新站回床边，俯身将凝胶涂在了祈言小腿的伤口上。

血早已止住，只留下一条明显的线。

他犹豫几秒，最后还是在祈言小腿上缠了两圈绷带，顺手打了一个标标准准的蝴蝶结。

陆封寒这番动作下来，祈言也没醒，甚至戒心全无，半点动静也没有。

收走水杯以及空了的拇指大小的药瓶，陆封寒目光落在祈言缠着绷带的细白小腿上，轻"啧"了一声道："还真是个娇气包。"

陆封寒离开不久，似乎察觉到笼罩在身体周围的气息消失了，祈言的眉紧紧皱着，几声急促的呼吸后，睁开了眼睛。朝床的另一侧看过去，人已经走了。

手撑着坐起身，柔软的睡袍随着动作轻轻贴在他身上，显出清瘦线条。祈言摸了摸小腿，指尖触到一段粗糙的质感。调出个人终端的亮光，他看见自己的小腿上缠了一圈绷带，绷带收尾的地方还被打成了一个小蝴蝶结。

小心地在蝴蝶结上碰了碰，又碰了碰，祈言才意犹未尽地收回手。

呆坐了一会儿，祈言慢慢朝床的另一侧挪了挪，最后按下了个人终端，拨了一段通讯。

室内很暗，窗外有一点光线透进来，让家具显出了隐约的轮廓。个人终端蓝色的荧光微亮，映在祈言脸上，将他的肤色衬得比平时更为苍白。

很快，通讯成功连接，对面传出一道和蔼的女声："祈言？"

通讯界面上，线路与联系人提示"加密"。

祈言已经恢复了冷静，说道："一小时前，我再次出现了混淆现实的情况。"

对面的女声询问："在此之前，即你回到勒托至今，发生过几次？"

目光落在空气中的某一点上，祈言仔细回忆，神情有些迷茫，最后得出结论："我不知道。我不知道自己混淆过几次。"

"不要着急，你可以告诉我这一次的具体情况吗？"

"做完心理测量表后，我下了楼，经过客厅，去厨房倒水。回到门口时，我收到了你的回复，之后，水杯落在了地上，陆封寒从对面的卧室开门出来，我问他今天是几号，他回答我。"祈言按顺序叙述完，声音轻了些，"我所认为的日期确实是正确的。"

"那不正确的是？"

祈言指尖微颤，他将枕头一点一点抱进怀里，手指抓着枕面，紧了紧："不正确的是，我的记忆里，我下楼倒水时他也在楼下，在看新闻。可是他说他一直在卧室，没有下楼。"

"'他'指的是陆封寒吗？"对面的女声似乎在记录着什么，"你用你记忆中存储的信息，组合并虚构了陆封寒在楼下看新闻的画面，是吗？"

"是的。"祈言描述记忆中的情景，"他穿一件白色衬衣，黑色长裤，窗外有巡航机起降的声音，持续了9秒。新闻画面……"不对，祈言眉头一皱，"新闻里，军方发言人正在接受记者的采访，可新闻画面右下角显示的日期是7月29日。"

抓在枕面的手指蓦地松开，祈言眼底透出几许茫然，很快又确定："这段记忆是我拼凑的。"

"祈言，能够在记忆的画面中找寻到标示清楚的时间，只是偶然。"对面的女声轻轻叹气，"你的记忆力超越了绝大多数的人，这是一种天赋。只需要几秒的时间，你可以将一个人的模样细致入微地刻入脑海，也可以将一个场景中包括光线的位置、地上的落叶的数目都记下来。而以这些信息为基础，你能够十分轻易地构建出一段从未发生过的记忆。"

祈言语速很慢，闭着眼回答："我熟悉楼下客厅的每一寸构造，同样熟悉陆封寒的外表、姿态、说话的语调和表情，还曾经见过陆封寒看新闻时的情景。"

于是，在他自己毫无所觉的时候，他拼凑了"陆封寒在楼下看新闻"的场景，嵌入自己的记忆，并以为，这是真实的。

对面传来笔放在桌面上的声音，女声做出判断："原本以为去陌生的环境、和不认识的人相处、接触不一样的东西，或许会让你混淆现实的情况有所缓解。不过现在看来，缓解效果十分有限。"

祈言没说话。

女声又柔和地说道："不过没关系，祈言，我们可以继续尝试别的办法，只是又要辛苦你努力去分析脑子里的记忆到底是虚假还是真实。"

"伊莉莎，我们……"

我们放弃吧。

可这五个字，祈言最终没能说出口，他只是在暗淡的光线中点头，嗓音微涩说道："好，我会努力。"

通讯挂断，蓝色荧光逐渐熄灭。

祈言在黑暗里静静躺着，耳边只有自己的呼吸声。他不由得想，会不会……刚刚陆封寒没有回答他今天的日期，也没有将他背回卧室，甚至发出去的心理测量表根本就没有得到回复？

他太熟悉伊莉莎了，脑子里存储的信息完全足够他虚构出一段他和伊莉莎的对话。

如果一切都是假的，都是他自己虚构出来的，那……到底什么才是真实？

祈言将脸埋在松软的枕头里，他想，和陆封寒签下两年的合约应该是真实的。陆封寒背他进卧室……应该也是真实的吧？

因为以前，从来没有人这样背过他。

那一天晚上的异常像投入深湖的石块，并没有对他造成什么影响。祈言依然每天十点左右出现在楼下，一边看书一边吃面包。

唯一不一样的大概是每次吃完面包后，祈言都会拿出拇指大的透明药瓶，将里面的药片混着水咽下去。

明明平时娇气又挑剔，吃药时却连眉都没有皱过一次，仿佛习以为常，已经感觉不到苦涩了。

不知道是不是药物的副作用大，陆封寒发现，每次吃完药后，祈言很明显都会有些不舒服。比如，他会像无法集中注意力般停下正在做的事，找一个地方安安静静地坐着。有时候是楼梯的台阶，有时候是书房的椅子，而具体位置通常取决于那时候陆封寒在哪里。

陆封寒心想，这又是什么小毛病？难道祈言吃过药后的这段时间里，必须要有人在他视线当中才行？

眼看对面的人吃着面包又开始发呆了，陆封寒往椅子上一靠，双腿自然叉开，问："面包好吃吗？"

祈言回过神，看看手里还剩一小半的面包："没什么味道。"

陆封寒不太理解："既然没什么味道，那你还每天都吃？"

"因为没什么味道，所以无所谓好不好吃，也无所谓喜不喜欢。"祈言停下咀嚼，左侧脸颊微微鼓起，认真解释，"我的身体需要碳水化合物，所以我要吃面包。"

陆封寒一挑眉："那你每天中午和晚上都要吃配送来的那个什么……A套餐，也是同样的原因？"

"嗯，"祈言对陆封寒的推测表示认可，"没什么味道，营养成分平衡而充分。"

此时此刻，陆封寒有点后悔。他还以为祈言是因为喜欢才天天翻来覆去地吃同样的东西。作为保镖，当然要有保镖的自觉，不能挑剔雇主提供的食物不太行。而且，除了味道寡淡以外，面包片和A套餐没什么别的缺点。

哦，还有，贵。

任谁也不可能吃同样的东西吃大半个月而不腻，陆封寒提议："我们放弃A套餐，吃吃别的？"

祈言摇头："外面很多东西都很难吃。"

想起上次出去吃饭时祈言挑剔的程度，陆封寒捻了捻手指："那就不吃外面的，我来做！"

于是，在祈言的允许下，陆封寒买了一大堆食材和半成品，鉴于没有家务机器人，他系起新买的围裙，在个人终端上调出菜谱，进了厨房。

连续三天，厨房里都会飘出奇怪的味道。

其间，陆封寒端出一盘卖相可观的菜放在祈言面前，还周到地递了筷子，颇有信心："尝尝？"

祈言依言夹了一块，吃进嘴里，许久后才囫囵咽下去，然后默默放下了筷子。

陆封寒没有自取其辱，询问菜的味道好不好，自觉把菜全倒了，还不忘安抚祈言："难为你了。"

祈言点点头："嗯。"

是挺难为的，他从来没吃过这么难吃的菜。

又到了饭点，祈言翻出联盟最新刊出的论文，不过十几秒便从头看到了尾。

门铃声响了起来。

朝厨房的方向看了一眼，祈言起身去开门。

文森特·冯看清开门的人，准备好的话挤在喉咙，一时没能顺利说出来。

在蒙格找到他、让他帮忙解决升职被上面卡了的事情后，他就意识到了什么，开始顺着这根藤往上查。很快发现，蒙格来找他的前两天，没有别的行程。

除了祈家的庆祝宴。

由此，拐了好几个弯后，他站到了这里。

只是没想到，跟指挥住一起的人，长相这么……有点太过好看了。

"你找陆封寒？"

文森特还没来得及自我介绍就被祈言点明了来意，他爽快点头，没有否认，心里却不由浮起几分疑惑——他为什么这么确定我是来找人的？

踏进门，文森特礼貌地没有乱看，只跟着祈言往里走了几步。

这时，不知道从哪里传来一股烧焦的刺鼻气味，紧接着，一个人快步走了出来。

见到来人，文森特条件反射地脚后跟一并，后背抻直，行军礼的手抬到一半，又猛地滞在半空，有些滑稽。

而此刻，他的前任长官，在南十字大区前线积威甚重，曾血洗敌方上百星舰、令反叛军闻风而逃的远征军总指挥陆封寒，腰上系着灰色格子围裙，站在厨房门口，将锅铲握出了按下高能粒子炮发射按钮的惊人气势！

祈言已经很习惯陆封寒的这个打扮，且经过这几天的观察，他脑子里，还在"做饭"这一项后面做了"难度等级：SSS"的批注。

祈言先于两人开口："我去楼上洗澡，可以吃饭了再叫我。"

说完，不等陆封寒回答，径自上了楼。

楼下只剩陆封寒和文森特两个人。

单手解下灰格子围裙搭在椅背上，陆封寒看向文森特："怎么找来的？"

文森特毫不客气地拉开餐椅坐下："不是你让我来的吗？蒙格突然找到我，身后肯定有人指点。可因为前线大溃败，他里外尴尬，少有人愿意沾他的晦气，更别说给他指路了。况且，就算指路，能明明白白指向我的概率，真不太大。"

"所以？"

"所以我起了疑心，特意查了查蒙格这几天去了什么地方、见了什么人，发现他清楚自己现在最好低调做人、不招人眼，于是安安分分，很少出去应酬交际，只除了祈家的庆祝宴。"不等陆封寒问，文森特就继续道，"我确实是从祈家内部的监控录像里找到你的，费了我好大劲儿。不过我奇怪的是，你跟蒙格从头到尾没说过一句话，你是什么时候让他来找我的？"

陆封寒眼神一动："从头到尾没说一句话？"

文森特："对啊，我从监控里看，你和蒙格一直都在大厅里，相隔很远。"

陆封寒不由往楼上看了一眼。

他在假山后跟蒙格见面时，确实刻意避开了监控。但是进出大厅，监控是避不开的，肯定会被拍到。可是现在，文森特却说监控中，他和蒙格一直都在大厅里。

对于给自己当了三年副官的文森特，陆封寒很清楚他的能力，查监控这种小事，不会出错。

那么，唯一的可能就是，有人特意篡改了监控录像，还将他和蒙格离开大厅这一段直接抹去了。

心思已经转了一圈，陆封寒面上却丝毫不露，只道："常年在勒托混的，都是人精。蒙格一直是中立党，他心里清楚，我拿顺利升职跟他交换的肯定不止一点军方的消息。不过他毫不点破，只按照我说的去找了你，一句多余的都不问、不说。"

"确实，单纯的利益交换更加安全。"文森特盯着陆封寒看了十几秒，到现在，才终于表现出了一点"前任长官死而复生我很激动"的情绪来。

他开玩笑："前线传消息回来后，我就觉得你肯定不会死。不过，在我的推测里，你不是手没了就是腿没了，或者独眼、毁容，总归……"

"总归不像现在这样，完完整整像个人？还真是让你失望了。"陆封寒笑容是一贯的散漫，眼神却慢慢冷了下去，"要是我也死了，谁给死去的那些人一个交代？"

文森特陡然坐直："真是陷阱？"

陆封寒："不然？"

手捏成拳，文森特习惯性地敲了敲桌面："还真是……前线大溃败的消息传回来，我就觉得不对劲。你带队支援失联的先锋部队，先不说先锋部队为什么会突然失联，单说从跃迁点出来，立刻遭到敌军的埋伏这点，就逻辑不通。"

陆封寒弯着唇，轻嘲道："什么时候前线军用跃迁点的精准坐标变成路边随便一个人都知道的常识了？这仗还能打？联盟早八百年举白旗算了。"

文森特眼神越发凌厉："有叛徒或者内奸泄露了跃迁点的位置，是吗？"

跟文森特外露的情绪相比，陆封寒语气极淡："知道了就不用问了。"

文森特再次打量陆封寒，更加奇怪："那你为什么没死？"

知道陆封寒还活着的喜悦，这几天下来，早不剩多少了。真见了人，他最好奇的就是这人到底怎么活下来的，竟然还从南十字大区前线到了勒托！

陆封寒："差点死了，被人救了。"

"祈言？"

"嗯。"陆封寒淡淡一笑，"腰都被打穿了。"

文森特瞟了一眼陆封寒，探究："真被打了个对穿？会影响某种功能吗？"

陆封寒眼神微凛。

文森特连连摆手："当我什么屁都没放，指挥，你继续，继续。"

"我运气好，被指挥舰爆炸造成的气流推出很远，恰好遇到了一处废弃的补给中转站，躲了进去。否则不用等失血过多，宇宙射线就能要我的命。"

"之后呢？"

"之后在补给中转站里找到了没电的医疗机器人、一堆过期了的药物，以及一捆颜色都变了的绷带，勉强包扎了伤口。等了不知道多久，一艘民用运输舰半路出了故障，临时停靠过来。趁他们开舱出来修理，我悄悄藏了进去，就这么回了勒托。"

文森特听完，惊讶挑眉："这样你都没死？"

陆封寒："VI型治疗舱里泡了三天，想死也难。"

文森特皱了眉："VI型？怎么回事？"

陆封寒想，我也挺想知道怎么回事。

VI型治疗舱是联盟现今最为尖端的治疗舱，只要人还有半口气在，不管是断手断脚还是内脏全部损伤，都能治好。但同样因为效果卓著，近乎起死回生，造价又格外昂贵，不能量产，仅有的产能不针对民用，专供联盟军方。

据他所知，全联盟一共只有四台，全投放在战事最激烈的前线。可他却在祈言的卧室里，看见了第五台。

见陆封寒不答，文森特猜测可能是军方机密，不再追问。

"那你现在准备怎么办？"

"前线，怀斯坐上了代理指挥的位置，不过有埃里希在，应该掀不起多大风浪。反叛军才进了一大步，不会贸然进攻，会原地休整一段时间。而这段时间里，勒托必定会为着'远征军总指挥'的位置争得头破血流。"

"你暂时不准备回前线？"

"对，我要是回去了，藏在暗处那些人怎么好光明正大地动手？况且，四面八方的消息都往勒托来，一有什么风吹草动，这里人人都跟头顶竖着天线似的，格外敏锐。勒托认识我这张脸的人也不多，行事很方便。"

明白了陆封寒的打算，文森特想起进门时看见的情景："我刚进来时，你在做饭？"

"嗯，外面的不好吃，我照着菜谱试试看。"

文森特腹诽：到底是谁在星舰上，宁愿天天营养剂、营养膏换着吃，也不愿意多走几步，把罐装土豆泥加加热？还嫌外面的不好吃，你陆指挥什么时候对生活品质的要求这么高了？

"你这次让我来是？"

陆封寒回答："帮我查一个人。"

"谁？"

"现在顶了我位置的那个怀斯，怀斯·威尔，我想知道两年前将他调来远征军的到底是谁。"

文森特一口应下，又指了指楼上。

陆封寒明白他的意思，只简短道："不用查，不是敌人。"

临走前，文森特问陆封寒："你差不多十年没有回过勒托，这次回来，有没有去天穹之钻广场看看？"

"去那里干什么？"

"你爸的雕像不是立在那儿吗？"

陆封寒手搭文森特肩上，把人推出去："人都没了，雕像有什么意义？看看我跟我老子哪里长得像？"

门重新关上，陆封寒转身往里走。

他的父亲陆钧曾经是联盟上将，母亲也在军方任文职。11 岁那年，他的父母在前线阵亡，这之后，他一直接受军方照顾。

15 岁时，他被第一军校破格录取，成了第一军校年纪最小的学生。又恰好是争强好胜的年纪，叛逆心重，几乎每天都在打架。通常都是赢，有时候输了，就会悄悄跑出学校，到天穹之钻广场，坐在陆钧的雕像前絮絮叨叨地告状。

不过渐渐的，他就很少去了。

告状又怎么样？陆钧又听不见。

除了他自己打架赢回来，没别的人会帮他。

陆封寒上楼去叫祈言吃午饭。

厨房里一团焦黑的半成品肯定是不能吃了，唯一的选择就是继续吃放在保鲜盒里的 A 套餐。

祈言才换过衣服，发尖上似乎还浸着水，他吃了几口，忽然问："你怎么了？"

三分钟里，陆封寒一直在出神。

陆封寒捏着筷子："图兰学院是不是快开学了？"

"对，还有半个月。"

"你来勒托一个月，去过天穹之钻广场吗？"

"没有。"祈言摇头，又想起，"回来第一天，夏知扬来星港接我，开着悬浮车在广场外围绕了一圈。"

"那就是没去过了。"陆封寒提议，"吃过饭，去一趟？"

虽然很突然，但对陆封寒的提议祈言向来没什么意见："可以。"

天穹之钻广场是勒托中心，作为勒托的标志，常年有别的星球的人来参观，不过因为面积大，倒不显拥挤。

将悬浮车放在停泊区，两人往中心方向走。陆封寒问祈言："知道'勒托'这个名字怎么来的吗？"

祈言摇头。

陆封寒："'勒托'源自地球时代的希腊神话，意为'养育者'，神话里，勒托是一位女神，生下了主管狩猎和生育的女神阿尔忒弥斯以及主管光明和未来的太阳神阿波罗。第二次科技大爆发，人类突破地球的限制，到达星际，几乎从'勒托'这个名字就能看出人类的野心——繁衍、征服、光明、未来。"

"勒托是人类新的起点！那时，所有人都在呐喊，人类注定向前，永不后退！"

正说着，远处传来高呼，祈言循着声音望过去，见一处石台上站着两个人，而人群在石台下围了一大圈。

"他们是谁？"

陆封寒远远看了看，收回视线："所谓的游吟诗人，据说是个传统职业，兴盛于地球历 11 世纪。这些人全联盟到处跑，宣扬自己的政治见解以及思想，口号非常崇高，是'为了人类与理想'。"

祈言没见过，感兴趣地走近了几步。

高台上的年轻人正激情澎湃："……第三次科技大爆发后，我们迎来了科技繁荣的鼎盛时期。可是，不过短短一百多年，科技大毁灭！'科学的尽头是神学'这句话，本就是出于人类的妄自尊大，竟将自己比作神！若不是人类自以为掌握了宇宙的钥匙，急功近利，触碰到了神之领域，联盟怎么会在这场科技浩劫中，无数行星爆炸，五分之三的人类死亡，曾经被人类征服的九个行政大区，五个都重新沉入宇宙永恒的黑暗？"

祈言听了一段："这个人是反叛军的拥护者？"

"差不多吧，联盟言论自由，就算在这个广场上高呼联盟必败，军方也不敢动手抓人。"陆封寒听着觉得有趣，问祈言，"你觉得星历143年发生的科技大毁灭，是因为人类急功近利吗？"

祈言毫不犹豫地摇头："不管是地球历还是星历，科学进程都是一样的。新的法则被发现，新的科学地基也会随之建立起来。接下来，很多未知的领域、人类无法理解的范畴都会迎刃而解。从历史上说，比如细胞学说，比如相对论。之后，无数科学家就会在这块新的地基上开疆拓土。

"只不过第三次科技大爆发倚仗的基础本就是空洞的、所以接下来的科技大毁灭只是一个从开始便注定的事实，不存在所谓的'人挑战神的权威'。"

陆封寒远远看着聚集在一起的人群："可是反叛军就是以这一套理论，否定科学，鼓吹神学，蛊惑人心。还将所有的科学家都视为渎神者，以此为基础，发布了所谓的'黑榜'。"

祈言决定用沉默来表达对这套理论的不屑。

看着祈言，陆封寒手突然有点痒，想戳戳这人的脸。不过也只是想一想而已，戳哭了怎么办？

没再将游吟诗人的演说听下去，两人经过喷泉与绿道，站在了雕像群前。

为联盟做出过巨大贡献的人都会在这里拥有一席之地，以供后人凭吊瞻仰。

祈言一个个挨着看过去，视线停下，指了指："你跟那个人同一个姓氏。"

陆封寒顺着他指的方向："陆钧？嗯，是挺巧的。"

陆钧的雕像参考的是陆钧本人留下的全息影像，身高一毫米不差，连指甲的弧度都极为精确。他身着戎装，左手垂握一把长枪，目光遥望远处。而雕像的底座上，写着他的墓志铭，只有铁画银钩的四个字：仅为联盟。

仅为联盟，一往无前。

陆封寒数不清自己在这座雕像前坐过多少次，以至于这几个字的一笔一画都在脑海里映得清清楚楚。

他以前甚至想过，要是有一天，自己也死在了前线，不管能不能在天穹之钻广场混一座雕像，都一定要用这四个字当墓志铭。

仅为联盟。

话说半句，意义一看就非常深远，特别唬人。

他偏头问祈言："以后你死了，墓志铭写什么？"

祈言跟他一起望着眼前的雕像，回答："以前想过，我想写'身处黑暗，我曾追逐一缕萤火'。"

"听起来让人有点……难过？"陆封寒手插进裤袋里，"你现在才19岁，想什么墓志铭、死啊死的，联盟人类平均年龄都过100岁了，你还有得活。"

完全忘了几秒前，明明是他主动问祈言想写什么墓志铭的。

祈言小声回了句："不一定。"

陆封寒耳朵灵："什么不一定？"

祈言不准备回答，恰好旁边走来一个年轻人，个人终端的投影功能开着，密密麻麻显示的全是字，他凑过来："联盟人类平均年龄现在虽然过百了，但在科技大毁灭时期可不是！那时，全联盟每颗行星都在死人，有时一眨眼，一整颗行星都死绝了！可是有这样的惨剧作为教训都还不够，联盟依然不知悔改，主张大力发展科技，每年依然投入无数的资金和人力！"

陆封寒挑眉："你拥护反叛军？"

年轻人一笑："我谁都不拥护，我只是反对联盟仍旧发展科技、自寻死路！"

陆封寒点点年轻人手腕上的个人终端："联盟不发展科技，你的个人终端从哪里来？你每天吃的，都是实验室培育出种子、集中栽种出来的粮食。你能安然无恙地站在这里，跟我聊这些毫无逻辑的内容，是因为整个首都星都被科学家研究出来的防御网笼罩，一枚炮弹都砸不进来。而且，"他又指向身后陆钧的雕像，"他和他所在的星舰，就是消失在反叛军的炮口下。你好意思站在这里跟我们说你反对联盟发展科技？但凡陆钧那艘星舰的防护水准跟现在的持平，反叛军那一炮就轰不死他。"

陆封寒语气格外平静，但他似乎天生带着一股厉气，像一把饮过血的长剑，能明晃晃地直指人心。

"你……"

年轻人下意识地退了半步，还想再说什么，陆封寒不无轻蔑地打断："反叛军说什么你就信什么，你知道他们暗地里到底是个什么打算？或许，是你的脑子在星际跃迁的时候落在虫洞里，忘记带回来了？"

这句精彩形容让祈言忍不住瞥了眼陆封寒，并默默记在心里——这是他的短板，记下来，说不定以后能直接用上。

那个年轻人没敢再留，转身快步走开，搜寻下一个"传道"的目标。

说完人，陆封寒神清气爽，回头看了看陆钧望向远方的眼睛，心想，你还是有用的——用来举例，效果卓越。

在天穹之钻广场绕了半圈，天色擦黑，双月出现在天幕，人群开始往广场中央聚集。

祈言不明白："他们是要去看什么？"

"闻名中央区的喷泉表演要开始了。据说设计灵感来源于地球时代的皮影戏，用水凝成人物，水幕和全息投影构造背景，一年360天，每天的剧目不重样，去看看？"

越往广场中心人越多，陆封寒把人护在身旁，凭借一身气势，硬是强行把祈言带到了最前排。

喷泉已经开始变化，空气中还有丝丝水汽，等待的间隙，祈言问陆封寒："你以前看过吗？"

"没看过，我小时候，爸妈都忙，没时间带我来。后来他们死了，更没人带我来了。这之后，我上学，那时叛逆期，看不起这种逗小孩儿的东西。"

再后来，他离开勒托去往南十字大区前线，几乎再没回来过。

这算是两人间第一次谈起过去和家人。

祈言点点头："我也没看过，陪你。"

后面有人往前挤，陆封寒错开半步，半个人护在祈言身后，垂眼问："你是在安慰我？"

隔得近，他发现祈言的耳垂上有一颗颜色极淡的痣，像笔尖在水里洗过，只用一点残墨点在宣纸上，不容易被人发现。

莫名地，因为这个细小的发现，陆封寒心情愉悦。

此时，人群响起惊呼，眼前的光线开始变化，一个透明而梦幻的世界出现在所有人眼前。

陆封寒看了半分钟，视线又不由转到了祈言身上。

祈言看得很认真，像是要把这一幕记下来。绚烂的光影映在他的瞳孔里，让陆封寒莫名想到宇宙中遥远而绮丽的星云。

他移开视线，越过无数人安然喜悦的面孔，朝雕塑群的方向望去，想，"仅为联盟"，千百光年外，远征军炮口所向，为的或许就是——守护并捍卫这一份简单的安稳。

从天穹之钻广场回家，陆封寒握着操纵杆，问祈言："想什么？一直发呆，眼睛都不转了。"

可能是因为长得好，祈言这副模样，有点像 3D 打印出来的精美假人。

祈言回过神来："我在回忆刚刚的喷泉表演。"

"这么喜欢？下次可以再去看。"

"不用了，"祈言摇摇头，"我已经记住了，以后想看的时候回忆就可以。"

陆封寒遇见过不少记忆力强的人，听祈言这么说，没多少惊讶，只闲聊般询问："只要看过的，都能记下来？"

"对，只要看过，都可以。"

陆封寒想，原来在家里，祈言每次拿着阅读器快速翻翻翻，确实不是在练习翻页。

"那如果是非常伤心的事情，想忘却忘不了，会不会很难过？"

没有直接回答这个问题，隔了一会儿，祈言才轻声道："所以，遗忘是命运的馈赠。"

图兰学院的开学时间定在 9 月 2 号。

开学前一天，夏知扬和陈铭轩聚在祈言家里，陈铭轩抱着游戏终端打游戏，夏知扬对着没完成的作业生不如死。

"你们有没有发现最近外面人多起来了？好多家不在勒托的学生都会提前过来，特别是梅西耶大区和开普勒大区偏远星球的，怕遇上意外，据说还会提前一星期或者半个月。"

夏知扬一边打字一边说话，一心二用的典范。

祈言坐在一旁看书，随口问了句："反叛军？"

"这倒不至于，遇上反叛军的概率还是不大，反叛军离这边有点太远了。"写完一页题，夏知扬点了"提交"，又火速打开另一页，接着说，"是航道问题。联盟连接中央区和其他大区的民用航道多数都是在科技大毁灭之前修建的，后来一个眨眼，航道毁了大半。所以现在用的航道都是修修补补、勉强维持，时不时就会出个小问题。三年前，有几个二年级生搭星舰来勒托，中途进行虫洞跃迁时航道出了问题。他们自己说，明明只在虫洞里被困了八个小时，然而等他们出来才发现，图兰课程都上完一半了。"

陈铭轩接话："然后他们后半学期永远都在补课程进度、补各科作业，天天挂着黑眼圈仿佛要暴毙，才终于在期末险险拿了 C。"

"对对对，真的惨！"夏知扬顺便跟祈言科普，"图兰虽然能花钱进去，但期末要是连着拿几个 D，也只能收拾收拾走人。"他又劝祈言，"要是开学后你上了几节课，觉得跟不上，一定要去申请降级！降级虽然丢人，但总比被退学好。"

祈言点点头："好，我知道了。不过，不会跟不上的。"

他刚刚看了夏知扬的作业，知识点都是基础中的基础，没有难度。

"好吧，"揉了揉酸疼的手，夏知扬又拖长声音感慨，"一想起开学后，经常都会在学校里碰见江启，我这心啊，就难受！"

陈铭轩接话："他也念人工智能，同专业，说不定会在同一栋楼上课。要是上公共大课……"

"还会在同一间教室？"夏知扬彻底没了写作业的心情，一脸严肃，"我认为，联盟推行远程教育，迫在眉睫！"

第二天，学校通过注册信息，将所有课本资料发到了每个人的个人终端上。祈言全部翻完一遍就放到一边，继续做这两天没做完的建模。

悬浮车停在图兰学院大门外，车门朝两侧滑开，祈言下车。

因为是开学第一天，校门口人来车往，一片嘈杂，但在祈言下车后，附近说话声低了几度，不少视线都投了过来。

陆封寒打开自动驾驶系统，让悬浮车自己去找停泊位，大步站到祈言身侧，帮他隔绝了大半打量的视线。

他就像丛林里守在一朵珍稀的花旁边的猛兽，对旁人的窥伺隐隐有些不悦。

踏进大门，地面湿透，叶尖上挂着水滴，明显才下过雨。

祈言回头，对比了校门外干燥的地面。

"是不是以为自己出现幻觉了？哈哈哈，是学校刚统一下过雨，降雨精准控制在图兰的范围内。"夏知扬急匆匆地从后面追上来，"你们来得也太快了，不是一起出门的吗？我明明比你们近那么多！"

祈言默默看向陆封寒。

某人开悬浮车，每次都会因为速度过快引起车内系统警报。

而陆封寒听说图兰学院因为占地面积太大，为了便于管理，连下雨都是统一下，不知道第几次唏嘘：果然有钱！

相比起来，第一军校所谓的"不可预测的气候条件，是为了锻炼你们的临场反应能力以及应对能力，联盟军人，无论烈日雨雪，都要能奋勇杀敌！"其实归根结底，就是没钱，买不起气候监测调控系统。

明明只隔了一条河，贫富却划出了一条银河的距离！

三个人一起往里走，夏知扬熟悉学校，在前面带路，一边给祈言介绍学校里的建筑分布。

"图兰学院是人类定居勒托后建立的第一所学校。据说一开始只有几栋建筑，后来不断扩建再扩建，才形成了现在的规模。因为路边随便一座雕塑都是古董，很值钱，所以我们学校又被称为'勒托第一豪门'！"

陆封寒懒懒接话："不是'勒托第一腐败'，'联盟最强败家子'？"

夏知扬跟被扎了脚一样，一张娃娃脸都被气红了："这是黑称！是河对面第一军校故意搞出来的黑称！我图兰跟他们第一军校誓不两立！"

他又奇怪："不过你怎么知道？"

陆封寒极为敷衍："我听别人说的。"

这时，他余光发现，祈言眉心微微皱着，脚步一顿，不走了。

"怎么了？"

祈言回答："鞋带散了。"

陆封寒这才看见祈言白色的鞋带拖在地上，已经蹭脏了——地面湿漉漉，因为刚刚雨下得大，还有不少枯叶和泥点。

一个月相处下来，陆封寒发现自己的雇主不仅是个娇气包，还极为挑剔。不仅挑剔，还有洁癖，以及，生活技能无限趋近于零。

陆封寒将手里拿着的水杯递给祈言："拿着。"

祈言接在手里，然后就看见陆封寒在他面前蹲下身，准备给他系鞋带。

握着温热的水杯，祈言低头问："那种蝴蝶结可以吗？"

要求真多。

在心里难得骂了句脏话，陆封寒手指灵活地给祈言系了个蝴蝶结。

图兰学院是小班教学制，每个班二十个人，大部分课程都是上小课，由老师主导。而类似公共课之类的大课，则是不限专业、不限年级，都可以去听。

这样的小班制，使老师能关注到每一个学生，也能根据实际情况不断调整教学进度。

"可是你会发现，每次开学，没几个班的人数是凑足二十的！有的缺一个两个，有的惨烈，直接折损一半！"夏知扬语气夸张地感叹，"图兰的老师都是魔鬼！每学期入学的学生多吧？宽松吧？我这种分数差一点，交钱也进来了，还有祈言你这种中途转过来的，交钱也进来了。可是你数数每年的毕业生，有时候三分之一的人都毕不了业！"

祈言："那被开除的人呢？"

"会被勒托或者中央区别的学校吸收，只不过进了图兰，谁想再出去？"夏知扬带着祈言往教学楼的方向走，"不过这样也挺好的，真正能从图兰毕业的，必然都有几分真才实学。就是淘汰机制太残酷，好多人都接受不了而已。"

他走着走着想起来："对了祈言，你被分在哪个班？"

祈言看过个人终端上收到的信息："人工智能专业，二年级，137班。"

"137？"夏知扬尾音扬得高高的，随即，娃娃脸上展开灿烂的笑容，"跟我还有陈铭轩一个班！"

他激动地想伸手去拍祈言的肩膀，想起祈言似乎不喜欢跟人有身体接触，动作做到一半又收了回来，只高兴道："上学期期末，我们班折损了4个人，你补进来，好歹有17个人了！"

祈言点点头："嗯。"

陆封寒安静地跟在祈言身侧，一直在听两个人的对话，视线最后又落到了他的雇主身上。

能看得出，祈言性格天然比较冷淡，情绪波动不强，而且成长的环境里，似乎很少和同龄人接触，导致他在跟夏知扬以及陈铭轩相处时，总显得有些迟钝和笨拙。

夏知扬大大咧咧，不在意这些细节，陈铭轩要敏锐许多，不管说话还是打游戏，都会有意无意地照顾祈言。

陆封寒在心里评价了一番，觉得这两个人……勉强及格线以内吧。

教室在十一楼，祈言到时里面还没人，全息投影仪开着，蓝光微微闪烁。

陆封寒认了出来："你们图兰，每间教室都配了全息投影仪？"

夏知扬自豪："那当然！有的教授根本不在勒托，甚至不在中央区。有的教授又动不动就出远门，一年360天，天天都在开普勒大区和梅西耶大区的偏远星球游荡。人不在，课不能不上吧，所以，喏，"他指指："只能靠全息投影。"

陆封寒大致算了算图兰学院一共有多少间教室，再算了算每台仪器的价格……嘶，果然是联盟最强败家子！

又忍不住朝第一军校的方向望了一眼，心想，一条河划分贫富，所言不虚。

夏知扬盯着陆封寒看了几秒，反应过来："不对，你怎么还在这里？非学生和教职员工，不能留在图兰的。"

祈言正在观察教室的布置，闻言回答："我提交了申请，校长同意陆封寒在校内跟着我，保护我的安全。"

"这也行？"夏知扬震惊，马上又想到，"那要是我有一天被开除了，是不是可以当你的保镖，重新回图兰蹭课？"

陆封寒抱臂，抬抬下巴，极为嚣张："就凭你？"

夏知扬感觉自己遭到了鄙视！可是对上陆封寒的视线，总没来由地发怵，只好转移话题："不过带保镖上学，以前好像没有出现过。"

祈言从个人终端里找出校规，投影在空气里："校规第十一章第九十八条，学生生命安全遭受严重威胁等特殊情况下，可以在校区内配备安保人员。"

夏知扬看完，心想，难道是祈家的仇人要对祈言这个继承人动手，或者祈言防的，是那个后妈江云月？

唔，也不是不可能，反正肯定是有原因的！

这时，教室门被推开，一个穿黑色上衣的男生拿着一块便携式记录板走进来，看见夏知扬，讥笑："还以为这学期不会见到你了。"

言下之意是，你竟然没被开除。

听见洛朗这句阴阳怪气的话，夏知扬立刻翻了个白眼："没想到一个假期过去了，有些人依然学不会说人话。"

洛朗没再看夏知扬，而是将视线转到了祈言身上，轻蔑："你就是那个靠家里捐了一栋楼才成功转进图兰的插班生？"他将记录板放在桌面道："那，千万不要这学期还没结束，就因为成绩太差被开除了。"

知道祈言不太善言辞，夏知扬迅速反击："总比有些人家里一层楼都捐不出来得好！"

洛朗哼笑，转身去了自己的座位。

"你别生气，这人叫洛朗，仗着自己成绩好，天天阴阳怪气。"夏知扬压低声音，"不过你家里真的给图兰捐了一栋楼？他从哪里知道的？还这么笃定？重点是，我都不知道！"

祈言摇头，解释："没有。"

夏知扬捶了捶掌心："我知道了，没捐一栋楼！"

祈言正想点头，就听夏知扬继续道："捐了两栋！"

祈言决定沉默。

开学第一天不会开始正式的课程。上课时间到了之后，全息投影仪蓝色的光线变深，随后，一个"人"出现在讲台上，除了影像的边缘颜色稍淡外，和看真人的视觉效果区别不大。

主讲教授姓傅，60岁，有种独特的温和气质，说话不疾不徐。他先对祈言的到来表示欢迎，之后就开始讲解9月的教学计划，并列出了需要阅读的文献目录和要进行的实验。

清单非常长，教室里已经有人在低声哀叹了。

"虽然是开学第一天，但时间紧迫，不能浪费。我会将一个数据包发到你们每个人的个人终端里，这些数据都是无目的收集的原始数据，你们在进行完数据挖掘后，把最终结果提交给我。截止……明天这个时间吧。"

教室里一片哀号，夏知扬猛地把头磕到桌面，又迅速坐直，捂着额头，龇牙咧嘴："教授，开学第一天就要通宵了吗？时间能不能宽限一点？"

傅教授很喜欢看学生们遭到重大打击、唉声叹气的模样，他笑道："如果你能写出更优的处理模型，比如把上学期学过的RN3模型升升级，那今天晚上就不用熬夜了。"

夏知扬悲愤：重点是我要能写出来啊！

祈言打开个人终端，看了看数据包，确实很大，解开压缩就花了快20秒。这时，他听见傅教授点了他的名："祈言，能完成吗？"

祈言关上数据包的显示界面，回答："没有问题。"

教室里，有人很小声地嘲讽了句："打肿脸充胖子。"

祈言转头，发现是那个叫洛朗的人。对方见他看过来，还慢悠悠地朝他笑了一下，绝对称不上善意。

祈言不在意，收回了视线。

班里其他人正抓紧时间询问傅教授关于RN3模型升级的问题，祈言盯着空气中的某一点，逐渐开始发呆。

系成蝴蝶结的鞋带随着他脚的动作一点一点。

隔了几分钟，祈言朝陆封寒靠了靠，低声问："今天来学校的路上，你是不是问了我早餐有没有吃饱？"

陆封寒正在想事情，听祈言问，他回想后摇头："我没有问。你早餐吃了三片面包，按照你的一贯食量，不会饿。"

所以又是自己虚构的记忆。

"这样啊。"祈言重新坐好，继续发呆，同时在脑子里分辨哪些记忆是真实的，哪些是他自己虚构的。

陆封寒却不由将祈言刚刚的问题回想了一遍。

这已经不是祈言第一次问他类似的问题了。自从祈言开始吃药后，时不时地就会问他一些问题。有的是发生过的，有的没有发生过。陆封寒心志坚定，极少动摇，倒不会因为祈言的询问怀疑自己的记忆出了差错。

他只是在想，祈言到底是出于某种目的故意询问，还是，祈言根本分不清自己问出的这些内容里，哪些是真实发生的，哪些是假的？

陆封寒偏过头，就看见祈言正在发呆，手随意搭在桌面上，骨节匀称，白得像霜，跟桌面对比起来，十分显眼，总让人不自觉地将视线落在上面。

陆封寒下意识捻捻手指：希望是他多想了。

课程结束后，祈言准备回家，夏知扬连忙把人叫住："祈言，等等！"

陈铭轩前一天晚上打游戏打得太晚，踩着时间进教室，现在也挂着黑眼圈，一脸萎靡地站在一边。

祈言停下："你叫我吗？"

夏知扬担心祈言才来图兰不知道："你看了傅教授发来的数据包没？量非常大，如果用 RN3 模型挖数据，一般的设备带不动，必须用机房里的大型光计算机才行，那玩意儿超贵，但挖数据特别好用！"他又叹气："还不知道能不能给这个模型成功升级，否则今晚就要在机房里泡通宵了。"

"好，我知道了。"祈言想了想，"你有哪里不懂的，可以问……"

"我"字还没说出来，就被夏知扬打断。

"你之前没接触过这个模型，我把我之前的笔记发给你，你抓紧时间看看。如果看不懂，就翻翻一年级的书。要是实在完不成，傅教授肯定也不会怪你的，毕竟你缺了之前整整一年的课。"

祈言只能回答："谢谢你。"

"不客气！大家都是朋友嘛！"夏知扬还有点不好意思，抓了抓后脑勺。

走近的洛朗听见两人的对话，拎着便携记录板，目不斜视："不好意思，挡路了，让让。"

祈言原本想直接回家，想起上次在祈家的庆祝宴里，卡罗琳校长提过，图书馆里有一间专门存放校长收藏的纸质书的藏书室，他找校长拿到密码，先去了图书馆。

陆封寒问祈言："你不去机房用光计算机挖数据？"

这种时候，他又下意识地进行对比。听夏知扬的语气，图兰机房里的大型光计算机肯定不止一台，应该是很多台，且开放给学生使用。

而河对面的第一军校……不说也罢。

祈言回答他的问题："我不用去机房，家里有。"

陆封寒难得没反应过来："有什么？"

"光计算机，"祈言说得更加详细，"家里那台就是光计算机，所以我可以回家挖数据。"

陆封寒："哦，这样。"

祈言用密码打开了藏书室的门。

陆封寒对纸质书没什么兴趣，在他看来，纸质书这种水一浇火一烧就没了的固定载体太过脆弱了，实用性极低。

就像这间藏书室，开门进来，是一个空置的小隔间——据说最初的设计是为了防火防爆，再往里推开一道门才是一排排书架。

所以祈言在里面看书，他没跟着进去，隔着一层透明玻璃墙，等在隔间里。

个人终端震了震，文森特发来了通讯请求。陆封寒见祈言低头翻书翻得认真，便背靠着墙，点下"连接"，顺便开了"个人模式"，这样，通讯另一方的声音只有他能听见。

与此同时，"咚——"图兰学院正中央的钟楼整点报时。

文森特要说出口的话一转："指挥，你在图兰学院？"

"嗯，在他们图书馆。"陆封寒站姿懒散，时不时透过玻璃墙看看祈言在干什么。

"他们学校门口的警报系统没因为你是河对面的，把你直接扔出去？"

"滚，我光明正大进来的。"陆封寒简短地把祈言提交申请的事告诉了文森特。

没想到文森特格外兴奋："陆指挥，作为第一军校荣誉毕业生，你竟然成功打入了敌方内部！你在第一军校的校史上，必然彪炳千秋！"

陆封寒撩撩眼皮，没接他的话："有事快说，废话太多了。"

文森特语气严肃起来："指挥，你上次让我查两年前将怀斯·威尔调来远征军的人是谁，有结果了。"

陆封寒垂眼："死了？"

"你怎么知道？"文森特一惊，又继续道："这个怀斯是梅西耶大区的人，父母在他 16 岁的时候因为遇到航道事故死亡。"

陆封寒简短吩咐："说说。"

"梅西耶大区有些比较偏远的航道，维护可能不太到位。你知道，之前科技大毁灭引起的无数行星爆炸，留下了乱七八糟各种隐患。他爸妈出远门，搭民用星舰，就正好遇上粒子流风暴，航道被破坏得厉害，整艘星舰都炸了，活下来的人没几个。这件事的影响很大，当时《勒托日报》连着一星期的头版头条都是这个。"

陆封寒听完："继续。"

"后来他考取了勒托的军校，按着流程进了军方。他的上级叫迪森，是个中校，一直很提拔怀斯。等迪森被调到了前线，怀斯自然跟着长官一起进了远征军。前线容易积累军功，怀斯的军衔涨得比一般士兵更快，现在已经是中校了。差不多三个月前，迪森因为伤病，打报告调回勒托养老，不过刚回勒托两个月就因为悬浮车事故，死了。"

"悬浮车事故？"

"对，官方通报是悬浮车全自动操作系统出了故障。不过我推测，更大可能是系统被入侵。有人要他死，肯定活不下来。"文森特感慨，"现在不给悬浮车开全自动操作的人少之又少，通过入侵操作系统，伪造意外来杀人，多轻松。"

陆封寒目光落向正在书架上找书的祈言——这个人，就是那"少之又少"中的一员，开车从来都要求手动。

"迪森这条线你可以停手了，既然人死了，痕迹肯定也全被清干净了。"陆封寒思索几秒，"这几天你不要再动，以免被有心人注意到。"

"是，"文森特习惯性地应了一声，又想起，"对了，我顺手，真的只是顺手，查了查祈言。"

"祈言？"陆封寒的语气有几分危险。

文森特好歹当了陆封寒三年的副官，对上司的语气揣摩得一清二楚，一听，立刻就知道陆封寒有些不悦了，连忙道："真的只是顺手！我真没别的意思！不过结果查出来，有点……奇怪。"

不等陆封寒开口，文森特就飞快地继续道："祈言的资料非常好查，他三岁离开勒托，被送到了梅西耶大区一个十分偏僻的星球，和他外公外婆一起生活。然后就是按部就班上学、考试。他的资料里，所有成绩单、医疗记录、购买记录、娱乐活动的消费记录，大大小小，全部都有，十分详细。同样，包括他外公和外婆的资料也是一样。"

陆封寒眸光微动。

"指挥，你也看出来了吧？这种故意让一个人的资料变得毫不显眼、写得详详细细的操作，军方一直没少做过。"文森特有些严肃，"况且从资料来看，祈言的外公外婆，这两个人到底存不存在还说不准。假如祈言不是接受外公外婆的照顾，那这之前十几年，是谁在照顾他？又到底，祈言是住在梅西耶大区还是一直住在别的地方？"

"还有……"

"不用再查了。"陆封寒打断文森特的话，手习惯性地去摸口袋，没摸到烟。

文森特还想说什么，话在嘴边转了一圈，又收了回来。

他想起以前在南十字大区前线，有一次出紧急任务，他被人怀疑泄露军方机密。这种情况下，在场职衔最高的人拥有执行就地枪决的权力。而当时职衔最高、且判定他泄密的人，刚从勒托调来前线，和陆封寒不怎么对付。

他跪在地上，双手被铐在背后，以为自己要死了。

没想到，陆封寒拨来视频通讯。

影像被宇宙电磁波干扰，有些模糊，但依然能清楚地看见陆封寒的军服有些皱，单手拄着黑色金属枪管，勾着唇角，眼神却极冷。

他一字一句："我手下的人，命就是我的。就算枪决，也是我亲自动手。否则，谁敢杀他，我杀谁。"

所以许多人才会说，陆封寒就是一个标准的丛林动物，地盘意识极重，还极为护短。而祈言，明显已经被他放在了自己的保护范围内。

他护着的人，就是他的，任何人都没有置喙的余地。

过于自负，又令人臣服。

第四章

黑进内网

祈言一直到晚上 12 点才从藏书室出来。

门向两侧滑开，背倚着墙的陆封寒站直身，迈开线条利落的长腿在祈言身前站定，垂眼问："这么开心？"

连脚步都透着雀跃。

"对，"祈言点点头，又回头望了望玻璃墙内的一排排书架，"里面很多都没看过。"

陆封寒想起祈言在书架间穿来穿去的画面："刚刚看了几本？"

"13 本。"

想起祈言提过的，看过的都能记住，陆封寒问："都记住了？"

"嗯，都记住了。"

陆封寒想：行吧，差不多半个小时看一本，这和练习翻页……似乎没多大区别？

双月缀在勒托深蓝的天幕中，光芒柔和。学校里的灯都打开了，大理石白的建筑笼罩在夜色里，远远望去，只有线条勾勒出的层层轮廓。

从图书馆往校门口的方向走，会经过设备楼，安置大型光计算机的机房就在里面。此时，只要抬头，就能看见整栋楼灯火通明。

大多数灯都亮到了第二天上午。

祈言进到教室时，就发现几乎每个人都一脸萎靡，眼圈微黑。他有些奇怪，问趴在桌面上的夏知扬："你怎么了？"

夏知扬立刻开始对着祈言大倒苦水。

"昨晚我先花了 3 个小时研究怎么给 RN3 模型升级！然后，我用升级后的模型开始挖数据！开始还好好的，一个小时后，我的整个数据模型直接崩了！它崩了！虽然检查出了升级后的模型是什么问题，但来不及了，我只好老老实实用 RN3 基础模型重新挖数据。就在上课前 5 分钟，我才终于上传了答案……"

陈铭轩正抓紧仅有的几分钟时间打游戏，听完夏知扬的哀号，也有点憋不住："我虽然成功把模型升级了，但也挖到了天亮。傅教授骗人！升级不升级根本没多大区别，还不是要熬夜！"

夏知扬正想问问祈言怎么样，却发现拿着记录板从一旁走过的洛朗故意停下来："不是傅教授骗人，而是有些人能力太差。处理模型优化度越高，挖掘速度就越快。挖掘速度快，自然不用熬夜。"

听出了洛朗的嘲讽，夏知扬难得没有回呛——洛朗虽然性格差嘴还毒，人品也不怎么样，但脑子确实好用，这次他应该是他们班最先提交答案的人。

没想到他还没开口，洛朗却又将矛头指向了祈言："至于你，转校生，一年级课本的第一页，能看懂吗？"

夏知扬"噌"一下就火了，他起身站到祈言旁边，手臂抱在胸前，面无表情说道："洛朗，你别太有优越感，是从小没人教你怎么说人话？"

洛朗语调拖长，故意把话说得周围的人都能听见："我说的难道不是事实？他这样的，就该窝在偏僻星球一辈子，不要来图兰丢人现眼。"

夏知扬最烦这些人一口一个偏僻星球，怎么？偏僻星球的不是人了？正在想应该怎么回呛，上课时间到了，与此同时，全息投影仪开始运行，傅教授的影像出现在讲台上。

在座位上坐下，陆封寒问祈言："会不会不开心？"他余光瞥向洛朗，眼神透着冷。

祈言摇摇头："不会。"他从来不会因为无关紧要的人难过。

傅教授先道了声好，又轻松地提起他现在所在的行星正在下雨，然后话锋一转："挖数据的最终结果大家都提交了吗？"

教室响起一片有气无力的回答："提交了。"

傅教授笑起来："这就对了同学们，你们要意识到，学习和科研都不会是轻松的，需要大家付出时间、耐心。说不定这个过程还非常曲折而漫长，会让你不断地感受到沉闷、挫败，甚至自我怀疑。当然，这个过程里也会有成就感，也会期待、兴奋、孜孜不倦。"

但傅教授的这一番话并没有引起多少共鸣，大部分人的激情都已经被前一晚的通宵挖数据榨干了。

傅教授昨天就预感到了，他毫不介意地换了个话题："所有人都在上课前完成了这一次的数据挖掘，把最终结果提交给了我，非常不错。这里，我要对前三位同学提出表扬。"

夏知扬小声跟陈铭轩嘀咕："第一个肯定是洛朗，人的智商和品行有时真不会挂钩！"

果然，傅教授念出的第一个名字就是洛朗。

　　"洛朗同学在昨晚 11 点 47 分就将答案提交给我了，这个速度非常不错。"

　　洛朗坐在位置上，神情倨傲，在众人的感叹中偏过头，直直看向夏知扬以及坐在旁边的祈言，十足的轻蔑。

　　夏知扬对上这个眼神，毫不犹豫地狠狠瞪了回去。又担心地望向祈言，见祈言正盯着某一点发呆，没注意到洛朗的小动作，也就没提。

　　"接下来，祈言同学在昨晚凌晨 1 点 51 分提交了答案。"

　　傅教授的话音刚落，教室里所有人都朝祈言看过来，包括洛朗。他似乎是不敢相信，很快举手示意，问："教授，您确定是祈言吗？"

　　傅教授肯定道："当然，答案来自祈言的个人终端，这个不会出错。"

　　洛朗立刻皱了眉。

　　夏知扬和陈铭轩也有些惊讶，坐得近，夏知扬低声问："你不仅提交了答案，竟然还是第二个提交的？"

　　祈言点点头："我确实是昨晚 1 点 51 交的答案。"

　　夏知扬眼睛瞪圆，一时间不知道应该从哪里问起。

　　祈言主动开口："我昨天说了的，我能完成。"

　　夏知扬这才想起，昨天布置完作业后，傅教授特意问了祈言，能不能完成，祈言回答，没有问题。

　　夏知扬眼睛发直，觉得自己需要消化消化。

　　他是不是忽略了什么？昨天祈言说的那句，你要是有什么不会的，可以问——问什么？问祈言？以及，开学前一天赶作业的时候，他建议祈言申请降级，以免跟不上，祈言回答说不会跟不上课程，也是……实话？

　　说好的大家学渣肩并肩呢？！

　　洛朗再次提出了异议："傅教授，我认为祈言提交的答案有问题。"

　　傅教授有些奇怪："洛朗同学，你想说什么？"

　　"我认为祈言提交的答案并不是出自他自己，很有可能是窃取。"洛朗一说完，教室里立刻就安静了。

　　傅教授也皱了眉："洛朗同学，请注意你的措辞。"

　　由于联盟对科学研究的重视和保护，大到窃取他人科研成果，小到窃取答案，在图兰学院都是非常严重的事，每年都会有学生因为这个原因被开除。

　　有人看了看洛朗，奇怪洛朗为什么对这个转学生的敌意这么大，甚至想在开学第二天就把人赶出学校。

"我有理由。祈言在进入图兰之前，一直生活在偏僻星球，最重要的是，他缺了整个一年级的课程。这样的人，怎么可能完成数据挖掘？还是在这么短的时间里。另外，我昨晚在提交答案后，离开设备楼时，看见祈言在设备楼下鬼鬼祟祟，说不定就是想进机房窃取答案。"洛朗望向祈言："如果祈言同学想证明自己没有窃取，那可以登进学校内网，连入设备楼光计算机的数据库，把昨晚挖数据的具体记录找出来给大家看。"他神情笃定："怎么样，你敢吗？"

祈言在众人各异的视线中回答："我昨晚没有去机房。"声音平淡。

洛朗讥笑不已："被抓住破绽，马上就自己承认了？机房都没进的人，怎么提交的答案？"

祈言有些不喜欢洛朗咄咄逼人的语气："我不用去机房，我家里有一台光计算机。"

"你家里有？"问出这个问题的是傅教授。

他在图兰任教多年，个别学生，如果父母从事科研工作，家里确实会配置大型光计算机。或者经济非常宽裕，不想在机房跟别的人挤，也有买一台光计算机放家里的可能。

他看向洛朗："洛朗同学，祈言同学说他用家里的光计算机挖数据，没什么问题。"

洛朗却迅速抓住了另一个破绽："可是昨晚我离开设备楼时是 12 点 09 分，那时我还在设备楼楼下看到了祈言，监控录像可以做证，我肯定没有看错，是祈言本人。假定祈言一个小时后回到家，那请问，祈言同学，你是怎么在不到 50 分钟的时间里挖完数据并提交最终结果的？"

这一瞬间，不少人看祈言的眼神都变了。

洛朗升级的 RN3 模型，应该是模型框架所能达到的最优，这样的情况下，尚且用了好几个小时才挖完数据。

不到 50 分钟，怎么可能？

洛朗旁边的人声音不高不低，却刚好让所有人都听见："1 点 51 分这个时间也很奇特。第三个提交的应该是我，我是两点半交的答案。这么一看，祈言的答案难道是偷的洛朗你的？特意等在设备楼下面，等你走了，就悄悄去机房里，找到你挖的数据，再把窃取的答案交给傅教授？计划得还挺不错。"

洛朗却大义凛然："是不是偷的我的不重要，重要的是，这样的人有什么资格留在图兰？能力达不到的事情，承认自己无能很难？"他又转向傅教授："教授，您认为我说的对吗？"

傅教授却没有很快回答，而是看向祈言，想看他会给出什么解释。

祈言没有理会洛朗和他旁边那个人，只是看向傅教授："RN3模型升级到最优，挖数据还是太慢了。我重新架构了一个模型，昨天那个数据包的数据容量，挖掘只需要十分钟。"

洛朗毫不掩饰地嗤笑出声："十分钟？祈言，你对数据包的数据量到底有没有概念？临到这时候了，还不肯承认？"他话里满是轻蔑："不愧是连一年级的书都没翻过的人，编故事都不会编。"

傅教授正在打量祈言。

五官长相非常精致漂亮，很冷静，在这样的情况下，情绪似乎丝毫没有被干扰。面对洛朗的指控没有惊慌，没有生气，也没有放在眼里。

他想起，这个学生进图兰，是校长亲自批的。

"祈言同学，你可以说说你重新架构的模型的具体情况吗？"

洛朗："教授，这很明显就是他临时编的谎话！"

傅教授却笑眯眯的："无论面对什么问题，都不能急着下定论。"他又看着祈言，"祈言同学，可以吗？"

祈言点头："可以。"

傅教授颔首，又问："需要大家一起去机房吗？"

祈言想了想："不用，教室里的小型光计算机也可以。"

相对大型光计算机来说，小型光计算机为了缩小体积重量，便于携带挪动，舍弃了大部分的基础部件。相应的，性能也只有大型机的五分之一不到。所以挖数据都需要去机房启动大型光计算机，不然，小型机分分钟就能炸。

洛朗看了祈言一眼，明显是对他这套说辞感到不屑，心想，不懂非要装懂，收不了场的时候，不知道多可笑。

想到这里，他点开个人终端，给一个没有备注名的通讯号发了消息："你说的事都办好了。"

祈言走到了讲台上。

虽然傅教授只是全息投影仪下的虚影，他还是礼貌地没有直接穿过去，而是从旁边绕了几步，站到小型光计算机旁。

傅教授也站到了他的身边。

祈言几乎不用思考，手指便极为灵活地落在了键盘上，很快，一行行字符出现在屏幕中。

傅教授看了不到一分钟，神情逐渐变得专注起来，同时将小型光计算机的显示屏与教室的教学演示板相连接，让所有人都能看见。

坐在下面的夏知扬看祈言很快敲完了一整页的字符，愣愣地问陈铭轩："你看得懂吗？"

陈铭轩皱眉："你看得懂？"

夏知扬："就是看不懂才问你啊！"

隔了一个位置的陆封寒坐在座位上，望着讲台上神情专注的祈言。

别人不知道，陆封寒却清楚。昨晚回到家，已经是凌晨1点多，他跟着祈言去了书房，才确定原来书房里随随便便摆着的竟然真的就是大型光计算机，看标识，似乎还是最新的型号。

祈言打开光计算机后，对着键盘敲击了几分钟，然后把数据包导了进去。没过多久，他又把光计算机关上了。

陆封寒当时还奇怪，问："怎么了？"

祈言回答："我已经提交答案了。"

"夏知扬不是说要熬通宵？你把那个什么模型升级了？"

祈言摇头："不是，我没有用RN3模型，那个模型框架不好用。我刚刚重新写了一个，挖数据只需要10分钟。"

因为这个模型昨晚已经搭了一遍，祈言只是将记下来的东西重新输入一次而已，所以速度比昨晚快了些，到完成模型建造时，才用了6分钟。

教室里安安静静。

开始还有人小声说笑，慢慢地，所有人都屏气凝神，看着祈言井然有序地操作个人终端，将数据包传了过去。

导入。

开始运行。

10分钟后，数据挖掘结束，最终结果显示在了屏幕上。

傅教授还在回想祈言刚刚建模时用上的架构："你基础框架用的是PVC逻辑构造法？"

祈言摇头："不是，PVC逻辑构造法虽然适用性广泛，但对设备要求很高，用了的话，这台，"他指指面前的小型光计算机："会烧坏。"

"所以你做了修改？"

"对，修改后，基础框架更简洁，运行时占用率也会小很多。"祈言想了想，又接了句，"只用来挖数据，完全够用。"

言下之意是，挖数据已经够用，如果用在别的地方，可以再进行相应的修改。

傅教授眼神复杂地看着祈言。

虽然听祈言说得很容易，可实际上，不管是放弃RN3模型，自己重新写一个，还是用改良版PVC逻辑构造法为基础，做出新的处理模型，都不是一件容易的事。

如果容易，为什么从RN3模型面世至今，都没有能够超越并取代它的工具？

可是，就在这里，就在这台小型光计算机上，他亲眼看见了。完成这个新模型的人，甚至不知道这个模型具有怎样的意义。

他问："你怎么想到放弃RN3模型，重新架构一个模型的？"

祈言想了想，认真回答："昨天在图书馆看完书回家，太晚了，我困了。"

所以是嫌RN3模型挖掘数据的速度太慢，干脆直接架构了一个更快的，交完作业好睡觉？

傅教授有些哭笑不得，却又觉得这个理由十分……真实。

看来，不止懒惰是人类进步的动力之一，犯困也是。

他思忖几秒："祈言，我不确定你是否知道你架构出的这个新模型具有什么样的意义。在座的各位已经上了一年的专业课程，都很清楚，人工智能的基础便是收集各种各样的原始数据，而这些原始数据不仅量极大，且没有固定格式，质量也高低不同，这些都为数据挖掘造成了困难。所以人工智能的一个关键，便是挖掘数据的效率。效率越高，人工智能处理信息更快，反应更快，就会表现得更加'智能'。这也是我要求你们不断练习数据挖掘的原因。"

他重新转向祈言："我必须告诉你的是，因为你的这个模型，整个人工智能领域又能朝前迈出一小步。"

教室里，有人倒吸了一口冷气。

听完傅教授的话，祈言本人却没有诸如惊讶、自豪之类的情绪反应，他只是点点头："我明白。"

傅教授很欣赏祈言对情绪的把控能力，接着道："因此，我建议你将这个新的处理模型申请一份专利。它的运用范围非常广，很多人都会感兴趣，而你获得的专利费，足够保证你以后的基本生活需求。"

这笔钱足以令无数人动心，更不用说一个刚成年的学生。

祈言却摇了摇头："我不想申请专利。"

"那你是想？"傅教授霎时有了一个猜测，却又觉得不太可能。

祈言毫不犹豫地回答："我想开源。"

傅教授神色复杂地道："你确定吗？"

"开源"是指作为模型的架构者，向全星网开放这个模型的所有信息，也就是说，每个人都能免费获得并使用这个模型，不需要购买。

"我确定。您说它的运用范围非常广，那就意味着很多人都需要它，它在很多地方都能起到作用。而开源，是可以保证让每一个需要的人都能用上这个模型的最简单的方法。"

傅教授怔了许久，才笑着叹息道："是我狭隘了。"

祈言："不，您只是在维护作为您学生的我的利益。"

傅教授笑容温煦："如果要开源，可以直接放在图兰专门的页面上。另外，你还需要给这个模型取一个名字。"

祈言基本没怎么思考："PVC93模型。"

傅教授笑起来："用的改良版PVC作为基础架构，9月3号的凌晨完成，所以叫这个名字？"

祈言点头："对。"

在祈言和傅教授交谈的过程中，教室里一直很安静，一丝杂音也没有。每个人都在仔细听两人的对话，努力去回忆PVC逻辑构造法是什么，去理解数据挖掘在人工智能中存在的意义，以及离他们还极为遥远的申请专利、开源。

而在祈言确定下名字后，几乎所有人都能预见到，一旦祈言将这个新的模型放到了星网，很快，PVC93模型就会取代RN3模型，成为数据挖掘最主要的工具。

可10分钟前，祈言还在被质疑提交的最终结果是剽窃的。

想到这里，不少人都看向了从祈言走上讲台开始就一言不发的洛朗。

洛朗维持着脸上的表情，藏在课桌下的手却已经握成了拳头。他就是出身自开普勒大区的一个偏僻行星，从小到大，他都是所有人里最聪明的，没有人能够超过他。在他眼里，不管是同校的人还是周围的人，都是智力不足的庸才，活该在偏僻行星窝囊一辈子！

只有他是特别的，不仅来到了首都星勒托，还考进了图兰学院。到了图兰，他也发现，这里还是有很多人都不如他。

所以，他太清楚偏僻星球的教育水平了。祈言的答案就算不是偷的，也只可能是花钱找人买的。而且他还亲耳听见有知情人提起，祈言能进图兰，是家里捐了一栋楼。

将祈言这样不学无术的纨绔逼到绝境，看他如困兽脸面落尽，甚至将他赶出图兰，是多么简单的一件事！

可是，祈言做出来的架构、说出来的那些话，他用尽了全力去理解，依然不懂。

讲台上，傅教授正在询问："你没有上过一年级的课程，那些都是？"

祈言："都是我自学的。"

他没有去过正规的学校，一直都是自学。

傅教授点点头，目光投向洛朗："洛朗同学，现在祈言同学已经证明了自己提交的最终结果不存在任何问题，你需要为你刚才冒失的质疑向他道歉。"

洛朗身形一僵。

这一瞬间，教室里所有人都看了过来，目光让他如芒刺在背。

似乎隔了许久，洛朗才缓缓站起身，将自己的背挺得笔直，直视站在小型光计算机旁的祈言，嘴唇动了动，却没能发出任何声音。

当众向祈言道歉，不亚于羞辱自己！

可傅教授还看着，所有人都看着。

洛朗终于用略微嘶哑的嗓音说道："对不起。"

说完，他直接大步离开了教室。

这个时间，所有人都在上课，洛朗站在一个无人的拐角，打开个人终端，之前发出去的信息已经有了回复。

"这么快就办好了？我会在预先商定的费用上，再加百分之三十。"

再加百分之三十，那就是六十五万星币。

洛朗重新输入了一句话："中途出了差错。"

对面回复很快："没成功？"

"对。"洛朗打下这个字，很快又输入，"将他赶出图兰的难度很大，五十万太少。"

对面隔了一会儿才回复："你要多少？"

洛朗嘴角勾起："加一百万。"

虽然一百万不是一个小数目，但他认定，对面的人一定会答应。

开学第一天就用未注册的通讯号联系上他，想花钱借他的手，将祈言赶出图兰，不择手段，这个人肯定看祈言不顺眼到了极点。

他的家在很偏僻的星球，根本无法为他提供优渥的生活和经济支持。他不想让任何人知道他来自哪里，所以，他需要很多钱来维持自己的生活和脸面，越多越好。

果然，几分钟后，对面回了消息："你确定能让祈言声名狼藉，离开图兰？"

洛朗回复："当然。"

"好，成交。"

教室里。

祈言回到座位，傅教授正在讲解 RN3 模型升级的问题，夏知扬顾不得听，上上下下将祈言打量了好几遍，无数话想说，最后只干巴巴冒出一句："说好的三个学渣肩并肩，你却脱离了队伍，走在了学神散发着金色光芒的路上！"

他笑容灿烂，十分高兴，就差手舞足蹈了："你不知道，刚刚你在上面跟傅教授说的话，我们都听不懂，就感觉特别特别厉害！"

陈铭轩也开玩笑地问："还缺小弟吗？我和夏知扬都可以！"

祈言想了想："以后有什么不懂的，你们都可以问我。"

夏知扬与陈铭轩对视一眼，感觉黑暗的图兰生涯迎来了亮到刺眼的光明！

下课后，图兰学术管理部门的人收到傅教授的通知，过来带祈言去办公室做了登记，同时将PVC93模型的详细信息上传到了图兰专门的页面。

从办公楼出来，之前挡住太阳的云层被吹散，祈言被阳光晒得有些难受，下意识地皱了眉。

注意到这个细节的陆封寒指指另一条略为偏僻的小路："从那里走？有树荫挡着，不晒。"

祈言没有异议。

陆封寒不由失笑——晒不得、热不得，等到了冬天，应该还会因为怕冷，整天窝在松软的沙发里，裹着毛茸茸的毯子，像冬眠的小动物。

他一直都下意识地在观察祈言，越观察就越是惊奇。世界上竟然会存在这样的人，娇气得让人怀疑前18年他是怎么活下来的，却又觉得他的一切小毛病都理所应当，合该如此。

想起刚刚课上发生的事，陆封寒问："为什么选择开源？"

祈言认真想了想："告诉傅教授的是一个原因，另一个原因是，曾经有人告诉我，虽然现在信息已经非常发达了，但在很多偏远的行星，依然很难获得资源，特别是学术资源。"

祈言很少说这么长的话，语速有些慢："同一个问题，勒托的科研工作者有成熟的体系，有最好的模型工具，很快就能获得成果。但偏远行星的人，他们一样很聪明，也投入了很多时间和精力，却因为缺乏好的模型和工具，导致解决问题的时间延长了很多很多。可是，人一辈子的时间太短了。所以我想，将PVC93模型在星网上开源，让需要的人都可以使用，这样，或许能够为极少数的人节约一点时间。"

陆封寒看着将想法认真告诉自己的祈言，一时间心里不自觉地软了一下，又觉得他的眼睛实在太干净了。

这时，有人声随着风零零碎碎地传过来。

陆封寒耳力绝佳，捕捉到一个关键词，他握了祈言清瘦的肩，脚步一转，便将人推到了粗壮的树干后，藏住了身形。同时，一根手指竖在唇边，嗓音低沉说道："嘘……乖，先别说话。"

说着，视线如鹰般朝不远处看去。

或许是怕他走动，弄出动静，祈言跟陆封寒靠得极近，甚至像被抱在了对方的怀里。搭在肩上的手掌热度明显，让祈言有种被烫到的错觉。

陆续有说话的声音传来。

"这起事故中的悬浮车的行驶数据我已经做完了分析，我可以很明确地做出结论，这辆悬浮车配备的自动驾驶系统在意外发生的三天前，就已经有了被入侵的痕迹。"

"是的，我确定这是一场蓄意谋杀！针对的就是车主迪森……"

祈言小心朝声音传来的方向看了一眼，又飞快缩回来。他身体前倾，贴近陆封寒的耳朵，小声告诉他："正在通话的人叫蒂莉娅，39 岁，是图兰的老师，主要研究方向是全自动化操纵系统，实验室在 C-71 号楼，917 室。"

等他说完，陆封寒偏过头，对上祈言的眼睛，笑着问："你怎么知道？"

"她的研究前几天刚出过一个成果，刚刚在学术管理办公室，他们把我做出来的模型登记进去的时候，我看见了蒂莉娅的照片和个人信息。"

陆封寒跟着回忆："时间不足 3 秒？"

"可我看见了。"

"看见了，所以记住了？"

"嗯。"

似乎是通讯的另一方说了什么，蒂莉娅沉默了许久："所以，你是让我将得到的数据分析结果彻底删除？……我不知道里面有多少隐情，我只知道这个人是被蓄意谋杀！"

通讯挂断。

蒂莉娅五指将棕色的头发往后梳，似乎是呼了一口气，随后从偏僻的拐角走出来，快步离开。

祈言问陆封寒："你认识'迪森'？"

他听见蒂莉娅提起了这个名字。

"勉强算认识。"陆封寒正在回想昨天文森特报给自己的信息。

现前线代理总指挥怀斯曾经的上级迪森在 3 个月前调回勒托，1 个月前，死于悬浮车事故。蒂莉娅负责这起事故中的数据分析，或者是从哪里拿到了那辆悬浮车的数据，而得出的结论是，有人入侵了自动驾驶系统。

"陆封寒，疼。"

陆封寒回过神，才发现自己的手还抓着祈言的肩膀，忽视了力道。

陆封寒闻言往后退了半步。

也是这时有片树叶缓缓落在祈言肩上，脖子被树叶的边沿蹭到，祈言歪歪头说道："有点痒。"

"别动，"陆封寒伸手把树叶拿下来，收回时，陆封寒拿叶子的手垂到身侧，手指不自觉地捻了捻，垂眼看着祈言，轻笑，"惯会撒娇。"

晚上从学校回家，祈言径自上楼去洗澡。

没有开灯，陆封寒长腿懒散分开，坐在沙发上，手里随意抛着祈言刚从路边捡回来的椭圆小石头。抛了几下后，他将冰凉的石头握在掌心，拨了文森特的通讯。

通讯很快连接。

"指挥？"

听见文森特的称呼就知道他旁边没别的人，说话方便，陆封寒便毫不遮掩地直入正题："你可以黑进图兰内部系统吗？不用做别的，只需要在某一台光计算机里找到一份资料。"

文森特沉默好几秒才问："指挥，我以前到底是给您留下了多么良好的印象，才让你觉得我有黑进图兰内网的本事？"

陆封寒："不行？"

"当然不行！虽然男人承认自己不行是一件涉及尊严的事，可是，这真不行！"文森特迅速给陆封寒做科普，"你知道的，我以前在第一军校念情报搜集，那时不是经常有入侵星网的实战模拟吗？好兔子都只吃窝边草，图兰就在河对面，不吃白不吃，大家当然有事没事都喜欢去图兰的内网逛逛，时不时还有偿为图兰提提防护意见。"

"后来吧，图兰的人可能被我们三天两头去逛顺便还讹钱这种行为搞烦了。我就说，把握这个度是很重要的！"他感叹完，又接着说，"图兰一烦，又有钱，就去找人重新给内网设计了防火墙。这堵墙实打实的牢固，从此以后，我第一军校情搜专业不得不忍痛含泪，绝迹图兰！"

陆封寒一针见血："只吃窝边草是假，看图兰给钱大方才是真的吧？"

文森特努力挽回尊严："指挥，也不能这么说，我们这是互利互惠。好歹我们找到的那些需要修复的漏洞都是很关键的，图兰树大招风，内网一天总会被攻击九次十次。"

陆封寒再次确认："真进不去？"

文森特确定："真进不去，搭防火墙那个人段位太高。"他又奇怪："指挥，你是要查什么？"

陆封寒把今天听见的消息大致说了说，"1个月前，迪森的死正好与前线大溃败同时发生，他带去前线的怀斯又当上了代理总指挥，很明显，不只是我们注意到了。"

"你是说，有人也注意到了其中的猫腻，悄悄拿到那辆悬浮车的数据，正在暗地里调查。确定是谋杀后，又因为发现牵涉过深，所以要求图兰那个老师把数据全删了，当没这回事？"文森特说完，不无讥讽地道，"一支人人都不确定自己能不能活到明天的远征军，让这么多势力算计来算计去，还真是有面子。"

陆封寒眼神如覆了霜的刀刃般，又抛了抛手里的石头。

文森特没忍住："前线的炮口对准反叛军，每个人就差拿自己当盾牌，保护身后的群星。勒托这帮人倒好，一边笑眯眯的，一边把枪口都对准身边的人。指挥，等你回前线的时候记得捎上我，勒托这地方，累得慌，待久了折寿。"

"等着。"陆封寒等他抱怨完，刹住话头，"先不说了。"

通讯挂断的同时，有脚步声从楼梯传来，随后，楼下的灯都被打开了。

祈言才洗过澡，裹着宽松的真丝睡袍走过来，他个子高，清瘦，肩膀显得纤细，脖颈的皮肤被灯光镀上了一层润泽。

陆封寒却一皱眉："脖子怎么了？"

祈言颈侧红了一道，格外刺眼。

对比了位置，"是在学校被树叶——"用"刮"用"划"都不恰当，很明显，树叶边沿没那么锋利，陆封寒只好退而求其次，"被树叶蹭的？"

这都多久了，还没好？

那树叶有毒？

祈言把手里的愈合凝胶递过去："要擦药，痒。"

陆封寒走近，将透明的愈合凝胶涂在上面，鼻尖闻到了一股清淡的水汽。似乎只是随口问："以前是谁给你涂药？"

祈言微微侧着头，回答："保姆机器人。"

不是外公外婆，也不是别的人，而是一直由保姆机器人照顾？

陆封寒自然地顺着问下去："那为什么不在家里也配一个保姆机器人？"

"不安全。"祈言等陆封寒收回手，拉好自己散开的领口，"而且有你。"

听出话里的理所当然，陆封寒没有不悦，反而挑唇笑道："这倒也没错。"

涂完药，祈言却没马上走开，他非常直接地对陆封寒说："如果你想进图兰的内网，我可以。"

陆封寒眸光微沉，被人说破目的的感觉并不算太好。

神情不动，丝毫看不出陆封寒在这短暂的几秒里想了些什么，只听他回答了一句："那先谢了。"

两人到了书房的光计算机前。

看祈言有条不紊地打开机器，输入一连串的指令，无数页面在眼前飞快闪过，陆封寒靠坐在桌沿，目光落在祈言白皙的发旋，闲聊般提起："上次来的那个人叫文森特，以前在第一军校学情报搜集。他说图兰重新建起来的防火墙很牢固，他进不去。"

祈言敲指令的手指一顿，有些没想到陆封寒会说起文森特。他回答："设计这个防火墙的人叫奥古斯特，他告诉过我他在程序里留的'后门'在哪里。"

奥古斯特？听语气，似乎关系不错。

陆封寒没来由地对这个只知道名字的人产生了一丝自己都没察觉的敌意，故作漫不经心地问："你认识的人？"

此时，祈言已经靠留下的后门进到了图兰的内网，并顺利登入了蒂莉娅的光计算机。他一边回答陆封寒："嗯。"想了想又补了四个字："手下败将。"

陆封寒之前那丁点敌意瞬间消失得一干二净。

不过是手下败将。

"蒂莉娅已经将所有数据清除了，不过都可以恢复。"祈言将数据复制了一份，从图兰的内网退了出来。

一目十行地看完："蒂莉娅检测了悬浮车的整个自动驾驶系统，发现事故三天前有入侵痕迹。"祈言标出一段异常数据，告诉陆封寒："这里，这个被植入的微型程序叫'引线'，非常隐蔽，常规检测找不出来，蒂莉娅专业水平应该非常不错。"

"引线？"陆封寒右手撑在桌沿，左手搭在祈言的椅背上，俯身近看祈言标出来的那段数据，"作用是什么？"

显示屏幕的光映在他的脸上，让他的五官在明暗间多了几分深刻与凛厉。

祈言手指蜷了蜷，隔了两秒才回答："'引线'最初出自反叛军，反叛军用它来狙杀黑榜上的人。一旦植入自动驾驶系统，那么，反叛军可以在任意时间，任意地点，全盘操纵这辆车，将谋杀伪造为普通的悬浮车事故。"

"还轻易不会被发现？"陆封寒侧过脸，看向祈言。

祈言避开陆封寒的目光，看向屏幕："对。为了防止被联盟破解，'引线'一直掌握在反叛军手里，没有流出。"

这就意味着，迪森的悬浮车事故是反叛军动的手。

假设迪森就是在前线为反叛军提供了跃迁点坐标的人，但死无对证。并且，如果迪森就是那个叛徒，那么，已经成了前线代理总指挥、一上任就带着远征军退守都灵星、向反叛军出让了 23 颗行星的怀斯，又是扮演的什么角色？

会不会也有可能，迪森不是叛徒，只是因为知道了一些不该知道的秘密，被人灭了口？

见陆封寒正垂眼思索，祈言坐着等了等，隔了一会儿，他忍不住开口："我要去睡觉了。"

陆封寒还没完全回过神："这么早？不过也可以，早睡早起身体好。"

祈言半个人都罩在陆封寒身影下，一动，两个人就会碰到，他不得不开口提醒："你先让开。"

"什么？"陆封寒彻底回过神来，才发现自己撑在桌上的手臂和搭在椅背上的手围成了一个半圆，将祈言拢住了。而祈言像个小动物，被圈在中间，颇有些坐立不安。

陆封寒这才站直，目光在祈言颈侧一扫，见红痕淡了，陆封寒答："好，明天叫你起床。"

6 号有一堂公共大课，足以容纳数百人的大教室里座无虚席。

祈言按照个人终端收到的座位编号找到位置，跟陆封寒一起坐下。

夏知扬和陈铭轩就坐在前面，见祈言来了，精神满满地转身打招呼："早！"

祈言因为才吃了药没多久，恹恹的没什么精神，只简短应了一句。

夏知扬看出来，问陆封寒："祈言病了？"

陆封寒十分敷衍地编了个理由："他昨晚没睡好。"

祈言悄悄看了陆封寒一眼，他昨晚明明 11 点就睡了。

夏知扬对陆封寒说的话总会下意识地信服，没再拉着祈言聊天，到一边跟陈铭轩一起打游戏。

还没开始上课，教室里有些吵闹，祈言手支着下巴，听见有人叫他的名字，转过头便看见一个黑色头发、单眼皮的男生站在一旁。

祈言反应还有些慢："你叫我？"

"我叫蒙德里安。"来人先介绍了自己的名字，之后一秒没耽搁，"我花了几天的时间，解构了你的 PVC93 模型，大概理解了你的架构思路。你放弃了

RN3 模型，着重降噪，以损失一部分低质量数据，从而提高数据挖掘的准确度的思路，改为用 PVC 做基础逻辑，强调数据之间的内在关联性，通过这个方法提高挖掘的速度和准确度。可是我没能理解，你到底是怎么做到将 PVC 改得更加简洁，甚至让它能够在小型光计算机上运行的？"

祈言想了想，觉得离上课时间太短，不一定能说明白，于是提议："你可以告诉我你的个人终端号吗，我把我简化 PVC 的过程发给你，你看看，如果有不明白的，可以提问。"

"可以吗？谢谢你！"蒙德里安没掩饰住惊讶，他原本以为祈言态度会和他看起来一样冷淡，他甚至做好了多来问几次的心理准备。

等交换完终端号的蒙德里安走后，夏知扬又转过来，忍不住唏嘘："那个人叫蒙德里安，跟我们同年级。他一年级的时候就申请了两项专利，震惊了我等凡人！据说他父母都是科研工作者，名字在黑榜上，几年前被反叛军暗杀了。不过蒙德里安很坚定，说不管发生什么，自己依然会继续搞科研。"

祈言点点头，想起蒙德里安谈起 PVC93 模型时的眼神——很亮。

夏知扬提起黑榜，不忘吹一波："说起来，近几年工具类模型程序什么的，开源最多的就是我 Y 神！"他又满是斗志："要是我以后也做出了什么东西，我也选择开源！"

祈言鼓励："加油。"

沉迷打游戏的陈铭轩插刀："你可以先迈出第一步——考试少拿两个 C。"

第二天上午，天气阴沉沉的，一直下着雨。个人终端带有气流伞的功能，能够在人走进雨中时将雨水彻底隔绝。

祈言却喜欢雨天湿润的水汽，于是陆封寒不得不撑起一把黑色大伞，护着祈言在雨里走一段路。

中途，陆封寒提醒："祈言，你今天忘记吃药了。"

他之前以为祈言只是暂时没想起来，但现在他猜测，祈言不仅仅是没想起吃药这件事。

"我吃过药了。"祈言详细描述当时的场景，"我吃完面包，让你帮我把药瓶拿过来，你拿药的时候还帮我端来一杯清水。我把药咽下去后，杯子里的水还剩三分之一。"

雨滴溅在地面上，四周都是簌簌的雨声，远处的景物也变得模糊。

陆封寒握住伞柄，看着祈言，指出："今天早上我没有拿药给你，也没有给你倒水。"

祈言缓慢地眨了眨眼。他的这段记忆里，陆封寒跟现在一样，都是穿的一件白色上衣，这才让他没有起疑心。

所以，这段记忆又是假的吗？

"你记错了，走吧，要迟到了。"陆封寒没再多说什么，只将雨伞朝祈言倾了倾，自己左手臂的袖子沾上雨水也没在意。

伞下，祈言望向他："药你带了吗？"

"嗯，我之前怕你会忘，在车上放了两次的量，一会儿吃。"陆封寒心里轻叹，又道，"水杯也有，不用担心。"

在车上吃完药，没一会儿，祈言便不由得蹙了眉——这种感觉虽然已经习惯了，但每次还是会很难忍耐。

这八年来，他一直利用这些药，努力保持清醒，尽量去理智地分辨那些记忆的真实性，让自己不至于完全陷入混乱。

手指捏着微凉的透明药瓶，祈言望着空气中虚无的某一点，想，等到有一天，连吃药都已经不管用的时候，自己应该就会彻彻底底地陷入黑暗吧？

可能是一直都在做心理准备，似乎……已经没有以前那么恐惧了。

陆封寒难得没有因为车速太快引起车内系统警报，他偏头见祈言脸色苍白，没什么精神，声音下意识地低了两分："要不要睡会儿，到了我叫你？"

祈言有些缓慢地摇摇头："睡不着。"他不想让自己纠缠在负面情绪里，找了话题跟陆封寒聊天："《勒托日报》今天的头版说著名女歌手芙吉琳娜要来勒托开演唱会了。"

陆封寒手搭在操纵杆上，指节微抬，敲了两下："那是昨天的头版。"

祈言仔细回忆，在记忆的画面里找到了日期的信息——确实是昨天的。

"我又记错了。"

"记错了没关系，我记得。"陆封寒顺着这个话题往下说，"你喜欢芙吉琳娜？"

听这个名字就知道，多半是那些同一个模子刻出来的女明星之一。

祈言："没有，我不认识她。只是她出现在《勒托日报》头版，肯定很有名。"

是以为他知道芙吉琳娜，所以才把这个作为话题开头？想来这个女明星应该还是有可取之处，才会被《勒托日报》放在头版。

不过陆封寒跟着星舰在南十字大区前线漂了快十年，整天对着的不是一大堆战报和巡逻报告、维修申请，就是漆黑的宇宙和遥远的群星。联盟的一切都离他太遥远了，更不知道现在当红的女歌手是谁。

"我也不认识她，"陆封寒瞥了眼祈言一直握在手里的空药瓶，似不经意地问，"你的药，吃了会很不舒服？"

他又不自主地想起那天晚上，他打开卧室门，看见祈言赤脚站在一地碎片中，连小腿被划伤了也没反应，朝他看过来的眼神里茫然又仓皇，像严冬时节，跌进陷阱里出不来的小动物，在无意识地向他求助。

"这个吗？"祈言晃了晃手里的小药瓶，"是会很不舒服，不过具体的我不太能描述出来，吃了之后会感觉……有点冷，很不安。"他想了一个比喻来形容，"就像迷路了，赤脚走在雪地里。"

陆封寒："不能不吃？"

"不能。"

"也不能再把副作用降得低一点？"

"已经降得很低了，现在的是改良版，第九代了。以前吃完，副作用更严重一些。"

陆封寒心里没来由地有些躁，暗骂，什么垃圾药，第九代了，副作用还这么强，简直拉低了联盟制药科技的平均水平！

到学校后，照例开了自动驾驶系统，让悬浮车自己去停泊区，陆封寒则陪着祈言往教室的方向走。

图兰明显才统一下过一次小雨，树叶上都还挂着水珠，恰好跟外面的天气同了步。

正是临近上课的时间，来来往往的人多，江启等在楼下，一眼就在人流中看见了祈言。

他似乎是在发呆，没有看路，差点被人撞到了都没注意，还是旁边一直跟着他的保镖伸手拉了拉他。那个保镖似乎有些无奈，简短地说了句什么，接着一直都帮祈言挡着人。

等祈言终于走近，江启展开笑容，开口喊道："哥！"

他这一声不低，引来了周围不少人侧目。

祈言却仿佛没听见一般，全无反应。

江启心下微恼，只好几步迎上去："祈言！"

听见有人叫他，祈言停下来，而此时，江启已经快步站到了他面前。

"哥，我特意在这里等你好久了，"江启表情真挚，又有几分忐忑，"你是不是还在生气？你回来这么久，一直没回家，爸妈都很担心。妈妈还让我问问你晚上能不能回家吃顿饭，她亲自下厨，做了很多好吃的。"

他语气小心翼翼，生怕祈言不答应。

祈言似乎才认出他是谁："江启？"

江启挂在嘴角的笑容微僵。

祈言拒绝得很直接："我今晚要去图书馆，没有空。"

想起庆祝宴上卡罗琳副校长说过的，祈言可以自由出入校长的藏书室，江启心底涌起一股嫉妒，表情却更加失落："这样啊，那爸妈肯定会失望的。不过没关系，等你下次有空的时候……"

"都没空。"说完，祈言没再理会江启，带着陆封寒直接走了。

在旁边等着江启一起去上课的两个人过来，其中一个望着祈言的背影，有些激动："他就是做出 PVC93 的祈言？没想到他竟然长得这么好看！对了江启，你上次好像说你哥以前生活的地方教育水平很差，为了拿到入学资格，你爸还捐了一栋楼？"

江启指甲掐着手掌，勉强笑道："嗯，我哥因为一些原因，一直没在勒托住，爸爸特别愧疚，想弥补，所以对他很舍得，家教都是请的最好的。这次回勒托也是，爸爸好不容易才把他送进图兰，你们知道的，直接上二年级，不是那么容易。"

旁边一个人惊讶："怪不得能做出那个什么模型，原来是请了家教啊。都接受一对一精英教育了，为什么还非要说自己是自学成才？而且这模型，说不定'家教'帮了多少忙出了多少力，谁知道呢。"他把"家教"两个字咬了重音，又用手肘撞撞江启："哎，不过你家里也是，够偏心的，对亲儿子就又是顶级家教又是捐楼的，你读图兰，就要靠自己硬考。"

江启吁了口气，有些难过，还是笑道："我理解的。"

另一个人拍了拍江启的肩膀，安慰："唉，你也别难过了，亏我之前还羡慕你有这么厉害的哥哥，有什么题不会都能问，期末肯定轻松就能拿全 A。"

江启笑着回答："没什么，我一定能靠自己努力拿到全 A 的。"

"对对对，肯定行！不说这些糟心事了，上课上课！"

第一节课是专业基础课，洛朗进教室时，老师正在课前闲聊，提到 PVC93，话里不乏赞许。将做笔记的记录板放在桌面上，洛朗忍不住朝坐在最后的祈言看去。

明明以前所有人都关注着他，可现在，所有人都在谈论祈言和替代了 RN3 模型的 PVC93。

祈言没有察觉到洛朗的视线，他正在回复蒙德里安发来的问题——昨晚他把简化 PVC 的过程发给了蒙德里安，对方应该是熬了整个通宵看完，把没看明白的地方清晰地列了出来。

陆封寒站在教室外。

文森特正在通信里问他："指挥，我翻遍了星网，都没能找到符合条件的'奥古斯特'，你确定你的人物描述没出错？"

陆封寒不太在意地回答："找不到就不找了。"

或者说，找不到才是应该的。他让文森特找奥古斯特这个人，更多的，只是想确认某些猜测而已。

文森特反而被激起了好胜心："不科学！连个人都翻不出来，把我大情报搜集专业的脸面置于何地？"

"想多了，你们情搜专业在被图兰内网的防火墙拦在外面的时候，就已经不存在'脸面'这种高端配置了。"陆封寒背靠着墙，站没个站相，眼睛望了眼教室里的祈言，改成打字：这个人的资料被联盟加密的概率有多大？

看见陆封寒发来的话，文森特思忖几秒："指挥，如果你确定这个奥古斯特真的存在，且这个名字是真名，那按照我的经验来看，概率能有百分之七八十，甚至能再高点。翻遍了都找不到，只可能是加密，说不定加密等级还很高，不然怎么可能一点尾巴都抓不到。"

"嗯，"猜测得到证实，陆封寒换了个话题，"你对'引线'了解多少？"

"引线？反叛军搞出来的那个？"

"对。"

文森特一边回想一边答："'引线'这东西让联盟很头疼。虽然统一叫'引线'，但每一个'引线'其实都不一样，这就是最烦人的，你把这个'引线'破解了，下一次假悬浮车事故里找到的'引线'又跟之前的完全不一样，没完没了。"

他毫不留情地嘲讽："据说这东西在反叛军那边叫'神迹'，你知道，反叛军那帮人天天一口一个'神的恩赐'，就像人都是没脑子的两脚牲畜，成天只能等神降下神迹和恩赐才能活。"他很敏锐："指挥，迪森的死，原因是'引线'？"

陆封寒给出肯定："对。"

"还真是反叛军动的手？"文森特又反应过来，"不对，指挥，你去哪里找的高手，竟然成功黑进了图兰的内网？"

陆封寒没准备满足文森特的好奇心："不聊了，有事。"

知道是问了不该问的，文森特只能强行闭嘴，又听陆封寒说有事，一副急着挂通信的架势："指挥，你有什么事啊，很重要？"

这总该能问了吧？

陆封寒目光落在教室里的祈言身上，边往里走边回答："该陪某人上课了。"

第五章

枫丹一号

专业基础课的课程时间很长，内容多，需要人完全集中注意力去听，导致下课时不少人都往桌上一趴，满脸写着已被掏空。

祈言精神很好，他睡了一整节课，因为是枕在手臂上睡的，侧脸有淡红的压痕，又是刚醒，眼神还有些迷糊。

陆封寒把水杯递过去："喝点水。"

祈言慢了两秒，依言接下水杯，喝了一口。

真听话。

这辈子到现在，从来没向柔弱动物投去过一丝怜悯目光的陆封寒忽然从中体会到了喂养小动物的乐趣："再喝一口？"

祈言捧着杯子，又喝了一口，嘴唇上沾了一层莹薄的水渍。

正当陆封寒想再劝时，祈言从睡眼惺忪的状态里清醒，将水杯递回陆封寒手里："不喝了。"

陆封寒心下有点失望，随手把水杯放好，余光发现全息投影重新亮起，傅教授出现在讲台上。

教室里不少人都看了过去。

傅教授笑着点名："祈言。"

祈言抬头。

"你有意向进二年级的研究组吗？"

祈言疑惑："研究组？"

知道祈言这是没听过这个词，坐在前面的夏知扬急得要死，赶紧转过身，扒着祈言的桌沿，语速飞快："快答应，快答应！每个年级都有研究组，一、二年级的虽然只是在一个大的科研项目中搞搞基础资料整理什么的，但这是一个台阶！往年一、二年级在研究组里的人，三年级、四年级必然能进教授们的正式项目组！"

祈言听明白了。

"而且一个年级一共只进二十个人，退一个才会补一个进去。傅教授现在来找你，应该是由于什么原因，有人退组了，有名额空出来。"夏知扬怕祈言还没明白，又举例，"机会难得！洛朗还有那个蒙德里安，都是一年级就进去的。"

陈铭轩也道："傅教授有些项目会跟联盟以及军方接洽，不管你是喜欢科研、以后有相关的规划还是想结交人脉，进组都是个好机会。"

祈言想了想，接受了傅教授的邀请。

傅教授笑容和蔼："那下午上完课就去研究组的实验室报个到。"

祈言答了声"好"。

等傅教授的全息投影在讲台上消失，教室里响起不少议论声，大都在讨论傅教授邀请祈言进组这件事。

坐在洛朗旁边的男生慢条斯理地开口，意有所指："这个叫祈言的运气还真是好，看来傅教授很看重他，明显是名额一空出来马上就来找祈言。说不定以后选进傅教授的正式项目组的两个名额，一个给那个蒙德里安，另一个保不准就是给祈言了，还真是肉眼可见的前程似锦，比不了比不了。"

洛朗没说话。他记得上学期，他因为连续在几次实验中表现出极强的科研思维，终于被傅教授注意到，邀请进了研究组。当天晚上，他激动得一晚上没睡着。

可是现在，他回过头，看了眼正在跟身边坐着的保镖说话的祈言——原本这个班里，只有他得到了傅教授的邀请，现在却多了一个。

明明是自己费尽心思才得到的东西，祈言却表现得云淡风轻。

明明是自己努力了两年的目标，可这个人一出现，所有人都觉得他会赢，而我会落选。

洛朗神色平淡，像是不太在意，握着金属笔的手指却用力到发白。他淡淡地朝坐在他旁边的人道："谁胜谁负还不一定。"

下午上完课，祈言和陆封寒走出教室门，就看见蒙德里安等在门口。

陆封寒没开口，只站在祈言身侧。

祈言奇怪："你来找我，是 PVC 简化过程还有哪里没懂吗？"

"不是，你讲解得很详细，我已经理解了。"蒙德里安拎着便携式记录板，一双眼黝黑，单眼皮，看起来有几分不好接近。他解释，"你第一次去研究组的实验室，我正好也要去，就来找你一起走。"

虽然组里的洛朗跟祈言一个班，但全年级都知道洛朗在开学第二天就指控祈言。不用猜，洛朗肯定不会等祈言一起。

意思是……怕他迷路？祈言早在入学第一天就将图兰的地图记在了脑子里，

正想说我认识路，站在一边的陆封寒适时插了话："那就一起吧。"

祈言看了看陆封寒，又向蒙德里安道："谢谢。"

蒙德里安摇头："该我说谢谢的，你简化PVC的过程给了我另一种思考问题方向上的启发，让我受益匪浅。"

二年级研究组的实验室在D-77号楼，他们去时，人基本已经到齐了，相互交换名字后，大部分人都继续做自己手上的事情。

洛朗已经在了，见祈言和蒙德里安进来，只看了一眼便收回了视线。

蒙德里安给祈言介绍："我们一共20个人，现在分两个组，跟两个不同的科研项目。之前退组的赫奇跟我一组，所以按惯例，你会顶替他的位置，加入我们组。"

祈言见有个座位是空着的，桌面干净，应该就是他的位子了。

他不是个对别人的事好奇的人，陆封寒却谨慎地多问了一句："赫奇是为什么退的组？"

蒙德里安知道这是祈言带进来的保镖，他也就没瞒着："赫奇已经被开除了，原因是泄露了项目的资料。我们虽然是二年级，只做某个项目的基础数据整理和收集，更深的接触不到，但如果项目意义重大，就算是基础数据资料也是非常有价值的。"

多的他没说，但一般涉及泄露科研资料，要不就是卖给了竞争对手，要不就是卖给了敌方——比如反叛军。

将一个不及巴掌大的光储器递给祈言，蒙德里安叮嘱："这里面是我们组所有的数据资料和相关进度，有保密级别，不能带出研究室。里面记录了你的个人信息，只有你本人才能打开。"

大致说完后，蒙德里安去做自己手里的事情了。陆封寒出于习惯，将实验室内部结构打量了一遍。

室内面积很大，窗边的区域被划为了办公区，摆放有10套带触控桌面的桌椅，价格不菲。旁边还有一张长桌，应该是小组研讨会时使用。至于靠里放着的各种仪器，陆封寒看着眼熟，却不知道具体用途，只目测——非常值钱。

联盟最强败家子的腐败豪奢，真是体现在方方面面。

祈言将光储器连入光计算机，将里面的内容看了看，随即就明白了赫奇为什么会被图兰开除。

这个项目应该是图兰学院和军方的合作项目，研发一个新型信息处理模型。这个新模型主要应用于军方星舰，是对接星舰中控系统的几百个辅助器之一。

整个项目被拆得十分零散，到他们手里的，只是最为基础的数据挖掘和分析工作，丝毫看不出和星舰有任何联系。

祈言是因为熟悉星舰的中控系统，这才认了出来。

组长是一个叫叶裴的女生，最后到实验室，见了祈言，先表示了欢迎，之后又关心："你刚来，要是有哪里不懂，我是组长，都可以来问我。"

洛朗将坐着的椅子往后移，发出"呲"的一声，他毫不客气："叶裴，人家是我们班的天才学生，怎么可能会有不懂的。"

叶裴有些恼，明明她只是表达欢迎和友好的态度，但到了洛朗这里，怎么就变成她质疑祈言的能力了？她连忙解释："我……"

"谢谢你，"祈言几乎跟叶裴同时开口，"之后就麻烦你了。"

叶裴笑弯了眼："没问题，大家一起进步！"

祈言几乎没有适应期，很快就进入了状态，甚至他还是整个小组 10 个人里最先完成任务、且还能保证准确度的。

叶裴拿洛朗自己说过的话去堵他："哎，没想到你说得真没错，你们班这个天才学生竟然真的没有不懂的地方！"

洛朗差点折了手里的笔。

又是最早离开实验室，陆封寒将悬浮车开上快车道，见祈言一直低着头，神情似乎还有些严肃。他闲散开口，问得随意："在看什么？表情绷这么紧。"

祈言把《勒托日报》的页面展示给陆封寒看，"远征军大溃败是在 7 月 21 号，今天是 9 月 11 号。"

21 号？都已经过了这么久了，陆封寒有短暂的失神，又问："所以？"

"报纸上说，南十字大区前线远征军总指挥已经失踪整整 50 天。但不管是远征军还是联盟都从未放弃寻找，一直在期待奇迹的到来。"祈言将新闻的最后一句念出来，"尽管总指挥存活的概率渺茫，我们仍不放弃一寸希望！"

陆封寒握着操纵杆的手一收，差点没把悬浮车斜斜撞到慢车道上去。

在新闻里看见有人说自己存活的概率渺茫，是个什么感觉？反正陆封寒作为奇迹本人是体会到了。

他估摸着，说不定再过一段时间，就能看见自己的讣告了。

他在南十字大区前线多年，是实打实靠着自己立下的军功，从毕业时的尉官层层升至一星准将，一滴水没掺。这就导致，只要新上任的代理指挥想安抚人心、稳定局面，就一定不敢拍板说他已经死在那场埋伏里。

至少态度要拿出来。

即使所有人心里都觉得他不可能活下来。

至于不放弃生还的可能性，不放弃寻找与救援？宇宙中接近绝对零度，人不可能在没有防护的情况下在宇宙中存活。军方内部必然早已认定他死了，只等哪天多方利益博弈后，勒托把下一任远征军总指挥定下，他这个存活概率渺茫的总指挥才会死得其所。

没想到他陆封寒，竟然都没权利选择自己的死期。

陆封寒手肘撑在窗边，心里觉得有些无趣，整个人像懒散蛰伏的野兽。他又问祈言："怎么突然看起了这个？"

祈言如实回答："因为这是头版第四条。"

第四条？芙吉琳娜来勒托开演唱会都能上头版头条，他竟然只占了第四条？

还真是没面子啊。

余光瞥见祈言低头继续看报，一页一页翻得认真，又忍不住想，念这么一段给他听，到底是有心还是无意？或者说，改主意参加祈家的庆祝宴、删除庆祝宴上他和蒙格的监控内容，甚至救他一命、和他签订两年的合约……

到底是有心，还是无意？

把今天的《勒托日报》看完，祈言注意到报纸上的日期，想起："我在黛泊定做的衣服好了。"

"顺便去拿？"陆封寒操纵杆一转，悬浮车便上了另一条路。

他回想起之前祈言做衣服，那家裁缝店拿了几十种面料过来，祈言挨着摸了，最后挑了其中三种，编号分别是 E7-12，E7-43，还有一个 E8-02，都是陆封寒格外看不上、又软又柔、十分禁不起折腾的。

想起祈言的娇气程度，陆封寒转念一想，可能也只有这种两根手指就能扯碎的面料适合给他做衣服。

两人下车，刚到楼下还没上去，黛泊工作室的人就已经将包装仔细的衣服送了下来。

陆封寒拎过轻飘飘的精美包装袋，忍不住想，他储蓄账户里的总金额，大概够祈言这么买……三次？

啧，不知道现在存活概率渺茫的他，还能不能拿到联盟每个月统一定时发放的工资。

回了家，陆封寒见祈言又准备上楼洗澡，他把人叫住："先把指甲剪了？"

刚刚在车里，祈言挽起衣袖时，他一眼注意到祈言手臂上添了几道红印子，多问了句，才知道是祈言指甲长长了，睡着后挠了自己一下。

陆封寒听完，心情颇有些复杂——祈言"受伤"的方式总是与众不同，他这个保镖千防万防，也防不住雇主睡着了自己挠自己。

只好记着，回来一定把祈言的指甲剪了。

祈言坚持："要先洗澡。"

行吧，可能有洁癖的人都有自己特殊的坚持，比如祈言每次洗澡都会用水洗十几二十分钟，每次回家最先做的也几乎都是洗澡。

陆封寒耐心等了半小时，其间做了一组力量训练，看了两页《勒托日报》，当然，跳过了头版头条和头版第四条没看。

祈言下来时，衣服换成了新买的，陆封寒抬眼一看，浅灰色，哦，E7-43号面料。下一秒，他又面无表情地在心里唾弃自己——陆封寒，你被勒托腐蚀了。

祈言在陆封寒旁边坐下，他把手递过去，眸光清透的眼睛看着陆封寒，似乎有些紧张。

"不会剪到你的手指尖的，"陆封寒轻笑，托起祈言的手，目光不由在他手腕凸起的圆骨上留了两秒。知道他怕疼，故而仔仔细细，十根手指依次剪过去，觉得自己第一次开歼击舰都没这么谨慎过！

剪完，祈言收回手，打量弧度平滑的指甲："你剪得比我好。"

陆封寒深感自己的成果得到了认可，颇为愉悦，并认为自己水平已经足够长期开展这项业务了。

二年级研究组的实验室里，组长叶裴发现祈言时不时地就看看自己的手指，奇怪："怎么了，沾上什么东西了吗？"

"没有，"祈言摇摇头，又指着标出来的一串复杂的数据，"你这个处理模型之所以不能进行三次升级，是因为这里，负责PAPO也就是并行比例的地方，内置公式只有固定量，差了一个随机引入量，这才导致无法增加并行计算量。"

"竟然是这里！"叶裴黑眼圈很重，"我昨晚耗了一个通宵，一直没找出到底是哪里出了问题，明明前两次升级都很顺利。"她双手合十，感激道，"救命之恩，谢了！"

相处了几天，她发现祈言看起来清清冷冷，话也很少，但你只要拿着问题去问他，他都会仔细解答。想起刚刚去一年级研究组的实验室听见的风言风语，叶裴想想还是告诉了祈言："我听见有人说你PVC93模型有点……问题。"

祈言以为是模型出了问题，说道："不会有问题，开源之前我检查过一遍。"

"不是，不是这个问题，"叶裴有些不太好说出口，见祈言认真等着自己的下文，她才一口气说了出来，"是有人造谣，说你家里请了顶尖家教，恰好这个模型是你在家里做出来的，所以到底是你自己做的还是家教帮了忙，不好说。"

原话还要更难听一点，什么有钱就是好，找个"家教"，先把模型架构出来，从头到尾记住，第二天再在学校现场表演架构新模型，马上就能被教授邀请进研究组，前途无量。

叶裴担心祈言难过，连忙道："我只是觉得你知道比较好才跟你说的，你千万别受影响！反正信这套说辞的也就那些才进学校的一年级新生。等他们再学个一学期，就知道PVC93到底意味着什么样的水平了！"

"我知道了，谢谢你告诉我。"

叶裴连忙摆摆手："不用谢，不用谢！"

第二天有公共大课，祈言找到位置坐下，对接下来的课有些期待。

他发现，虽然课上讲的大部分知识对他来说都很基础，但很多教授看待问题、分析问题的角度都能或多或少给他启发。

就像昨天小组讨论中，傅教授在指导叶裴的过程中提到可以用埃尔温函数解析法解决并行比例问题，就让他有了一个新的思路。昨晚熬到凌晨4点，顺利解决了一个卡了他一个多星期的算法。

现在他有些明白为什么伊莉莎会建议他回勒托进图兰学习。他从前一直住在同一个地方，生活太过规律且一成不变，不管是遇到的人还是遇到的事，后一天也都跟前一天大同小异。

那时，他混淆现实的情况已经十分严重，甚至经常无法分清自己所处的到底是哪一天。伊莉莎这才不得不提出治疗建议——离开，去一个新的地方，接触不一样的人和事。

虽然效果不如预期，但已算是一个好的尝试。

晚睡又早起，导致祈言一坐下，埋头就睡，只露出一截白皙的后颈和细瘦的手腕。倒是陆封寒发现，从祈言进门开始就有不少人看过来，时不时还会飘来"家教""有钱"之类的字句。

有钱倒是真有钱，不过家教？

家里就住了他们两个人，别的连个机器人都没有，哪里来的家教？

这堂课的教授住在开普勒大区，正好来勒托出差，就舍弃了全息投影，本人来了教室。

一开始上课，教授便点名夸了祈言："我正好在做一个项目，原本要用上RN3，不过在用了你的PVC93模型后，我应该再也不会启动RN3了。你的想法和架构都非常不错，至少在我这里，提高了效率，节约了很多时间，我想，非常多的人应该都会想感谢你。"

祈言刚醒，眼神还有些迷糊，见讲台上的教授一脸和蔼地看着自己，好像是在说 PVC93 的事。

不过此时，教室里却响起了几声低笑，不知道是谁小声说了句："我要是能请到顶尖家教，对，'家教'，说不定我也能搞出一个模型来。"

周围几个一年级学生又笑起来。

江启坐在附近，望了望祈言，似乎有些担忧，想跟那几个人辩解什么，又被坐在他旁边的男生扯了扯袖子制止了。

教室里人不少，陆封寒却极为精确地朝向声音传来的方向，找到了说话的那个人。

或许是他眼神太冷太锐，说话的棕色头发男生脸上的窃笑僵住，有些瑟缩地不敢对上陆封寒的视线，悻悻移开。

等上完课，再去实验室时，叶裴悄悄观察祈言："你……还好吧？"

见祈言不解，叶裴一急："你还不知道？你被人举报学术造假了，不过学校很快就驳回了，说举报不实。"

任谁辛辛苦苦做出一个成果来，被人匿名举报学术造假，心里肯定都会不舒服。她猜测，流言最初是从一年级传出来的，但这么善于利用举报这个手段的，多半是二年级的人。

图兰学院机会多，但竞争的人更多，有一个人脱颖而出，势必就会碍了部分人的眼。这也是为什么图兰学院的校规里，对故意设计、诬陷同学，故意侵害他人名誉权的直接开除处理。只因为这样的事大大小小发生过太多次了，总会有人能力不够就故意破坏规则，恶性竞争。

陆封寒为了避嫌，虽然跟着祈言进实验室，但一直都只坐在旁边的角落，很少开口。听完叶裴的话，见祈言明显没放在心上，他便多问了句："举报被驳回之后呢？"

"有人在学校的交流区说祈言家里捐了一栋楼，关系很硬，学校知道内情也不敢动他。那个家教也是家里给他请的，花了大价钱，还有一大笔封口费什么的。"

"家里？"祈言敲击字符的手停下，不知道是不是因为这个词，他眼神有些凉，问叶裴，"是不是只要证明 PVC93 是我做的就没事了？"

"是这样没错，可是这恰恰也是最难的。因为你没办法证明你没有请家教，由此也没办法证明 PVC93 模型是完全出自你手。"叶裴说着，有些感慨，"学术自证很麻烦，针对你的人总会千方百计地针对你，不惜以最大的恶意揣测。"

"嗯，"祈言却只问，"这件事是学术管理办公室在管对吗？"

"对，"叶裴见祈言起身，吓一跳，反应了几秒，"祈言，你这是要去干什么？"

祈言已经到了门口，陆封寒跟在后面，回答叶裴的话："虽然自证很麻烦，但如果有绝对的实力，就不一定了。"

陆封寒想，这跟前线其实是一个道理。不管敌方集结了多少火力，派了多少小型舰来骚扰，用了多少种阵列，上了多少层伪装，只要他的高能粒子炮威力足够强大，那么，在按下发射按钮后，一切都会变得无比简单。

祈言去学术管理办公室这件事，很快就被人发到了图兰内网的交流区里。

"去学管办公室干什么？他又出新模型了，要去登记？"

"说不定是去自首的，坦白那个什么模型确实不是他自己做的！"

"真是羡慕啊，只要有钱，随随便便找个家教搞出点东西，冠上自己的名字就能进研究组，学会了！"

"上面那些暴露智商的一年级学生，看起来是课排得还太少，确实很闲。"

到学术管理办公室时，门口已经聚集了不少喜欢看热闹的人。祈言没在意，礼貌敲门后走了进去。

办公室的主管老师正在跟一个教授的助理商量申请专利的事，见祈言进来，她温和笑问："祈言同学是有什么事吗？"

她对祈言印象很深，一方面是二年级的学生能做出 PVC93 这样的模型，就算在天才扎堆的图兰也是少见的。另一方面就是，祈言长相太好了，想印象不深都难。

"您好，"祈言开门见山，"有人举报我学术造假，说我做出的 PVC93 模型来自家里请的家教。"

主管老师点点头："是这样没错，我们确实收到了匿名举报，不过学校已经以'举报不实'为由驳回了。"

这时，江启也赶到了外面的走廊，跟他一起来的沙珂见他这么急："那个祈言跟你又不亲，你急急忙忙地这么担心他干什么？"

江启心里莫名有些不安。

他只是看班里不少人都在谈论祈言和他做的那个什么模型，所以才似真似假地提了两句家教，他确实也是这么想的，一个偏僻星球来的人怎么可能有这么好的成绩，除了他爸花高价请顶尖家教给祈言上课外，他想不出还有别的可能性。

跟他预计的一样，一传十，不少人都因为他的暗示，开始猜测祈言架构出模型这件事是不是家教也出了力，甚至更多人心里已经确定，那个模型绝不是出自祈言的手。

他乐见其成。

这种没办法确定，却也没被证据否定的小道消息，日积月累，最能影响一个人的声誉。

他唯独没想到的是，有人那么讨厌祈言，竟然直接举报了祈言学术造假。

明明到了这一步，他应该期待接下来的好戏才对，毕竟学术自证太难了，这盆脏水不好洗干净。可是在祈言进了学术管理部门的办公室后，他为什么会这么不安？

又朝办公室门口望了望，江启回答沙珂："我只是有点担心。我哥他因为基础不太好，但又很爱学习，所以才请的家教。"他又小声叮嘱："你别往外说，我哥他自尊心很强，不喜欢我提他请家教这件事。"

沙珂心想，基础不好，却能做出那个什么模型？嘴上则说道："你就别护着你哥了，跟这种人是一家人，你也是倒霉。"

办公室里，祈言说明了自己的来意，又朝向站在一旁的教授助教："冒昧请问，可以耽误您一点时间，帮一个忙吗？"

助教已经大致明白是怎么回事，毫不犹豫地同意："当然可以，不过我只有30分钟时间，之后我就要离开图兰去星港搭星舰。"

"谢谢您，半小时就够了。"

与此同时，有人将现场的情况同步到了交流区。

"那个不是曹教授的助教吗？曹教授搞量子并协态的，祈言一个学人工智能的，他们聊什么？"

"谁能告诉我祈言为什么打开了小型光计算机，他要干什么？"

观看现场画面的人一直在成倍地增加。

"20分钟过去了，祈言从光计算机旁边走开了，你们看到助教的表情没？感觉激动得能现场昏厥过去！"

"我在现场！我跪了！祈言花5分钟跟助教聊天，又花了20分钟构建了一个小模型，重点是，这个小模型接入R9-03模型后，能把03处理数据的速度提百分之二十！"

"意思是，守在光计算机旁边等着03跑完数据的我，原本凌晨4点才能睡的我，零点就能关机睡觉了？"

"守着跑数据守了三天三夜的人举手！这个加速器我想要！多少钱？我买！另外，这个自证方式绝了，随机专业！随机处理模型！现场表演如何给这个模型架构一个加速器！到底谁想不开要去黑这种天才选手？"

走廊上，江启的脸色已经要撑不住了，他随便跟沙珂说了句自己不舒服，就从围观的人群中穿了出去。

走出一段距离后，他又克制不住地回头，定定看了许久才快步离开。

办公室里，比起助教，学术管理部门的主管老师还算冷静，她询问："这个加速器需要申请专利吗？"

助教激动接话："我们想买！"

对他来说，这个加速器架构起来并不算很难，只是几乎没人想到在 R9-03 模型的源数据域内打开一个接口，利用嵌入一个小模型的方式，修改 R9-03 内置运算法则，引入变量，从而达到提高数据处理速度的目的。

没有人想到过，祈言却在极短的时间里想到了，这是何等的敏锐度？

可气，怎么就去了人工智能专业呢！

祈言活动了一下手指，先回答主管老师的话："我不准备申请专利，跟之前一样，我选择开源。"

主管老师询问："开源意味着放弃一大笔专利费用，确定了吗？"

"确定。"

申请专利或者开源都是架构者本人的自由，老师没有再劝："那现在，你需要给这个加速器取个名字。"

祈言想了两秒："就叫 R9-03 加速器。"

老师输入字符的手指一顿。

还真是……简单直白，给 R9-03 模型加速，就叫 R9-03 加速器。

联盟在命名上没有特别的要求，但因为黑榜榜首的 Y 偏好诸如"白隼""暮光""日晷"之类的名字，导致最近两三年刮起了一股风潮，"重楼""秘银"这种名字更是层出不穷。

祈言这样简单直白的命名方式，反而少见。

这一趟耽搁了不少时间，实验室的事情差不多都做完了，祈言就没有再回去。

两人坐上悬浮车，陆封寒手刚搭上操纵杆，就听祈言开口："很疼。"

陆封寒偏头，边细细打量祈言边问："哪里疼？"

祈言认真形容："手很疼，都疼。"

为了不耽误那个助教去星港搭星舰，他在整整 20 分钟里，手指一秒未停地敲击字符，等敲完了才发现指骨手腕都酸得不行，动也不想再动一下。

陆封寒也想到了，他看向祈言骨节匀称的手，线条修长，霜雕雪刻一样，指甲还是他帮忙剪的。

"好了，知道你疼。"轻叹一口气，陆封寒拉过祈言的手，控着力道，垂眼仔细揉捏。

刚揉没两下，祈言浅浅吸了吸气："你轻一点。"

念着这是个娇气包，陆封寒只好又轻了三分力道。

早上，陆封寒正在做负重训练，见文森特拨来通讯，他直接允许连接："什么事？"

没想到文森特支吾两句，犹犹豫豫地问："指挥，我是不是打扰你了？"

"没有。"

"哎？那你说话怎么有点喘？"

陆封寒就知道，肯定没什么好话，自己脑子里的那些废料确确实实都是被手底下这帮人硬塞的。他顺口问："为什么不会有别的可能？"

文森特惊讶道："指挥，你对自己是存在什么误解？远征军票选，您连续五届荣获'前线最难脱单选手'称号，我们都赌你30岁前绝对开不了第一枪！"

开不了第一枪？

陆封寒语气淡淡："看来该整顿整顿军纪了，原来私底下，你们还有这种闲得无聊的票选。"

"别啊指挥，这不是宇宙里飘来飘去太无聊，大家才发展发展娱乐项目吗？你就忍心剥夺大家仅剩的一点娱乐吗？"文森特后悔自己嘴快了，或许，可以寄希望于陆封寒回前线时能把这段彻底忘记？

"当然……"吊起文森特一口气，陆封寒才不紧不慢地说出后半句，"忍心。"

不准备听文森特鬼扯些什么前线参战人员心理健康维护，他直接切入正题说道："出什么事了？"

文森特语气变得正经："不枉我们耐着性子等了五六十天，终于有动静了。"他有些激动："我查到，前线终于开始进行正式的人员调动了。代理总指挥怀斯以远征军在前线大溃败中战损过重为由，请求中央军团允许，酌情升一批职衔，便于统兵布排。名单我拿到了，这一批提了50个人。"

"这是终于认定我死透了？"陆封寒背靠着墙，双手插袋，"都查了？"

"都查了，不过看起来这50个人的资料都没什么大的问题，出身背景各不相同，履历也都能看得过眼，亲属关系不复杂，能力也……"

陆封寒打断他："说人话。"

文森特只好省去过程："有7个人我觉得不太对，其中2个被怀斯放到了侦查，2个去了后勤，3个去了技术。"

陆封寒眼神微凝："技术去了3个？"

"没错，如果怀斯就是那个跟反叛军有一腿的人，那可以看得出，他走的第一步棋，目标就是中控系统。"

联盟星舰中控系统被投入使用不过3年时间，效力却极为惊人，作为总指挥的陆封寒体会最深：跟这个现役系统比起来，以前用的中控系统是个什么玩意儿？

大概也就第一军校和图兰学院的距离。

这也是为什么中控系统的主设计者Y会在3年前空降黑榜第一的原因——陆封寒领着装了新中控系统的星舰群追得反叛军满南十字大区边境抱头鼠窜时积攒的所有恨意值，估计都明明白白地显示在这排名上了。

"技术那里就算去了也看不出什么，Y做出来的东西，复杂得天书一样。技术部那些人，一遇上什么小问题，个个都是第一时间翻Y给的手册，依样画葫芦。"陆封寒毫不紧张，他缓慢地捻捻手指，"同时说明指挥舰依然是埃里希的地盘，牢牢在手里抓着的。怀斯这个代理总指挥插不上去人，只好退而求其次，把人零散安插。"

埃里希是他的副手，陆封寒曾猜测，他"死"后，埃里希没争过怀斯拿到代理指挥权，很大可能是为了暂避锋芒。

现在看来，怀斯不管蹦得多高，埃里希都把指挥舰守得很好，该抓在手里的一样没少。

"你继续盯着，看看怀斯下一步是干什么。"陆封寒又想起，"对了，按照规定，只要没确定我死亡，那工资联盟会照发，但我以前的账户现在却不能动。那边怎么样？"

文森特明白陆封寒问的是什么："你当时出了事，我们没敢赌你到底能不能活着，所以我和另外几个人商量了一下，每个月凑凑钱，给那几家人打过去，把难关过了。他们活着的时候都是一起上战场的兄弟，死了，他们的家人谁能忍心不管。"

联盟虽然会向军人遗属一次性发放抚恤金，不算少。但现实是，不同的家庭，各有各的困难，能帮的总想着帮一把。

以前在前线，大家都笑话陆封寒这个总指挥是远征军最穷的，但谁都知道陆封寒的钱是用到哪儿去了。

文森特记得陆封寒曾说，"我没有家人，他们有。反正我独身一个，存钱干什么？说不定哪天人就被炸成灰，扬在宇宙里了"。

当时他还是陆封寒的副官，笑着打趣，"指挥，你怎么想不开非要这么咒自己"。

陆封寒披着一件军服外套，跷着腿，坐在指挥舰的操作台前，回他："我是军人，军人会死，有什么奇怪的。"

祈言下楼时，陆封寒正在看新闻，他脚步停在原地，刻意看了看新闻里显示的时间。

没有记错。

把面包片递给祈言，陆封寒注意到："昨晚又熬夜了？"

"嗯。"祈言确实又熬夜架构了一晚上模型，有个细节出现问题，一晚上的成果都被他推翻准备重来，他没什么食欲，"你怎么知道？"

"一脸苍白没精神，撑着下巴下一秒眼睛就要闭上了，不是熬夜是什么。"陆封寒见他拿着面包片一口没吃，转身拿来一管营养剂，"实在不想吃就把这个喝了。"

祈言接过，一口喝完，感觉到了饱腹感。

"手还疼吗？"

祈言活动了一下手指："不疼了。"

"嗯，那走了，去学校。"

祈言一进图兰学院就感觉到了周围打量的视线，他有些奇怪，问陆封寒："他们为什么看我？"

陆封寒仔细听了听周围的议论，回答祈言的问题："你昨天在学术管理办公室表演的为任意专业、任意模型现场架构加速器，在你们图兰内网的交流区火了，他们都觉得你很厉害，所以才看你。"

祈言点点头："这样啊。"

陆封寒挑眉："不高兴吗？所有人都承认了你的能力，估计以后都不会出现昨天那种糟心事了。"

祈言："为什么要高兴？很多人都觉得我很厉害。"

言下之意就是，这不是理所当然的吗？我早已经习惯了。

见祈言绷着张白净的脸，疑惑地看着自己，陆封寒止不住地手痒——啧，又想戳脸了。

陆封寒说得没错，接下来的几天里，几乎没人再提学术造假或者家里请"家教"之类的话，连洛朗遇见他也只是冷着脸，很少说话。

只是在去实验室的路上，经常会遇见有人站在路边大声感叹："啊，我这个

GT913迅龙模型挖数据的速度怎么这么慢呢？""唉，为了跑数据，我已经在光计算机旁边守了三天三夜了！要是能快一点就好了！"

后来大家发现祈言对GT913迅龙等模型毫无兴趣，眼神都不给一个，这才慢慢绝迹了。

推门进到实验室，看见实验室正中央站着的傅教授，祈言眨眨眼，略一停顿开口道："傅教授好。"

"又一个！"傅教授颇为满意，"祈言啊，你是第二个在三秒里就看出我是真人、不是全息投影的人。实在令人伤感，研究组的人进来了半数还要多，只有你和蒙德里安两个人看出来了。叶裴更不得了，还来戳了我一下，看手指到底能不能穿过去。"

叶裴抱着椅背叫屈："教授，只能说联盟全息投影技术太过逼真了！而且您前两天不是在梅西耶大区吗？谁知道您怎么会突然来勒托？"

"来勒托当然是有事。"见研究组最后两个人也进来了，傅教授说道："同学们，我说一件事。明天我会去一趟首都星外漂浮的太空堡垒，对方允许我带几个学生。所以明天在那个时间段没有课程安排的可以跟我一起去。"他点名，"蒙德里安、叶裴、许旻、祈言，明天还会在上面住一晚上，你们准备一下。"

一旁的洛朗金属笔不小心落在了地上。

别的人都在羡慕祈言他们几个能跟傅教授一起去太空堡垒，没有人注意到他的瞬间失态。

明明他跟祈言一个班，都没有课程安排，但傅教授选了祈言，没选他。

旁边一个男生见洛朗低着头，道："嘿，你也别丧气，我跟你一样，我和蒙德里安一个班，但名额限制，肯定不能把我们都带去。等下次，肯定就是我们跟着一起去了。"他叹气："不过不选我，我也挺服气的，蒙德里安那脑子也不知道怎么长的。"

他说完，见洛朗连头都没抬，就不再自讨没趣了。

太空堡垒漂浮在首都星勒托的外围，以首都星做对比，看起来不过如宇宙中漂浮的尘埃飞絮，外表用高密度混合材料做成，总体呈灰黑色，却有一个颇为美丽的名字——枫丹一号。

从勒托到枫丹一号，需要在星港搭乘专门的小型星舰。随着星舰升空，地面不断缩小，进入太空的一瞬间，所有人耳边瞬间都是一静。

叶裴扒着舷窗往外看，激动道："我们是不是马上就要进入枫丹一号了？"

傅教授很理解学生第一次进太空堡垒的心情，耐心讲解："没错，等星舰进入枫丹一号的捕捞范围，我们就会被它吞进去，就像海洋中，鲸鲨一口吞下小鱼。"

许旻是个沉默寡言的男生，默默看着舷窗外的景色，而蒙德里安则在和傅教授讨论枫丹一号的捕捞方式。

陆封寒盯着窗外，实在提不起什么兴趣，任谁在太空里飘飘荡荡近 10 年，也不会再产生什么情绪上的波动。只是在星舰脱离首都星引力的一瞬间，那种熟悉感让他瞬间以为自己回到了南十字大区前线。

脚下踩的是指挥舰的舰桥，身后跟着的是列阵冲锋的舰群。

而祈言比陆封寒的表现更寡淡，他靠着陆封寒的肩膀，睡着了。

叶裴还笑说，祈言是不是昨天晚上太兴奋，失眠，所以才打瞌睡。

半小时后，星舰进入枫丹一号捕捞范围，随着舷窗外逐渐被灰黑色的巨大金属体占满，舱内微震，机械提示音响起："对接成功，舱内人员请准备。"

祈言也是在这个时候醒的。他揉揉眼睛，问陆封寒："到了？"

"到了到了，"叶裴兴奋接话，"可惜你刚刚睡过去了，近距离看枫丹一号真的好壮观，怪不得《勒托日报》曾经说枫丹一号是一颗漂浮在太空的黑晶，外壳的金属材料有种科技赋予的美感！"

傅教授在前面听见，笑起来："看来叶裴同学对空间材料学很感兴趣？"

叶裴连忙表忠心："不，我的热爱永远都是人工智能！"

一行人都笑起来。

舱门打开，有穿蓝色制服的工作人员进来："傅教授你好，图兰学院的诸位好，欢迎来到枫丹一号！我叫林嘉，是你们这次参观的向导。"她淡金色的长发束成高马尾，又放低声音，笑道："十年前，我也在图兰上学。"

叶裴高兴道："原来是前辈！感谢前辈特意带我们参观！"

林嘉眨眨眼："这次是参观，下次见面就成同事都说不定，堡垒里不少都是图兰毕业的。"

傅教授从星舰出来便被接走开会去了，祈言一行则跟着林嘉进入了堡垒的可开放区域。

走廊右手边是透明玻璃墙，能看见遥远恒星的闪烁微光以及堡垒附近漂浮的各式器械。

林嘉手里端着一杯咖啡，介绍："堡垒在平时主要用于科研、太空实验和各项监测，战时则会变成一个可移动的炮台。不过前线和反叛军对峙至今，战火一直未曾殃及首都星，枫丹一号自然也没机会上战场。"

她望着堡垒外漆黑的宇宙："不起战火当然是最好的，幸好联盟有远征军。"

陆封寒听见这句，倒没什么感觉。这不过是历任远征军总指挥恪守的底线——将硝烟战火挡在联盟群星之外。

祈言盯着玻璃墙外的微光，被林嘉"可移动炮台"这个形容勾起了一点记忆："枫丹一号附近……"他停下来。

枫丹一号附近有一个停用的军用远距离跃迁点，最初联盟将枫丹一号的位置定在这里，有一部分原因就是出于安全的考量——防止有人利用这个跃迁点，对勒托的安全造成威胁。

不过，这不是现在的他该知道的。

大家都在听林嘉说话，只有陆封寒注意力放在祈言身上："附近怎么了？"

祈言摇摇头："没什么。"

"好了，接下来就是自由活动，你们的个人终端会收到一份枫丹一号的地图，上面白色的区域是对外开放的，红区则不能去。要是去了，"林嘉笑眯眯地接一句，"视为窃取联盟机密，懂？"

几个学生吓了一跳，连忙保证绝对不会踏进红区一步。

林嘉很满意恐吓效果："另外就是住宿问题，傅教授会在堡垒待一晚上，所以你们也回不去勒托。不过我忘记问具体人员，所以现在的情况是，你们有五个人，我只提前打报告空出了四个单人间。"

多出的这个人，当然就是随行人员陆封寒。

祈言回答："他跟我睡一间。"

陆封寒忍不住看了看祈言。

不管是星舰还是堡垒，都是寸土寸金，巴不得能折叠空间，1平方米当10平方米用。这样的情况下，住的房间往往规划得很小，床就更别说了，窄得将将能躺下一个人。

他和祈言睡一间的话……

林嘉点头："好，那就没问题了，房间的位置在地图上也标好了，接下来的时间你们自由安排。"

林嘉走后，叶裴是组长，询问大家的意见。蒙德里安他们都想再到处看看，祈言昨晚又熬了个夜，犯困，干脆先去房间睡一觉。

按照地图的指示，祈言用个人终端打开了一扇门，陆封寒跟他一起踏了进去。

房间里设施齐全，小桌，单人床，一个微粒清洁器。

太空里水不易储存，堡垒也是一样，不会奢侈到配置水淋浴，洗澡用的都是这种微粒清洁器，简称"干洗"。"洗"得非常干净，只是少了仪式感和舒适度。

房间狭小，门被关上的瞬间，祈言有种整个房间都被陆封寒极具侵略性的气息充斥的错觉，避无可避。

祈言找到床的位置就躺了上去，没几秒又重新坐起来。

陆封寒奇怪："怎么了？"

祈言回答："床太硬了，还很吵。"

堡垒各式机械持续运转，长期待在里面的人可能习惯到下意识忽视，对祈言他们这样新进来的人来说却不亚于噪音。

他就知道，陆封寒变魔术一样拿出一副静音耳塞，塞进祈言耳朵里。

下一秒，祈言眼睛微亮："真的什么都听不见了。"

陆封寒往窄小的单人床上一坐，示意祈言过来休息。

祈言有些犹豫，几秒后，还是败给了困意。

祈言很轻地吸了吸气。被陆封寒强悍的气息包裹，让他有种浸在温水里的舒适感。

床依旧没有变软，但或许是这人的气息让他太过安心，祈言很快就闭上眼睛睡着了。

陆封寒在熟悉的白噪音里闭目养神，直到个人终端的提示将他惊醒。

这一刹那，他错乱地以为自己正在前线的星舰里，不过下一秒，大腿上传来的沉重感让他回过神来。

文森特发来了一段语音："我终于想起来，指挥你呢，你现在有钱花吗？勒托物价这么高，要不要支援你一点？"

钱？陆封寒下意识低头。

祈言已经睡熟了，右手还松松抓着他的一截衣角，似乎这样就能抵消陌生的环境带来的不安感。

仔细回忆了一遍，陆封寒发现这段时间以来，他还真没机会花一星币，住的房子是祈言的，开的车是祈言的，穿的吃的都是祈言买的，于是照实回道："有人负担。"

文森特字里行间满是痛心："指挥，没想到你竟然堕落了！"紧接着下一条是："可以介绍一下吗？你可以的我也可以！"

陆封寒毫不犹豫地给出一个字："滚。"

文森特利索滚了。

个人终端熄灭，陆封寒靠着有些冷的金属墙板，怕吵醒祈言，一动没动，堡垒无时无刻不在运转的机械的噪音反而让他思维冷静。

从怀斯的动作来看，泄露跃迁坐标这件事多半跟他有关，迪森的死应该也与他脱不了关系。但怀斯一个人必然坐不上远征军代理总指挥这个位子，调动名单浮出的也只是他的一小部分同谋。

他背后的人尚且藏在暗处，没露一丝踪迹。

那个人是想通过折损远征军兵力以及他陆封寒的死，达到什么目的？

陆封寒又下意识地想去摸烟，手指一动，蓦地顿住，先不说他身上有没有烟，就是有，他要真当着祈言的面抽了，这人肯定会皱着眉，格外嫌弃地评价："闷，熏人。"

余光瞥见窗外有什么缓缓行驶过去，陆封寒习惯性地仔细观察，发现是一架微型运输舰，远远行来，像一只不起眼的低飞鸟类，目测距离，已经开进了枫丹一号的捕捞范围。

陆封寒却上了心。

这架微型运输舰型号是"山鹰IV"，速度快，隐蔽性高，性能优越，最大的特点是防护水准顶尖。也就是里面坐不下几个人，但只要人坐进去了，就很难被炮口轰死。

是有什么重要人物来了枫丹一号？

这一连串想完，陆封寒又自嘲，真是劳碌命，明明眼下真需要他做的事不过一件——保护祈言。

祈言一睡就睡了4个小时，太空中，人对时间的感知不强，没有别的参照物，能靠的只有个人终端上显示的时间。

"我睡了这么久？"

听祈言嗓音有些嘶哑，陆封寒拿了水杯，见人还有些没清醒，干脆打开杯盖喂到他嘴边。

祈言本能地凑近，喝了几口。

喂完，陆封寒收好水杯："没睡多久，要不要出去活动活动？你趴久了，容易难受。"

祈言像是被提醒了，他把自己的脖子往陆封寒手边挪："捏一下。"

不过祈言很快感觉到，搭上自己后颈的手上有硬茧，磨在皮肤上有些痒，他忍了忍，没出声。

陆封寒也发现，自己才捏了两下，祈言就是轻轻一颤，他明明没使劲："弄疼了？"

祈言垂着单薄的眼皮，没看人："没有，只是……痒。"

陆封寒低笑，没有再追问。

5分钟后，祈言起身刷开门，沿着来时的路走，一边询问叶裴他们现在在什么地方。

经过长而直的走道，陆封寒透过玻璃墙往外看，往常挂在勒托天空中的双月之一，从枫丹一号的位置，已经近到能看清它坑洼的弧面。

多年养成的某种直觉让陆封寒停下脚步，闲聊般问祈言："我们现在在月二的旁边？"

祈言看过一次枫丹一号的资料，记得很清楚："月一和月二都绕着首都星旋转，每隔一段时间，月二会旋转到枫丹一号和勒托之间，三者呈一条直线。"

陆封寒听明白了："也就是说，现在月二挡在了枫丹一号和勒托之间？"

"对。"祈言不知道陆封寒为什么突然问起这个，个人终端收到叶裴的回复，说他们三个现在都在刚刚解散的地方，回了句"我们马上到"。

祈言准备继续往前走，忽然觉得有什么不对，他探究地看向某一处，将那片漆黑的区域指给陆封寒看："那里，刚刚我看见的时候，那一块区域只有5个亮点，但现在有7个。"

陆封寒不知道想到了什么，眼神微厉，问他："确定？"

这一瞬间，祈言反而有些不能肯定自己关于5个亮点的记忆到底是真实的还是自己虚构的。

陆封寒一眼看出他在顾忌什么："你刚刚确实朝那个方向看过。"

不知道是不是陆封寒这句话的原因，祈言没再怀疑自己的判断："我确定，亮点多了2个。"

刚刚看见的"山鹰IV"微型运输舰，加上此时枫丹一号所在的位置，陆封寒有了种不好的猜测，他下意识地先安抚祈言："或许会发生什么事，你跟紧我，有我护着，不用害怕。"

祈言正想点头，突然，脚下的星舰猛地一震，仿佛轮船撞到礁石一般，他甚至差点没站稳！

下一秒，头顶黄灯闪烁，电子音开始循环播报："警报——警报——遭遇敌袭！遭遇敌袭！开启二级作战准备！"

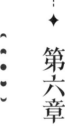

第六章

星际海盗

枫丹一号上，几乎所有人都是茫然的。

自枫丹一号建立之初到现在，已经有小半个世纪，系统唯一一次发出警报，还是因为厨房的人操作不当，将炉灶整个炸了，这才触发了警报响应。

就像林嘉说的那样，枫丹一号更多的时间，只作为一个科研监测平台和太空实验场。至于炮口？生锈了也不会有人发现。

于是在接下来的一分钟里，全堡垒通讯频道和广播中分别由三个人发出了三道不同的命令：一个要求迅速排查堡垒内部；一个要求所有人原地待命，不必慌乱；最后一个是，要求所有非战斗人员就近找好掩护，参战人员立即到岗，总控室报告雷达探测情况。

可惜的是，尚且没人动起来，第二次震荡就开始了。

这个时候，头顶闪烁的已经转为红光，极为刺眼，作战准备提醒也升为了一级。

这是堡垒的防御系统做出的判断。

随即，之前第三个发出命令的人在全堡垒频道和广播中大喊："确认敌袭！是星际海盗！"

星际海盗在联盟范围内四处游荡，以抢劫运输舰为生。二十几年前，联盟上将陆钧率舰队搞游击战，将星际海盗打得七零八落，窝在联盟边境的角落苟延残喘，轻易不敢出现在联盟军方眼皮子底下。

连陆封寒都对"星际海盗"这个名词不够耳熟，更别说常年生活在勒托范围内的人。

因此，这声"星际海盗"非但没有引起众人的重视，反而让许多人更加迷惑。

有哪里不对劲。

这时，陆封寒感觉自己的衣角被轻轻拽了两下。他看向祈言："害怕了？"

他早已习惯了这种枕戈待旦的生活，习惯性地开始专心分析局面，忘了安抚祈言。

祈言摇头表示自己不害怕，又说道："枫丹一号附近有一个已经停用的军用远距离跃迁点，最初联盟将枫丹一号的位置定在这里，一部分原因就是出于安全的考量。"

陆封寒瞳孔微缩，疾声："这个跃迁点连通什么地方？"

祈言："连通勒托和南十字大区边境。"

此时，枫丹一号总控室里正在吵架。

"霍岩，在没有完全确定的情况下，你就通报全堡垒是星际海盗敌袭？你在说什么笑话？星际海盗已经绝迹 20 年了！更重要的是，这里是哪里？这里是中央行政区，是勒托范围内！你告诉我，星际海盗是怎么过来的？"

被称作霍岩的人脸绷得死紧："20 年不出现，不代表星际海盗就不存在！不知道他们是怎么过来的，不代表他们就过不来！现在对面都朝你开出第二炮了，你还来跟我念叨要先确认清楚再通报？你是以为敌人会打出标语，说'我是星际海盗'？"

见对面的人还想说什么，霍岩直接拍了桌子："行政归你管，防务归我管，有异议，等有命回勒托再嚷不迟！"

紧接着，他重重按下按钮，全堡垒通报敌袭情况，要求所有人就地掩护，战斗相关人员在岗等候命令，随后转身离开，大步朝防务指挥室走去。

与此同时，陆封寒在脑子里找了一圈，终于想起来，他上一任歼击舰队的队长霍岩调离远征军后回了勒托，任职地点就是枫丹一号。

选了频道加密，在拨下霍岩的个人终端号前，陆封寒转向祈言。

警报的红光映在他脸上，像夕照落在雪原，甚至令祈言冷淡的五官多了几分靡丽。

没等陆封寒开口，祈言把之前陆封寒给他的隔音耳塞重新戴上。戴好后，他指了指自己的耳朵："我听不见。"

陆封寒点下"连接通讯"。

通讯两次才被接通，霍岩正一团乱，十分不耐烦："谁？"

陆封寒张口就回："你爸爸。"

从总控室走出来，霍岩本就积了一肚子火，现在更是直往上蹿，准备骂完就挂掉这种无聊的通讯："我是你……"

骂到一半，他脚步猛滞，眼睛陡然睁大，甚至因为没注意力道，落地的脚后跟力太重，震得麻痛直从跟腱往上蹿。

"指……指挥……"

"认出来了？"

这还是以前在南十字大区前线时，霍岩自认驾驶歼击舰水平无人能敌，非要找陆封寒比赛，赌注也狠，谁输了叫谁爸爸。

陆封寒没觉得把陆钧的名头拿出来当赌注有什么不对，直接同意了。两人驾驶歼击舰同时穿越陨石带，最后自然是陆封寒赢了。

当时陆封寒还想，自己挺争气的，这么年纪轻轻30没到，就给他爸找了个孙子。

"有鬼啊！"

耳膜一疼，陆封寒眉心骤跳："闭嘴！"

霍岩一个大男人，眼睛通红，差点哭了，又涩着嗓子："我闭嘴了，你真不是鬼？"

陆封寒懒得搭理这种弱智问题，三言两语把局面说清："枫丹一号旁边有个停用的军用跃迁点，连通勒托和南十字大区。刚刚来的两架星舰不是星际海盗的，是反叛军。"不等对面反应，他直入关键："'山鹰'送上来的人是谁？"

跟枫丹一号上其他人不一样，霍岩在前线几年，负责的歼击舰队也算是小前锋，几句话下来，已经明白了其中的严重性，凛起心神："是'那边'的科学家，应联盟要求，带了军用星舰中控系统的源架构，目的地是勒托，临时在堡垒补给。"

陆封寒眉一皱："来的是Y？"

"不是Y本人。"

"那就好，"陆封寒确定，"反叛军就是冲着这个来的，绝对不能让他们成功。"

霍岩忍不住骂："我负责枫丹一号防务才知道这件事，哪个瘪犊子把消息泄露出去了！"

陆封寒反倒平心静气，前线代理总指挥都跟反叛军有一腿，要真生气，他早七窍流血了。

"首都星防御系统……"

陆封寒毫不客气地打断他："我们在月二正后方，探查警报系统会被月二干扰，除非把月二整个行星轰了，否则防御系统的炮也炸不到这边来。"

霍岩立刻反应过来，这一切都是反叛军提前算好了的！他下意识地像以前一样在通信中问陆封寒："指挥，那我们应该怎么办？"

陆封寒眸光冷硬，侧脸仿佛雨后群山，无畏而坚毅，唇边却带着惯常散漫的笑："军人永远不会问这个问题。"

这一瞬，霍岩从一种毫无头绪的慌乱中骤然冷静，将陆封寒曾经教过他的这句话补全："拿起你的武器，保护身后的群星！"

此次袭击，反叛军一共出动了两艘星舰，都是体积不大、穿梭机动、灵活性极高的类型。靠着三发高敏炮，精准轰残了枫丹一号的防护系统。

没了防护系统，再来一炮，就只能眼睁睁地看着装甲被破开了。

霍岩没被勒托的养尊处优磨钝刀尖，进入状态后，他学着陆封寒的嚣张气焰，直接抢下整个堡垒的控制权，随即迅速布防，派出4艘歼击舰迎敌，紧接着又升起仅剩的炮台，决不允许敌方星舰进入30个射程范围内。

一时间，堡垒内所有人都屏息等待。堡垒外，枫丹一号反应虽慢，却也不算太晚。

陆封寒透过玻璃墙，无法看见具体情况，他只能根据霍岩那边传来的各种通报和作战请示了解情况。

一张立体星图在他眼前浮现，双方都已经上了他脑中的沙盘。

可是……有哪里不对。

对陆封寒这种在大小战场冲锋陷阵数百次的人来说，很多时候，在战场能救命的不是策略，而是感觉。

他没有贸然打断霍岩的排布，而是极力在抓脑子里的那一点……

是了！他骤然绷直背，在通讯里吩咐霍岩："把堡垒背后的视野给我！"

1秒，2秒，3秒，没有回应。

陆封寒再看，通讯已经中断，极有可能是被哪一炮轰断了信号设施。

正当陆封寒准备带着祈言离开这里时，他的衣服又被拉了拉。

陆封寒垂下眼。

祈言问："你想看堡垒后面的视野？"

陆封寒第一反应是看向祈言的耳朵，里面静音耳塞还好好塞着。

"你听得见我说话？"

祈言摇摇头，指指耳塞："我听不见。"他目光落在陆封寒唇上："不过我会唇语。"

陆封寒："……"

祈言又问了一次："你想看堡垒后面的视野？"

陆封寒这才答了："对。"

祈言点点头："那我给你看。"

语气平平常常，随便得如同顺手在路边摘一朵花。

但陆封寒却知道，堡垒的总控制系统必定格外严密，跟图兰学院内网根本不是一个量级。

祈言取下耳塞，没再管他，打开了个人终端，将屏幕投影在空气中，又调出虚拟键盘，开始单手输入字符命令。

陆封寒看不懂，只知道祈言的输入极为流畅和快速，界面一页一页不断刷新，密密麻麻的字符令人眼花缭乱。

在祈言停下手的同时，投屏上显示了堡垒背后的监控画面。画面中什么都没有，静止得犹如画面卡顿。

陆封寒极为耐心，他仔细观察着每一个角落，仿佛寻找藏在草丛中的猎物。

两分钟后，一艘星舰如浮叶般自暗处逐渐靠近堡垒。

祈言也看见了，问："那是什么？"

"一艘微型舰，特点是能够装配足以轰开堡垒护甲的炸弹。"陆封寒抱臂，手指轻点，"防护系统已经被三枚高敏弹炸开了，它一直藏在暗处，正在找时机，想要趁着全堡垒的武力都被前面的战局吸引，野蛮轰开堡垒的护甲，从最容易被人忽视的捕捞舱直接进来。堡垒内基本都是文职，没有武器，只要他们进来，就会无差别开枪，直到找到目标人物。"

祈言却不显紧张，似乎根本不惧怕死亡，只问陆封寒："那我们怎么做？"

"当然是一炮把它轰成灰。"此时此刻，陆封寒像一把开封的名刀，刃光凌厉，"你能连接监控，也能操纵炮台，对吗？"

"能。"祈言没说"我试试"，而是直接另开一个界面，将全堡垒的炮台配置都显示了出来。

"真不错，"陆封寒目光落在配置图上，找到覆盖微型舰所在区域的炮台，"连接编号 G11-3-25 炮台。"

祈言选中，将炮台操纵权从总控室的操作台转移到了自己的个人终端上。

虚拟键盘上，一个方形按键出现。

陆封寒引着祈言，用指尖缓缓调整着炮口的指向。

与此同时，枫丹一号堡垒黑灰色的底部，漆黑炮口悄无声息地探出，逐渐瞄准了猎物。

堡垒内部，陆封寒嗓音很轻："来，祈言，给你看烟花。"

话音落下的刹那，陆封寒领着祈言，两人一起同时按下发射按钮，炮弹激射而出！

静默无声地，烟花在漆黑无垠的宇宙粲然炸开！

陆封寒垂眼问他："烟花好看吗？"语气轻松得就像刚刚真的只是放了一场烟花而已。

祈言的视线还落在已经重回静止的监控画面上，慢了几秒才回答："很好看。"

他眸子里藏着几点细碎的光，明显是开心的。

陆封寒："以后……"

他想说，以后再炸给你看，但话到嘴边又蓦地止住。

等他回了前线，就算再炸十次百次，相隔无数光年，在勒托的祈言又怎会看得见。

这种实现不了的允诺，没有说出来的必要。

陆封寒判断不清心里浮起来的是种什么样的情绪，但现在的情形显然容不得他深想。

祈言问陆封寒："视野还需要吗？"

"不用了，长距离跃迁点需要经常维护，停用这么久，内部肯定不稳定，容不下更大的重量级通过。反叛军能派来三艘星舰，已经算是冒险了。"

陆封寒心想，为了 Y 研发出的星舰中控系统，反叛军跟毒蛇盯梢似的，实在执着。

半分钟后，之前断了的信号终于恢复，陆封寒成功接上了霍岩的通讯。

"你能想这么大一个堡垒上居然连个技术兵都没有配？唯一能用的文职休假回了地面，最后竟然是我一个开歼击舰的被迫顶上，去抢修信号通路！"

听完霍岩的抱怨，陆封寒毫不留情地打击："怪不得信号恢复得这么慢。"他又提了刚才的情况："就在前几分钟里，从跃迁点过来的第三艘微型星舰趁前面打得热闹，绕到了堡垒捕捞舱后面，已经解决了。"

陆封寒说得简单，但霍岩一听就懂，出了一身冷汗。战场上只论结果，他没追问陆封寒是怎么拦下来的，只是自责："枫丹一号的日子过得太懈怠了，我竟然警惕全无。"

霍岩虽是自己的旧部，但现在却已经是枫丹一号的防务长，陆封寒懂得其中分寸，没多说，只道："应该不会出现第四艘了。"

所以说，在漆黑的宇宙里看见突然多出来的几点亮光并不是什么好事，不是星舰跃迁到了附近，就是炮弹逼到了眼前。

哪一样，都是要人命的。

"前面已经成功控制局面，只差收尾。常驻枫丹一号的歼击舰驾驶人员都没见过血，但四对二，要是还能出纰漏，身上套着的军服也可以脱下来扔太空里了。"

这是枫丹一号的事，陆封寒听完只"嗯"了一声，没插话。

挂断通讯前，霍岩感激道："谢了，指挥，等你哪天死而复生，找你喝酒。"

陆封寒往金属墙一靠，一身硝烟气尽散，只回答："仅为联盟。"

两人间仿佛存在着某种特殊的默契，几秒后，霍岩深深吸气，也笑道："仅为联盟！"

仅为联盟，一往无前。

陆封寒挂断通讯时，祈言已经将 G11-3-25 炮台的操作权归还回总控室，关闭监控后，他从堡垒的总控制系统里退出来，顺便抹掉了所有痕迹。

整个堡垒又重重晃了一下，陆封寒一把将祈言护到自己旁边，闲聊："你会唇语？"

"也不算会，"祈言学着陆封寒，背靠着金属墙站稳，有些冷，不过勉强能适应。他回忆，"我没有刻意学过，我也不知道我是什么时候会的。听人说话时，我能记住他的口型，也能记住他说的话，如果我想，我能将每个口型和对应的话分离出来，匹配成对，单独记住。"

陆封寒试着理解："也就是说，你的大脑里储存有一个对应表，每一个字对应一个口型。当你想要分辨一个人的唇语时，只需要快速翻看这个对应表，一一找出来就行？"

"大概就是这样。"祈言望着陆封寒，"我不是故意读你的唇语，你前面说的那些话我都没看。是发现你突然变得紧张，我才下意识地看了你的唇语。"

"嗯，我没有介意。"

陆封寒确实不介意。真要论起来，他和祈言之间，说不准谁的秘密更多一点。

而且刚才虽然紧要关头应该事急从权，但随意入侵枫丹一号的总控制系统，查看监控，夺走炮台控制权，在无堡垒防务长命令的情况下擅自开炮……

随便一条，都够以"非法入侵军事系统、窃取联盟机密、背叛联盟"论处了，就是陆封寒自己也会落下"逾权"的把柄。

但祈言似乎根本没考虑过这些。

他这么说，祈言就这么做了。

陆封寒一直都能察觉到，祈言对他隐隐存在着一种极为强烈的信任。包括两人第一次见面，自己的手都掐在了祈言脖子上，祈言却连呼吸频率都未有改变。

可是陆封寒不明白，这种几乎超越人类求生本能的"信任"到底是来自哪里，又是建立在什么基础上。

直到头顶亮着的红灯彻底熄灭，陆封寒才和祈言继续朝前走，到了最初和几人分开的地方。

林嘉正在安抚叶裴，蒙德里安和许旻站在旁边。

见祈言带着陆封寒走近，蒙德里安和叶裴快步迎上去，叶裴把祈言上下打量了两遍："祈言你没事吧？"

明明祈言一直表现得很冷静又理智，叶裴却总感觉祈言身上带着一种……易碎感。

祈言摇头："我没事。"

叶裴拍着胸口："遇到袭击时我们几个都在这里，就你没在，担心死我们了！"

蒙德里安也道："没事就好。"

陆封寒适时开口："是出了什么事？我跟祈言听到堡垒内的广播后就在原地没动，怕会添乱。"

回答的是林嘉："不是大事，刚刚堡垒防务那边通报，本次事件是一伙星际海盗误入已经停用的长距离跃迁点，意外到达勒托附近，现在，两艘敌舰都已经被消灭。"

叶裴一直住在勒托，第一次如此接近所谓的星际海盗和现实意义上的"战争"，听见是海盗误入，又已经被消灭，彻底放下心来："太好了，那我们还是能在枫丹一号留住一晚对吗？我还担心会不会因为这件事提前把我们送回地面呢！"

林嘉笑道："已经解决了，当然能按计划住一晚上。"

陆封寒清楚，刚刚防务通报全堡垒的内容也将是对外的统一说辞。

比起反叛军有计划、有预谋地穿过跃迁点，到达首都星勒托附近，试图抢夺星舰中控系统，唯有被打残了的星际海盗误入、两艘敌舰轻易被消灭，才能最大限度地降低普通民众的恐慌。

而反叛军为什么能够找到这个停用的跃迁通道，又是从哪里得知中控系统的消息，就又是另外一回事了。

想起第一次跟祈言出去吃饭时，夏知扬评价的那句"各个大区都成筛子了"，陆封寒眼神有些冷。

各个大区是不是不知道，但看起来，联盟军方是真的快成筛子了。

晚餐是全堡垒统一提供的意大利面，几种酱随意选用，还提供果汁。

叶裴和蒙德里安几个明显都戴了滤镜，觉得十分美味。陆封寒则是因为长期被前线的意大利面罐头荼毒，吃着勉勉强强评价一句"味道还行"。

再看祈言一口都没尝，他就知道，娇气包这是在用实际行动对这盘意大利面表示拒绝。

不过因为今天的突然袭击，不少人都受到了惊吓，没什么食欲，祈言的表现倒不怎么突出。

吃完晚餐，几个人跟着林嘉去了枫丹一号的太空试验场。现场的研究员三分之一都出自图兰学院，对他们的到来很是欢迎。在里面待了3个多小时，再各自回到房间时，已经差不多到了该睡觉的时间。

第一个问题就是洗澡。

知道祈言的小习惯，陆封寒主动开口："我去外面等你？"

祈言手搭上衣服扣子，点头："好。"

陆封寒关上了门。

他靠着门边的金属墙，双手插袋，懒散站着，原本习惯性地准备复盘今天这场突然袭击，思绪却莫名转到了祈言身上。

这人晚饭一口没吃，一会儿等他洗完了，要记得提醒他吃一管营养剂，这次带上来的好像是什么水果味，不知道符不符合这个小挑剔的口味。

这么漫无边际地想了一会儿，身后的门被打开，祈言出声："我洗好了。"

陆封寒站直，走了进去。

轮到他洗澡，祈言却没准备出去，而是缩到了床上。

陆封寒无所谓，他两手交叉，拽起衣角上拉，将上衣随手放进浴室旁的净衣箱里。

他身材十分匀称，肌肉紧实而彪悍，仿佛蕴藏有极为强大的爆发力。因为常年混迹在太空，身上的皮肤有种不见阳光的苍白感，但这种苍白并不影响他自身迸发的凛厉气势，反而让他像地球时代的古典雕塑，无论是下垂的手臂还是紧实的双腿，都极为符合力量美学。

猝不及防地看见陆封寒肌肉的线条，祈言有些无措地眨了眨眼睛。

他不是没见过这样的陆封寒。比如陆封寒从治疗舱中苏醒，钳着他的脖子将他压在墙壁上时，跟现在就是差不多的状态。但不知道为什么，这次跟之前有一点不一样，他只匆匆看了一眼，便极快地移开了视线。

可事实上，对他来说，一眼和几眼并没有本质上的区别。

只要看过，他都能记住。

于是在低头翻看个人终端时，祈言不由得又将刚刚看见的画面重新回忆了一遍。他将这种异常归结为人对跟自己不同的人的好奇心。

房间里的床跟陆封寒想的一样，窄得惊人。如果他选择平躺，根本不会有祈言的位置。他侧身躺在单人床上，勉强空出靠墙的一块，拍了拍："你睡这里。"

祈言喝完一管桃子味的营养剂，有些后悔自己"他跟我睡一间"的提议了，床实在太窄，他已经目测出，一旦他躺上去，和陆封寒之间根本不会有间隙。

但说出的话不能收回，祈言套着宽松的柔软衬衫，越过陆封寒，在留出来的位置躺下，周围属于陆封寒的气息尽数蹿进鼻腔，他有些不太能形容陆封寒的气息到底是怎么样的，很冷，很硬，锋锐，又夹着不散的硝烟气，明晃晃的像一把凶刃。

对大多数人来说，这样的气息太具有侵略性，让人下意识地发怵、远离，对祈言来说却有一种安全感。

陆封寒准备通过聊天缓解祈言的紧张，但想来想去没想出什么话题，只好从今天发生的袭击取材："你知道那三艘星舰为什么袭击堡垒吗？"

祈言没敢看他，只摇头："不知道。"

"联盟星舰中控系统的源架构当时就在堡垒里，反叛军的目标是这个。不过现在，源架构应该已经送到勒托了。"

"中控系统？"祈言肯定道，"就算抢走了，他们也用不了。"

陆封寒挑眉："为什么？"

祈言回答："中控系统带了很复杂的'锁'，没有'钥匙'，打不开，用不了。"

陆封寒想问"你为什么会知道"，但最后还是如往常般没有问出来。

只讲了个开头，陆封寒就发现，不是自己没有讲故事的天赋，而是故事的后续祈言都是参与者，没有讲下去的意义。

连着几天晚上都熬夜没睡足，一挨着陆封寒，祈言就犯困了。

陆封寒正思索着要不要再想想别的，余光就注意到祈言密而平直的睫毛缓缓下垂，最后阖上了眼。

再看，呼吸起伏，已经睡着了。

陆封寒熄了灯光，也闭上了眼睛。

祈言醒过来时，天光大亮。

他睡眠质量向来不好，只能用时长来补足，这一觉却睡得格外舒服，连梦都没有做。

"几点了？"他嗓音还有些哑。

"还早，8点半。"陆封寒见祈言惺忪着一双眼，迷迷糊糊的，不由笑道，"别赖床了，你们那个组长昨天不是说9点要集合吗？"

祈言慢吞吞地坐起身，用枫丹一号统一配置的漱口水漱了口，又接过陆封寒递来的水，把药吃了。

知道吃完药后不会好受，陆封寒在一旁问他："休息休息再去集合？"

祈言"嗯"了一声，没有异议。

集合时，蒙德里安他们精神都不怎么好，一直打哈欠。叶裴站着都有点打晃，小声抱怨："早知道我就该把静音耳塞带上来，白天没觉得，一到睡觉，那种发动机嗡嗡嗡的声音太吵人了，我昨晚加起来可能只睡着了三四个小时，还总做梦，梦见我被星际海盗抓走了。"

祈言忽然意识到，陆封寒虽然帮他准备了静音耳塞，但他昨晚根本没用，可依然睡得很好。

没过多久，傅教授和一个工作人员走过来："好了，同学们，确认东西都带好，我们该回地面了。"

叶裴问："教授，我们以后还有机会来吗？"

傅教授打趣："昨天不是差点被袭击吓哭了吗？不害怕了，还想来？"

叶裴皱了皱眉："袭击是突发事件，并不影响我对枫丹一号的向往和眷恋！"

一行人乘上小型星舰，枫丹一号捕捞舱的舱门缓缓打开，无垠的太空出现在视野内。整艘星舰滑了出去，仿佛落回海洋中的一尾鱼。

叶裴扒着舷窗，望着逐渐远离的枫丹一号，忍不住感慨："明明在堡垒里面时觉得内部空间很大，可以容纳很多人，但这么看，枫丹一号好小啊。"

"所以，不觉得很伟大吗？"傅教授也望着舷窗外的景象，"我们现在所在的星舰，枫丹一号，甚至勒托，与宇宙相比都只是沧海一粟。但我们成功脱离地球的限制，到了太空，联盟版图最大时，甚至拥有了九个行政大区，将无数星球划入了人类的统辖范围。"

"人类是渺小的，但人类从不允许自己一直渺小。"

安静望向窗外的蒙德里安接话："这就是我选择科研的原因。我父亲曾说，人类这个种族，需要有人面朝大地，也需要有人望向星空。"

"是的，你父亲说得没错。"傅教授颔首，一瞬失神后，不知道想到了什么，神情变得复杂，他轻叹，"但现在，'望向星空'却令很多人产生了恐惧。"

叶裴小声问："因为科技大毁灭，对吗？"

"你们都在历史课本上学过，第三次科技大爆发的开端，是由于人类掌握了一种新的物质——空间源。空间源被发现后，我们轻易获得了各式各样的科技成果，甚至是想都不敢想的科技成果。"

蒙德里安："但那些科技成果都没有理论支撑。"

"是的，"傅教授像是将讨论会从图兰学院移到了星舰上，"你看，就像一盏灯亮了，我们却不明白灯为什么会亮，空间源对人类来说就是这样。可是，那时我们初入太空，如一叶浮舟入海，随时都有溺亡的风险，而空间源，便是出现在我们手边的浮木。因此，我们忽视它的不稳定，忽视关于它的种种没有解开的难题，直接投入了应用，最后……"

每个人都清楚这场极其惨烈的"大毁灭"。

空间源发生叠态坍缩，扩散的力场引发大规模破坏：无数行星爆炸，四分之三的人类死亡，九大行政区收缩为四个行政区，曾经被人类征服的版图重新沉入永恒的黑暗，除中央行政区外，其余三个大区只能保留核心地区，边缘位置被迫废弃，日渐荒芜。

于满目疮痍中，联盟正式开启"科技复兴计划"。

失去空间源后，联盟一夜之间仿佛退回了地球时代，第三次科技大爆发的成果十不存一，大量的实验室以及科研人员死亡，资料遗失，在很多领域甚至出现断绝的情况。

"大毁灭后，反叛军将南十字大区边境作为据点，公开反对联盟与《人类星际公约》，妄图以'神权'取代'人权'。那时还是星历145年，联盟百废待兴，无暇将反叛军放在眼里。可事实证明，联盟忽略了科技大毁灭为人类整个族群带来的刺激，刺激有多大呢？反叛军的迅速壮大，至今未被消灭，就是佐证之一。"

傅教授回想起刚刚看见的昨天的突然袭击后，那些漂浮在太空中的歼击舰残骸："只要有一个人不信任人类、不信任科技、不信任未来，那么，反叛军就永远不会消失。"

陆封寒听着，想，傅教授应该清楚昨天那场袭击根本不是什么星际海盗误入，而是出自反叛军的手笔。

傅教授看着在座的人，目光诚恳："你们几个都是图兰学院极为优秀的学生，将来也会成为极为优秀的科学工作者。你们的一生还有很长很长，但无论什么情况，你们千万不要放弃对族群的信任、对未来的希望。"

叶裴和蒙德里安他们都感觉到了傅教授这句话里的沉重，纷纷点头应允。

祈言望向窗外，记忆里，他妈妈也曾告诉过他："你拥有常人难以企及的天赋，但这份天赋同时也会为你带来痛苦。你会时常因旁人的不解而感到孤独，会因为意识到个体的渺小而感到恐惧，但言言，就算天黑了，也要记得遥望群星。"

他想，他做到了，他一直没有轻言放弃。

第七章

特情五处

回图兰时，下午的课已经上完了，几个人直接去了实验室。

"枫丹一号意外遭遇星际海盗袭击"这条新闻在昨天就已经登上了《勒托日报》的头版头条，这导致他们一回来就吸引了所有人的注意力。叶裴不得不将事情从头到尾讲了一遍，以满足大家的好奇心。

祈言坐到自己的位置上，拿出光储器连上，准备把这两天留下的进度补完。

输入字符时，他想起昨晚睡前，陆封寒说反叛军之所以会突然袭击，是因为当时星舰中控系统的源架构就在堡垒里，最终会送往勒托。

他推测，将源架构送来，应该是为了调试军方和图兰学院合作开发的新型信息处理模型，军方或许是有将这个系统适配到民用星舰和陆地的想法。

发现自己想远了，祈言收拢思绪，集中做完眼前的事情，准备早一点做完回家。

他有点饿了。

洛朗的位置在祈言的斜角，祈言他们不在实验室这两天，有人遇到处理不了的问题都会来请教他，他虽然有些不耐烦，但不会拒绝。

可是现在，祈言一回来，之前一口一句"洛朗你这个方法我怎么想不到""你太厉害了"的人，转眼都到了祈言那里，他则像个隐形人一样，所有人都视而不见。

不，应该说，他现在不就是个彻头彻尾的隐形人吗？

傅教授去太空堡垒没有带上他，原本属于他的名额，大家都理所当然地认为会属于祈言，每个老师都在称赞祈言做出的PVC93模型，做出的R9-03加速器……

所有人都是祈言、祈言、祈言……

世界上为什么要有这个人的存在？

这时，他的个人终端收到了一条消息："考虑得怎么样？价格可以再谈。"

洛朗原本想直接将这条信息删除，却在操作前停下动作。

朝祈言的方向看了一眼，洛朗低头盯着个人终端上的这行字，半分钟后，他回复："价格再高百分之四十。"

对方回复极快："可以。"

洛朗眼里涌出兴奋，很快又遮掩："告诉我交易时间和地点。"

祈言帮组里的其他人解决了几个问题，之后继续做分配给他的任务。保存好最终的分析结果，将光储器放到一边，起身去找陆封寒："走，回家，我饿了。"

往外走，祈言跟洛朗擦肩而过，走了两步，觉得有些奇怪。

实验室里，他左右手一样灵活、不存在左利手右利手，所以一直将个人终端配置在右手，别的人为了方便，都是配置在左手，洛朗也是。但刚才，他不经意地瞥见，洛朗不知道什么时候将个人终端改到了右手手腕。

站在一旁的陆封寒正提议："晚上想吃什么？我来做？"

听完，祈言毫不犹豫地拒绝："不要，我吃 A 套餐。"

"所以，宁愿吃寡淡无味的 A 套餐，也不愿意吃我做的菜？"这个认知让不管学什么都极易上手的陆封寒忍不住怀疑，难道上次腰部的贯穿伤，没有影响他那方面的能力，却影响了他做菜的水平？

吃过晚饭，陆封寒抽了个空，翻看文森特发来的一份资料。

怀斯最近两天动作逐渐频繁起来，进行人员调动后，又准备插手南十字大区前线的布防安排。

布防这部分，陆封寒在前线时一直是交给埃里希来做的。很明显，埃里希的存在碍了怀斯的眼，于是怀斯向勒托打了报告，想提拔一个中校为第二副指挥，实际目的是想分埃里希的权，将布防指挥权掌握在自己手里。

不过这份报告送上中央军团长的案桌后，直接被批红驳回了。

文森特发来的就是这个副指挥预备人选的资料。

"指挥，这人是个出身勒托的少爷，单是家世亲属就写满了一页！太多了，背后一大堆错综复杂的姻亲关系，我梳理第一遍时竟然没扯清楚他到底是哪一边的人！"

陆封寒"嗯"了一声，靠在松软的沙发背上，下意识有些不太习惯。

军用星舰上，因为随时面临突发战况，所有东西都首先考虑稳定性和坚固性，其次才是舒适程度。他以前坐的椅子都是又冷又硬，床也一样，硬邦邦的。

到了祈言这里，沙发是软的，餐椅是软的，床是软的，连用的毛巾、枕头都要软和上几分，甚至一块地毯踩上去，脚能往下陷一厘米。

"指挥？"

陆封寒敛下心神，回答文森特："怀斯走了一步烂棋。现在勒托争远征军总指挥这个位置还没争出个结果来，估计是几方势力争不下，干脆暂时搁置，很明显，这让怀斯着急坐不住了。"

文森特："不知道自己还能再代理总指挥多久？"

"对，所以他想从埃里希手里夺权，加大自己的筹码，保住坐着的位置。只不过第二副指挥这个职位太重要，真斗倒了埃里希，那这个位置上坐着的人就是远征军二把手。操作得好，还能牢牢压着下一任总指挥，让正指挥如同虚设。"

"所以勒托这边不会轻易定下人选，更不会选这种背后牵涉一大堆的人选。"文森特感慨，"怀斯想得不够多，但勒托那帮人整天想来想去想这么多，真的不会累吗？"

巡航机起降的声音隐隐传进来，陆封寒望向窗外，仿佛看见每一个人追赶的目标和各自的利益都在夜色中交织成一张巨大的网，笼罩在头顶上方。

陆封寒没回应文森特的感慨，颇有些意兴寥寥："被驳了一回，怀斯应该会安分两天。你顺便留意留意消息，这次'那边'的人送星舰中控系统到勒托，途经枫丹一号，准确行程信息到底是怎么泄露出去的。"

文森特利落应下："没问题！"

挂断通讯，陆封寒在沙发里又坐了几分钟。

直到祈言下楼。

看见坐在沙发上的陆封寒，祈言下意识地望了望楼上："我刚刚从卧室出来，看见你正关门进房间。"

陆封寒纠正他："你记错了，最近这半小时我一直在这里。"又站起身，"下楼来拿什么？"

祈言的生活习惯非常容易摸清楚，回家先洗澡，吃完晚饭后就会埋头做自己的事。有时是拿一支笔一叠白纸，画很多看不懂的图形，有时是对着光计算机一忙就到半夜。

一般中途下楼找他只有可能是渴了要喝水。

祈言回答："水。"

"等着。"陆封寒几步去往厨房，回来时手里端了一杯水。

祈言喝完水，对着水杯怔了两秒，没头没尾地问："这是真的吗？"

心里没来由一酸，陆封寒克制后，还是用指尖轻轻戳了一下祈言的脸，在对方不解的目光里，语气肯定地回答："是真的。"

他见祈言默默点头，心里轻叹，又拿过空杯子，随口说道："分不清了，可以来问我。"

祈言站在陆封寒身后，看着他的背影，不轻不重地答了一声"好"。

第二天上完课，祈言就带着陆封寒去了实验室。

实验室里，叶裴正在拉着蒙德里安聊天："怎么办？明明在枫丹一号上因为噪音睡不着，谁能想到，回了勒托，我竟然会因为太安静而睡不着！"

蒙德里安给出建议："你可以打开白噪音，模拟枫丹一号的场景。"

叶裴想要的明显不是这个答案："你不觉得……这从侧面说明了我跟枫丹一号很配吗？"

这次蒙德里安听明白了："你想去太空堡垒工作？"

"也不一定吧！"被直接问出来，叶裴反倒面露犹豫，"不一定是太空堡垒，只是昨天听完傅教授的话，让我觉得我好像是该想想我以后要做什么了。去太空堡垒或者去太空科研工作站，似乎都还不错？"

见祈言进门，她便问："祈言，你呢？蒙德里安以后想从事科研，你以后想做什么？"

祈言站在原地，摇头："我没有想过以后。"

叶裴开心了："你也没考虑过以后要做什么吗？哈哈哈，原来我不是一个人！"

陆封寒就在祈言身侧，听见这句话，却不由上了心。

他想起图兰学院开学前和祈言一起去天穹之钻广场，当时他问祈言有没有想过墓志铭，祈言回答，想过，想在自己的墓碑上写——"身处黑暗，我曾追逐一缕萤火"。

在他谈及联盟平均年龄已经过了百岁，他还有得活时，祈言又是怎么回答的？

不一定？

是了，祈言回答说"不一定"。

不一定还能活很久吗？所以才没有想过以后要做什么，甚至考虑过自己的墓志铭？

陆封寒望向祈言，眸光是自己都未察觉的深沉。

祈言没注意到陆封寒的视线，因为坐到自己的位子上后，他发现他的光储器不见了。

由于蒙德里安曾强调过，光储器有保密等级，不能带出实验室，所以祈言每次用完后都会放在光计算机旁边。

他能从脑子里找到那一段记忆，保存好最终分析结果后，他将光储器放到了距离桌沿大约30厘米的地方，然后起身去找陆封寒一起回家。

每一帧画面、每一个细节他都记得极为清楚，但反倒是因为这样，他有些不敢确定了。

我的这段记忆是真实的吗？还是……我自己虚构出来的？

昨天走的时候，我确实是把光储器放在桌面上的吗？

无数的自我质疑如浪般翻卷袭来，这一瞬间，祈言脸色骤然发白，手指扣紧桌沿，才勉强止住指尖无法控制的颤抖。

到底哪些记忆是真的？

到底哪些是真实，哪些是虚假？

本能地，他朝陆封寒看过去，满眼惶恐。

陆封寒皱了眉，怎么像是……要哭了？

他两步走近祈言，下意识挡住周围可能看过来的视线，目光自祈言用力到发白的手指上一掠而过，低声问："出了什么事？"

祈言声音很哑："光储器不见了，昨天走之前，我记得放在了这里。"

陆封寒很快反应过来："确定？"

祈言眼神茫然，数秒后才轻道："我不确定，我……"他狠狠咬了嘴唇："我无法确定。"

我无法确定记忆的真假。

他想，妈妈曾经说，就算天黑了，也要记得遥望群星。

可是妈妈没有告诉过他，如果找不到星星呢？如果一颗星星也找不到，又该怎么办？

陆封寒两指捏住祈言的下巴，确认他的嘴唇只是发红，没有出血。又把祈言扣在桌沿的手指轻轻扳开，安抚道："看着我，祈言。"

祈言下意识地将目光移了过去。

陆封寒双眸黑沉，唇线锋锐，如峭然山岳，似乎永远坚定，永远明确，从不会怀疑和动摇。

这一刻，他成了祈言的锚点。

"你没有记错，因为记忆力很好，你总是习惯将很多东西放在同一个位置。"

家里水杯、书、笔的位置，用过之后，祈言都会将它们百分百复原。

"所以光储器肯定被你放在了那个位置，你没有记错。"

"我没有记错。"祈言被陆封寒安抚后，指尖这才停下细微的颤抖，好几秒后，他才重新开口，"我的光储器不见了。"

他的嗓音还有些哑，但明显已经从刚刚的状态里挣脱出来。

"要查监控。"

叶裝得知时，吓了一跳，她严肃道："必须赶紧找到，不管是组里其他人拿错了还是被偷了，一定要确定清楚。"

她是组长，很快用权限找到了昨天晚上的监控录像。

录像里能清楚地看见祈言站起身，有一个将手里什么东西放在桌面上的动作。但因为有视线死角，不能确定祈言手里的东西确实是落在桌面上的。

很快，祈言转身往外走。

在他走后，蒙德里安首先经过他的桌子，之后，许旻、洛朗包括叶裴，都不止一次从祈言桌边经过。

祈言离开的第 25 分钟，洛朗和另一组的两个人经过祈言的桌子，似乎在讨论问题。

第 36 分钟，叶裴一来一回，经过了两次。

第 43 分钟，蒙德里安和同组的两个人一起，再次从桌边经过。

"不用再看了。"祈言指出，"我放光储器的位置，因为遮挡，正好是一个死角。如果有人在经过时避开监控的角度，极快地将光储器拿走，是发现不了的。"

叶裴发愁："那怎么办？你是最先走的，真要算，每个经过你桌边的人都有嫌疑。"她问蒙德里安："你有没有印象？你经过时，祈言的光储器还在上面吗？说不定我们可以缩小一下时间范围。"

蒙德里安仔细回想，确定："我没印象，当时我在讨论一个公式，没有注意到别的。"

洛朗转着手里的金属笔，跷着腿坐在椅子上，不屑道："谁会拿你一个光储器？里面有你的个人信息，除了你没人能打开，拿了有什么用？说不定是你记错了，随手放到了别的地方。"

祈言看了洛朗一眼，确定："我没有记错。"

叶裴更倾向于相信祈言，认为祈言没必要在这件事上撒谎，她又想到："假如光储器真的丢了找不回来了，你之前的进度怎么办？"

"没关系，可以补上。"

"还是有关系的，那么多内容，真要补，你肯定要熬夜。"叶裴又看向监控录像，撑着下巴发愁，"要不大家都先找找自己那里有没有多的光储器，如果没有，就只能告诉傅教授了。毕竟光储器带密级，是绝对不能出实验室的。"

这时，实验室的门被敲响。

叶裴起身去开门，一边走还一边猜测："会不会是不小心掉在地上，被清洁机器人扫走了？也不知道……"

打开门，她看着站在门口的两个陌生人以及他们出示的证件，心里突然涌起强烈的不好的预感，她听见自己问："请问你们有什么事吗？"

"联盟安全部特情五处办事。"一个棕眼黑发、长相近似拉丁裔血统的男人开口，"我们找一个叫祈言的人。"

叶裴止住想要往后看的想法，尽量镇静："找他是有什么事吗？"

她没有听过"安全部特情五处"，但单从这个名字就能意识到事情的严重性。

光储器，祈言……

另一个稍矮的男人接话："同学，我劝你不要过问太多。很多时候，知道得太多，不是一件好事。"

这时，祈言走过来，站到了叶裴旁边。他迎上对面两个人打量的视线："我是祈言，你们来找我，是不是跟光储器以及我正在参与的这个科研项目有关？"

门口的两人对视，其中一个道："看来你很清楚自己做了什么。"

"不，"猜测被证实，祈言回答，"应该说，我直到20分钟前才发现我的光储器不见了，2分钟前，我们正在查实验室的监控。从昨天晚上我离开实验室至今，光储器都不在我手里。"

叶裴不知道怎么的，想起之前退组的赫奇就是因为泄露了项目资料才被图兰开除的，她急忙道："一定是什么地方有误会！"

就在这时，一身黑裙的卡罗琳副校长匆匆赶了过来，她神情慎重，站在祈言身旁，看向特情五处的两个人："我是图兰的副校长，可以请各位去我的办公室坐坐吗？"

棕眼黑发的男人跟同事对视，开口："也不是不可以。"

洛朗坐在椅子上，看着祈言跟着特情五处的人离开。他心满意足地想，这个世界上很快就不会有这个人了。

真好。

这时，走出几步远的祈言回头，对上洛朗的视线，目光清冷。

只停留了短短两秒。

可就是这两秒的对视，却让洛朗陡然生出一股难以抑制的寒意，连手里的金属笔落在地板上都没能发现。

副校长办公室里，卡罗琳吩咐家务机器人倒了几杯茶。

她办公室的布置风格跟校长的很不一样，校长的办公室，无论是壁炉还是书架，总体非常复古，而卡罗琳的办公室色彩简单，具有很强的几何设计感。

几人在浅色沙发上坐下。

安全部特勤五处的人没有动桌上的茶杯，而是直接朝卡罗琳出示了自己的证件，道："特情五处查案，劳请配合。"

意思是，你让我来办公室坐坐，我们当众给了你这个面子。与之相对的，我们办事，你们也是要给面子的。

"索罗？"卡罗琳不紧不慢地开口，"索罗警司，这件事原本应当由校长出面，只是校长一星期前就去往开普勒大区参加学术会议，现在在星舰上，不方便通话，所以才由我来出面。"

棕发黑眼的索罗道破卡罗琳的目的："你想保他？"

他视线移向旁边，此时，祈言正捧着茶杯垂眼喝水。或许是这个人长相太过精致好看，让人觉得他不应该在图兰学院里做科研，更应该出现在荧幕画报中。

不过索罗对长得好看的人向来没什么好感，因为他们抓的间谍里，十个有八个皮相都不差。

卡罗琳毫不犹豫地回答："是的。"

"你知不知道你这个好学生到底做了什么，你就开口要保他？"索罗特意将"好"字加了重音，话里带着明显的讽刺。

卡罗琳的态度没有被影响，表态："我和校长都完全相信祈言的个人品质，他绝不会做出不好的事情来。"

看来这个祈言还真是会蛊惑人心，索罗指指祈言，说得直白："我今天把人带回去，不用到明天，他就会被定罪，窃取并贩卖联盟机密、背叛联盟、勾结敌方、严重危害联盟安全，对了，说不定还有间谍罪。"

他似笑非笑地看着卡罗琳："您这样的态度，会让我怀疑图兰学院本身是不是不太干净。"

这就是卡罗琳不太喜欢跟特情五处的人交流的原因。这些人说话时，仿佛每一句都带有额外的深意，他们的眼神满含探究和怀疑，打量你的每一眼，都想将你整个人看个透彻，同时抓住你不为人知的把柄。

没有落入索罗的语言陷阱，卡罗琳坐姿端正："就算是特情五处办案，也需要充足的证据。否则，我不会允许你们带走任何一个图兰学院的学生。"

索罗一笑："证据？我和帕里一起来抓人，当然不是今天早上起床后突发奇想，一拍脑门就决定的。证据，我们当然有，而且还不少。"

他松开五指，露出的掌心里躺着的正是一个光储器："这是我们从一个代号为'螳蛉'的人手里找到的东西，这个人长期隐藏在勒托，为反叛军提供以各种方式获取的机密资料。而这个光储器中存储着密级为 B 的科研资料，与军方一个密级为 S 的项目关联紧密。"

他斜斜看向祈言，意有所指："不知道祈言同学看着这个光储器，会不会觉得眼熟？"

与此同时，图兰学院的交流区里。

"祈言被安全部特情五处的人带走了！"

"谁？祈言？人工智能那个天才？我正在用的 R9-03 加速器的架构者？"

"真的假的？特情五处的人亲自来的？"

"二年级研究组的实验室在 D-77 号楼，祈言被带走时很多人都看见了，副校长也在。他干了什么？跟之前退组的人一样，泄露了项目资料？"

"泄露资料？不止吧，你们想想特情五处是干什么的，通常只有联盟的叛徒才会惊动特情五处的人。没准，你们以后在图兰，看不到祈言这个人了。"

"背叛联盟，难道把资料泄露给反叛军了？或者，干脆直接就是反叛军的间谍？看来之前 PVC93 和加速器都有问题，说不定就是反叛军搞的，让他用来敲开图兰大门。不少人还真觉得他是天才，天天在交流区吹捧，现在恶心吗？"

"反叛军的人竟然混进了图兰？傅教授去太空堡垒时还带了他！幸好现在就被抓了，要是他一直在图兰，不知道要泄露多少机密！"

办公室里，索罗收拢五指，问祈言："要不我们先来说说看，你的光储器在哪里？"

祈言坐在沙发上，目光没有一丝慌张或者躲避，他将茶杯放回桌面，很平静地回答："昨天离开实验室时，我将它放在了桌面上。今天到实验室，发现光储器已经不见了。"

"哦，原来是不见了。"索罗故意将语气拖得很长，眼里带有明显的不屑——借口真是拙劣。他继续问："昨天 11 点 13 分到 17 分，你在什么地方？"

"我在家里。"

"在家？有录像可以证明吗？监控系统的，或者家务机器人的，都可以。"

祈言摇头："没有，我家里没有安装监控系统，也没有家务机器人。"

索罗嘴角的讥笑扩大，仿佛是听见了什么笑话："没有装监控系统就算了，没有家务机器人？"他眼神尖锐："同学，这种借口你都能想得出来？"

祈言听着索罗说话的语气，皱了眉："这是事实。"

进办公室后一直站起祈言身边没有开口的陆封寒出声："没有装监控系统，不使用家务机器人，有什么问题吗？这位索罗……警司？我可以作证，他昨晚在家，一直跟我在一起。"

索罗抬眼，看向陆封寒。他在查祈言时，习惯性地也顺带查了这个保镖，履历资料没什么问题，可以说极为平凡，全联盟有无数这样的普通人。但这一瞬，他却从这个人身上察觉到一股不太明显的凌厉气息。

就像意外入侵了一头狼的领地，察觉到隐隐的危险感。

"祈言是你的雇主，就算你证明他昨晚没有离开家，你的证词也不具有实际意义。"索罗将视线转回祈言："不过，真是抱歉，你拿不出录像，但我这里却有一份录像。"

他靠回沙发背，打开个人终端的投影功能，播放了一小段视频。

视频画面狭窄，能看清是有人将一个巴掌大的方形盒子扔进了金属箱里。

"这是投递箱录下的画面。不得不说，你很谨慎，尽量避开了监控设备，衣服选择了长袖，为了担心留下指纹，你还戴了很厚的手套，一点身体特征都没露出来。"索罗按下暂停键，将一个画面放到最大，圈出重点，"不过你没注意到，看，右手，袖口与手套之间的一点缝隙，你个人终端的一角露了出来。"

索罗视线慢悠悠地落在祈言右手手腕上，那里正配置有个人终端。

"众所周知，除了左撇子，大部分人为了方便操作，都会将个人终端配置在左手腕。你们实验室只有你一个人会将个人终端放在右手腕。"索罗很是享受撕下这些恶人的画皮时对方心理崩溃的模样，他继续道，"至于你说你的光储器不见了？当然找不到了，因为昨晚半夜，你已经将它寄走了。你口口声声说找不到了，跟贼喊捉贼没什么区别。"

陆封寒想起祈言找不到光储器时的模样，语气也有些不好："你说祈言是整个实验室唯一一个将个人终端配置在右手的人，这么明显的习惯，你能查到，实验室别的人也能发现，这并不能作为一个有说服力的证据。"

索罗："那个光储器内置的信息是祈言的。"

陆封寒冷笑，唇线绷直："都会把个人终端故意配置到右手了，难道栽赃嫁祸的人还会把自己的光储器寄出去不成？说不定连露出的个人终端一角都是故意给你看的。"

卡罗琳也道："另一个问题是，你为什么确定祈言和反叛军勾结？"

索罗有些不耐烦："你是副校长，你应该清楚，每一个有密级的光储器在带出图兰时，必定会触发感应系统，在寄送时也无法通过扫描，除非将光储器放进黑盒。黑盒可以屏蔽检测，但这种东西属于反叛军的发明，为的就是阻碍联盟的搜查。你可以问问你的好学生，他用的屏蔽盒是从哪里来的。"

祈言听完，明白了事情的具体情况，他指出："你的一切推想都是以'祈言与反叛军勾结'为前提才能成立，逻辑顺序本身就是错误的。应该是你找到足够多的证据链来证明我的犯罪事实成立，而不是先主观确定我的犯罪事实，再填补证据。"

陆封寒眸光像冰："如果只有这两点所谓的证据，就想把祈言带走，那不得不令人怀疑特情五处的办事能力。"

"你……"索罗猛地起身，往前跨出小半步。

坐在他身边的帕里连忙拉住他的手臂，低声制止："索罗！"

陆封寒靠在墙上，挑唇讽笑道："刚愎自用，这种小事都查不清楚，下次星际跃迁过虫洞时，可以把警服、警徽和你刚刚亮出来的证件一起扔进虫洞里了。"

祈言仰头望向陆封寒，心想，这句话也可以记住，说不定以后能用上。

索罗沉着脸，坐回原位："如果你们认定是陷害，我可以将实验室所有人都查一遍。但祈言目前涉嫌泄露密级为 B 的重要科研资料，为第一嫌疑人，人我必须带走。"

陆封寒寸步不让："真带回去了，按照索罗警司的专业素养，为了问出所谓的真相，上刑？逼供？还是精神虐待？要查实验室的人，现在就可以开始查。"

他是绝不会让祈言被带走的，特情五处不是什么好地方，祈言娇气又怕疼，绝对不能去。

坐在旁边的帕里一直在暗暗观察几人的表现。

最让他惊讶的是祈言。

说到底，祈言只是一个 19 岁的普通学生，简单来说，就是没见过什么世面，更别说刚在办公室坐下，立刻就被贴上了窃取机密、背叛联盟的罪名。可是从头到尾，祈言都没有显出过半分慌乱，甚至还清晰地指出了索罗的逻辑漏洞。

这不是一个出身偏僻行星的 19 岁少年正常的反应，反而更像是曾经受过相关心理特训，面对突发情况，也能保持全然的镇定。再加上看完祈言那份完整详细的个人资料，以他和索罗多年培养出来的嗅觉，一致认为，这份资料有问题。

于是他打了报告给上级，要求彻查这个人。如果这份资料只是他的表面身份，那他必然还有一个隐藏起来的真实身份。

况且，祈言独自在勒托生活，据调查，祈家并没有向他提供任何经济支持的迹象。那么，他日常在黛泊这样的工作室定制衣服的钱又是从哪里来的？

而反叛军在购买联盟机密资料这方面，向来十分大方。

所以他和索罗才会匆匆来到图兰学院，想要以祈言为突破口，说不定能挖出不少东西。只要挖出了东西，那他和索罗的职衔至少可以连升两级。

就在这时，索罗的个人终端响起了通讯提示。

"副处？"索罗有些惊讶。他只是一级警司，特情五处的副处长并不是他的直接领导。

"你现在在哪里？"

索罗抬眼看了对面坐着的祈言，嘴里回答："报告副处，我正在图兰学院处理一起 B 级资料泄密事件，已经控制了嫌疑人。"

"祈言？"

索罗一顿："是他。"

通讯挂断 10 秒后，索罗和帕里的个人终端同时收到了一张图片，上面的内容并不多。

姓名：祈言

性别：男

出生日期：[无查看权限]

个人档案：[无查看权限]

权限：保密等级 SSS

索罗神情骤然一滞，猛地转向帕里，从对方的神情里看到了同样的震惊。

由于祈言资料的密级属于 3S 级，特情五处的副处不仅无权调阅，连发给索罗的也只是一张临时拍下的图片，且打开后，30 秒便会自动销毁。

3S 意味着什么？

意味着这个人十分重要。

意味着这个人受到联盟的高度保护。

意味着联盟安全部的每一个人都有义务保护他的人身安全，必要时刻，甚至不惜一切代价。

他们心急了，找错了人。

错得彻彻底底！

帕里率先起身："抱歉。"

索罗也连忙起身表示歉意。

祈言大致猜到，他们刚刚应该是收到了自己的另一份资料："我不介意。"

帕里又道："有人将带有您信息的光储器偷走并诬陷您勾结反叛军这件事，我们一定会查清楚。"

实验室里，祈言被带走后，叶裴和蒙德里安他们放不下心，都没有离开。

洛朗坐在自己的位子上，翻看图兰的交流区。

因为特情五处的出现，大多数人都已经相信祈言是泄露资料、勾结反叛军的叛徒，图兰学院的污点。只等特情五处的人将祈言带走，很快，祈言这个人就会从图兰学院彻底消失，而这个名字，再也不会跟"天才"挂钩，与之相联系的，只会是"叛徒"。

一个匿名的通讯号发来消息："你做得很好。"

洛朗表情藏着兴奋，连呼吸都在发抖，他回复："让他声名狼藉地被赶出图兰，很快就要实现了。"

洛朗想，拿到150万星币，有些太过简单了。

在那个买家时隔大半年再次联系上他，想要他出卖手上的研究资料时，他拒绝了，倒不是因为害怕——

大半年前，他因为缺钱第一次卖出科研资料后，还心惊胆战过一段时间。可后来发现，一切都神不知鬼不觉，没有任何一个人知道他做了什么。

这一次，他只是觉得对方出价太低，不想做，但后来他改了主意。

这正好是一个送上门的机会。

可以借别人的手除掉祈言，多方便？

他只需要像第一次一样，躲开监控，用黑盒将光储器带出去，寄给买家。等买家帮他将痕迹都抹掉后，再用匿名提供线索的方式，将买家的信息捅到联盟安全部。

无论祈言再怎么狡辩，那个光储器就是铁证，加上他还留下了微小的"破绽"，不怕特情五处的人找不到祈言头上。

而按照买家的说法，假如有一天买家身份暴露被抓，也会有第二个"买家"来联系他。

他会是安全的。

果然，特情五处效率很高，不过一个白天便抓了买家，查到了祈言。

洛朗想，之前是他太把祈言当回事了。看，想毁掉一个人，也只需要他动动手指而已。

吹散一捧细沙那么简单。

已经看到了事情的结果，不准备再在实验室等下去，拿着便携记录板，洛朗走出实验室，经过走廊的转角，抬眼便看见前面站着两个人。

特情五处的人。

洛朗很快调整好自己的神情："请问……"

索罗开口："我们想找你聊聊。"

"关于祈言的事吗？"洛朗很配合，"你们是想了解哪个方面？"

帕里一顿，回答："就聊聊你知道的。"

"我跟祈言不是很熟，我只知道他家庭条件非常好，因为他平时吃穿都很不错。开始我对他有偏见，以为他日常生活很奢侈，又是花钱进的图兰，成绩肯定不怎么好，但他后来做出了PVC93和一个加速器，教授们都觉得他很厉害，我也很佩服他。"洛朗又有些失望，"没想到他竟然会做出勾结反叛军这样的事。"

索罗问他："你怎么知道他勾结反叛军？"

"我在图兰的交流区看见有人这么说。"

"那你知道背叛联盟、勾结反叛军会怎么样吗？"

洛朗仔细思考几秒，将自己所有恶意都藏得很好，只假作不知，猜测道："我不太清楚，监禁，或者死刑？"

话音落下的同时，洛朗感觉自己的手腕一凉，低头就看见一副电子手铐铐住了自己的双手。

便携记录板"啪"的一声落在了地上。

洛朗抿紧唇："你们这是干什么？你们不是应该去抓祈言吗？"

帕里颇有耐心地回答："大半年前，你以300万星币的价格，将一份密级为B的资料卖了出去。昨天你又卖出了一份同样密级为B的资料。"

洛朗攥紧拳头："我没有。"他重复："我没有做这样的事。"他每一个字都极为用力："我怎么可能做这样的事？是不是祈言说了什么，误导了你们？我跟他关系不好，你们可能不知道，我是图兰学院二年级最优秀的学生之一，我以后会进入傅教授的研究项目，我会有辉煌的前程，我会成为一个科研工作者……"

索罗嗤笑："要是你真成了科研工作者，才真是联盟的巨大损失。别想着狡辩了，该查的都查到了，你很快就能知道背叛联盟、勾结反叛军到底会怎么样了。"

"该查的……都查到了？"洛朗站在原地，喃喃道，"祈言呢？那祈言呢？"他突然厉声道，"你们快去抓祈言！对，他跟我是一伙的！他背叛了联盟，他是叛徒！"

帕里静静看着满眼疯狂的洛朗："他绝不会做出有害于联盟的事。"

洛朗喘着气，肩膀起伏，不断地质问："为什么？你为什么就能肯定？"

帕里不再看他，只回答："你没资格知道。"

40分钟前。

特情五处副处长冯绩穿着黑色警靴跨进副校长办公室，大步走到索罗和帕里面前，一人狠踹了一脚，沉声呵斥："证据不足就想抓人，出息了？五处的规章准则都忘干净了是吧？谁给的你们胆子滥用公权！回去后立刻停职一个月，交一份反省报告，通通给我降成二级警司！"

索罗和帕里站得笔直，只有在被踹时因为疼痛，身形微晃，之后都稳稳立着，垂头一声不吭。

陆封寒冷眼看着，从职衔看，来的应该是特情五处的副处长。一进门，先当着所有人的面把索罗和帕里呵斥了一顿，又是停职又是降级，摆出态度的同时也是表明，我已经追了他们的责，给了相应的处分，这事就这么了了吧。

勒托是联盟中心，利益重重纠缠，想从一级警司往上升不是件容易的事。两个人都被降了职衔，陆封寒评估了一下，勉强觉得这个副处脑子还算清楚，做的是人事。

冯绩跟卡罗琳副校长寒暄了两句，然后面向祈言，语气和缓："抱歉，这两个人办事太毛躁，求成心切，不仅差点抓错了人办错了事，还差点放过了真正泄露资料的人。这次就是教训，他们以后肯定不会再犯了。相关的处分我会进行通报，让五处的人引以为戒。"

祈言点头表示知道了，想想还是开口："今天只是我……"

今天是他，有副校长担保，有陆封寒拦着，有另一份密级为3S级的个人资料，所以他坐在这里，等来了特情五处副处的致歉。

可是，如果换一个人面对这样的情况，又怎么才能自证清白？

冯绩听懂了祈言的意思，他神情严肃："我会尽力杜绝这类事情的发生。"

接着，冯绩打开了一份资料，介绍得很详细："我在来的路上，调查了你所在实验室的所有相关人员，没有发现问题。你知道，反叛军在藏起暗地里的触角这方面，手段是日新月异，也给我们的侦查带来了很大的阻力。"

他调出密密麻麻的一页数据："这之后，我们通过代号为'螳蛉'的买家的个人终端，复原其中已经被清除的数据，反复对比查找后，找到了线索。"

卡罗琳身体微微前倾，慎重地问："结果是？"

冯绩换了一张图，投影上出现的是一张证件照，他看向祈言："你应该认识。"

祈言望着投影中出现的人："他跟我同班。"

"是的，这个叫洛朗的学生，就读于图兰学院二年级，通过调查我们已经确定，一年级下学期，他加入研究组后，接触到了一个普通科研项目。'螳蛉'联系上了他，试探性地表示，想花重金购买他手里的科研资料，洛朗同意了。"

卡罗琳不禁低斥："愚蠢！"

联盟和反叛军对峙已有大半个世纪，图兰学院作为勒托学术中心，一直都是反叛军的主要目标之一。

这就导致很多优秀学生都会被"螳蛉"这样的人故意接近，手段层出不穷，避无可避。校方能做的，只有在培养学生的过程中严格挑选，层层筛查，给予正确的引导，并规定带密级的物品不能带离实验室，同时加强检测手段。

但人心永远是防不住的。

冯绩继续道："为了避免一次性金额过大引起注意，当时洛朗是分批次收到的 300 万星币，反叛军行事非常谨慎，还帮洛朗扫了尾，一点痕迹都没留下。所以这次'螳蛉'再联系上洛朗时，洛朗的胆量比上一次还要大。"

大到想借"螳蛉"和特情五处的手，彻底毁掉祈言。

帕里听到这里，想起："我们之前拿到的关于'螳蛉'的线索……"

冯绩挑眉："你们以为？是洛朗主动提供的。"

索罗双手抱在胸前："这个洛朗就不怕自己也被查出来？"

"他当然不怕，'螳蛉'这样的人，反叛军不缺这一个两个，没了也就没了。反倒是洛朗这样一看就前途无量的学生，他们会精心地保护他、无限满足他的欲望，让他心甘情愿一直提供资料。现在是 B 级，随着洛朗的发展，他能提供的就会是 A 级甚至更高。所以，洛朗根本不担心'螳蛉'被抓后会牵连到他。"冯绩叹气，"他很清楚自己对反叛军的重要性，也知道如何利用'螳蛉'的力量保证自己做的事不被发现。"

索罗盯着洛朗的照片："没想到竟然差点栽在了一个学生手里。"他想起祈言的保镖说的那番话，以后要是再栽一次，确实该在星际跃迁的时候把警服、警徽都扔虫洞里了。

冯绩肃着脸："还有下次？这就是给你们上的一课！回去都给我好好反省！现在，去把人带走。"

走之前，冯绩出于本能地朝陆封寒站的位置望了一眼，只看见了一道侧影。

虽然对方已经尽量降低自己的存在感，但这种隐隐的肃杀让他认定，这个人应该上过前线战场。另外，长相似乎也有些熟悉，不知道是在哪里见过。

很快，他又打消想法，按照祈言身份的密级，身边有军方的人保护再正常不过。而军方向来自成体系，他们特情五处的手若是真伸了过去，就是犯忌讳。

他摇摇头，自己果然是在特情处干久了，看什么都疑心。

又想起什么，冯绩告诉祈言："对了，还有两件事。一是，上一次你被诬陷学术造假，匿名向学术管理办公室举报的人就是洛朗。二是，在调查洛朗的个人终端时，我们发现他在跟一个人联系，从双方的交流中得知，有人暗地里对你抱有极大的恶意，愿意花上百万星币，让洛朗设计将你赶出图兰。"

陆封寒问："能确定身份吗？"

冯绩："暂时无法确定，那个人很谨慎，用的是未注册通讯号，几乎没有露出任何信息，暂时查不到更多。不过涉及祈言的安全，我们会继续调查。"

祈言点头："谢谢。"

冯绩笑道："这是我们的分内之事。"

图兰学院的交流区。

"洛朗被安全部特情五处的人带走了！"

"谁？洛朗？刚刚不是祈言被带走了吗？怎么又带走了一个？什么情况？"

"最新消息，祈言被带走是假的！也不是假的，不是，反正，洛朗在实验楼被特情五处的人上了手铐，据说他两次盗卖科研资料给反叛军，拿到了巨额星币，这次还想在盗卖资料的同时，用这个罪名诬陷祈言！"

"之前事情前因后果都没有就口口声声骂祈言是叛徒的人，不得不怀疑你们的智商是否健在？"

"勾结反叛军的不是祈言，是洛朗？还反手陷害祈言？我图兰校史上，手段不堪的人里他也算名列前茅了！"

从 D-77 号楼出去时，楼下已经围了不少人。

洛朗双手被铐，一直低着头。

索罗带着人往前走，见不少图兰的学生远远站着，低声议论，随口道："何必放弃大好前程不要，非要跟反叛军勾结。"

"你懂什么！"洛朗停下脚步，仰头对着索罗，目光阴沉，"你又懂什么？一份资料就可以拿到钱，这么简单，我为什么不要？而且以后只要我能提供资料，他们就会不断地送钱给我！"

在赫奇因为泄露资料被退组并开除后，他就意识到自己正在参与的这个科研项目十分重要，他甚至预感到，那个买家肯定会来找他，还会开出高价。

他仿佛是在说服自己："我需要很多钱，需要很多很多钱！我没错，我要穿好的衣服，我要用好的东西，我要住好的房子，我凭本事赚的钱，我没有错！"

索罗听烦了，一把攥紧洛朗的领口，猛地将人撞在墙上："你凭本事？"

洛朗痛得眼前一黑，却依然抬着下巴讥笑。

索罗扬手就想一拳砸过去，帕里制止："不用在这里费力气，以后，他有的是机会付出代价。"

收回手，索罗黑沉着一张脸，带着人继续往前走。

临上悬浮车时，洛朗看见了祈言，他没有再掩饰自己的恶意："你现在是不是很得意？没人跟你抢风头了，也没人跟你抢明年进科研项目组的名额了。"

祈言只是静静看了他一眼，没说什么，带着陆封寒走了。

等走远，陆封寒问祈言："心情不好？"

"没有，"祈言望着不远处的一座古典雕像，疑惑道，"我只是不明白他为什么要这样做。他可能以为自己只是卖出了一份资料，拿到了很多钱，但他知道很多人可能会因此死亡吗？"

怎么可能不知道？

对上祈言清透的眼睛，陆封寒有些拿不准应该怎么跟他解释——有些人的"恶"，就是纯粹的"恶"，他们没有道德准则，缺乏同情与怜悯，缺乏人类同理心，他们不会为自己的所作所为感到愧疚。

就算你告诉他，他的行为会导致很多人的死亡，他也只会回答你，那些人死了，关我什么事？

陆封寒见过很多这样的人，甚至亲自下令处死过这样的人。

可是这一刻，陆封寒却不想把这些糟污一一说给祈言听。

他太干净了。

大概也只有这样的"干净"，才会让祈言在亲眼看见图兰的校长遭到反叛军的狙杀后，依然说出"但有些事，就算随时会死，也不能不去做"。

最终，陆封寒只是用手拍了拍祈言肩膀道："你不用知道那些人的想法，祈言，你只需要去做你认为正确的事。"

祈言没来得及躲开陆封寒的动作，只能任由对方拍着自己的肩膀，他没再追问，点头答应道："好。"

回到实验室，祈言立刻收获了来自叶裴和蒙德里安他们的嘘寒问暖，明明时间已经不早了，大部分人却都还没走。

叶裴拍了拍胸口："你没回来，谁能放心得下！幸好幸好。"她又捶了两下桌面："洛朗真是刷新了我对人性的认知！幸好没让他得逞，否则以后他不反了天了？觉得谁挡了他的路，他就这么诬陷一次，觉得谁比他厉害了，再诬陷一次！差点没把我气得昏过去！"

蒙德里安："对。科学研究应该是不同思维不断地碰撞，是众人朝着一个目标努力，不是像他那样。"

叶裴手撑着下巴："赞成！"她又想起："对了祈言，你丢了的光储器找回来了吗？"

祈言摊开手，露出握着的光储器："找回来了，特情五处的人还给我的。"

"还好，里面资料没丢吧？你不用熬夜了！"叶裴又嫌弃，"我去给你申请一个新的光储器，这个被洛朗和反叛军的人碰过，晦气，我们要一致嫌弃它！"

这一耽搁，回家就已经是半夜了，双月高高缀在深蓝的天幕。

祈言洗完澡，站在楼梯上往下望："陆封寒？"

陆封寒端着水杯上楼，问他："找我？"

祈言接过水杯，告诉陆封寒："我的书找不到了。"

"哪本？"

"棕色封面那本。"祈言赤脚踩在地上，他从脑海中翻出那段记忆，"我记得我在看完后，将它放在了窗边的桌子上，但桌子上没有。"

"棕色？那本什么史诗？"陆封寒带着人去了书房，从书架第三排第五格里抽出一本书，递给祈言，"是不是这本？你前几天翻了几页就放回书架了。"

祈言拿着书，手指下是粗糙的布艺封面，他想起陆封寒告诉过他，"分不清了，可以来问我"。

实验室里因为无法确定记忆真假而浮起的强烈情绪似乎已经隔得很远。

这一次，没有由陆封寒纠正，祈言隔了几秒，自己道："我又记错了。"

陆封寒正顺手将书架上的纸质书一一理整齐，暖色的灯光将他眉眼的凌厉淡化，甚至有种温柔的错觉。他闻言偏过头，将一旁站着的祈言映在眼底："嗯，知道了，小迷糊。"

第八章

冰山一角

睡前，祈言看了几页史诗，手指捏着薄薄的书页，不知不觉出了神。

祈言蜷缩着侧躺下来，书放在一边，手指不自觉地摩挲着粗糙的布料封面。

周围很安静，他不禁开始想住在他对面房间的人现在在干什么，但他又有些想不出来。他知道陆封寒每天早起都会进行体能训练，不过他没怎么见过，因为他起床的时候，陆封寒基本都已经结束训练了，只少数几次能碰见他出了一身的汗，正要回房间洗澡。

祈言有一点洁癖，但陆封寒是难得的出汗也不会让他觉得脏的人，身上也不会有奇怪的味道。

至于其他，他知道陆封寒很喜欢看新闻，没事时会翻看个人终端里的资料，有时会跟文森特通话，一般在通话时他的气势会变得凌厉，像藏在硬鞘里的刀。

这样去想一个人，对祈言来说是极少有的情况，以至于因为太过专注，好一会儿才听见个人终端的通讯提醒。他没动，允许连接后开口："伊莉莎？"

"是我，"伊莉莎直入正题，"奥古斯特几小时前发现有人在查你的真实资料，不过权限不够，直接被挡回去了，他让我问问你。"

"没有出事，是安全部特情五处的人在查。"祈言把今天的事几句概括，提到找洛朗买资料的"螳蛉"时，多问了句，"反叛军最近动作很大？"

"没错，前线大溃败的影响比表面显露出来的要大得多。以前反叛军总被远征军压着打，自然分不出心神在暗地里搞小动作。现在一朝翻身，收拢的触须通通活跃起来了。"伊莉莎又笑道，"不过你是安全的，反叛军根本不会想到你会在图兰上二年级，还是个除了上课会打瞌睡外，每天上课下课、按时交作业的好学生。"

听出对方话里的打趣，祈言喊了句："伊莉莎。"

"知道了知道了，我不说了，"伊莉莎话里带着笑，又提起："看来这一次的安排是正确的。你病情加重时，前线大溃败的消息也传了过来，不管把你送到哪里去，说不定都会有被反叛军发现的风险。回勒托，进图兰，反倒安全。"

祈言是知道的，当时关于到底把他送到什么地方休养这件事争执了很久，后来当了他 8 年主治医生的伊莉莎提议，他才被送回了勒托。

"你从小身边都没个同龄人，说不定还能借这个机会交到朋友，顺便可以体验体验你这个年纪的日常生活是什么样的。"伊莉莎关切，"祈言，你这段时间开心吗？"

开心吗？

祈言想，是开心的。

他从小住在一个地方，很少去外面。到了勒托之后，他见了很多没见过的东西，认识了很多人，这些人每一个都不一样，他们会说很多他没听过的话，会有很多不一样的观点，会有各种各样的开心和不开心。

还有陆封寒。

想到这个人，祈言搭在布料封面上的手指又忍不住磨了两下。

听祈言没回答，伊莉莎追问："是开心的，对吗？"

祈言这才出声："嗯。"

"你呀，从小就不爱说话，就像一个没有安全感的小动物，安安静静地观察周围。"伊莉莎似乎很感慨，隔了一会儿又提起，"现在呢，混淆现实的频率怎么样？"

"没什么规律，有时候一天一次，有时候好几次，"祈言说到这里，又推翻自己的结论，"不，我不确定，我不知道具体哪些记忆混淆了。"

说出这句话时，奇异的是，祈言心里没有什么多余的负面情绪和不安，就像在浮沉之间有清晰的一点，让他用以锚定。

通讯不知道什么时候结束的，个人终端的荧光逐渐熄灭，祈言手指按在书的封面上，闭上眼睛。

陆封寒洗完澡，正靠在床头，有一句没一句地跟文森特说话。

"特情五处这次真是丢脸丢大了，他们前脚在图兰找错了人，后脚大家都知道了。据说他们副处把人带回去后，发了好大的火，五处的人没事的都在赶紧找事情做，出外勤的工作更是抢手，反正坚决不在他们副处面前晃，以免被殃及。那个索罗和帕里以后想往上升，我看是难了！"

"你什么时候这么八卦了？"陆封寒关上窗，注意到天空黑压压一片乌云，已经开始打雷了。

文森特为自己正名："指挥，这不叫八卦，这叫职业素养！"他又正色："对了，你昨天才让我留意枫丹一号泄密的事情，今天消息就递到了眼前。"

陆封寒敲在床面的手指一顿："螳蛉？"

"就是那个'螳蛉'！特情五处的冯绩亲自上手，往死里查'螳蛉'，还真被他查出了不少东西。'螳蛉'在勒托前后藏了 10 年，最喜欢干的就是去勾搭图兰那些一年级的新生。"文森特唏嘘，"你知道，那些才成年的学生，刚来勒托，不少都缺钱，又不像指挥你一样，运气好有人养。所以一来二去，还真有不少能被'螳蛉'勾到手。"

陆封寒暂时忽略了"运气好有人养"这个评价，联想到之前去枫丹一号时林嘉说的话，问："'螳蛉'勾上的那个图兰学生，毕业之后进了枫丹一号？"

"没错，'螳蛉'很有手段，一次、二次、三次，花大价钱从那个学生手里买没什么价值的基础资料，相当于投石问路。快毕业时，那个学生突然不想干了，'螳蛉'就拿这几年的事要挟，要是他敢撒手不干，就把他曾经做过的事全曝出去。一旦盗卖资料的事曝光，这个学生不说前程，命都不一定能保住，只好继续跟'螳蛉'合作，一步错步步错。"文森特感慨归感慨，倒没什么怜悯的情绪，"这次就是那个学生在枫丹一号上做事，'螳蛉'从他手里拿到了消息，得知'那边'的科学家带着星舰中控系统去勒托，中途会在枫丹一号休整。"

所以才有了那场突然袭击。

陆封寒暗忖，没想到顺着洛朗这件事，连根带叶拔了不少东西出来。

文森特幸灾乐祸："出了泄密这事，霍岩估计要愁死了。要我说，他从前线退下来，把枫丹一号管得跟张渔网似的，享了这么久的福，早该活动活动手脚了。对了指挥，上次他见着你，什么反应？"

陆封寒现在想起来，耳膜泛疼："还能什么反应？以为自己见了鬼。"

文森特笑得停不下来，又期待："等回了前线，埃里希他们见了你，少不得又要号几句'有鬼啊'！"

陆封寒不知道想到了什么，唇角的笑容微淡，视线凝了一瞬，没接文森特的话。

他挂了通讯，靠在床头，朝窗外望去。

勒托夜色已深，下起了雷雨，往常缀在天空的双月被云层牢牢遮挡，不见一丝月光。

真算起来，他在勒托的时间比在前线的时间要长。明明进远征军前，一天天都是在勒托过的，但比起来，他却更喜欢待在前线。

虽然那里除了硬板床就是吃到腻味的罐头营养膏，从舷窗望出去，只有黑漆漆的宇宙和遥远的恒星，偶尔落到地面，行星也多半荒僻。再加上时不时的敌袭，没个规律的宇宙风暴……

但陆封寒还是很喜欢那里。

他现在有些明白了，他父亲陆钧当年为什么在星舰一漂就是一两年不回家，追着海盗打时，偶尔连通讯，从不见疲态，反而眼里都是神采。

原来他和他父亲一样，都是彻彻底底的丛林动物。

可是，他若是要走……祈言肯定也是要带走的。

但看这娇气包的做派，真跟他到了前线，不说吃不吃得惯，单是硬板床睡一晚，肯定就要拉着他说身上哪儿哪儿都疼。

想到这里，陆封寒惊觉，他第一军校荣誉毕业生、远征军总指挥，竟然在堂而皇之地想着怎么掳人？

敲门声传过来。

不轻不重，正好三声。

这栋房子里一共就两个人，陆封寒不用猜都知道，来敲门的必定是刚刚他想掳走的那个。

下床打开门，看清站在门口的祈言，陆封寒挑眉："这是怎么了？"

问是这么问，却往旁边退了一步，让祈言进来。

祈言裹着黑色睡袍，怀里抱着一个自己睡惯了的枕头，开始回答陆封寒的问题："我睡不着。"

视线从他身上一晃而过，陆封寒接过话："所以想来这儿睡？"

"嗯。"

"来吧。"陆封寒伸手拎过他的枕头，指下触感软滑，心想，连枕头摸着都像捏着一团云。

他把枕头往床上一放，又问："在这儿睡就能睡着了？"

这句话问出来，脑子里率先浮现的就是第一次跟祈言见面后，他防备着假装睡着，没过多久，祈言蜷缩在他旁边，一会儿就睡了过去。

枕头被拿走了，祈言空着手，不知道应该怎么回答这个问题。

好在陆封寒没有追问，径自躺回床上，又用下巴指了指旁边空着的一半："过来吧。"

祈言依言上了床。

关了灯，室内暗下来，窗外风声雨声没有停歇的迹象。

跟枫丹一号上的单人床不一样，两个人现在睡的床，一人占一边，中间还空出了半个人的位置。

在陆封寒强大气息的笼罩下，祈言被记忆激起的心绪终于安静了下来。

陆封寒闭上眼，习惯性地将今天看的新闻抽丝剥茧地在脑子里理了一遍，这时，窗外又传来一声雷响，轰隆声令窗户都随之一震。与此同时，他敏感地察觉到，祈言的呼吸紧绷，在雷声消失后，才又松弛下来。

半夜抱着枕头过来，陆封寒猜测，这是……怕打雷？所以才过来敲门的？

像极了小动物，遇到害怕的东西，就会立刻到自认为安全的地方躲起来。

陆封寒夜视能力极佳，能看见祈言手松松攥着床单，天边隐有雷声，便五指收紧，将床单都攥出了褶皱。

在下一声惊雷传来的同时，陆封寒侧过身，温热的手掌掩在祈言耳上，有几分无奈地低声安抚："好了，我在，不怕了。"

等人睡着了，陆封寒又不着边际地开始想，这么怕打雷，以前的雷雨夜是怎么过的？戴静音耳塞？

不一定。

祈言曾说自己因为记忆太好，难过的事害怕的事都不会忘记。如果是以前发生过什么才导致的害怕，那就算戴了静音耳塞，认知中依然清楚外面是在打雷还是下雨。

看着蜷缩在自己的阴影下，乖乖由自己捂着耳朵的祈言，陆封寒心下轻啧——小可怜。

一晚上，顾着旁边躺着的人，陆封寒睡得不沉，第二天早上醒来时，发现祈言又和上次一样靠了过来。陆封寒不由怀疑自己十年来养成的警戒心都喂了狗——根本不知道祈言是什么时候过来的。

他生物钟一向精准，这时候该起床做体能训练，只是陆封寒轻轻一动，祈言就像有感觉一般，收紧了攥着他衣服的手指。

陆封寒不信邪，放慢了动作准备起身，结果一动，祈言展平的眉也皱了起来。

陆封寒只好重新躺下，将手臂枕在脑后，思忖着，一天不练……也耽搁不了什么。

一天而已。

放弃了每天起床晨练的坚持，陆封寒重新闭上眼睛，睡觉。

祈言难得在雷雨夜睡了一个完整的觉，连梦也没有做。只是醒来时看见身边的陆封寒，祈言难得怔住："你……"

陆封寒先一步打断他的话道："你抓着我的衣服不松手，导致我不得不放弃了今天的晨练计划，这笔账要怎么算？"

祈言才醒，脑子还没完全清楚，顺着陆封寒的话："我赔。"

陆封寒顺口反问道："怎么赔？"

祈言被问住了。

陆封寒见他一双清澈的眼看着自己，笑道："好了，我开玩笑的。"

接下来的几天里，图兰先是通报了洛朗勾结反叛军的具体情况，随后又接连查出各年级共13名学生跟反叛军的间谍有过密切接触。很快，图兰更新了官方页面，而13份开除公告与事件说明一经发出，就在勒托引起了震荡。

尽管南十字大区前线的战火一直未曾熄灭，但对于勒托甚至中央星系的人来说，一切都太过遥远了。

无论是远征军还是前线战报，通常都只是出现在《勒托日报》上的字句，不具有实感。包括之前反叛军狙杀黑榜人员，依托于强大的防御系统，也只是增加了普通人茶余饭后的谈资而已。

可这一次，当勒托的人们意识到自己身边的某一个人可能就是反叛军的"触角"的时候，一切才隐隐有了实感。

咖啡厅的包厢里，全息投影在穹顶上方营造出极光的景象，祈言坐在浅棕色的沙发上，正低头玩游戏。

陆封寒跟他隔着一道玻璃墙，在和文森特说话。

文森特穿着件经典款式的长风衣，戴一顶帽子，还在鼻梁上架了一副眼镜，看起来就像勒托街头追求复古潮流的普通年轻人。他受陆封寒影响，站没个站相，半点看不出曾经混迹前线。

被突然叫出来见面的陆封寒问他道："你是不是很闲？"

文森特摊手："是真的闲。特别是你阵亡前线之后，我仿佛一瞬间进入了养老生活。"

最初，文森特从前线调回勒托，谁都知道，他是远征军放在首都星的一双眼睛。

那时，陆封寒意欲将自己的副官安置在军方情搜部门这个消息一出来，勒托有些人就坐不住了。前线和勒托相隔太远，有时候，一些消息有人不想让陆封寒马上知道，只要运作得当，确实能瞒个两三天。但如果陆封寒自己光明正大地插一双眼睛，就不一样了。

可远征军战绩卓著，最终没人敢说什么，于是在中央军团捏着鼻子默许下，文森特就被陆封寒一脚端回了勒托。

所有人都清楚文森特是陆封寒心腹，现在陆封寒死了，他这个人也就失去了在勒托的意义。

余光看了眼姿势几乎没变过的祈言，陆封寒没耐心寒暄："找我出来到底是有什么事？"

"其实也没什么事，就是……"见陆封寒抬脚就要走，文森特连忙道，"不是吧，我们之间的战友情，连一分钟的废话时间都不值吗？"他又连忙切进正题，"我就是觉得不太对。"

陆封寒重新靠回墙上，问他："具体说说。"

文森特情搜出身，他们这一行的人，每天都会看到无数情报消息，日积月累，自然会形成所谓的专业直觉。

陆封寒信任他，在前线时，文森特就凭借这种专业直觉，看穿过几次反叛军的计划。

真要具体，文森特反而犯愁："其实我也不知道怎么说，就是最近几天，越来越不踏实，心里颠来倒去，都有点不安。"

他把宽檐帽抓在手里："从前线大溃败开始，到远征军退守都灵星。然后是勒托和图兰的防御系统都出现问题，反叛军的光压弹直接轰进校长办公室，联盟境内共 21 起狙杀。"他一件一件数下去，"停用的跃迁点被反叛军启用，枫丹一号被袭击，特情处抓出一串间谍，太密集了，这些事情的发生和结束，一桩桩一件件，都像是……"

陆封寒接话："都像是冰山露出的一角。"

注意到陆封寒手上的习惯动作，文森特从包里拿出金属盒打开，露出里面的几支烟。

这种烟是前线标配，算在军需清单里，对人体无害，不熏人不上瘾，主要起到平缓情绪的作用。

陆封寒抽出一根，没点燃，只捏在手里。

文森特握着金属盒："对，这就是我想说的，一座冰山通常只有露出的一角会被人看见，人类却无法通过这一角来判断海面下的冰山到底有多大。就像山雨欲来，你别怪我乌鸦嘴，我总觉得勒托要出什么大事。"

捻了捻手里的烟，陆封寒突兀提起："近一个月以来，星际海盗在三个大区边境抢劫运输舰共 27 次，这些都还只是《勒托日报》里刊登出来的。上次枫丹一号遇袭，霍岩最先判定来的是星际海盗，当时我就觉得有什么不对劲，后来我问过，他说来的敌舰里，有一艘型号是'独眼龙'。"

文森特疑惑："独眼龙？"

"你应该不知道，我知道也是因为陆钧。'独眼龙'是当年星际海盗驰骋太空四处打劫的倚仗，载重高，燃料消耗少，一舰的人能在上面几年不落地。"

文森特语声一沉："指挥，你是怀疑……"

陆封寒垂眼："就是你想的那样。"

"如果反叛军和星际海盗联合，那他们的战力，不，"文森特意识到一个关键点，"自从你爸将星际海盗打得七零八落开始，星际海盗已经绝迹二十几年！反叛军吸引了联盟大部分注意力，根本没有人再去注意那一小撮星际海盗是死是活，更不知道现如今对方的力量发展到了什么水平。"

"不止。"陆封寒摇头，"假如反叛军和星际海盗不是最近才结盟的，而是10年前，或者20年前。"

文森特骂了句粗口。

苟延残喘自生自灭的星际海盗，和被反叛军补给了数十年的星际海盗，完全就不是同一个物种！

前者就像是残了两条腿的鬣狗，后者，却是牙尖爪利、值得被放进眼里的敌人。

他很快重新镇定下来："如果反叛军一早就跟星际海盗达成合作，那么这20年，星际海盗不是因为被打残了才躲起来，而是养精蓄锐，所谋甚大。"

"嗯，"陆封寒眸光沉如深潭，接下他的话，"如果真是这样，那就能说得清楚，为什么他们最先做的，是靠一场伏击战，将远征军狠削一回。"

只有远征军元气大伤，前线才会少了牵制，反叛军才能腾出手来。而陆封寒的死亡，削弱远征军的同时，会将前线总指挥这个位置空出来，勒托誓必争抢。

只有联盟无暇顾及，只有远征军不再是以前的远征军，反叛军的棋才好落子。

"但都只是推测。"陆封寒见文森特绷着表情，极不经心地安慰他，"只是反叛军和星际海盗联手，你再算，军方多少人跟反叛军有一腿，明里暗里多少人跟反叛军有勾结？这么一想，是不是觉得也没多大事了？"

文森特无言以对，缓了十几秒，吁气："我竟然真的觉得还行，反正已经够糟了，也不介意更糟了。"

"对，就是这样，不管反叛军是跟星际海盗勾结也好，还是到处渗透、想要颠覆联盟也好，士兵，都只需要拿起手里的武器。"

"保护身后的群星，"文森特又笑起来，"反正粒子炮轰过来，有指挥在前面顶着，要死不是我先死。"

陆封寒抬脚就踹，笑骂："滚！"

文森特跟来时一样，宽檐帽遮了大半张脸，穿着宽松的风衣出了咖啡厅。

陆封寒坐回沙发，祈言帮他点的咖啡已经冷了，他不在意，端起来喝了一口，微微的苦意令他舌尖发涩。

跟文森特说得轻松，却不过是他的本能罢了。

这些烦恼本就该是领导者的责任。

如果从 20 年前开始，反叛军就将星际海盗收作自己的羽翼，那么这个时间维度，已经可以发生很多事。

甚至，死在反叛军炮口下的陆钧，是否也是促成二者合作的关键一环？

陆封寒沉浸在思考里，很快就将一杯咖啡喝完了，喝完才发现，旁边坐着的祈言一直盯着自己看。他奇怪："怎么了？"

祈言目光下移，落在空了的咖啡杯上："你把我的咖啡喝完了。"

陆封寒一怔，又笑道："那我把我那杯赔给你？"

祈言勉强答应，又打开刚刚在看的页面，继续看新闻。

陆封寒跟着看了一眼，在版面的角落里瞥见一条短讯：开普勒大区的一艘民用运输舰失去联系，正在全力搜寻中。

这一般都是星际海盗的惯用手段。

陆封寒双眼微阖，靠着沙发背不知道在想些什么。穹顶极光落下的影子将他侧脸的线条衬得锋利。

从文森特那里拿的烟还在手里，见桌上放着金属打火器，陆封寒坐直，捏着烟身咬在齿间，垂眼点燃。

因为祈言就在旁边，陆封寒原本只想吸一口，镇定镇定情绪，没想到祈言看着，突然伸手从他指间将烟抽走了。

陆封寒对祈言基本不设防备，等手指空了才反应过来。再一抬头，他就看见，祈言拿着抽了起来。

祈言本就眉眼昳丽，淡淡的烟雾缭绕间，令他生生显出了清冷颓靡。

他小心吸了一口。

一刹那，火星明灭。

陆封寒静静看着，想，赔了一杯咖啡不够，烟也要抢？

见祈言只尝了一口就放下了，陆封寒问他："为什么抢我的烟？"

祈言回答很认真："想尝尝这东西的味道。"他记得上次祈家那场庆祝会上，陆封寒出去跟蒙格见面回来，身上就有一股很淡的烟味，不熏人。

陆封寒想，小挑剔的洁癖这是没了？他嗓音里带了笑："那味道怎么样？"

"味道不好。"祈言把烟还给陆封寒，回忆刚刚的感觉，"有点凉，吸进去之后，像神经突然被浸到了冰水里。"

"嗯，吸一口，人会猛地一下变得十分清醒。"陆封寒指尖捻了捻烟身，"这种烟最初是用来镇定情绪的，遇到突发的危急情况，人的肾上腺素会很快升高，为了不让人热血太上头，做出不冷静的判断，抽一口这种烟，人会很快冷静下来。"

这还是他在前线养成的习惯。

一开始他不明白为什么这种东西会列进军需清单里，后来，等他第一次上战场，亲自按下发射按钮轰碎了一架小型星舰时，等他带着一队人偷袭敌军，将整舰的人都剿杀干净时，他才发觉，他的手指会抖。

大多数人都不是生来就适应战场的。

从那时起，他就会按照那些老兵说的，在手边放这种烟，担心自己产生依赖性，一次只敢放一根两根。

再后来，他上了指挥舰，一个命令就能影响无数人的生死，明明已经习惯了战场，他依然会时不时地抽一根，提醒自己必须时刻保持冷静和克制。

祈言好奇："你有抽烟的习惯？"

"算是吧，不过没有瘾，需要的时候才会点一根。"

听了这句话，祈言若有所思："那你经常遇到突发的危急情况。"

见他言之凿凿，陆封寒轻笑："套我话套得太明显了。"又顺口提到，"这种烟只有镇定作用，不具有成瘾性，对我来说，更像是一种心理上的暗示，暗示自己必须冷静且理智。还有一种，效果更强，沾了一点，整个人在一段时间内就不会再感受到强烈的情绪，比如恐惧和胆怯。但这种对人的神经系统有害，所以是违禁品。"

祈言想了想："那陆封寒是半个违禁品。"

守法公民陆封寒不明不白地被贴上了"违禁品"的标签，他勾起唇角："我怎么就成半个违禁品了？"

"因为在你身边，我就不会再感觉到强烈的恐惧。"不过祈言没将答案说出来，而是起身，"要不要走了？"

这一次来咖啡厅是临时行程，文森特突然找陆封寒见面，两人才到了这里。

虽然祈言没答，但陆封寒隐隐有两分明白祈言的意思，他没有追问，只依着祈言："听你的，你是雇主。"

两人从咖啡厅出去，再走一段路，便到了天穹之钻广场的边缘。和往常一样，不少游客正在四处观光，而被人一层层围起来的地方，基本上都是游吟诗人正在"传道"。

陆封寒向来心智坚定，极难动摇，各家说法都左耳进右耳出，不进心里，听了只是浪费时间，祈言是嫌人多，不想去挤，两个人默契地没有往那边去，只在林荫道上走了走。

隐约听见游吟诗人正在讲人类在宇宙的发家史，什么哪一年征服了哪一片星图，讲得激昂澎湃，陆封寒忽然有些好奇祈言的看法："你对反叛军怎么看？"

"哪方面？"

"他们的宣传核心，神权。"

"毫无逻辑。"祈言直接给出了四个字的评价。

上方有巡航机轻巧掠过，祈言走在树荫下，黯淡的光线将他的身影照得斜长。

"反叛军所谓的'神权'只是一种寄托，让人类在取得某种科学成果时，赋之以'神'的名义。如果这项科学成果重蹈了空间源的覆辙，那么人类就可以说这是神罚，将功绩推给神的同时，失败、疏忽，也都可以归结于'神'。"

陆封寒觉得这个见解很有意思："人类承担不了科技大毁灭带来的后果，所以捏造了一个不存在的'神'，让他来承担？"

"嗯，人类本性便懦弱，一个人在沙漠里将最后一杯水洒了，他可能会自责崩溃。如果当时有两个人，那么，他首先想到的是……"

"责怪对方？让自己心里好受一点？"

"对，如果这个世界上有人类，也有神，那当这杯水洒了，人类就可以责怪神。空间源就是这杯水，当空间源造成无数行星毁灭、无数人类死亡，人类可以不用悔恨和自省，'神罚'两个字就足够。"祈言望着自己的影子，"可是，科学容不下懦弱与推卸。错了就是错了，对了就是对了，唯有不断自省和修正，才可以将'错'变成'对'。"

陆封寒回道："但不是每一个人都能有足够的勇气面对错误以及错误造成的影响。"

"所以才需要极力避免错误的发生。"祈言说回刚刚的问题，"当时急需一个'替罪羔羊'来承担科技大毁灭的后果。地球时代，有一些宗教用羊替人承担罪过，现在颠倒，神成了人的替罪羊。这就是反叛军所谓的'神权'最初能够成立的原因。而说到底，反叛军表面的神权，不过只是以神的名义，实行个人独裁。"

陆封寒表示赞同："所谓的反对联盟发展科技冒犯神的领域，不过是愚弄人的借口，实际他们是想要颠覆联盟的统治。狼子野心，总会用些冠冕堂皇的借口做掩饰。"

祈言觉得陆封寒心情不怎么好。说这句话时，陆封寒的唇角绷得很紧，隐约透出一股刃气。他猜测是刚刚见面时，文森特跟陆封寒谈到了反叛军。

所以陆封寒想聊天，他就陪他聊天。

两人在天穹之钻广场走走停停，一直等到喷泉表演结束才离开。车行驶在快车道上，祈言的个人终端响了起来。

"夏知扬？"

"祈言你有没有时间？有的话，过来一起玩儿？"夏知扬周围有些嘈杂，"好不容易学校放假一天，不抓紧时间玩开心都对不起之前的努力学习！"

他这句话一说出来，祈言就听见旁边有人在笑，听声音应该是陈铭轩，还有人在说话，有几个声音耳熟，是同班的人。

祈言没有拒绝："你们在哪里，我现在过来。"

会所包厢里坐了不少人，夏知扬跟陈铭轩原本是叫了几个同圈子的熟人，大家一起聚一聚，没想到走到门口，正好遇见了江启，江启那边也有好几个，最后就变成大家开了大包间一起玩。

鉴于最近祈言风头太盛，在座的好几个都是图兰的学生，聊着聊着，话题自然就到了祈言身上。

听江启左一句"我哥哥一直没回家"，暗指祈言没孝心，右一句"哥哥才回来，不跟家里亲近很正常"，暗指祈言在外面十几年，跟家里关系不好，他才是在祈家金尊玉贵长大的那一个。

这些话配合着江启的表情语气，听得夏知扬脑门疼。

"江启，我们这几个人里还是你最厉害！进图兰全凭自己的实力，一分钱没花！你是不知道你爸来来回回夸了你多少次，每次你爸夸完，我爸就会来找我麻烦，嫌我给他丢脸。"

旁边一个人接话："就是，你跟那些花钱进图兰的人比起来，可厉害多了！"

夏知扬木着一张脸，小声跟埋头玩游戏的陈铭轩说话："江启也就比图兰录取线高了两分，踩线进的，他到底哪来的脸这么自豪？祈言开学一个月申请两项开源了，也没见得有他这么嘚瑟。"

陈铭轩看他一眼："重点不是高了两分，重点是他爸给他办了个庆祝会，他能不嘚瑟？没听见吗？他爸来来回回总夸他。"

夏知扬回过味来。可能就是名不正言不顺，所以才总是迫不及待地展示自己多么受重视，反倒把真正名正言顺的那一个说得像个外人。

没过多久，包厢门被打开，最先走进来的是祈言，接着就是气势内敛的陆封寒。

夏知扬展开笑容，抬手挥了挥："祈言，这里！"

一时间，包厢里所有人都看向了祈言。

又是这样。江启看着走到夏知扬旁边坐下的祈言，眼神沉了下去。

不管是什么场合，只要祈言一出现，就会吸引几乎所有人的视线，变成话题的中心。在图兰是这样，在这里竟然也是这样。

他听见一旁刚刚还在说他厉害的人，转头就跟别的人小声议论："那就是祈言？我还以为成绩好的都是些长相普通的书呆子，没想到他竟然这么好看！"

"他长得跟祈叔叔不太像，应该是像他妈妈吧！听我说，他妈妈也是图兰毕业的学生，非常漂亮，成绩还特别好。当时祈叔叔好像是一见钟情，追了两三年才追到！"

"这么久？我还以为他在偏僻星球长大，身上应该一股子上不得台面的气质，可看起来，说他是在勒托长大的也没人不信吧？"

江启手指都将沙发面掐出印子了，才绷住了表情，喊了祈言一声："哥。"

可祈言却像没听到一般，眼都没抬。只有陈铭轩朝他看了一眼，眼里像带了嘲意。

江启脸上的笑滞住。

夏知扬正一边打游戏一边跟祈言聊天："我也觉得你跟祈叔叔长得不像，眼睛鼻子哪里都不像，真要说，江启还比你像祈叔叔一点！"

祈言回应道："我长得像我妈妈。"

夏知扬仔细打量祈言的五官，真心实意地评价："你妈肯定长得特别漂亮。"他又随口问，"阿姨现在住在梅西耶大区吗？"

"没有，"祈言操纵画面里游戏人物的手微顿，"她已经去世了。"

夏知扬没想到会得到这个答案，眼睛微睁："我没想到……不是，对不起！"

祈言摇摇头："没什么。"

夏知扬不敢再往下问，他回忆起这些年只从长辈那里零碎听来的消息，祈言3岁就被他妈妈带着去了梅西耶大区，跟外公外婆一起生活。8年前，祈文绍娶了江云月，江启也跟着进了祈家，反倒是祈言和他妈妈一点消息也没有。

难道……祈言的妈妈8年前就去世了？

心里猜来猜去，夏知扬知道揭人伤疤不好，绝口没再提，只继续聊游戏，心里却有点为祈言难过——如果祈言的妈妈真的是在8年前去世的，那时候祈言才11岁吧？还那么小。

祈言嫌包厢里闷，没待多久就提前走了，却在走廊上被江启拦住。

江启这次没有一脸笑容地喊他"哥"，开口就说："前几天学校不是抓到了几个和反叛军勾结的间谍吗？我在跟爸爸说，勒托和图兰现在都不太安全。"

祈言等他的下文。

江启视线停在落后祈言半步的陆封寒身上："这个保镖是爸爸给你找的吧？"他嘴角挂着笑，商量一样问祈言："你觉得，如果我告诉爸爸，我也想要一个保镖保护我的安全，再让爸爸把你这个保镖换给我，你说爸爸会同意吗？"

他知道自己不该这么早来找祈言挑衅，他应该一直扮演那个委曲求全的弟弟，让爸爸更心疼他、更偏向他。但他有点忍不下去了。

祈言站在原地。

伊莉莎曾经说他情感淡薄，没有什么特别想得到的东西，也没有什么特别放不下、不能失去的，包括生命。但这一刻，明知道江启是自以为是地想来激怒他，祈言还是感到了一种从来没有过的烦躁情绪。

有人想抢走陆封寒。

祈言的眸光又冷了一寸。

他朝江启迈开半步。

出于本能，江启匆忙往后退。

祈言嗓音很轻，一双眼平静地注视着江启，他脸上没有什么明显的情绪，却说出了江启最为恐惧的话："所以你是想让所有人都知道，你是祈文绍和江云月的孩子，实际只比我小3个月？"

他为什么会知道？听出了祈言话里浓重的警告意味，江启心跳加快，手指骤然握紧，嗓音干涩："你想干什么？"

祈言退了半步，没说话。

江启呼吸发紧，避开祈言浸凉的目光："刚刚那句话……不，我刚刚什么都没说！"

祈言这才看向一旁等着的陆封寒："走吧。"

从会所出去，陆封寒踩着台阶，不由看向祈言。

很明显，祈言刚刚生气了，甚至警告了江启。

回了家，祈言洗完澡，自觉来找陆封寒剪指甲。

手指被轻轻托着，坐在他旁边的陆封寒垂着眼，很专心。

想起江启在会所拦住他时说的话，祈言试探道："陆封寒，你会跟别人签合约吗？"

"不会，"陆封寒指腹随意抹了抹祈言才剪完的指甲，试试平滑度，答道，"你以为谁都跟你一样傻，能开出天价？"

"我不傻。"祈言像做实验设计一样，排除掉干扰因素，"如果有人也开出跟我一样或者比我还高的价格，你会跟他签合约吗？"

陆封寒仔细想了想，他会签下祈言给出的合约，原因其实是多方面的。

他才从前线死里逃生，祈言救了他的命，高额的治疗费，祈言令人生疑的身份和态度……这些都是促成那份合约成立的必要条件。

恰当的时间节点，巧合的一次相遇，不会再出现第二次了。

于是陆封寒回答："不会，我怎么可能被区区金钱收买？"

见祈言似乎松了口气，陆封寒把问题抛了回去："你呢？如果遇见同样的事情，你会不会救那个人，跟他签合约，让他保护你的安全？"

祈言毫不犹豫地摇头，如果受伤的人不是陆封寒，他会怀疑是有人针对他故意设下的陷阱。他会联系急救人员，但绝不会跟这个人接触，更不会将人放在自己身边。

陆封寒听笑了，又想起今天发生的事，问道："你跟江启说的他只比你小3个月是怎么回事？"

"就是我说的那样。"祈言提起时，仿佛只是在陈述一个跟他无关的事实而已，"江启是祈文绍和江云月的孩子，只比我晚出生3个月。按照联盟法律，婚生子和符合法律规定的继子可以继承财产，私生子不具有继承权，所以祈文绍和江云月结婚后也没有公开江启的身份。"

陆封寒想起祈家那场庆祝会，觉得讽刺。

"江启和江云月对我敌意很大，可能是怕我会跟他们抢财产继承权。"祈言语气平淡，"现在应该还担心我会把这个秘密说出去。"

跟祈言猜测的一样。

江启回家后，绕过园林造景和来来去去的家务机器人，脚步匆匆地去温室花房里找江云月。

江云月容貌不算出众，但在祈家几年的夫人当下来，气质越发娴雅，说话做事不紧不慢，很有几分勒托上流贵妇的姿态。她拢着一束花，见江启匆忙进来，奇怪："你不是跟好朋友聚会去了吗？怎么这么早就回来了？"

"我碰见祈言了，夏知扬他们叫来的。"

"夏家一直看不上我们母子，跟你不对付正常，"江云月见江启眼底惊慌，"出什么事了？"

江启确定没有别的人，才把在心里翻转了无数遍的话说了出来："祈言他知道！他知道我是爸爸的亲生孩子，还知道我只比他小3个月！你不是说这是秘密，没有别人知道吗？"

江云月收了笑："当时是什么情况？"

江启把自己挑衅祈言的话说了。

"叮嘱过你多少次，你要沉得住气！你在祈言面前表现得越弱势，你爸爸就会越偏向你，他一直因为不能让你大大方方、光明正大地以祈家人的身份站在人前感到愧疚，一直想补偿你。你越委屈，他越会心疼你，越会补偿你。你可不能由着性子飞扬跋扈。"江云月虽是说教，但语气半点不重，"不过只要没人看见，也没什么关系。"

"妈，我知道的，我才不会那么傻。"江启不忿，"你一直说爸爸喜欢我，不喜欢祈言，但他还不是瞒着我们，一直都在暗地里帮衬祈言！"

"这是大人的事，你不要多想，"江云月见他确实是被祈言吓到了，又安慰道，"你也别怕，祈言再怎么聪明、成绩再怎么优秀，他也只是个 19 岁的少年人。他在勒托没个依靠，不管他现在架子摆得多足，真遇到事了，最后还是会来求你爸爸的。除非他想跟你爸彻底翻脸，否则绝对不敢擅自把这个秘密说出去。"

江启一向相信江云月，心里安定下来，又问："妈，那祈言的妈妈真的已经死了？"

"你说林稚？她 8 年前就去世了。"江云月拍了拍江启的肩膀，"你看，你爸爸一直是护着你的，林稚去世后才正式跟妈妈结婚，就是想让你不管是出现在人前还是以后继承祈家的财产，都名正言顺，不引起别人的闲言碎语。你好好上课，不要怕，不管出什么事，妈妈都会帮你的。"

等江启离开温室，江云月继续修剪花枝，手腕上套着的宝石镯子映着光。

她想起林稚在时，她的儿子明明是祈文绍亲生的，却只能跟她姓，那时林稚挡着她的路，她没什么办法。现在，林稚的儿子若是挡了她的孩子的路，就不好说了。

第二天是公共大课，祈言带着陆封寒往教室走。刚经过一个转角，就听见有人惊喜出声："哥！"

陆封寒不用看都知道是谁，还以为这个叫江启的会消停两天，没想到竟然又一脸笑容地迎了上来。

江启像是完全忘记了昨天的插曲，小心翼翼地问："哥，不是，祈言，你会不会觉得我很烦啊？我只是很想和你说话。"

祈言没理他，径自往前走。

江启注意到周围汇聚过来的目光，假装慌忙伸手去拉前面的祈言，委屈开口道："你是不是又生我气了？"

祈言一时不察，被江启抓了手臂，他停下，目光冷淡："放开。"

江启讪讪松手，正想装可怜再说两句，没想到却见祈言朝向旁边的人，说了声"疼"。

陆封寒拉过祈言的手，一眼就发现手臂上红了一片，还有几点印痕。又朝江启的手看去，见他中指上套着一个装饰用的戒指，上面带了尖锐的凸起。

夏知扬正好从旁边经过，见祈言手臂红了一片，惊呼："怎么这么严重？江启，你就算再讨厌祈言，也不能搞这种小动作啊！你戴的那个戒指这么多铆钉，真以为扎人不疼？"

"我没有！"江启是存了几分心思，故意用戴了戒指的左手去拉人，几颗铆钉扎着当然会不舒服，但谁看得出来？

"戒指就在你手上戴着，你怎么好意思说自己不是故意的？如果不是你拽祈言的手臂故意很用力，铆钉怎么可能弄出这么严重的痕迹？"夏知扬原本想学着江启的调调说几句，但临场发挥不出来，颇为遗憾。

江启知道越说越错，干脆把戴着戒指的手背在身后，在众人质疑的目光中快步走开了。

夏知扬满心畅快："免得他在大家面前总是一副小心翼翼、可怜兮兮的模样，像你总欺负他似的！"他又找祈言邀功，"我表现得好吧？以其人之道还治其人之身，比直接跟他打一架还爽！"

见祈言点头，夏知扬笑容灿烂："等下次有机会，我再接再厉，气不死他！"

没有进教室，陆封寒见离上课还有时间，把祈言带到了角落的露台，仔细看了看他的手臂："还疼吗？"

其实这点疼已经能忍过去了，但祈言想到什么，还是回答："更疼了。"

他不善于撒谎，没敢看陆封寒的眼睛。

知道祈言的痛觉比一般人敏感许多，陆封寒便找出随身带着的愈合凝胶涂上去。涂完，见祈言满眼期待地看着自己，陆封寒问道："怎么了？"

祈言提醒："绷带。"

"愈合凝胶足够了，用不上绷带。"

祈言没说话，但眼里的期待却熄了下去。

陆封寒见不得祈言失望，再次妥协："真是个娇气包。"一边说，一边拿出绷带在手臂上缠了两圈，最后在祈言的视线下，利落地打了一个标准的蝴蝶结。

祈言左左右右把蝴蝶结看了两遍，这才满意。

一直到晚上回家，祈言都不让陆封寒帮他把绷带拆了，甚至洗澡也做了措施——洗完澡，绷带竟然没有打湿。

陆封寒完全不能理解这其中的执着。

端着水杯进到书房，祈言正对着光计算机不知道在干什么，瞥见蝴蝶结在祈言临近手腕的位置一晃一晃，陆封寒给自己做心理建设——行星千百颗，人类那么多，谁都有点小癖好。

把水递过去，想起连着好几次都发现祈言睡得晚，陆封寒难得问了句："怎么最近总是熬夜？"

"我在做一个东西，很复杂，我怕时间不够用。"祈言没有多说，接过杯子喝水。

他的指甲边缘被陆封寒修得平滑，手指搭在杯身上，很是惹眼。

陆封寒靠在桌边，目光在祈言指尖转了两圈，想，他有时也会跟祈言有同样的感觉。

他孤家寡人一个，并不惧怕死亡，却担心时间不够，做不完想做的事。

反叛军在南十字大区前线虎视眈眈，伺机攫取，星际海盗也阴魂不散。他年少轻狂时曾经立下誓愿，想在 20 年里，将反叛军连根拔起，解决联盟枕边大患。可现在 10 年快过去了，不说瓦解，他自己都差点落了个战死的下场。

在勒托这两个月，不知道是因为太闲还是添了多愁善感的毛病，他逐渐发觉，缺他陆封寒一个，勒托不会消失，联盟也不会毁灭。

就像陆钧当年突然战死，他一个人也顺利长到了现在。

即使他真的战死了，也会有人接替他的位置，文森特他们可能会掉几滴眼泪，但依然会有自己的生活和目标。

说到底，没有人非他陆封寒不可。

他不是不可代替的。

等祈言喝完水，陆封寒又问起跟之前一样的问题："祈言，如果遇见一个人重伤倒在你面前，你会不会救他，跟他签订合约，让他保护你？"

祈言不解，却还是照实回答："不会，我只会救你，只会跟你签订合约，也只会让你保护我的安全。"

陆封寒眸色微深，注视着眼前的人："除了我，别人都不行？"

祈言给出肯定答复："对。"

陆封寒笑起来。

哪有这么多多愁善感？

至少在祈言这里，他是不可替代的。

第九章

非法入侵

祈言起床时，头有些昏沉，他撑了撑额角，知道自己这是因为连着熬夜弄出的毛病。

去衣帽间找今天要穿的衣服时，个人终端响起提示，他看了眼，允许连接。

对面的人没等他开口就激动道："祈言，我看见你昨天上传到内网的工作报告，你竟然重启了 E763 号项目？你什么时候有这个想法的？不单是我，加米叶和伊莉莎都很惊讶！你……"

祈言系扣子的手一顿，打断："奥古斯特，我头疼。"

"明白，明白，我小声一点，"奥古斯特勉强冷静下来，"你真的准备重启 E763 项目？"

祈言脸色有些发白，嗓音相较平时也低了两分："嗯，我在图兰学的正好是人工智能。"

"我看了你在图兰的入学资料，可图兰教的那些东西，你 10 岁没到就已经完全掌握了吧？有什么好学的？你可别推说是在图兰找到的灵感！"

"有一点影响，我这次出来，遇见了很多不一样的人，他们都有各自的思维，相对而言，人工智能就显得太过单一了。"祈言扣子扣到一半，懒得再系，跟奥古斯特聊起自己的想法。

"联盟现有的人工智能，其本质是数据驱动，利用庞大的数据库以及数据挖掘处理速度，让人工智能给出正确的反应。因为数据足够多，挖掘足够快，会让人产生一种'这就是机器智能'的错觉。其实这是大多数人将智能问题简化为了数据问题，归根结底，现阶段的人工智能只是数据堆砌出的奇迹。"

奥古斯特理解祈言表达的意思。

现今的人工智能还处于人类预先设定指令"凌晨 1 点睡觉"，在这条指令下，之后只要得到人类同样的指令，人工智能便会遵循，但其实并不清楚指令本身的意思。

他指出："你是想彻底改变这个方向？"

"不，"祈言眸光像林荫下的潭水，谈到他喜欢的领域，他会很专注，"算不上彻底。我只是想，假如让现阶段的人工智能更进一步，会是什么样。"

想到祈言"太过单一"的形容，奥古斯特尝试着理解："你想要赋予人工智能'情绪'和'思维'，让它们变得不一样？"

祈言反倒没有很在意成果："可能？我暂时预见不了最终成果。"

奥古斯特很感兴趣："如果最后得到了让你满意的成果，会最先用在哪一个领域？"

"军方，"祈言这一次没有犹豫，"军方前线，可能会先用在星舰上。"

"用在军用星舰上？你是想跟星舰的中控系统相结合，直接充当整艘星舰的'智脑'？"奥古斯特比祈言想得更远，"内网上有工作报告，我看见人形战斗机甲也在研究阶段，因为空间源叠态坍缩，暂时没有能够替代的能源，但假如能源找到了，你的这个成果嵌入人形战斗机甲当内核，说不定会有奇特的效果，比如，造出一个大杀器。"

"嗯，"祈言出神了几秒，不知道是在自言自语还是在跟奥古斯特说话，"我只担心时间不够。"

"祈言……"奥古斯特知道祈言混淆现实的情况，开了口，却不知道说什么，或者该怎么安慰。他作为旁观者，并不能感受当事人的痛苦。

祈言没有放任自己沉浸在这种情绪里："放心，这是我妈妈留下的项目，我会尽量完成它。"

下楼时，祈言收到奥古斯特发来的短讯："你忘了登记。这个项目成立之初，你妈妈没有命名。现在你重启了这个项目，所以做出来的成果需要你来命名。"

命名？他正想回复，奥古斯特的短讯又追了过来："不准叫 E763！这是项目编号，你不能犯懒！"

祈言只好将按下的"E7"两个字符删掉。

命名太难了。

陆封寒把面包片放上桌，见祈言走路都走得漫不经心，不知道是在发什么愣。衣服扣子也扣得乱七八糟，系在手腕附近的蝴蝶结依然晃晃悠悠。他走过去，伸手将祈言扣错的扣子解开，重新按顺序一颗颗系好，心里感叹，果然是个小迷糊，生活技能无限趋近于零。

祈言安静站着，任由陆封寒耐心地给他系扣子，突然问："你有没有什么喜欢的名词？"

"名词？"

"对，可以用来给一些系统或者模型命名的名词。"

陆封寒以为是祈言又做出了什么模型不知道取什么名字，思考了几秒，开口道："破军。地球时代，北斗七星的第七颗星星，主兵戈杀戮。我上学时曾想过，要是我能设计出一艘星舰，就叫'破军'，不过后来复杂的星舰材料学让我清醒，我不适合搞星舰设计。"

祈言回了奥古斯特消息："名字叫'破军'。"

奥古斯特字里行间都是惊讶："你自己取的名字？"

祈言："就不能是我自己取的名字？"

"不可能，你没有这个水平。"

祈言决定不再理他。

见祈言苍白着一张脸，明显又熬了夜，没什么胃口，陆封寒只好给他拿了一袋桃子味的营养剂，递到一半又收回来，把包装撕开了一个小口才重新递过去问道："喝这个？"

祈言叼在嘴里，两口喝完，算是把早餐解决了。

下午上完课去实验室，里面全息投影正亮着，傅教授站在中间，在和叶裴说话。见祈言到了，他笑道："就差你了，既然人齐了，来，同学们，我们来商量一下。"

祈言坐到自己的位置，手撑着下巴犯困，又嫌桌面太硬磕得他手肘疼。

陆封寒见他皱眉，就知道是小毛病又犯了，无奈，只好脱了自己的外套叠好，给祈言垫在手肘和桌面之间。

祈言试了试，觉得很软，这才支着下巴，继续听傅教授说话。

"开学到现在，你们手里接到的任务都告一段落了，新的任务会在一周后进行安排，我列了一个清单，上面是你们需要了解并熟练运用的处理模型以及需要熟悉并掌握的知识。我想，这对你们来说都不是问题。"

说话的同时，傅教授手边出现了长长一页清单，上面列着不少论文资料和参考书目，祈言看了一眼，大致都是图兰三四年级的内容。

在场的都是整个年级拔尖的学生，没有谁抱怨清单太长，他们大多数的学习进度都没有跟随图兰的教学计划，否则蒙德里安也不可能在一年级就申请专利。

傅教授继续道："当然，对于你们来说，清单里面的内容太过轻松，所以我还给你们留了一个小任务！"

叶裴小声道："就知道您绝对不会这么轻易地放过我们。"

"叶裴同学很有觉悟，"傅教授笑眯眯地开口，"我会把具体安排发到你们的个人终端，记得查看。"

等全息投影消失，祈言打开个人终端，就看见了傅教授发来的安排表。

叶裴坐了过来，抓抓头发，犯愁："祈言，蒙德里安，我们三个一组，傅教授真的没搞错？这个量级的数据，我们学校的大型光计算机根本撑不住，计算量级超过极限了！"

陆封寒在旁边听着，想，原来联盟最强败家子也有设备跟不上的时候。

每个组的任务内容不一样，蒙德里安看完后接话："叶裴说得对，如果要支撑这个量级的数据，我们需要去 ISOC 借他们的'天光三号'超光计算机。"

ISOC 是超光计算机设备中心，总部就在勒托。

祈言额首表示赞同："嗯，'天光三号'的峰值速度是 92 5432TFlop/ms，每毫秒近百万的算力，可以支撑。"

叶裴举手："你们会用'天光三号'吗？我只见过全息影像，没上手碰过。"

蒙德里安："现在的重点不是我们应该怎么申请到'天光三号'的使用权？我印象里很难，手续也很复杂，这应该也是傅教授设置的一个难点。"

祈言想了想："我可以拿到使用权限。"

叶裴和蒙德里安齐齐看向祈言。

ISOC 的总部占地面积极大，地面建筑却都不高，平均只有三四层楼。蒙德里安事先查过资料："地面的建筑都是随便修的，我们要用的'天光三号'在地下，据说这么设计的本意是为了防止有一天粒子炮打到勒托。"

叶裴点头表示明白，不过对蒙德里安最后一句存疑："如果真的打到了勒托，整个联盟估计也完了。"

"这倒不一定，"陆封寒跟在祈言身边，闲聊一般，"反叛军如果想推翻联盟的统治，肯定不会从南十字大区边缘一点一点往前推进。打完南十字大区，再进攻开普勒大区，占领完，再打梅西耶大区或者中央行政区，那要打到何年何月去了？我要是反叛军，我先一口气把勒托占了，再把中央行政区圈入势力范围，反正其他三个大区的兵力驻守都很一般，慢慢收拾也收拾不了几年。"

叶裴跟陆封寒没说过几句话。可能是为了避嫌，陆封寒虽然跟着祈言来实验室，平时却都像一个隐形人，这么久了，她只知道他姓陆。但因为天天见着人，不算陌生，叶裴觉得陆封寒说的好像有点道理："那按照你的意思，粒子炮说不定哪天真的会落到勒托来？"

陆封寒语气是一贯的散漫："说不准，要是联盟前线再不争气一点，可能真的就快了。"

叶裴纯理科科研思维，每天就想着怎么升级处理模型怎么搞数据，《勒托日报》都很少看。她正想继续往下聊，忽然发现 ISOC 总部大楼的大屏幕切到了播报新闻的画面。

画面里，主持人用联盟通用语清晰播报："……据南十字大区前线最新消息，10 月 3 日，远征军驻地遭遇反叛军突然袭击，损伤惨重，这是继大溃败以来，远征军第二次……"

叶裴驻足，仰头望着屏幕，许久才评价了一句："还真的不争气啊！"

陆封寒眸光微凛，唇角一丝笑意也无："确实不争气。"

叶裴不知道怎么的，总觉得陆封寒说这句话时，明明语气没什么毛病，却让她后背有点凉。

按照指示地图到了一栋两层楼的建筑前，一行人进去，大厅中空无一人，只有一个服务机器人迎上来："请扫描。"

叶裴和蒙德里安原本都以为祈言会出示申请书或者通行证之类的东西，没想到祈言只是简简单单地扫了扫个人终端，服务机器人就出声："信息已验证。"

等从升降梯下到地下 7 层，叶裴都还没反应过来："我们这就进来了？"

祈言解释："我朋友申请了长期权限，可以在任意时刻申请使用'天光三号'，我找他借了权限。"

叶裴没有怀疑："原来是这样！你朋友肯定特别厉害，竟然有这里的长期权限，我们学校好像也只有教授级别的人才有长期权限，方便来处理数据。"

倒是陆封寒看了一眼祈言，心想，一般说的"我朋友"，那个"朋友"都是本人。

整个地下 7 层依然见不到人影，被引路指示灯带到一道金属门前，祈言依旧扫描个人终端，打开了门。

"天光三号"安装有 7 万多个光调器，单是组件就占了半间房。

叶裴忍不住感慨："据说要是我们现在玩儿的全息游戏用'天光三号'做承载，能让游戏里的世界跟现实世界毫无分别！"

"还是有差别的。"

叶裴好奇："祈言，你怎么知道？"

祈言别开视线："我猜的。"

新奇感过了之后，叶裴作为组长，开始分配任务，又大致算了算时间："我们在这里差不多要泡 30 个小时，营养剂我带了不少，时间再翻一倍都没问题，有需要就找我要。好了，开始干活！"

他们这一次的任务是要将一个大数据包分解、挖掘、整理，然后通过处理模型嵌入逻辑，形成正确的数据序列，目标是在将整个数据序列导入人工芯片后，能让携带这枚人工芯片的机器人解答相应的问题。

这是最基础的人工智能过程链，但这整套完整的操作内容一般是要到三年级才会接触，不过蒙德里安和叶裴都不觉得吃力，祈言也一样，正低头研究怎么升级处理模型。

陆封寒以前没接触过超光计算机，只听说过。

第一军校之所以在各方面都抠抠搜搜，穷得叮当响，连天气监控调节系统都买不起，主要就是因为第一军校早年花了大笔积蓄购入了超光计算机，用来搭建模拟战场。

陆地、海战、空战都还好，最难的是太空战。无数行星、星云、黑洞，不同的引力、宇宙风暴、陨石带……太空环境复杂，构建太难，只有超光计算机能撑住。

再加上后续维护的支出太大，导致第一军校常年都处于一种赤贫的状态，穷得想在校门口的河里钓几条鱼去卖了换星币。

陆封寒还记得他才上模拟实战课时，每个授课老师都会强调，这门课必须认真，因为模拟的是完全真实的太空战场，多熟悉一分，等以后真正遇上了要驾驶星舰保卫身后群星的情况，活命的概率才会多一分。

他在一旁的椅子坐下，不由得把以前上学的事回忆了一遍，却发现随着时间的推移，大多数都记不太清了，各种情绪也早已褪色——包括在学校里跟人打架打输时的不甘心，到前线后第一次直面战友死亡的难过，都被岁月一层一层掩去清晰的轮廓。

他莫名想起祈言曾经说过的，"遗忘是命运的馈赠"。

想来，确实是馈赠。

一旦专注于某件事，时间就会过得非常快。

陆封寒在星网上查了查，没有找到这次前线的具体战况，干脆让文森特给了他一份详细战况说明，自己在脑子里拉开一张星图做沙盘，开始解析这次战败的原因。虽然他一早就觉得，八九不离十，是代理指挥领着星舰给反叛军送人头，没什么好解析的。

祈言几个也都埋头做事。

其间，祈言还分心想了想"破军"的架构，有了点灵感，极为潦草地记了几笔。

在设备室里，时间的流速不清晰，四面都是金属墙，即使有朝外的窗口，也只连通地下。灯光亮着一直未曾熄灭，祈言除了觉得脖子有些酸疼外，完全不知道过去了多久。

陆封寒瞥见祈言的小动作，走近，把手搭在他后颈上捏揉了两下。

这时，操控屏突然弹出一个提示框，祈言看了眼，眉就皱了皱。

陆封寒垂眼问他："怎么了？"

"有人在入侵系统，触动了防火墙。"

蒙德里安和叶裴也听见了，两人都很惊讶。

"谁这么大胆子，竟然跑来跳 ISOC 总部的防火墙？不怕折了腿？"叶裴又疑惑，"祈言，你是怎么发现的？"

"我有在跑数据做项目时开后台监控的习惯，如果遇到非法入侵，就会收到提示。"祈言没有深讲，思忖片刻，还是绕进了总部大楼的内网。

他的权限等级很高，进内网不会触发安全警报。

蒙德里安和叶裴看不明白祈言键入的指令是什么意思，但大概知道和非法入侵有关。

叶裴好奇心重："祈言，现在情况怎么样了？"

"有人想侵入内网，关闭 ISOC 总部的防御系统。"

叶裴好一会儿才反应过来："防御系统？防止被炸弹攻击的防御拦截系统？"

祈言点点头："没错。"

叶裴睁大了眼，看向陆封寒，喃喃道："不是吧！反叛军真要来攻占勒托了？你是乌鸦嘴还是预言家？"

陆封寒手撑在桌沿，看了看满屏的复杂字符："攻占倒不一定，来一枚陆用光压弹的概率更高一点。"

心里却冷笑，前线刚吃了败仗，从都灵星往后退到了约克星，再次将七颗矿星拱手送到了反叛军手里。

再这么退下去，都快退到勒托了。

也不怪反叛军抓紧时机，想再来一轮轰炸，炸在勒托，顺便加深无数人本能的畏惧感。

陆封寒手指捻了捻，下意识地想去拿烟，最终强行镇静下情绪。

叶裴最接近战火的一次，还是之前在枫丹一号，她结巴了两句："那现在怎么办？会不会真的炸过来？不对，我们在地下，应该炸不到我们吧？"

"炸不到，ISOC 总部的安全中心有人驻守，防御系统轻易不会被关闭，他们现在已经反应过来了。"祈言想了想，活动了手指，借由对方留下的痕迹，反追对方的来处。

这一追就是整整一个小时。

叶裴和蒙德里安见祈言神情冷凝，手指输入指令的动作不带停顿，怕打扰到，不敢大声说话，只敢小声交流。

叶裴："为什么祈言能架构PVC93，能给R9-03模型加速，现在还能帮着ISOC总部的人打折入侵者的腿，我们却只能……围观？"

蒙德里安："其实你心里清楚答案。"

"唉，"叶裴幽幽叹了一口气，"不知道我的基因重组一次，能不能达到祈言的水准。"

与此同时，ISOC总部的安全中心里，刚结束了一场鏖战。

一个年轻人活动了一下手指："成了，对方不知道是几个人，跟老鼠似的狡猾，刚刚竟然连跳一千多个临时站点，差点就追丢了！这一看就是有备而来。"

"要真追丢了，紧接着到的可就不是来自星网的攻击了，说不定是连着10枚光压弹。前线一吃败仗，反叛军就要来搞事。"旁边一个典型日耳曼血统的女生也伸了个懒腰，"就是忙着追人去了，忘了把这几个'老鼠'的身份揪出来。"

刚刚说话的年轻人突然指了指屏幕："不是……有人帮我们把'老鼠'的身份揪出来了！"

两人齐齐看着屏幕上出现的一行行信息，其中写明了刚刚入侵的"老鼠"的具体坐标。

年轻人咋舌："有了坐标，还愁抓不到人？不过，这信息会不会是假的？"

"不会是假的，"金发碧眼的女生指向屏幕一角的塔形标志，"你看这里。"

年轻人微微抽气："是那边的人路过，顺手帮了忙？我们两个人今天运气爆表了。"

设备室里。

见祈言终于停下，开始活动手指，叶裴猜是没事了，也放下心休息。看看时间，她拿出营养剂，问祈言："我带了咖啡味的，你要不要？勉强还能当咖啡的代餐。"

陆封寒知道祈言嫌咖啡太苦，不爱喝，替他拒绝了："我们也带了。"

祈言刚才那一个小时累得慌，指节泛疼，不想开口，躲在陆封寒旁边犯懒。没一会儿，他又有点饿了，十分自觉地伸手从陆封寒的衣袋里拿营养剂。

看了两眼封口，祈言又扯扯陆封寒的衣角，等人低头看他了，就把营养剂递过去。

陆封寒两下撕开，递回给祈言，不由有些自我怀疑——他这么纵着，会不会导致祈言的生活自理能力朝负数发展？

虽然中间耽搁了1个多小时，但祈言的进度还是3个人里最快的。叶裴计划需要30个小时，祈言一半时间不到，就已经完成了大部分内容。

最后一步是要将他那部分数据序列导入人工芯片，这个过程只需要人在旁边守着，以防中途出现差错就行。

从设备室里出来，陆封寒问祈言："不等你那个数据导入完成？"

"不等，不会出错的。"祈言嫌桌面太硬，中间趴在陆封寒大腿上睡了一会儿，勉强缓了缓疲惫。

陆封寒见他脸上仍带倦色，提议："走走活动活动？"

不过设备中心的地下确实没什么好活动的，前后都是笔直的长廊，墙壁全由冷色金属做成，一丝缝隙也无。不看引路的指示灯，凭肉眼根本分辨不出设备室的门在哪里。

见陆封寒的视线落在墙面上，祈言告诉他："这样设计是为了让那些没有权限、用别的手段进来的人无法轻易找到目标设备室。"他又提起："这次跟图兰被袭击那次不一样。"

陆封寒听懂了祈言说的"不一样"指的是什么，"枫丹一号被袭击、洛朗勾结'螳蛉'这两件事后，不仅图兰内部从上到下查了一通，军方情搜人员也把几个重要地点的人员全筛了一遍，筛出了不少跟反叛军有勾连的暗桩，这里作为超光计算机设备中心，当然包含在内。

如果不是扎在这里的暗桩被拔了个干净，反叛军肯定不会大费周章地绕进内网，想关闭防御系统。"

祈言："而是会像图兰那次一样，让内部的人把防御系统关上，光压弹直接落到眼前，对吗？"

"没错。"陆封寒却看不出半点乐观，"最为复杂是人心，这一批暗桩清掉了，用不了半年，新的暗桩又会长出来。"

所以从来都没有所谓的余地，不是斩草除根，便是养虎为患。

祈言感觉到陆封寒这一刹那透出的凌厉气势："你好凶。"

陆封寒给听笑了。

他凶？除了第一次将人摁到墙上，把祈言的手腕掐出了一圈青紫外，他陆封寒连句重话都没对祈言说过！

陆封寒觉得整个中央区都装不下他的冤枉。

他又饶有兴致地问祈言："我这么凶，你怕不怕？"

"不怕，"祈言有恃无恐，"你又不凶我。"

陆封寒又听笑了，是是是，谁敢凶你？

他锐利的五官线条像是浓墨被水晕染，生生柔和了几度。

在迷宫一般的走廊里散了半小时步，祈言带着陆封寒往回走。

陆封寒问他："不用指示灯引路？"

"不用，我记得路。"

看了看周围一成不变、毫无标识的长廊，陆封寒对祈言的记忆水平又添了几分认知。

一阵脚步声传来，陆封寒习惯性地朝来人看过去，见对方是一个长相普通的中年男人，大众认知里的学者打扮，拿着一块记录板，从祈言和陆封寒旁边经过，还颇为礼貌地颔首致意。

等人消失在转角，祈言却停在了原地。

陆封寒收回视线，放低声音问："你也觉得有问题？"

祈言抬眼看他："追上去？"

这个决定很合陆封寒的意："走。"

或许是注意到跟上来的脚步声，中年男人转过身，礼貌询问："两位是有什么事吗？"

陆封寒张口就道："顺路。"

中年男人似乎有些怀疑："你们也是到地下 11 层？如果不是，那你们走错路了，这里只通往地下 11 层。"

这时，3 人已经到了升降梯前。中年男人出示了配置在手腕上的个人终端，随即看向祈言。

祈言扫描了个人终端，系统提示"通过"。

中年男人没再说什么，3 人站进了升降梯的轿厢里。

正当陆封寒在观察从哪一边发动攻击能一举将中年男人制住时，余光突然瞥见祈言往他的方向站了站，随后，在祈言将个人终端贴在金属壁上时，陆封寒发现金属壁突然往前凸出了一个长方形的格子。

祈言手伸进去，从里面拿出了一把枪，陆封寒挑了眉。

拿着枪，祈言又往陆封寒所在的位置挪了两步，下一秒，枪就落在了陆封寒手里。

伯洛克 17 型，还算顺手。

事实证明，祈言拿出伯洛克手枪的判断是正确的，就在升降梯停在地下 11 层的同一时刻，中年男人闪电般掏出一把折叠手枪，却在指向陆封寒的瞬间，被陆封寒重重一个横踢，卸下了武器。

"啪"的一声，折叠手枪砸落到了地上。

将枪口抵在中年男人的眉心，陆封寒唇角一点戾气，嗤笑："枪都握不稳，怎么，还想杀人？"

中年男人纹丝未动，看着陆封寒和祈言，刚想开口就被陆封寒打断："行了，如果是想说你是ISOC总部的人，见我们可疑才不得不拔枪应对这种废话就算了，没人信。"

这种借口陆封寒没听过一千次也有八百次，时常惊讶于人类思维的同一性。

一旁的祈言这才开口道："地下11层只安置有一台超光计算机'银河'，是现今联盟性能和算力最强的超光计算机之一。会用上'银河'的项目密级都很高，要求也很严格，其中一条就是，不允许在项目进行期间携带任意设备出入，包括记录板。"

中年男人这才明白，被识破的缘由竟然是手里用来伪装的记录板！

他极力掩饰所有细微的表情，只回答祈言的质疑："你们真的误会了，记录板是我习惯随身带着的，我一时粗心没注意，一会儿到了肯定会上缴处理掉。你们可以查看我的进出权限，放心，我也不会追究你们贸然袭击的责任。"

在联盟，科研人员的地位很高，能在地下11层出入的更是不凡，如果换成其他人，说不定会心有顾虑，陆封寒和祈言，一个从不会怀疑自己的判断，一个完全不存在顾虑，都只当听不见。

祈言不理中年男人的争辩，告诉陆封寒道："刚才触动防火墙警报的那场入侵应该是为掩人耳目，最终目的在于引开ISOC总部安全中心的注意力，趁机从内网获取进入地下11层的权限。所以，想关闭ISOC总部防御系统是假的，追踪时连跳1000多个临时站点也只是拖延手段，反叛军真正的目标，在地下11层。"

中年男人还想说什么，陆封寒却懒得听了，掀了中年男人的领子，看见后颈一块肤色比周围的要白两个度，他不再废话，直接把人打晕，又用随身带着的绷带反捆了中年男人的手。

等祈言由内网通知了ISOC总部安全中心的人，两人才回到了地下7层。

见祈言删完监控记录，陆封寒问："你刚刚说反叛军真正的目标是地下11层，那里正在进行什么项目？"

祈言没隐瞒："傅教授之前安排给我们的任务与星舰中控系统的扩展有关，现在我们的任务已经告一段落，按照常规进度，这个项目应该会进行第一阶段的模拟测试。中控系统量级非常大，在勒托，测试只有'银河'能完全支撑。"

"所以他们的目标又是军用星舰中控系统？"陆封寒冷笑，"真是贼心不死。"

祈言不提，他也就没把伯洛克17型还回去，又问："那把枪又是？"

"枪有很多把，只要有权限，就能从每一面墙的暗格里拿到。这些枪是用来应对危急情况、以备不时之需的。"

"所以枪上才装置了弹道矫正器？"

弹道矫正器对会用枪的人来说是累赘，但对没摸过枪的人却是提高瞄准率的辅助——基本能让新手从十枪打中一个人进化到七八枪就能打中一个。

"对。"祈言问："你是怎么发现的？"

"这个人拿着记录板时，露出来的虎口处有硬茧，通常只有拿枪的人才会有。在经过我们身边时，他整个人肌肉收紧，明显很紧张，凭经验就知道这人肯定有问题。再加上反叛军那边的人喜欢在后颈文他们的标徽，认为这样就会被神眷顾，进到联盟的地盘则会暂时洗掉，后颈的皮肤会白一块。"陆封寒说完正事，见祈言一直都绷着表情，忍不住笑道，"这是怎么了？谁惹你不高兴了？"

祈言扫了他一眼。

陆封寒没想明白自己是哪里惹了祈言："说说看？"

沉默几秒，祈言才开口："那是我的绷带。"

陆封寒一时怔住——这人这么小气的吗？

近10秒的失语，陆封寒才低声笑出来："对对对，是你的绷带，当时情况特殊，才不得已用上。"

祈言不说话。

陆封寒握了祈言的手臂，没用力，只让他看自己手腕附近用绷带绑着的蝴蝶结："看，你不还绑着的吗？"

祈言不理他，直接用个人终端刷开设备室的门，走了进去。

没过多久，所有在设备室的人都收到了关于安全排查的通知。想来是他们留在升降梯里的人已经被带走，安全中心的人正在排查还有没有人非法获取了出入权限。

既然已经开始动作，那就不关他的事了，陆封寒开始发愁到底应该怎么哄祈言，又不由自主地想，祈言到底为什么对绷带蝴蝶结这么……执着？

叶裴他们离结束还有十几个小时，祈言没有在设备室里等着的必要，打了招呼后就先离开了。

进去时是早上，出来却已经是第二天的凌晨了，双月缀在夜幕之中，陆封寒一边想着反叛军这么急着要拿到星舰中控系统是为了什么，一边又思考到底应该怎么把祈言哄好。

一心二用对他来说倒是不难，可是两个问题都不太能想出个结果，这就让人

172

有些烦躁了。

等回了家，祈言照例上楼洗澡，陆封寒坐到沙发上，思来想去，给文森特拨了通讯。

文森特语带谴责："指挥，这个时间点拨来通讯，会影响下属的夜生活的！"

陆封寒毫不留情面："你有夜生活？"

出生便单身至今的文森特狠狠一噎，又察觉到陆封寒心情似乎不太好，于是试探性地问："指挥，你因为缺少那方面的满足，内分泌紊乱了？"

陆封寒捏了捏眉心，想来是远征军被什么奇异的磁场笼罩，才给他招来了这么些不着调的下属。

他先提了ISOC总部内网被入侵的事，"不管是前线怀斯往技术部门安插人手、枫丹一号遭遇袭击，还是今天的事，反叛军的目标都在星舰中控系统上，他们很着急。"

文森特："说不定是想搞个什么大事，准备尽快拿到中控系统，好增加几分胜算？对了，这段时间反叛军那边正在加紧追踪黑榜第一的下落，据说被他们找到了好几个疑似 Y 的目标，不过最后都确认是找错了。"

听他提到 Y，陆封寒多聊了两句："这一次，Y 的信息'那边'没有跟军方通气，想来是担心军方守不住秘密，把 Y 的位置暴露出去。"

"我觉得挺好的，现在军方内部谁知道哪些是好人哪些是坏人？确保安全最重要，谁都不知道最好。"文森特很敏锐，"指挥，你大半夜地找我，只是想聊这个？"

陆封寒隔了几秒，问："如果你把一个人惹生气了，怎么办？"

"这个我知道！"文森特满怀信心地提议，"把人拉到训练场打一架！不管输赢，恩仇全消！"

陆封寒觉得自己问错了人，他又揉了揉眉心："算了，当我没问。"

文森特还想接着出主意，被陆封寒毫不犹豫地切断了通讯。

凌晨 3 点。

祈言卧室的门被轻轻推开，陆封寒悄无声息地走了进来。

窗外光线暗淡，陆封寒夜视能力不错，见祈言侧躺在床上，睡姿很规矩，半点看不出睡相不好的迹象。

陆封寒放轻了动作，先把祈言手上绑了不短时间的绷带取下来，那点红痕早就散干净了。

又拿出一卷新的绷带，按着之前的位置缠好，缠了左手臂，陆封寒盯着另一边，心里轻啧，最后还是对应着在右手臂同样的位置缠了几圈，绑上一个平平整整的蝴蝶结。

这应该会消气了吧？

祈言睡醒时，闭着眼哑声询问："现在几点？"

个人终端的电子音播报："现在是上午 10 点 41 分。"

隔了一会儿，祈言半张脸埋在枕头里，慢慢睁开眼。视线聚焦，右手臂临近手腕的位置多了一个系得平平整整的蝴蝶结。有一瞬间，祈言怀疑是自己记忆又出现了混淆，但再看左手，也有。

两只手都有？

祈言坐起身，他抬着手臂，左看一眼，右看一眼，眼底渐渐溢出细微的笑意。

外面正下着雨，淅沥声不绝，祈言穿了一件长袖衬衣，袖口遮至手腕，只露出绷带的边角。

把 A 套餐放上桌，陆封寒瞥了眼祈言，假装无事发生。

他一上午心绪都不怎么安定，又觉得自己是不是因为在勒托过于清闲，总有点太关注祈言了，干脆把晨练时间拉长，放空心思，多做了几组力量训练。

训练结束后，陆封寒冲了个澡，头发微潮，祈言见到后问道："A 套餐是不是快没了？"他握着勺子想了想，"我记得昨天去看时还有很多，但按照时间来算，应该没剩多少了。"

陆封寒纠正他道："你昨天没进过厨房，刚刚拿的时候我看了，还剩两份。"

"嗯，我也觉得是我记错了。"

这是祈言判断自己某一段记忆是否真实的方式之一——用逻辑推断和记忆内容做对比，看是否相符合。可这个方法不一定有用，比如这一次，他既不确定自己昨天是否去厨房看过，也不确定关于"购买时间"这个节点的记忆是否是真实的。

不过祈言尽量避免在这个问题上深究，因为除了给自己带来更深的混乱外，没有别的作用。

陆封寒从进第一军校开始，进食速度就没再降下来过，即使现在不在前线，他也没放缓速度。最大的对比就是，他已经停了筷子，祈言才吃了不到十勺。

视线在祈言捏着勺子的指尖扫过，陆封寒问得直接："不生气了？"

祈言摇头："不生气了。"

拿出在远征军指挥舰上开战略会议的严谨，陆封寒问祈言："你昨天为什么生气？"

他复盘过昨天他和祈言的对话，祈言只说"那是我的绷带"，这句话的重点到底在于"我的"，还是在于"绷带"？陆封寒觉得有必要确定具体原因，避免下次再出现同样的问题。

祈言很配合："我的绷带，不可以给别人用。"

这次陆封寒抓住了重点，他背往后靠，整个人都松散下来，嘴角噙着笑："懂了，你有洁癖。"

祈言没有否认。

陆封寒唇角扬了扬，对上那双清澈的眼睛，实在让人说不出一个"不"字来。

叶裴和蒙德里安还在 ISOC 的设备室，祈言也就没去图兰上课，在家继续研究"破军"的基础架构。

第二天在公共大课的教室见面时，叶裴和蒙德里安眼下的黑影都很深，说话也有气无力。

夏知扬见了，唏嘘又感慨："这大概就是我喜欢当学渣的原因吧，每学期低空飘过，不用被教授关注，也不用熬夜做项目！"

叶裴比了个手势："对，每次困得我要吐了的时候，我就特别想撒手什么都不管。"

夏知扬见叶裴轻飘飘的人都快倒了，赶紧贡献出自己的零食："你保重！"

叶裴没想到还有这等福利，连道两声谢，打开包装只闻了闻味儿就觉得自己又活过来了。

全息投影熄着，上课的老师还没来，蒙德里安和叶裴站在祈言桌边，叶裴先做了铺垫："我们这次进度比别的小组都快，傅教授给了我们一周的时间，我们两天就已经全部完成了，研究组的任务也还没分配下来，这就意味着我们有 5 天是空闲的！"

旁听的夏知扬又受到了冲击："明明每天课业那么重，课余时间没把上节课的内容弄明白，下节课就会听得一脸茫然。如此紧张的节奏到叶裴嘴里，变成了……空闲？"

大概，这就是人与人之间的不同吧！

昨天已经完善了"破军"基础架构的设计思路，剩下的事都能一心二用处理好，不用单独排出时间，于是祈言点头："对。"

蒙德里安接话："你知道'伦琴奖'吗？"

见祈言摇头，他解释道："'伦琴奖'是伦琴基金会设立的一个奖项，面向勒托所有一到四年级的学生。每年 9 月中下旬开始，10 月 10 日截止，评委会会从这期间收到的作品里评选出一个一等奖、两个二等奖和两个三等奖，分别有

50 万星币、40 万星币和 30 万星币的奖金。"

夏知扬看看蒙德里安，又看看叶裴："你们是准备竞争伦琴奖？"

叶裴抱着零食，说话稍微多了点力气："之前没想的，研究组的事太多了，空不出时间，所以我和蒙德里安都直接放弃了。但现在不一样了，我们有了 5 天的空闲，正好伦琴奖的截止时间也是 10 号，刚刚好！"

"意思是，你们之前根本就没筹备，现在准备 5 天搞定作品？"夏知扬转向祈言，"祈言，他们太不靠谱了！谁参加伦琴奖评选不是提前一两个月就开始准备的？5 天？怎么可能拼得过？"

叶裴严肃道："我们准备拿一等奖。"

夏知扬："做梦快一点！"

蒙德里安继续说服祈言："我们在昨晚等数据序列导入人工芯片的那段时间里，已经确定了选题。但伦琴奖要求最少 3 人、最多 5 人一起组队，有意向参加的人早已组好队了，我们人不够。"

叶裴目光灼灼："所以我们想到了你。"

蒙德里安怕祈言不同意："不只是选题，我们把架构也想好了，如果你确定加入，你只负责基本的数据方面就可以。到时候，拿到 50 万星币的奖金，我们平分。"

祈言的关注点却不在需要负责的内容和奖金："这个奖对你们很重要？"

叶裴咽下嘴里的零食，回答："分量差不多中稍偏上，我和蒙德里安毕业之后都准备走科研，如果以后我想进太空科研工作站，这类奖项当然是越多越好，可以增加履历的光鲜度和竞争力。"

理解了这个奖项的意义，祈言没有犹豫："我加入。"

这时，夏知扬朝祈言使眼色，让他往旁边看。祈言偏头，就看见江启正朝自己的位置走过来。

"哥……不是，祈言，你们也要争夺伦琴奖吗？"江启看了看旁边的叶裴和蒙德里安，"虽然快到截止时间了，但你们肯定没问题。"他又有些腼腆地提起，"我和几个同学也报了名，不过我是新生，入校才知道有这个奖，所以只准备了大半个月，有些仓促，可能很快就会被刷下来吧。"

叶裴刚刚用脑过度，脑子直，原本想鼓励两句"重在参与积累经验"，但总觉得，说不清是江启的表情还是语气，反正哪里怪怪的，干脆闭了嘴。

一番话说下来，没人搭理，江启却仿佛没被影响，又笑着朝祈言道："我相信你肯定可以拿奖的，等你的好消息！"

江启走后，夏知扬忍不住开口："我怎么老觉得江启想说的不是'你肯定可以拿奖'，而是'祝你们伦琴奖的边都摸不到'？"

叶裴回味片刻，赞成夏知扬的说法："实话实说，我也有这种感觉。"

这时，老师的全息投影出现在了讲台上，众人在各自的位置坐好。夏知扬拿出记录板准备记笔记，一边听课一边想，怎么总觉得自己忽略了什么？

上完下午的课，江启被司机送回家，进门便看见江云月一身淡蓝衣裙，正随花艺老师学插花。

江云月见江启明显有话要跟她说，便朝花艺老师温和地说道："今天的课程就到这里吧，我吩咐司机送您回去。"

花艺老师十分识趣，跟江云月简短寒暄两句就离开了。

替江启倒了一杯花茶，江云月朝他招手："这是怎么了？"

江启在沙发上坐下，喝了口茶，没品出什么滋味就放下了，有些忐忑地告诉江云月道："妈妈，我今天听见祈言说，他准备竞争伦琴奖。"

江云月手指保养得细腻，不紧不慢地给自己也添了半杯茶，悠悠开口："你不是说他不参加吗？"

"祈言偏僻地方来的，根本不知道伦琴奖，是有两个二年级的人，之前不想参加，现在又改了想法，却临时组不够人，所以拉祈言一起。"江启话里有些不屑，又问，"不过开学到现在，这个祈言表现出来的好像还挺厉害。妈妈，这一次的一等奖会不会被他拿到手里啊？"

"所以，你就是在为这个担心？"江云月笑起来，"江启，这只是小事。"

"妈，我知道，但我总是忍不住会想。"江启认真道，"不管怎么样，这个一等奖肯定不能让祈言拿到。他做的那个什么加速器，只在学校里出了出风头，爸爸不知道，可要是他拿了一等奖，爸爸肯定会注意到的！"

祈言的存在，一直令江启感到忌惮和恐惧。一方面是担心祈言将自己的秘密说出去，一方面又担心祈言再做出什么厉害的东西，在祈文绍面前露了脸。

江云月喝了口花茶，又执起花剪修剪花枝上的刺，嗓音温柔："不要担心，你忘记妈妈每年都会往伦琴基金会注入大笔的星币了？"

勒托上流社会的人，除了热衷慈善外，也经常资助各个基金会，祈家也一样。而祈家和慈善以及基金会相关的项目，一直都是江云月在代管。

"你啊，好好准备颁奖礼当天要发表的获奖感言，再挑挑那天要穿的礼服就行，其他的事，妈妈会做。"江云月将剔去所有尖刺的花枝放入瓶中，"妈妈作为长辈，有这个机会，当然要给他上一堂课，教一教他，在勒托，真才实学有时候并没有那么重要。若没个倚仗，随便谁都能给他使绊子，路会很难走的，他最终能依靠的，只有祈家。"

叶裴和蒙德里安效率都非常高，当天上完课在实验室集合时，叶裴就已经把任务安排表详详细细地写出来了。

祈言大致扫了一眼，5 天确实能完成，不过代价是叶裴和蒙德里安的睡眠时间被压缩到了每天 3 到 4 小时。至于祈言，他已经开始思考怎么给处理模型升升级，让自己能早点睡。

叶裴说起自己的构想时，眼里神采明亮："我和蒙德里安是从前两天做的那个任务里得到的灵感！要想形成正确的数据序列，让人工智能能够解读，就要嵌入逻辑链。现在常规的做法是，我们提前预设好不同的逻辑链，需要哪种就用哪种。但我和蒙德里安发现，这样的做法很烦琐。"

她打了个比方："数据就像放在盒子里的金属球，不同的逻辑链就像不同的磁棒，我用 A 磁棒探入盒子，会吸引到符合 A 类磁性的金属球；我再用 B 磁棒探入盒子，吸引符合 B 类磁性的金属球。等符合要求的金属球都吸上来了，我再整合它们，让它们形成正确的序列。"

祈言明白了她的意思："你和蒙德里安是想简化这个过程，只用一根磁棒，就能让所有金属球形成正确序列。"

这就是蒙德里安很喜欢和祈言讨论想法的原因，在祈言眼里，似乎没有什么是不可能的。于是，蒙德里安接道："没错，这样可以将整个过程所需要的时间缩短，不过我和叶裴只有初步构想。"

"差不多也就能把需要的磁棒数量从 10 根减少到 7 根的样子。"叶裴比了个"7"，笑道："大概搞科研的快乐就在这里吧，每次进步一丁点，我就可以开心很久！"

祈言正在看叶裴做的安排表，提问："第三嵌入你们用的是？"

叶裴飞快回答："GPD 联结！"

祈言："可以改用海杜普联结。"

"我想过，但第一阶段就调和不了，我果断放弃了。"叶裴记下来，"那我一会儿再试试看！"

因为只有 5 天时间，祈言、叶裴和蒙德里安都没再去上课，傅教授知道现阶段的课程对他们意义有限，随他们自己安排了。

研究组的人基本都还陷在傅教授布置的任务里，整个实验室几乎成了祈言他们几人的领地。叶裴和蒙德里安嫌回家浪费时间，直接睡在了实验室，充饥全靠营养剂，只有祈言照常回家。

伦琴奖截止前的半小时，叶裴终于将整个作品成功上传，蒙德里安写好架构思路，也一并成功提交。

叶裴趴倒在桌面上："不行了我要死了，我这几天睡了几个小时？20个小时有没有？蒙德里安，你算算？蒙德里安？"

祈言放低声音："他睡着了。"

叶裴直起身，偏头一看，蒙德里安趴在桌上，竟然真的睡熟了。

"这是什么超光速的睡眠速度？"叶裴也有点扛不住，撑着最后一点精神问祈言："你一会儿回家吗？"

祈言点头回应道："对。"

叶裴闭上眼，随便挥了挥手，嘴唇动了动却没发出声音，再看，已经睡过去了。

正是凌晨，学校里见不到人，陆封寒离祈言半步远，想起秒睡的叶裴和蒙德里安："你们做科研的是不是都是熬夜大师？"

祈言回忆了一下自己认识的那些人，得出结论："大部分是的。"

陆封寒好奇："你呢，你熬得最狠的一次熬了多久？"

祈言回道："3年前，我做的一个东西到了最后阶段，所以开始分时间段睡觉。"

"分时间段？"

"嗯，每连续工作12个小时，睡3小时，持续了27天。不过结束之后病了一场，在治疗舱里躺了大半个星期。"

陆封寒说不清心里是个什么感觉："为什么这么急？"

"因为做出来的那个东西早一点完成投入使用，就能避免很多人的死亡。"祈言觉得很划算，"我只是少睡一点觉而已。"

"不怕猝死？"

祈言提醒他："有治疗舱。"

想起祈言放在卧室里的 VI 型治疗舱，陆封寒沉默。原来，这是用途之一？

第二天，傅教授点评完每个小组提交的任务成果后，多问了两句关于叶裴他们参与伦琴奖的事。

叶裴睡了一觉，已经成功回血，比比画画地把具体构思跟傅教授讲了一遍。

傅教授欣慰颔首："很不错，无论是想法还是做法都值得夸奖。"

叶裴声音小了点，眨眨眼："教授，您觉得我们能拿奖吗？"

傅教授没直接回答，反而卖关子道："这就要看你们是想要哪个等级的奖了。"

听出了言下之意，叶裴笑容深了点，毫不谦虚："我们想要的当然是伦琴的一等奖！"又有些忐忑，"教授，您估计……可能性大吗？"

这次傅教授没有再卖关子："按照往年的水平，如果这次没有跑出黑马，一等奖应该是你们的。"看看叶裴眼下的阴影，"行了行了，安下心，再好好睡两觉，眼眶黑得都不能看了。"

等傅教授走了，叶裴用金属笔杆杵了杵桌面："明明之前都没想参赛，但现在我的获胜欲竟然起来了。"

蒙德里安："竭尽全力后，都会想拿到一个好的成绩。"

叶裴笑出声来："对，你为我的获胜欲给出了一个完美的解释！"她随手翻了翻图兰的交流区，"这次伦琴奖我们学校不少人都参加了，咦，一年级都有两个？我一年级的时候，高年级的嫌我没什么用还占用一个名额，不愿意带我玩。"

陆封寒听到这里："一年级参加的人都是由高年级的带？"

"没错，一年级入学才多久，一两个月？除了自学成才的，别的连基础都只摸了摸皮毛，根本拿不出东西，更别说角逐伦琴奖了。所以参加的多半都是加入更高年级的队伍。"叶裴想起来，"那个江启应该也是加入的高年级的队伍，就是不知道怎么让人家答应他进队的，毕竟真拿了奖，江启也占一份。"

陆封寒留了心。

伦琴奖的评选在一个星期后有了结果。

最先公布的是三等奖，两个获奖队伍都出自图兰四年级。

聚在实验室里，叶裴开玩笑："以前还有人说，伦琴奖就是图兰内部大比拼，每年五个名额，基本都能被图兰承包。"

两分钟后，二等奖获奖名单公布，叶裴忙不迭地收回刚刚的话："你们都当我没说过！"

二等奖的获奖队伍，一个来自河对岸的第一军校，一个来自离勒托不远的一颗行星上的学校，叶裴只听过名字，应该是异军突起的黑马选手。

最让叶裴惊讶的在于："不是，今年怎么回事？怎么河对面也来参加了？他们以往不是都不屑于参加这类比赛的吗？"

陆封寒朝第一军校的方向望了一眼，心想，以往不屑可能是不知道奖金这么高，今年可能是知道了。

一等奖是最后公布。

叶裴把肩膀处搭着的长发在手指上绕了一圈又一圈，虽然傅教授说他们应该能拿第一，可那是在没有意外的前提下。结果没出来，心终究放不下。

又过了一分钟，一等奖的信息被公示出来。叶裴看清后，先皱了皱眉，很快又笑着轻松道："白开心了，不是我们。"

虽然是有拿第一的获胜欲，但没拿到也不是不能接受，叶裴还开玩笑："竟然真的被傅教授说准了，这才是真的黑马队伍！这一队一共五个人，两个四年级，两个三年级，还有一个是——"她顿了一下，"一年级的江启。"

离开实验室回家，祈言站在校门口等悬浮车过来，听见有一个陌生女声叫他的名字："祈言。"

祈言看过去。

陆封寒倒是一眼就把人认了出来——祈家那场庆祝会上跟江启一唱一和，想污蔑祈言偷窃的祈家女主人。

他眼神微厉，有些防备。

江云月理了理鬓发："没想到这么巧，在这里遇到了。"

见祈言没理会，江云月的笑容一丝不改："江启拿了伦琴奖的第一，我特意过来接他去餐厅庆祝，他爸爸心急，现在都已经到了。对了，听说你好像也参加了？肯定拿了奖吧？先恭喜了。"

陆封寒站在祈言身侧，意味不明："结果公布不到半小时，你就已经到了图兰，看来你的消息非常灵通。"

江云月说得谦和："在勒托有些人脉，所以消息知道得稍微早一点。"

应该不止"稍微早一点"吧。

陆封寒下意识地看了看祈言。

江云月姿态优雅，又笑着跟祈言说话："你回勒托这么久，还没回家里吃过饭，哪天有空就回来一趟。或者，要是遇到什么困难，就回来，家里自然都会帮你解决。"

祈言一双内勾外翘的眼带出几分漫不经心的冷，只了句："不劳费心。"

第十章

颁奖典礼

伦琴奖为伦琴基金会于 30 年前设立的奖项，意在提升联盟科研人才储备、鼓励青年科学人才不断创新。每年评选结束后，获奖名单会在官网上公示 4 天，有任何质疑，皆可向伦琴奖评委会发函询问，以示公正。

颁奖典礼则会在公示结束后举行。

奖项公示的第二天，祈言到实验室到得很早，蒙德里安还没来，叶裴正一圈一圈转金属笔出神。

见祈言进来后接连看了自己好几回，叶裴玩笑道："虽然教授布置的任务加上准备伦琴奖让我连续熬了一个多星期的夜，但应该没有变丑吧？"

闻言，祈言仔细打量叶裴，棕色长发束成高马尾，发梢自然打了个小卷，眼睛是浅棕色，笑起来时，两边的酒窝很明显。他摇头："跟之前长得一样。"

"请在句末加上'好看'两个字，谢谢。"叶裴从旁边拉过一把椅子，让祈言坐下，"你是担心我会沮丧难过一蹶不振？"

祈言回答得非常直接："对。"

"怎么可能？区区一个伦琴奖，怎么可能让我一蹶不振？"叶裴瞪大眼，"勒托作为首都星，这类型的奖项不算太多，但也不少。我和蒙德里安之所以挑了伦琴奖，只是因为同等水平里，伦琴奖的含金量排在第五，难度不算特别高，也足够丰富一下履历。"她刻意扩大笑容，"所以你不用担心我，没拿到伦琴奖，我下次好好准备准备，拿个别的奖就行。"

祈言指指叶裴眼下的黑影："你昨晚没睡好。"

叶裴脸上的笑容一滞，整个人往桌上趴："怎么这都被你看出来了？就不能是黑眼圈还没散完？"

"不会，你今天的黑眼圈比昨天的重，是昨晚睡眠不足造成的。"

"行吧，你记忆力也太好了。"叶裴没再装出满不在乎的模样，"一等奖没拿到不说，三等奖的边也没摸到，其实我是有点沮丧。倒不是说伤心什么的，我还没这么脆弱，我只是有些怀疑自己的能力。"

祈言问她："为什么？"

"你肯定明白的吧？我跟蒙德里安一样，从小到大都是别人眼中的天才，因为脑子很聪明，有时会觉得自己好像做什么都很容易。比如考出好成绩，进图兰，被邀请进研究组，反正只要努力，都没什么困难的。像伦琴奖，明明只有5天就截止了，我和蒙德里安却觉得没什么问题，5天时间，我们依然能拿一等奖！"

祈言想了想，他虽然知道自己是聪明的，但或许是因为从小到大，身边的人都是某个领域的顶尖人物，也没有同龄人做对比，所以他的心理似乎跟叶裴不太一样。

叶裴开口道："然而现实却证明，我好像太急了，事实就是，伦琴奖的边我都没摸到！"

祈言不解："为什么太急了？拿到一等奖，确实只需要5天。"

叶裴张张嘴，没发出声音，几秒后大笑道："祈言，什么情况？你现在不是应该说，'对，你确实太急功近利了，没拿到奖，就是你为自己的高傲付出的代价'吗？"

祈言坚持："没有急功近利，也没有高傲，确实只需要5天。"

"哈哈哈，这句话被别人听见，肯定气死！人和人果然是不同的，我为什么要找你谈这个问题！对了，我刚说到哪里了？"叶裴撑着下巴，又叹气，"我昨晚没怎么睡着，一直在反思我的心态，反思架构过程中是不是出了什么问题……"

"架构没有问题。"祈言见叶裴抬眼看过来，又强调，"我确定，架构没有问题。"

"不可能，"叶裴摇头，高高绑起的马尾也跟着轻晃，"肯定是架构出了问题，我昨晚回家，仔细看过公示出来的作品，第一名还行，就架构水平上来说，跟我们差不多。第二名里，河对面那所学校的作品也有东西，但另一个就比我们差一截。第三名的两个更不用说了。不是我自视太高，而是我们的作品确实应该拿二等奖，一等奖也有一争之力。"她又重新趴到桌面，"所以肯定是架构出了问题才落选的！"

祈言没有再重复强调，转而问："那你找到具体哪里出问题了吗？"

"就是没找到我才发愁啊，"叶裴抓了抓头发，"可能……已经超出了我的能力范围？"

陆封寒一直在旁听，知道叶裴这是陷入了自我怀疑。觉得作品没问题，但没有拿奖，肯定就是作品出了问题，可是自己找不到问题所在，那只会是自己能力不够。再想到昨天江云月在图兰门口说的话，陆封寒眼底泛起一丝冷嘲。

而图兰内网的交流区里，伦琴奖的话题度也很高。

"5 个队伍，图兰占了 3 个，果然是内部大比拼！不过第一名真是黑马，四年级和三年级的那几个名声好像都不太显，快毕业了也没能进研究组？"

"进不进研究组怎么了？不进研究组，还不是照样拿第一？盲吹研究组厉害的，睁眼看看二年级的队伍，一队三个人全是研究组成员，还不是什么都没捞到！真想去采访采访被一年级的新生碾压是什么感觉。"

"这个必须说，蒙德里安他们那一队也就花了 5 天准备，情况不一样，上面拿这个来踩研究组的人徒有虚名的，大可不必。"

"你们还真信 5 天能做出伦琴奖级别的东西？要我说，祈言那一队是不是眼看着三等奖都没拿到，面子上过不去，才借口说只准备了 5 天？之前吹祈言天才的名头吹得太响，一遇上正规奖项就暴露出真实水平了。"

江启刷了刷交流区的内容，心情很不错。

沙珂正在恭喜他："你不知道这次你拿一等奖惊掉了多少人的下巴！我们年级一共就两个人参加，另一个一点水花都没有！"

江启话说得很谦虚："我也是运气好加入了这个队伍，才侥幸拿了奖。"

"你就别谦虚了，你要是不厉害，能被三四年级的前辈邀请吗？要我说，教授过不了两天，就会来问你有没有意向进一年级的研究组了！"

"应该不会吧，我水平还差不少。"话是这么说，江启心里却觉得这是十拿九稳的事，伦琴一等奖的分量，足够作为进研究组的敲门砖。

祈言能进，他自然也能进。

再想到昨天晚餐上爸爸的夸奖，他一直悬在心上的石头终于落下去了。他妈妈说的是正确的，一味受祈言的要挟，只会让自己陷入被动。必须给祈言好好上一课，让祈言知道，只有在他面前服软，才能在勒托顺顺利利地生活下去。

果然是偏僻地方来的，没见识，太过天真了。以为一个秘密就能当砝码，却不知道在勒托，只要他们一句话，就可以让他寸步难行。

这一次，就是最好的证明。

沙珂想起："对了，你那个哥哥是不是也参加了？"

"对，不过哥哥应该很难过吧，这次没拿到奖。"

"你哥之前不是那么厉害吗？"

"我也不是很清楚，可能是他才到勒托，以前没参加过这种规格的比赛，有些怯场吧。"江启微笑，"我相信他下次肯定可以拿奖的。"

沙珂心里不屑，却看在江启的面上没说什么："就你天天努力给祈言保全面子。"又问起，"对了，你颁奖礼当天要穿的衣服选好没？"

江启摇摇头："还没有，我妈大惊小怪的，太重视了，总觉得挑出来的衣服都不好看。没办法，只好找裁缝临时给我做一套，就是手工剪裁太耗时了。"

"你怕赶不上？"沙珂手搭上江启的肩，"放心放心，离颁奖礼还有几天，肯定可以赶上！"

实验室里，蒙德里安来得很晚，他明显也没睡好，告诉叶裴："我也没找到具体是哪里出了问题。"

叶裴愁得头发都要掉了："现在得不得奖都不重要了，我就想知道架构到底是哪里出了问题！"

第二阶段的任务傅教授已经安排下来，依然跟星舰中控系统的扩展运用有关。祈言做完今天的任务后，没急着走，在位置上多等了一会儿。

陆封寒见他坐着开始发呆，扫了一眼集中不了注意力的叶裴和蒙德里安，想：娇气包性子冷冷清清，也只是看起来而已。

跟祈言想的一样，蒙德里安和叶裴今天的效率明显非常低，直到实验室的人都走完了，他们才关上光计算机。

叶裴先看见陆封寒，一怔，再转头望向祈言的座位："你怎么还没走？"

平时祈言都是最先走的那一个。

她很快又反应过来："不用担心我，我就是容易钻牛角尖，哪里出了问题，我就非要找出来解决不可。"

祈言开口："如果架构确实没有问题呢？"

叶裴摆摆手："逻辑说不通，如果确实没问题，我们不可能三等奖都拿不到。"

蒙德里安却想到了一点别的，问祈言："你的意思是？"

祈言没有回答，而是没头没尾地说道："我一直认为，从事科学研究的人，在了解宇宙之大、人类个体之渺小后，必须懂得畏惧。但同时也必须保持自负，如果没有完备的驳斥依据，那么，就要认定自己得到的成果绝对是正确的。"

叶裴若有所思。

她这段时间一直处于自我怀疑的情绪里，甚至这种怀疑干扰了她的效率，就连在做研究组的任务时，每完成一段数据的挖掘后，她都会反复检查很多遍，害怕会出错。如果没有查出错漏，又会担心是不是自己能力不够，检查不出来。

听了祈言的话，她蓦地意识到，这件事对她的影响比她想象的要大，已经干扰了她潜意识里对自己的肯定。

不断反复怀疑自己，对一个科研工作者来说，是致命的。

叶裴抛掉"架构有问题"的想法，认真讨论："如果我们的架构没问题，那会是什么原因造成了现在这样的情况？"

蒙德里安调出伦琴奖公示的页面："想不出来，我们可以问。"

在联系了伦琴基金会和伦琴奖评委会后，都只得到了"有结果我们会立刻通知您"的回复。

切断通讯，三个人都没准备走。

叶裴恢复了精神："对啊，我就是天才，我5天没日没夜做出来的东西，就是能拿伦琴一等奖！等以后我进了科研站，做出来无数厉害的东西，先搞几个申请专利，拿到钱保证基本生活，别的全都像Y神一样申请开源！等那时候，黑榜第二就是我叶裴！"

蒙德里安凉凉地看向她："真是抱歉，黑榜第二已经被我预订了。"

两人互瞪一眼，各自偏开了头。

等待的时间不长，不到一个小时，就收到了伦琴方面的反馈。

"你说没收到我们的作品？"叶裴一时没稳住音量，她手指在桌面飞快地敲了好几下，"不可能，在截止时间前半小时，我们提交了作品和报告，担心出意外，我还特意检查过，确定提交成功了的。"

"时间不对？这位先生，您是缺少常识吗？全联盟所有光计算机都会自动校准勒托时间，难道我还能是在反叛军的地盘上点击的提交，所以有时差？"

通讯结束，叶裴气不打一处来："伦琴那边说没收到我们提交的作品，所以我们根本就没在评选行列内！"

蒙德里安确定："我们成功提交了的。"

祈言也记得很清楚："显示提交成功时，页面上显示的时间23点32分17秒。"

叶裴手指快速敲在桌面上："那就奇了怪了，我们提交了，伦琴那边却说没收到，所以才不在评选行列内。这种情况，要不是系统出了问题，要不就是……"

蒙德里安开口道："人为制造出了问题。"

叶裴将视线放到了祈言身上。

蒙德里安慢了两秒，也看向祈言。

祈言指指自己："需要我做什么吗？"

叶裴期待地问："祈言，你既然能在ISOC内网被入侵的时候，帮着安全中心打折入侵者的腿，那你能不能进到伦琴基金会的内网查一查，看能不能验证验证我们的第一种猜测？"

祈言想了想："没问题。"

叶裴跟蒙德里安对视了一眼——他们这是抱上了什么大腿？

不过5分钟，祈言就从伦琴基金会的内网找到了答案："我们提交成功后，伦琴基金会也收到了，但在第二天上午10点，我们提交的作品被删除了。"

叶裴手指绕着头发："能看见删除的人是谁吗？"

"删除的人拥有管理员权限，"祈言输入一串指令，绕进伦琴基金会办公区的监控系统，找到了与进行删除操作同一时间的录像画面，截取。

叶裴看着画面里的人："这个人我知道，伦琴基金会的常务理事，伦琴官方页面上，他的照片在前排。"她皱眉，眼神微厉，"所以是伦琴基金会的常务理事把我们提交的作品删除了，却又在我们去询问时，指责是我们没有提交？呵，还真是倒打一耙，把责任推得干干净净。"

蒙德里安看着录像画面："你们觉得，他们为什么要删掉我们的作品？"

"我们挡路了，"叶裴不傻，只是之前一直对伦琴奖抱有信任，她分析，"大家都不是瞎子，高低优劣是看得出来的。如果我们进入了评选行列，那不给我们第一也要给我们第二，否则，他们标榜的公平公正就是笑话。所以最好的办法，就是直接把我们提交的作品删掉，神不知鬼不觉的。"

如果不是祈言让他们要"自负"，或许这件事就会这么无风无浪地过去了。

蒙德里安回忆："我们看过获奖作品，水平都没问题。"

叶裴又发愁了："也是，确实都没什么问题。"

一直旁观的陆封寒插话："难道不是都没问题才是最大的问题？"

叶裴转过头："什么意思？"

"既然背后的人目标明确地把你们一脚踢走，说明你们会得到的奖，就是他们想拿到的，所以，暂时可以确定是一等奖的一个队伍和二等奖的两个队伍。"陆封寒见两人点头，继续道，"其次，为什么背后的人坚信只要把你们踢走，他们就会得一等奖或者二等奖？连傅教授在推测时都只不确定地说，在没有黑马的情况下，你们会拿第一。"

见蒙德里安面露思索，陆封寒继续道："因为背后的人确定他们提交的作品一定能够得奖，且作品的水平不会被质疑。"他点到即止，"踢走竞争对手，确定拿奖，保证不被质疑，背后这个人很谨慎。"

叶裴猛地抬头："所以……"

10月21号晚上，勒托的天空还没黑透。

丽舍音乐大厅里，江启身穿修身剪裁的黑色西服，正被江云月带着跟人招呼寒暄。

江云月披着一条手工织就的素色披肩，款式简洁的连衣裙将她的身形修饰得婀娜有致，有种优渥环境与岁月积淀促成的韵味。

招呼打完，江云月带着江启往会场里面走，一边道："你看，该是你的，从来都会是你的。不管是伦琴一等奖还是祈家。"

江启努力藏起眼中的兴奋，但因为年纪不大，对情绪的掌控还不到火候，依然一眼就能看出来。

江云月也不责备他，只温声道："按照妈妈说的做，不会错吧？"

"当然不会错！"江启扶着江云月的手臂，高兴地道，"爸爸不在勒托，但答应送给我的礼物已经到家里了。"他又问起，"妈妈，那跟我一队的那几个人要怎么处理？"

江云月撩起眼皮，又适时地教江启："这次拿到的奖金，你一分不要，本来也没有多少钱，都给他们分了，让他们记你的好。"

江启没说话。

江云月不问都知道："你是不是想直接把人送离勒托，或者干脆送出中央行政区？"

江启不答，默默点了头。

"你啊，"江云月很有耐心，详细说给他听，"他们答应跟我们合作，不是想以后进祈家的产业工作就是想求个门路、有个好的未来，所以肯定不会把这次的事说出去，你好好笼络着，说不定以后还是个助力。真送出去了，还可能会怨上你，闹出些麻烦来，有得烦。这种人，必须要握在自己手心里才安稳。"

听完，江启觉得自己想得确实太狭隘了，连忙表示自己记住了，又问："妈妈，这次之后，祈言真的会服软，回家里吃饭吗？"

"你说呢？"江云月说话的语速不紧不慢，"这次之后，他自然就知道，不管什么时候，手里有权力、背后有倚仗才是好的。独木难支，风一吹便倒。人都为自己，他不傻，当然知道怎么做对自己最有利。"

她想，林稚的儿子又如何？如今还不是被她的儿子踩在脚底。

江启嘴角是藏不住的笑："等他回来了，我可以让他给我倒水吗？"

看祈言那样的人给自己端茶倒水，表情隐忍，肯定很有意思。

"真是小孩子心性，"江云月笑着叮嘱，"一次两次可以，别被你爸爸看见了就行。"

江启乖乖点头："知道了！"

晚上 7 点，颁奖典礼正式开始。

全息影像将穹顶装饰一新，伦琴基金会常务理事致辞后，伦琴奖评委会代表上台，开始介绍获奖者以及获奖成果。

江启听见自己的名字出现在评委会代表口中，随即传进了现场所有人的耳朵里。他想，这就是站在荣誉之上的感觉吧？所有人都称赞他，认可他，对他笑脸相迎，赞许有加。

江启有些紧张地理了理衣领，露出笑容，在心里默背了一遍江云月找人替他写好的获奖感言。

从三等奖开始，获奖者一个接着一个上台领奖，掌声响起了一次又一次。终于，评委会代表介绍完获得一等奖的作品后，现场掌声雷动，江启吁了口气，和同队的人一起走上了颁奖台。

一个头发花白的老人将伦琴奖的奖杯一一递到了他们手里。

在全场所有人安静的注视下，江启捧着奖杯，站到了颁奖台中央，代表整个队伍发表获奖感言。

"各位晚上好，感谢大家……"

就在这时，有人在台下朝他做了一个"中止"的手势。

江启停下话，和同队的人对视一眼，都不明白发生了什么事。

会场中也渐渐响起了低低的交谈声。

半分钟后，观众席一侧的门打开，一个身材高挑的中年女人走了进来，江启随着众人的目光看过去，脸上的笑容不由一僵——跟在那个女人身后的，是祈言、叶裴，以及蒙德里安。

他们来这里干什么？

江启眼皮一跳，又保持着笑容，安慰自己，来了也只能直面惨败的局面，有什么用？况且，他们是不是不知道这里到底是什么场合？穿着太过随意，果然上不得台面。他朝江云月所在的方向看了一眼，反复告诉自己，不需要害怕。

走在最前面的中年女人站上颁奖台，个人终端接入扬声系统，将她说话的音量扩大到每个人都能听见。

"各位夜安，我是学术仲裁委员会仲裁委员伊伦·约里奥，由于事态特殊，我不得不中断颁奖礼的进行。"伊伦看向手握奖杯的 5 个人，又望向台下的祈言 3 人，"图兰学院二年级的三位学生，叶裴、祈言、蒙德里安，向仲裁委员会申请学术质询，对质方为本次伦琴奖一等奖获得者。仲裁委员会已通过申请。"

会场在安静数秒后，一片哗然。

鉴于联盟对科学研究的重视程度以及对学术造假等的严厉惩处，学术仲裁委员会应势而生，它的职权范围包括处理学术争端等等内容。而现在，伊伦表示委员会已经通过了学术质询的申请，这就意味着，这次一等奖获得者很大可能存在什么问题。

江云月嘴角依然带着笑，笑意却进不到眼里。而台上的江启，更是后背已经出了一层冷汗。

学术仲裁委员会？祈言怎么敢？！

与此同时，伊伦退到旁边，祈言、叶裴以及蒙德里安站上了颁奖台。

上台前，叶裴还低声道："这个颁奖典礼是在星网直播的吧？那全联盟的人都能看到我的黑眼圈和粗糙的皮肤，这势必是我这辈子的黑历史！"

为了找寻证据，验证猜测，3个人又从18号开始，没日没夜地熬到了今天下午。一确定证据就飞快赶往学术仲裁委员会，申请通过后，再紧赶慢赶地来到了颁奖现场。

好歹是赶上了。

踏上颁奖台，个人终端接入扬声系统后，叶裴一句废话也没有："我们认为你们提交的作品涉嫌学术造假。"

跟江启同队的四年级学生斯坦利冷笑："质疑他人学术造假，若是拿不出确切的证据，是会被控侵犯名誉权的。你先想清楚，掂量掂量轻重再说。"

叶裴觉得自己熬夜已经快要熬死了，但就算真的猝死，也要在死之前扒下这群人的厚脸皮。

站在中间的祈言开了口，直入正题："你们提交的作品，架构核心为并行计算和实时处理。第一个问题，请问负责PAPO的内置公式，为什么设定了三个固定量？"

斯坦利讥笑："你们知道什么是学术质询吗？还是以为学术质询只是简简单单的过家家？这个问题太简单了，PAPO的内置公式会设定三个固定量，是因为如果将其中两个固定量改为随机引入量，会造成矩阵混乱。"

祈言半点不理会他言语中的讥讽，问出第二个问题："两个随机引入量为什么会造成矩阵混乱？"

斯坦利有些不耐烦："有完没完？当三个量都是固定量时，可以保证任务矩阵中每个小任务计算量一致，当计算量一致的小任务比例高于百分之九十五，实际加速则会超过20倍提速。"他答完，故意问，"你现在读二年级吧？要不要前辈教教你什么叫任务矩阵？"

江启也跟着其他人一起笑起来。

祈言神情不变，在几人的笑声中接着问："第三个问题，设定的第二固定量，SE=81.927，怎么算出来的？"

江启笑容仍挂在嘴角，却在斯坦利的沉默里逐渐淡了下来。

斯坦利没有答上来。

祈言看向江启："提交的报告中，标明了是你负责数据部分，请问，设定的第二固定量 SE=81.927，是怎么算出来的？"

江启根本不知道祈言说的是什么！

提交的作品内容对他来说太难，他连从头到尾看一遍都做不到，因为根本看不明白。他之所以毫不担心，是因为这个作品的实际架构人将所有的内容都详详细细地讲解过，且保证斯坦利他们是将每一个细节都掌握明白了的。

他不懂为什么斯坦利会在这里掉链子。

台下已经有人在交流着什么，伊伦更是从头到尾神色严肃，目光如芒。

这一刻，江启心跳如擂鼓，一声声砸在耳膜上，连呼吸都有了憋闷感。他恍惚看见，在场所有人的目光都刺向了他，每个人都在心里嘲笑他！

没有得到回答，祈言继续提问："第四个问题，设定的第三固定量，PE=0.7691，是怎么算出来的？"

斯坦利的冷汗沿着鬓角流了下来。

这根本就不是他算的，他怎么知道原架构者为什么会设定这个数字？而且，明明提交成果之后，只要等着拿奖就行，谁会深究这个数字究竟是怎么算出来的？

随着斯坦利的沉默，会场的交谈声逐渐变大，甚至到了需要评委会代表要求"安静"的程度。

祈言既不见傲慢，也不见嘲讽，他神情如最初般平静："第五个问题，并行计算下，完成了计算的任务矩阵在等待其余未完成计算的任务矩阵，因此，最终的计算速度取决于最后完成计算的任务矩阵，对吗？"

斯坦利手指发抖，干涩道："是。"

祈言继续道："那么，"斯坦利猛地握紧拳头，甚至对祈言接下来的话产生了恐惧，"请问，此时，你们引入了阿普尔顿公式作为处理基准？"

斯坦利大脑已经处于极度紧张的状态，他隐约记得，是听过阿普尔顿公式这个名词，于是艰难点头："是的。"

祈言开口道："这里为什么使用阿普尔顿公式而不是使用赫尔曼公式作为处理基准？"

"赫尔曼公式？"斯坦利额头布满了细密的冷汗，他连续重复"赫尔曼公式"

这个陌生的词汇，最后发怒一般咬牙道，"我根本就不知道什么赫尔曼公式！"

祈言语气平淡地指出："不知道吗？可是，阿普尔顿公式的别名，就是赫尔曼公式。"

斯坦利表情滞住。

江启出声："你这是语言陷阱！不知道公式的别名并不能说明什么！"

祈言："那请你们中的任意一个人解释一下，此处为何引入阿普尔顿公式作为处理基准？"

鸦雀无声。

一分钟后，祈言再次开口："我询问的 PAPO 内置公式设定的三个固定量以及阿普尔顿公式的引入，是你们提交的作品的架构核心点，但你们都无法回答相关提问。"他朝向伊伦，"您好，我认为，本次学术质询已经没有再进行下去的必要。"

伊伦难得怔愣，近 10 秒才反应过来。实在是过程……太过迅速了。

以她自入职至今、处理上千起学术争端的经验来看，进行当场对质，确定此次伦琴奖一等奖获得者为学术造假，是非常困难的一件事。但是她没想到，不，或者说绝大多数人都没有想到，祈言只用了 5 个问题，就将被藏起来的真相公之于众。

作为作品的架构者，不可能回答不出与架构核心相关的问题。如果只是一个问题，可以归咎于其他，但连续几个问题都无法解答，只能说明站在颁奖台上的 5 个人完全没有参与作品的架构。

伊伦开口："本次学术质询……"

"等等！"江启突然开口打断了伊伦的话。他紧紧握着手里的奖杯，努力忽视观众席上投来的各色目光，朝向伊伦，"我有话要说。"

伊伦做了个"请"的手势。

江启非常清楚，一旦他学术造假的罪名成立，那从此以后，不仅是图兰，包括勒托所有的学校，都不会再有他的立足之地。他的未来也会彻底完蛋，他这辈子都挣不脱这个骂名。

明明一切都才刚刚开始，他被带回了祈家，他才成年，他已经进了图兰，以后他无论做什么都会顺风顺水一片光明，他还会接手祈家所有的事业……

他必须阻止即将发生的事！

江启露出最为得体的笑容，显得谦和有礼："您好，我是图兰学院一年级的学生江启，入学至今，只有不到一个半月的时间。"

叶裴听到这里，皱眉小声说："他是想表达什么？"

"我承认，我出于虚荣心，找到了由图兰三年级和四年级的4个前辈组成的参赛队伍，表达了自己想要加入的意愿。但因为我才一年级，基本什么都不懂、什么忙也帮不上，他们拒绝了我。"

说到这里，江启表情赧然，"但我实在是太想参加、太想让家人和朋友夸奖我了，所以我提出，只要让我加入，我可以支付一定的报酬，他们同意了。"

与江启一起站在台上的斯坦利已经意识到江启的目的，脸色变得难看。

一年级学生加入参赛队伍，明眼人一看，都知道是去混履历。大部分都是家境不错，想给自己镀镀金的，这样的情况在勒托并不少见，不提倡，却也被默许。

与学术造假相比，把自己说成一个虚荣、以钱开路的富家子弟，后者几乎不痛不痒！甚至日后开玩笑时，还能说两句"差点因为识人不清着了道"。

"在加入队伍、且确定如果获奖，我就会出现在获奖名单上之后，我就再也没有参与过作品的架构，这也是为什么提问我回答不出来的原因。"江启目露羞愧，又有些无措，"我只是太虚荣、太急了，我……我完全没想到会遇到这样的事情，学术是崇高的，是容忍不了一丝一毫的造假的！"

与此同时，星网直播伦琴奖颁奖典礼的页面上，群情激愤中，也出现了不一样的声音。

"虽然花钱给履历镀金这种事不太赞同，但对于勒托的富家子弟来说，好像是常规操作？这个一年级的有点惨，明显也没想到自己花了钱，竟然买砸了！"

"18岁啊，确实是虚荣好面子的年纪，不过还是知道学术容不得造假。"

"希望他吃个教训吧！以后还是自己好好学习。"

江启最后说道："但不管怎么样，我依然会为我自己做的事负责。"

说完，深深鞠了一躬。

斯坦利心里止不住地冷笑。这么三言两语，就想轻轻松松脱身而去？他们被判定学术造假，江启却只是单纯被连累而已？那么，不出一个月，等事情过去了，江启依然可以回图兰上学。可他们呢？江启已经脱身而去，他们自然会被彻底视作弃子。

斯坦利望向观众席里江云月的方向，不用猜都知道，那个女人必然一脸警告地望着他们，让他们保全江启，否则，必定会被报复。可是，学术造假成立，他们未来是不可能在勒托甚至在中央行政区待下去了。

斯坦利跟旁边的人对视两眼，在伊伦询问"请问江启阐述的情况是否属实"的时候，他扫了一眼江启不惊不怖的模样，开口："当然不是。"

江启猛地转过头，眼里是藏不住的难以置信。

斯坦利回以恶劣的笑，几下就抖搂了所有事情："我和我的三个队友原本准备了另一个作品，水平中等偏上，没指望拿奖。开学半个月吧，江启找到我们谈合作，开出的条件很诱人，并且保证我们可以拿伦琴一等奖，万无一失。我们商量后就答应了。之后，有人把架构好的作品给了我们，对，就是被评为一等奖的那个，那个人还从头到尾给我们讲了一遍，让我们记住，以防有人询问作品相关的问题。"

他看向祈言："那两个固定量根本不是我算的，我当然不知道怎么回事了。还有什么阿普尔顿、赫尔曼公式，我听都没听过。"

江启一时间不知道该怎么反应，只能僵硬反驳："你污蔑！"

"污蔑？"斯坦利讽刺，"我一个开普勒大区来的学生，家境普普通通，没权没势，怎么敢污蔑你？哦，大家应该很疑惑吧，为什么江启这么确定一定能拿一等奖还万无一失？因为江启的妈妈，江云月女士，每年都给伦琴基金会注入大笔的星币，这可是原话。"

满场哗然，星网直播的页面，评论都空白了一瞬。

斯坦利破罐子破摔，又看向叶裴："对了，知不知道为什么你们没拿奖？因为在你们作品提交成功的第二天，就被伦琴基金会的人删掉了。"

江启发着抖，但他知道这件事他不能认下："你没有证据……"

"真是抱歉，证据我还真有。"斯坦利看完江启骤变的表情，从个人终端里调出一段录音。

先是一个语速缓慢的女声："这是小事，我不会让那几个人的作品出现在评选行列，安心等着，一等奖只会是你们的。"

接着是斯坦利自己的声音："可是……"

女声慢悠悠地反问："怎么？不放心？"

录音非常短，像是仓促间录下的，到了这时，斯坦利反而没了顾忌："这是我怕江启和他妈妈反悔不兑现承诺，找机会悄悄录下来的，有备无患嘛。各位大可以拿去进行声纹对比，看是不是江云月女士的声音！"

现场的人跟星网看直播的差不多都是一样的反应。

"这个事件发展超出了我的想象……刚刚江启声情并茂的一番演说，全是想洗白自己的假话？我窒息了。"

"这算不算狗咬狗？"

"我就想知道真相到底是怎么回事！不仅学术造假，内定第一，还利用权力删掉别人提交的作品？谁给他们的权力？"

现今信息传播本就极为迅速，不过5分钟，星网上便沸沸扬扬，伦琴奖评委会不得不中途暂停，表示将会在严谨的商讨后，给出一个明确的答复。

其间，江启一直站在颁奖台上，手中的奖杯已经被工作人员收回。

每一秒，都仿佛凌迟。

他在想，他应该怎么做才能翻盘？他怎么能败在这里？怎么可以被祈言踩在脚下？

可现实却是，他什么都做不了。

斯坦利反而没再开口，跟另外3个人站在一起，等最后的结果。

伊伦代表学术仲裁委员会亲自监督商讨过程，并找人以最快的速度恢复了祈言3人被删除的作品数据。

半小时后，伦琴奖评委会的商讨有了结果。

商讨决定，收回颁发给江启等5人的奖项及奖杯，终身禁止江启等5人参与伦琴奖评选。同时，评委会在反复审核后，重新评定祈言等3人的作品为本届伦琴奖一等奖。

评委会代表的话音刚落，祈言便代表3人开口："抱歉，我们自愿放弃伦琴奖。"

现场一静，所有人的目光都集中在了这3个人身上。

陆封寒站在会场的角落里，望向如青竹般坚定的祈言。他想，这是临时做下的决定，又是完全意料之中的决定。

明明日常生活里，祈言娇气又迷糊，可他内心却极为笃定，原则分明。而他的底线之一，便是科研与学术，不，应该说是真理。

陆封寒常年混迹于硝烟与鲜血组成的前线，少有闲暇去了解和思考一些似乎离他很远的东西。但这一刻，他突然明白，古往今来，为什么会有那么多人用一辈子的时间去算一个公式的答案，去验证一个猜想成立与否。为什么在科技大毁灭后，依然有那么多科研工作者无畏地加入"科技复兴计划"，终其一生。为什么明明反叛军的刀锋无处不在，黑榜就立在每个人心里，却依然有那么多人无畏生死。

颁奖台上，在祈言说出放弃伦琴奖后，叶裴双眼明亮："我们不认为一个会将我们提交成功的作品随意删除，会在我们询问时，毫不严谨地给出'你们没有按时提交作品，所以不在我们评选行列'的敷衍反馈的组织，会对学术抱有多大的尊重。"

蒙德里安接着道："同样，我们也不认可一切将'学术'作为垫脚石、敲门砖，作为敛财工具，作为提高自己社会地位与声望的行为。学术应该是纯粹的，学术也是无数人夜以继日、殚精竭虑的持之以恒，是无数人穷尽一生、不求回报追逐的真理，是脚下的大地，也是头顶的星空。"

蒙德里安站得笔直："我们不接受一等奖。"

全场肃静。

这时，有4个年轻人走上颁奖台，相比书卷气，他们身上兵戈之气更加明显。

他们将手里握着的奖杯还了回去，其中一个身形瘦削的男生笑道："我们是第一军校的学生，虽然能拿奖很高兴，奖金也很高，但……就当是我们不配吧。"

接着，又一个队伍走上颁奖台。

黑色短发的年轻女孩站在队伍前，脊背挺直，开口："我们是沃兹星伯格森学院的学生，伯格森学院没什么名气，很小，全校只有几千人，这次侥幸拿到二等奖，我们大概会被写进校史里。"她抬抬肩膀，语气洒脱，"现在将奖杯尽数归还，理由……也当我们不配吧。"

"我们是图兰学院的学生，"第三个和第四个队伍走上颁奖台，其中一人面朝观众席，"图兰学院校史陈列馆前，有一块伫立了两百年的石碑，上面刻着一行字，'荣耀归于真理'。"

他目光清朗，字句清晰："我们追逐荣耀，更追逐真理！"

伊伦深深地看着眼前的这些年轻人。

我们追逐荣耀，更追逐真理。

从他们身上，她依稀窥见到了联盟的未来。

第十一章

星舰爆炸

当天晚上，星网出现了无数以"我们追逐荣耀，更追逐真理"为标题的新闻，报道关于此次伦琴奖颁奖风波与学术造假的新闻。

而在伦琴奖颁奖典礼结束后不久，图兰学院发布官方公告，开除江启、斯坦利等5人学籍，终生不再录取。又有多家评委会通告，无限期禁止江启等5人参加学术评选。

"当时正在看直播！现在在通过全息模式看图兰学院校史陈列馆前面那块石碑！立这块碑的人原话是，'此处之荣耀，尽归于真理'！太热血了！我想考图兰！请问事情的后续出来了吗？"

"你要哪个后续？该开除的被开除了，按照联盟法律，相关人员还会被追究刑事责任！另外，伦琴奖评委会连夜开会也没用，不止学术仲裁委员会，全网都在查他们，大家都怀疑他们不止这一次造假，可能以前也有过，否则不可能这么熟练！"

"后续之一，被薅了一等奖那个队伍提交的作品的真正架构人被找出来了，据说收了300万星币！已经被终身剥夺科研资格！"

"伦琴基金会常务理事因为亲手删了祈言他们提交的作品，被革除了职位，那个江启的妈妈江云月也没了基金会的成员资格，大快人心！"

"后续！伦琴奖明年是办不了了，资格已经被撤除了！以上全员被追究刑事责任！"

"这大概也是后续之一？第一军校内网交流区里，正在集体反思，为什么联盟败家子的人都这么会说，他们扔奖杯的时候，怎么就只憋出了不到10个字！"

从丽舍音乐大厅离开，对于这件事在网上造成了多大的风波，祈言他们几人都没心思再关注。叶裴和蒙德里安各自倒进来接自己的悬浮车里，闭着眼朝祈言和陆封寒挥挥手，没两秒就睡了过去。

黑色悬浮车停到身前，两人坐上车，陆封寒手搭上操纵杆，见祈言没睡觉，便开口道："要是饿了记得告诉我，营养剂我带了。"

从 18 号开始，祈言和叶裴、蒙德里安 3 个人将获奖队伍提交的作品全都从头到尾仔细推演了一遍。在将注意力集中到江启那支队伍的作品后，祈言找到了斯坦利几个人从入学以来所有可以查到的论文和相关资料，全部看完后，十分严谨地得出结论——架构作品中涉及的几个核心点，根本不在斯坦利几个人掌握的知识范围内。

祈言还临时做了一个检索工具，通过一等奖作品中透露出的惯用逻辑、架构习惯等信息进行搜索和对比排除，最后圈定了这个作品真正的架构人。

这其中，已经不只是为了他们的作品被恶意删除、没有拿到伦琴一等奖，而是为了学术公正。

为了这 4 个字，祈言三四天里，每天只睡 4 个小时，一口食物没吃，全靠营养剂撑着。到今天，因为累得太狠，连营养剂都没咽下去。

陆封寒没劝，每个人都有自己不可触及的底线以及坚决捍卫的原则。

祈言慢了几秒："饿了。"

陆封寒轻笑，拿出橘子味的营养剂，将封口撕开，递到祈言嘴边。

祈言没精神，松松含着。

陆封寒耐心好，等他小口小口地喝完，才把空了的包装放到一边，还手很欠地顺手戳了一下祈言的脸颊。

祈言只半瞥了他一眼，没有理会。

等悬浮车在家门口停下，陆封寒偏头，便见祈言已经睡着了，陆封寒这才下车绕过车头，停在门边，等车门向两侧滑开后，他俯下身，小心松开座位的安全防护。确定祈言没有醒来的迹象，这才将祈言的手臂搭在自己的后背上，把人背了起来。

悬浮车的车门在身后缓缓合拢，陆封寒背着人，转头看了看睡着的祈言，无奈地想：又瘦了。

祈家。

江云月坐在沙发上，身上还穿着昂贵的定制礼服，鬓角却有些凌乱，神情也不似往常般平和。

江启从到家之后一直在出神，他低头紧盯自己的掌心，手指动了动，自言自语一般："我明明已经把奖杯握在手里了。"他像是看见了虚幻的场景，话也说得轻飘飘的，"我拿着奖杯站在颁奖台上，我说完了获奖感言，所有人都注视着我，他们都觉得我很厉害，我……"

"江启！"

猛地被喝止，江启笑容中断，在脸上凝固为一个颇为僵硬的神情。

江云月毫不客气地打断江启的臆想，见自己的儿子呆呆看过来，又心软了说道："江启，没关系，以后还有别的机会，你是祈家的儿子，是祈家的继承人，不仅是奖杯，就算是将祈言踩在脚下，也不是什么困难的事！"

江启盯着江云月，脸上突然露出几分恐惧："不可能了，不可能了！"

他回想起他站在颁奖台上，祈言投过来的冰冷目光，像刀一样锐利，刮得他生疼。

"提交的报告中，标明了是你负责数据部分，请问，设定的第二固定量 SE=81.927，是怎么算出来的？"

这个问题像魔咒一般，让他刹那间又回到了颁奖台上，被所有人鄙视、讥讽的目光包围，却什么也做不了。他搭在大腿上的手不受控制地痉挛起来："第二固定量……我不知道什么是第二固定量！为什么是 81.927？我不知道，我真的不知道，不要问我……不要问我！"

江云月皱了眉。她没想到，不过一次颁奖典礼、几个问题，就把江启吓怕了，甚至再生不出跟祈言一争的心思。她江云月的儿子，怎么这般无用？

"勒托每天无数事情发生，风头很快就能过去，你要忍得住。等你能说一不二了，谁还在意学术造假这样的小事？"

"小事？我被图兰开除了，星网上所有人都在骂我，所有人都说我恶心。"江启惶恐道，"联盟法律对学术造假惩罚很重，我还会被监禁！"他像是想到了什么，"妈妈，你明明说只要按照你说的做，绝对不会有事的！"

江云月难以置信："你是在怪我？"

"难道不怪你吗？我全是听了你的话！"

江云月铁青着一张脸："我都是为了谁？我把你从普通居民区里带出来，让你摇身一变成了祈家的少爷，让你在勒托上流社会站稳了脚跟！让你风风光光！你现在，怪我？"

"为了我？难道不是为了你自己吗？我不过是你笼络祈文绍的手段，不过是你嫁进祈家的筹码！你让我跟祈言争，不过是为了吐出被林稚压着的那口恶气！你让我讨好祈文绍，让我好好学习进图兰，全都是在为你自己打算！"江启说到这里，心里痛快，对，一切都是他妈妈造成的！于是愈加口不择言，"如果没有我，你以为你可以稳坐祈家夫人的位置？你不过是一个不择手段上位的……"

在江启将最后那个词说出来之前，江云月狠狠一巴掌打到了江启的脸上。她面无表情地想：成事不足败事有余，这个儿子已经废了。

这时，大门打开来，祈文绍穿着深灰色长款风衣，脚步匆匆地走了进来。

青着脸的江云月眼泪瞬间便落了下来，打了江启的手更是紧握成拳。

这一次，祈文绍却仿佛没有看见江云月的眼泪，他离江云月两三步远，"你们学术造假的证据齐全，等逮捕令下来，警察就会上门。"

江云月泪眼看向祈文绍，嘴唇动了动，却发不出声音来。

祈文绍有些不耐烦，压着火气："是想哭给谁看？我才走几天，你们母子两个就给我弄出了这么大一摊事情！是觉得祈家的面子被败坏得还不够吗？"

江云月收了眼泪，哽咽道："事情不是那样的，你知道，林稚那么聪明，祈言完全遗传了她。他不想再看见我和江启，所以才故意针对我们！"

跟祈文绍相处二十几年，江云月完全知道祈文绍的心病在哪里。为什么明明她只是中人之姿，有点小聪明，却依然得祈文绍宠爱？不过是因为林稚太漂亮了，也太聪明了。

祈文绍最开始确实一见钟情，迷恋林稚的美貌以及林稚带给他的不可捉摸感。他看不懂林稚，万分想要去了解林稚。然而，他逐渐发现天才和普通人之间存在着不可逾越的鸿沟，他无法理解林稚追逐的目标，无法理解林稚随口提到的那些定理、实验。跟林稚站在一起，他的自尊心坍塌成泥，涌起了极度的自卑感。

所以，江云月才有了机会接近祈文绍，成全了他的自尊心。

她还记得祈言两岁时就已经完全显露出超越平常人的智商和逻辑能力，江启只比祈言小3个月，长相、智力却很普通，学什么都很慢，她很担心。可一段时间后她发现，祈文绍厌恶祈言，更喜欢江启，因为祈言跟她妈妈一样，让祈文绍感到了自卑和恐惧。甚至在交谈时，祈文绍会称呼祈言为"小怪物"。

她一边讥笑于这个男人脆弱的自尊心，一边以此为突破口，一步步坐稳了现在的位置。

听完江云月说的话，祈文绍见满脸是泪的江云月和表情慌乱的江启都望着自己，仿佛自己便是他们唯一的依靠和主心骨，心里的怒气散了不少。他又不是不清楚江云月和江启只有点小聪明，一遇到事就六神无主。

祈文绍声音缓下来："这次事情闹得大，等警察上门，你们先配合。按照联盟法律，监禁时间至少9个月以上，不过我会找最好的律师，再交大笔的罚金就是了。"

江启想说什么，被江云月一个眼神制止。

祈文绍又道："等你们解除监禁出来，江启，图兰学院你是没办法上了，勒托也先不要待，另找个学校。云月，你手上管着的基金会和慈善项目也都先放开，跟江启一起离开，避避风头。"

江云月心慌，她如果真的离开了勒托，等再回来时，祈夫人这个位置还会是她的吗？但她知道，现在她和江启能倚仗的只有祈文绍，于是温顺地道："我知道的，我们都听你的安排。"说着，眼眶又红了。

祈文绍安慰她："只要没跟军方扯上关系，事情就很好解决。一个伦琴奖而已，放心，我很快就会接你们出来的。"

江云月含泪点头："我们等着你。"

谁也不知道她心里想的是什么。

第二天，《勒托日报》头版就刊登了江云月和江启被警察从祈家带走的现场画面，一时间，星网关于伦琴奖的讨论热度又添了不少。

而《勒托日报》这一期的头版头条，是纯黑加粗的两句话。

一句话是："聂怀霆，你穷兵黩武！"

另一句是："克里莫，你鼠目寸光！"

前一位是太空军总司令、现中央军团军团长、联盟四星上将聂怀霆。后一位，是联合作战司令部司令，同样是联盟四星上将的伍德罗·克里莫。

聂怀霆是标准主战派，鹰派标志性人物，曾在就职演说上掷地有声地表示，必将倾尽全力，在任期之内，解决反叛军这一心头大患，为联盟群星而战。

克里莫则是主和理念的拥趸，鸽派代表，认为反叛军与联盟同出一源，曾公开表示，两方虽因科技大毁灭之顽疾，走向不同方向，但若有朝一日，反叛军愿重回联盟版图，仍是手足同胞。

两人不和已久，时常公开呛声，但因远征军长驻南十字大区前线，近十年一直压着反叛军打，战功卓著，远征军总指挥陆封寒又是聂怀霆的嫡系，导致聂怀霆一直压克里莫一头。

至少在《勒托日报》头版头条公开互呛的情况，以前是绝不会有的，更别说公然指责聂怀霆"穷兵黩武"。

见陆封寒对着头版一直没往下翻，祈言咬着面包，问他："你在看什么？"

"远征军10月3号那场二次溃败造成的影响已经表现出来了。"陆封寒抬眼见祈言脸颊鼓起来一块，面包片上被咬出了一道圆弧，原本肃冷的神情霎时柔和下来，觉得这模样的祈言有点像仓鼠，又觉得全联盟肯定没有这么好看的仓鼠。

祈言咽下食物，看完今天的头版，接上陆封寒的话："因为前线接连溃败，远征军已经退到了约克星，所以聂怀霆将军话语权旁落，主和派上位？"

"不止，"陆封寒捻了捻手指，"反叛军接二连三搞突然袭击、狙杀黑榜名单给普通民众造成的恐惧，更是催化剂。"他语气低沉："当所有人都感到害怕和畏惧时，战与不战、主战主和，都失去了意义。说到底，军方是联盟的一把刀，而刀柄，握在所有联盟公民的手里。"

"不战而屈人之兵？"祈言道，"还没到那个时候。"

"确实，但苗头已经出现了，"陆封寒话里听不出喜怒，"克里莫说聂怀霆好战、不重视人命，他还真敢说，老而不死脸皮厚。军方现今在联盟之所以地位特殊，同级的军政人员，军方的人实际至少会高半级，像蒙格那样的上校出现在祈家的庆祝会，也会得到众人的殷勤吹捧，就是因为前线战火一直存在。"

他毫不避讳地说着联合作战司令部司令的坏话："克里莫是尝到了甜头，想要军方一直将超然的地位维持下去，不想失去这种绝高的特权，所以生怕哪天反叛军被灭干净了，联盟再没仗可打。"

看着头版上"穷兵黩武"几个字，陆封寒冷哼："他可巴不得远征军再吃两次败仗，跟反叛军在前线多对峙个几十年更好。"

祈言想了想："这样不好。"

"谁都知道不好，一次小规模的战斗，就要死多少人？大概在克里莫眼里，每次报上去的牺牲名单和战损都是数字而已。"陆封寒讽意愈加明显，"克里莫真上了位，说联盟跟反叛军明天就签停战协议，顺便把整个南十字大区划给反叛军我都相信。"

祈言察觉到了陆封寒的烦躁和压抑。他计算了一下"破军"的进度，安抚陆封寒："我会努力的。"

努力早一点把"破军"做出来。

陆封寒被他认真允诺的神态逗笑了："你努力什么？"他屈着手指，指节碰了碰祈言的脸，"你啊，先好好努力吃饭，重一点。"

吃过早饭，祈言带着陆封寒去学校，刚进教室就听见了蒙德里安的声音，他说："是无数人夜以继日、殚精竭虑的持之以恒……"

夏知扬见祈言进来，兴奋道："我刚刚还在听你说自愿放弃伦琴奖，下一秒你就出现在我面前了！"

祈言走到自己的位置坐下："你们在看昨天的颁奖？"

"对，伦琴奖颁奖典礼不是直播吗？我当时没看，现在只能找视频来看了，不过这个播放量真是绝了，比芙吉琳娜演唱会现场的播放量都高！"夏知扬兴奋感叹，"你们太帅了！"

祈言想到后来的几个队伍，借用了夏知扬的形容词："嗯，他们都很帅。"

"'此处之荣耀，尽归于真理！'我才知道校史陈列馆门口的石碑上写的是这句话！"夏知扬与有荣焉，又感慨，"不过图兰太大了，这都上学第二年了，我从来没逛到校史陈列馆那边去过，所以不知道那里立着块石碑这件事，真不能怪我。"

祈言想，他也一样，他从入学以来，就教室、实验室两点一线，有空时会去一下图书馆。

夏知扬一张娃娃脸满是笑容，眉飞色舞："对了对了，我刚刚就想说，江启和他妈被警方带走的场面，大快人心！我整个人从头顶到脚底都畅快了！而且真是不懂，干什么非要去造假？学渣又怎么样？不偷不抢，努力毕业不好吗？"说完，夏知扬又朝祈言飞了个眼色，"我其实最想问的是，你刚刚在来教室的路上，有没有什么插曲？"

祈言仔细跟回忆作对比："没有，只是，今天路上的人多了。"

夏知扬捂着心口："不争气啊不争气，我来学校来得早，听见好几拨人商量要拦着你向你告白，竟然一个都没说出口？"

祈言还没回答，陆封寒先开了口："告白？"

语气有些不善。

"对啊，其实不少人早就瞄准祈言了，只是祈言看起来冷淡又不好接近，都只敢远远看着。这次颁奖礼，祈言又圈了一大波好感，于是原本远远看着那批人惊觉竞争又大了，就计划着先告白再说！"

陆封寒语气是自己都没意识到的警惕："你们联盟败家子的学生都这么闲？"

"话不能这么说，我们学校男女比例挺均衡的，而且因爱情而结合，有利于人类的繁衍！"夏知扬又对比，"当然，河对面的学校，男女比例严重失衡，全校都是一起上战场的兄弟，就不纳入讨论范围了。"

陆封寒回忆完，原来路上遇见的那些来来回回总挡路的，全是想跟祈言告白的？最近的都只敢停在三步开外，吞吞吐吐半个字说不出来。

就这还想告白？

呵，可笑至极。

夏知扬摸摸耳朵上扣着的金属环，苦想："哎，祈言，会不会是因为他一直跟在你旁边，所以别人都不敢凑近？"

"他"指的自然是陆封寒。

陆封寒想，这是让祈言不要带着他，给那些不知道是些什么的人制造接近的机会?

眸色微沉,陆封寒往椅背一靠,开口:"我签的合约上可是写的任意时间,任意地点,保护我的雇主人身安全。"他望向祈言,"对吗?"

祈言点点头:"对,他保护我。"

听了这句,陆封寒心里的烦躁感好歹是褪了一点。他暗想,看来以后要注意着,可不能让雇主被人骗了。

上完课到实验室,叶裴和蒙德里安正在讨论什么,见祈言进门,叶裴挥手:"祈言快来快来!"

很明显,好好睡过一觉之后,两个人看起来至少都不再是时刻濒临猝死的状态了。

祈言走近问道:"怎么了?"

蒙德里安问:"晚上要不要一起去庆祝?"

叶裴精神满满:"成功破坏敌方阴谋后,未来科研工作者们的庆功宴!"她数给祈言听,"我、蒙德里安,还有伦琴二等奖两支队伍的人,伯格森学院一个,第一军校一个,你去不去?"

祈言没答,而是先看向陆封寒。

叶裴和蒙德里安都疑惑于祈言这一举动的含义,陆封寒却有几分明白——因为有第一军校的人参加,所以来询问自己的意见?不认为自己是想多了,陆封寒又觉得有意思,明明是个小迷糊,知道的事情却似乎不少。

陆封寒在祈言的注视下挑起眼尾:"我跟着,你想去哪里都可以。"

他想,祈言愿意的话,确实可以多跟朋友们出去玩儿,天天不是闷在学校就是闷在家里,闷得不开心了怎么办。

一旁的叶裴恍然大悟,原来祈言是在询问保镖的意见,能不能去、是否安全。脑补了不少惊险的剧情后,叶裴觉得自己的邀请是不是有些莽撞了。

而祈言听完陆封寒的话,点了头:"我也去。"

聚会的地方定在天穹之钻广场附近的一家餐厅,几人要了一间包厢,坐在椅子上,仰头就能看见穹顶用全息投影布置出的一整片璀璨星河。

伯格森学院的女生叫铂蓝,就是领着队伍上台归还奖杯的黑色短发女生,她正在抒发观后感:"天穹之钻广场排在'勒托必去排行榜'前三是有道理的!喷泉表演很美,听说每天的剧目都不一样,我离开勒托前一定会再去看一次!就是游吟诗人太多了,我从喷泉走到这里,遇见了五六个正在发表演说的游吟诗人。"

叶裴依旧束着高马尾,笑道:"天穹之钻广场的游吟诗人含量日常超标,总是让我担心那些游吟诗人的言论会把旁边雕像群的雕像气活过来。比如站在陆钧将军的雕像旁宣扬放弃战争，跟反叛军握手言和。"

陆封寒听见"陆钧"这个名字，给祈言倒水的动作有半秒的停滞。他垂眼，散漫地想，陆钧应该够欣慰了，死了快 20 年，依然有人记得他。

死得不亏。

话题换了两轮，铂蓝聊起自己的小队架构参赛作品的事，"我们学院从来没有竞争伦琴奖的经历，等跟我的队友一起准备到后期时，发现时间算来算去怎么都赶不及了，当时就想，放弃吧。"

叶裴听得认真："然后呢？"

"后来我偶然发现用 Y 神以前开源的一个模型替换掉我们原本用的基础模型，那一部分需要的时间立刻就从 6 天减到了 2 天，我们这才惊险赶上了，在截止前一天提交了作品！"

陆封寒对铂蓝提到的什么基础模型之类的不太懂，但他知道"开源"是怎么回事。他单纯想起在决定将 PVC93 开源时，祈言曾说过自己的想法——他希望开源后，让所有需要的人都能用上这个模型，能为极少数的人节约一点时间也是好的。

陆封寒曾无数次听过 Y 的名字，可从来没见过 Y 本人，更不知道 Y 的年龄、长相和经历。但他想，像 Y，像祈言，或许出发点都是相似的。

兼济天下。

铂蓝说道："我听说你们队 3 个人 5 天就把作品架构出来了？你们到底是怎么做到的？"

叶裴想起那几天都还心有余悸："差不多吧，临时决定要参加，熬夜熬得我快猝死了！"

蒙德里安指指自己眼下的青影："不知道多久才会散。"

第一军校的人叫夏加尔，身材瘦削，不算壮硕，露出的半条手臂肌肉却紧实匀称。他正埋头吃餐前小食，闻言抬头："真的用的 5 天？河对岸的，你们都是什么怪物？"

叶裴趁机提出自己的疑问："你们才是怎么回事，往年不是从来不参加伦琴奖的吗？今年怎么突然参加了？"

夏加尔想，以前都训练去了，谁知道伦琴奖的奖金这么高？一等奖 50 万星币！那可是 50 万啊！要是以前就知道，还轮得到你们联盟第一败家子耀武扬威承包好几年？

他幽幽叹气，觉得往年的奖金就像倒进校门口那条河里的水，眨眼就被冲走了！心好痛！

但这些话必然不能说，特别是不能跟河对面的说，不然面子往哪里放？于是他半真半假地回答："我四年级，快毕业了，模拟战术课什么的分数全拿满了，在学校没事做，只好参加参加。"

陆封寒撩起眼皮，打量夏加尔。

四年级上半学期就已经把模拟战术课的分都拿满了，勉强还行，身体素质看起来也还不错，脑子拎得清楚——思绪停住，陆封寒自嘲，人都没在前线，还操着远征军总指挥的心。

倒是夏加尔，敏锐地察觉到一股凌厉的视线，迅速望过去，又没发现有人在看他。

难道是错觉？

不过，他又不由得多看了眼坐在祈言旁边的男人。这个男人进门时就让他下意识地提起了戒备，完全出于本能反应。不过对方的视线只淡淡扫过他，半点没放眼里。

夏加尔松了一口气，又莫名有点失落，这种情绪说不清由来，大概是，这个男人很像同类，甚至是比自己厉害许多的同类。

可对方不搭理自己。

等夏加尔观察了对面的男人一眼又一眼，脑子里灵光一闪——我好像知道他像谁了！

见夏加尔一脸惊愕，勺子都"啪"的一声落在了桌面上，几人看过去，铂蓝奇怪："你怎么了？"

问完，就见夏加尔手指一抖一抖地指着陆封寒，眼睛都睁大了："你……你……"

陆封寒靠在椅背上，颇有兴趣："我什么？"

夏加尔终于说出来："你怎么长得这么像陆指挥？"开了头，后面终于不结巴了，"我在学校的校史册里看见过陆指挥的照片！你跟他长得好像！"

陆封寒手指在桌面轻轻叩了两下，心想，我才毕业没10年，30不到，就已经进校史了？有这么老？

叶裳几个都好奇："像谁？陆指挥？"

"我们第一军校的荣誉毕业生，现南十字大区前线远征军总指挥！"夏加尔盯着陆封寒看，又有些不确定，"不过现任前线高级军官的影像都是保密的，为了安全，很少公开，我也只在校史册上见过照片，那时候陆指挥才刚成年，好多年过去了，长相肯定有变化。"

而且这个男人是祈言的保镖，不说跟远征军，连跟南十字大区都扯不上一星币的关系。

他又叹气："都过去这么久了，陆指挥还没找到，应该凶多吉少了吧？"

蒙德里安他们也都明白过来夏加尔说的是谁，虽然都是姓陆，但联盟一星准将，远征军总指挥，可能给人当保镖吗？

梦里都不可能。

只会是长得像而已。

短暂的沉寂后，铂蓝提议："我们碰一下？"

几人都默契地端起了酒杯。

酒杯相碰，清脆声里，夏加尔开口："希望陆指挥平安，别死！"

一样举着酒杯的陆封寒心情尤为复杂。

喝完杯子里的酒，夏加尔再止不住话："军方一天没发布陆指挥的讣告，在我心里，陆指挥就还活着！"

他双眸发亮，满眼热忱："你们不知道，陆指挥在第一军校就是一个传说！15岁就被破格录取，15岁啊！进校后没多久，就开始了男神之路！你们知道第一军校模拟战术课的最高分是谁吗？这么多年了，无数人试图刷分超越，第一却依然是他！还有热武器导论、作战指挥学、星舰实操课、单兵作战课……好多好多，每门课有史以来的最高分都会被系统记录，所有人都能看见，而这些记录的第一排，整整齐齐，都是一个'陆'字！"

陆封寒难得回忆起在第一军校的日子。

那时争强好胜，从不藏拙，恨不得告诉所有人老子最强。狂到什么程度？狂到输入记录时，全名都懒得写，只写一个"陆"字，根本不怕没人知道自己是谁。

至于跟我同一个姓氏的？都老老实实输入全名。

现在看来，第一军校真是一代不如一代，自己的记录都在那儿多少年了，竟然还没人打破。

夏加尔激动道："我才上模拟战术课的时候，还跃跃欲试想挑战一下指挥的记录。"

叶裴听得津津有味："然后呢？"

"还有什么然后，想一想，结束了，没有然后了，被完虐！"夏加尔说起来，又不甘心又佩服，"我在模拟舱里泡了一个星期都没弄明白，陆指挥当时还没成年，17 岁？他到底是怎么在敌多我少的情况下，只用了 3 个小时，不仅阻挡了反叛军闪电突袭，还包抄了敌人后方，混入敌方临时驻地，清了敌方 72 艘星舰！让所有来犯的敌人有来无回的同时，我方伤亡不到 3 位数！"

蒙德里安和铂蓝纷纷感慨出声："听起来好厉害！"

不知道是不是因为见到了陆封寒极为相似的长相，或者是喝了酒，夏加尔搁在桌面的拳头握了握，眼睛却猛地一红。

"你们不知道，前线大溃败的消息传回来，我们都不敢相信。陆准将，陆指挥，他就像立在前线的铜墙铁壁，我们从来没想过有一天，他也会倒。我们都不信！他几乎从不打败仗，可这一次，全军覆没啊！没有一个人活下来！"他嗓音哽咽，又带着愠怒和迷茫，"学校的教授说，这不止是战争，更是政治，可是我不懂，军人在战场，凭什么要用命为政治负责？"

陆封寒手指捏着酒杯，眼底幽深。

是啊，军人在战场，凭什么要用命为政治负责？

他带着出征的兄弟，除了他自己，其余的一个都没能活下来。

全都化为飘荡在宇宙的游魂。

再找不回来了。

一口酒咽下去，明明度数不高，却将喉咙灼得发痛。陆封寒靠近祈言，低声道："我出去一会儿。"

祈言看了他几秒，点点头："嗯。"

走廊尽头是一处延伸出去的平台，能看见满城粲然的灯火。冷风里，陆封寒情绪上来，想拿烟，又想起自己根本没有那玩意儿，只好作罢。

恰好文森特拨来了通讯，陆封寒缓了几秒才接通："说。"

文森特跟安装了探测器似的，一听就知道："指挥，谁惹你不高兴了？"

"没有。"

"你当我三年副官是白做的？你哼一声，我都知道你是在生气还是在嘲讽。"文森特不接受陆封寒对自己专业素养的贬低。

背靠着冷硬的墙，陆封寒一双眼望向远处，灯火映在他眼里，却没能将坚冰融化分毫："什么事？"

文森特不敢多说废话，怕真把人招烦了，连忙说到正题："《勒托日报》头版头条您看了吧？"

陆封寒想起克里莫那句"穷兵黩武"，心头火气更盛："看了。"

"前线第一次大溃败您死了之后，军方内部就冒出了很多声音，翻来覆去都在说聂将军用兵过猛，急于求成。不过那时远征军余威犹在，这些声音有，但不大。"

陆封寒冷声接话："等第二次吃了大败仗，那些人又跳出来了？"

"没错，这次远征军退到了约克星，反叛军往前走了一大截，损失惨重。您知道，不仅是让出去的行星和几颗矿星，还有炸了的星舰、用没了的炸弹炮筒，折算下来，很大一笔星币。联盟已经很多年没这么烧过钱了。财政部撂担子不想干，嚷嚷说军费太重负担不起。克里莫的走狗纷纷指责聂将军太过傲慢，小看了敌人的力量，连着两次战败以及总指挥牺牲，都是聂将军自食其果。"

"所以又把克里莫的那套论调搬了出来？徐徐图之？"陆封寒垂眼冷笑，"还真把反叛军当手足同胞了？反叛军朝我们开炮的时候，狙杀黑榜名单的时候，怎么没见反叛军顾念什么手足情谊？"

他沉默两秒，没头没尾地开口："不能再输第三次了。"

连输三次，不说普通民众会不会将反叛军视作不可战胜的敌人，前线的士兵也会对胜利产生怀疑。

"对，输了两次，聂怀霆将军一系的人不断被撤下，主和派的人接连上位，军方内部都快一边倒了。至于另一位四星上将，您知道，坚持中立绝不动摇，每次开会都跟睡着了似的不说话。"文森特话一顿，把陆封寒刚刚说的话咂摸了个来回，悚然一惊，"指挥你不会是想现身吧？你忍住，现在还不是出现的时候！你一出现，就是个明晃晃的靶子，不是每一次都能像上次一样好运气！"

文森特越说越着急，"你信不信，一旦你说你陆封寒没死，过不了72个小时，你就会没命！"

陆封寒怎么可能不清楚？主战派和主和派的矛盾已经路人皆知，你来我往斗得厉害。聂怀霆曾是陆钧的战友，他陆封寒，则是聂怀霆布在前线的一步险棋，是针对反叛军的杀招。若他现身，不知道会一夕间触动多少人的利益。

他只有一条命，不能死。

可是……不甘心。

不甘心前线一场爆炸就悄无声息地带走无数条人命，而他却只能在勒托，隔着无数光年的距离，遥敬一杯酒送行。

文森特越想越担心，生怕陆封寒忍不了冲动："沉住气，三思而行，是指挥你教给我的！"

这时，陆封寒背后的玻璃门打开来。他听见动静回头，就看见祈言走了过来。

将一支烟送到陆封寒唇边，等烟蒂被咬着了，祈言拿起金属打火器，"啪"的一声，火光在黑暗中亮起一瞬，复又熄灭。

亮光映照出陆封寒紧绷的额头。

陆封寒将烟吸燃，淡淡的烟雾漫开。垂眼看着面前的祈言，陆封寒一时间竟没尝出这支烟到底是个什么味道。

切断了和文森特的通讯，陆封寒眼底的锐光未褪，周身裹着一层慑人的凌厉寒气。

陆封寒吸着烟，嗓音沙哑而冰冷，"特意去给我买的烟？"

祈言回答道："嗯，你说过，这能让你很快冷静。"

闻言，陆封寒一时间，熔浆般的暴躁与郁闷重新被压抑回岩层之下，他唇角挑起浅笑，不知道是因为那支烟，还是旁的东西。

寂静里，他又听祈言轻声道："我感觉你很难过，就想安慰你。"

陆封寒对被安慰这件事很陌生，或者说，根本就没概念。有点像他上学时第一次坐进星舰模拟舱的感觉，手不知道应该往哪里放，小心谨慎又新鲜。

这辈子头一遭。

记忆里，好像没人安慰过他。他父母都忙，育儿机器人倒是有这个程序，不过他嫌太烦太吵，每次家里人一走，他就赶紧把机器人的程序给关了，免得机器人一惊一乍，程序错乱把系统板烧了。

后来父母战死前线，他的监护权被移到聂怀霆名下，进第一军校，进远征军，输一次，便更狠地赢回来，受伤了，就把敌人伤得更重。甚至所有苦痛与鲜血都要谨慎地藏起来，避免被人发现，成为被攻击的弱点。

以至于陆封寒直到此刻才知晓，被人安慰，竟然是这个滋味。

陆封寒语气复杂道："要是安慰不好呢？"

祈言似乎没想过，眼神有些许茫然，但他绕过了这个问题，转而问眼前的陆封寒："那……安慰好了吗？"

陆封寒低笑出声，烟头燃起的火星映在他眼里，明晃晃的，他故意道："再安慰两句？"

仔细分辨陆封寒的神情，祈言判定："你没有难过了。"

所以也没这个待遇了？颇有些遗憾，陆封寒倒是见好就收，提议道："外面风大，进去？"

祈言："你抽完再进去，不然很闷。"

"知道了，娇气包。"

陆封寒情绪已经完全冷静下来，用不着再抽烟，但还是等烟燃完最后一寸，才把光秃秃的烟蒂扔了。

十月末的《勒托日报》头版头条几乎成了军方的主场，连一心埋头搞数据的叶装都知道财政部要求裁撤军费，降低开支，矛头直指连打两次败仗的远征军。同时，克里莫的鹰犬多次撰文指责四星上将聂怀霆是战争狂热分子，居心叵测，不断往远征军投入大量星币还得不到回报，如此消耗，只会拉垮联盟，现在应当休战，养精蓄锐。

祈言每天早上吃面包时，已经能从陆封寒的表情来判定今天《勒托日报》的头版头条大概是什么内容，哪个风向。

关闭《勒托日报》的页面，陆封寒被乱七八糟的论调吵得心烦，捏了捏眉心说道："为什么总有些人自作聪明，以为自己运筹帷幄？"

他嗓音冷凝，明显心情不怎么样。

祈言回答："因为自作聪明的人不会认为自己是自作聪明，而是，非常非常聪明。"

"是这样没错。"陆封寒不无嘲讽地想，主和派那群人，次次都拿远征军两次战败做理由，可接连两次战败，都少不了他们的手笔。

向个人终端询问时间，祈言接着想起："夏加尔和我交换了通讯号。"

陆封寒思路猛地一下被扯了回来，防备："他跟你交换通讯号干什么？你们一个在图兰学院，一个在第一军校。"

肯定不怀好意。

同时，他脑子里晃过夏加尔的模样，暗道，都四年级上半学期了，才把模拟战术课的分拿满，之前干什么去了？情绪管控能力不够强，一点小事就红了眼睛。

祈言回答道："他说你长得像那个指挥，但他不敢找你要通讯号，所以要了我的。"

"他是这么说的？"陆封寒却决定以最大限度揣测夏加尔的用意——说不定是拿我做借口？于是他告诉祈言："他看起来不够聪明，你们聊天应该聊不到一起去。"

祈言有些疑惑，明明聚会那天晚上，能看得出陆封寒对夏加尔较为欣赏，今天怎么就变了？

这时候，陆封寒有点懂故事里那些恶龙的心态了，自己爪下好好护着的稀世珍宝，偏偏有人不长眼睛，总想伺机抢夺，如何不令人恼火？

临出门前，祈言想起，"昨天离开学校时我在校门口碰见夏知扬……"

陆封寒将手里拿着的风衣给祈言披上，纠正他："你昨天没有碰见夏知扬。"

祈言抬手套进衣袖里，又把手递给陆封寒，让陆封寒给他理平袖子，"是他告诉我的，今天外面会下雨。"

"这句话？"陆封寒想了想，"前几天在教室里好像跟你说过？不过他的天气预报不准，勒托这几天都没下雨。"

没有系扣子，卡其色风衣半掩着内里的白色衬衫，祈言单手松开衬衫的领口，露出颈侧的纤细线条，又问："你会不会觉得很烦？我经常记错，还总是问你。"

陆封寒笑道："又在胡思乱想些什么？你问我，我很开心。"

祈言："为什么？"

陆封寒朝外走，没回答祈言。

因为，你防备别人，在我面前却毫不掩饰，相信我的每一次判断，不质疑我的每一个回答，这是独一无二的信任。

祈言和陆封寒一起去了勒托的星港，伯格森学院的铂蓝今天启程回沃兹星，叶裴提议大家一起送她。

明明沃兹星是距离勒托很近的一颗行星，乘坐星舰跃迁也只会经过一个跃迁点，但或许是因为一旦上升到宇宙星图的概念，人类就变得格外渺小，以至于恐惧相隔数个光年的分离。

叶裴已经迅速跟铂蓝成了知己挚友，在熙熙攘攘的人流中，两个人絮絮叨叨地商量着回去之后要相互寄东西。

夏加尔一脸没睡醒，打了个哈欠："叶裴，你还不如跟着铂蓝一起走好了，反正勒托离沃兹也才一两个小时行程。"刚说完，就看叶裴若有所思地看着他。

夏加尔愣神："你眼神怎么奇奇怪怪的？我说了什么了不得的话吗？"

叶裴突然大笑："对对对，你说得太对了！要走一起走！今天 29 号，明天你们学校也不上课对吧？走走走，沃兹两日游！"

铂蓝也笑起来："沃兹虽然不大，也没有勒托发达先进，但自然风景很漂亮，要不要一起去看看？"

夏加尔还没回过神来："好像……确实没什么问题？"

祈言几个对视，最后蒙德里安开口："一起去吧。"

直到坐上星舰，祈言都还觉得有些不真实，他小声问陆封寒："我们现在去……沃兹？"

陆封寒"嗯"了一声："不想去？"

"没有，我没去过，只是……很神奇。"祈言把心里的想法说出来，"我以前都很有规律，也很有计划，有时间表。"

陆封寒理解了："第一次有这种临时行程？"

"对，"祈言望着舷窗外联盟的巨大标志，"除了住的地方，我只到过勒托。"

陆封寒心被轻轻刺了一下，猜测："因为不安全？"

"对，太危险了。"祈言说起时，并没有不满的情绪。能看得出，祈言对这一次临时出行很珍惜，也很期待。

主动帮祈言将座椅的安全设备弄好，陆封寒在低头时开口："以后要去什么地方，我陪你去，就不会危险了。"

星舰自民用航道驶出，一阵颠簸后，骤然一轻，整艘星舰仿佛飘在海面上的薄薄树叶。

因为是临时买的票，几个人的座位没在一起，祈言和叶裴、铂蓝之间，隔着过道。

叶裴正趴在舷窗朝外望，遥远恒星的光映在她的眼底："每次搭乘星舰，都想感慨人类的伟大和渺小。"

铂蓝点头："对，再一想到，航道，星舰，星图，跃迁网，都是人类发明和探索得到的，就很自豪。"

叶裴激动："对对对，你懂我的意思！就像地球时代的大航海！发现新的大陆，不断完善地图！"她笑道，"要是我生在那个时代，我一定会是船长！"

铂蓝："那我就当舵手！一起探索新大陆！"

随着星舰的前行，漂浮在太空中的各式残骸也逐渐由一个小点变作庞然大物。这些都是科技大毁灭的痕迹。

空间源叠态坍缩后，引发大规模爆炸，爆炸残留物大多数都四处漂浮，联盟曾经想要清理，但数量太过庞大，力有未逮，因此在航道两侧，时常能看见这些"历史遗迹"。

靠近跃迁点时，星舰舱内的指示灯逐渐熄灭，动力引擎依次关闭，脚下微弱的震动也止息。播报开启，提示所有乘客做好准备，注意安全，星舰即将接近虫洞。

微弱的光线里，陆封寒余光发现祈言握紧扶手的小动作："怎么了？"

祈言抿抿薄唇："我晕星际跃迁。"他又加了句解释，"从梅西耶大区来勒托时才发现添了这个毛病。"

陆封寒轻笑，将祈言的手指从座椅扶手上松开，搭在了自己左手腕上："扶手太硬，你手指会疼。要是紧张，可以抓我的手腕。"

祈言指尖微微蜷缩，迟疑着轻轻搭在了陆封寒手腕上。

跟他不一样，陆封寒似乎从来不知道什么是寒冷，仿佛无时无刻，体温都是暖热的。

祈言呼吸忽然有些闷，他尽量将视线转向舷窗外，去想象虫洞内扭曲旋转的单调光影。

两个人都没再说话。

在星舰进入虫洞的瞬间，松松地搭在陆封寒腕上的手指同时收紧，祈言的脸色也苍白起来。他闭上眼，调整呼吸，努力适应突至的心悸感。

交错的光影将祈言挺直的鼻梁和唇间的线条勾勒，让他呈现出一种隐忍的脆弱感。看了几秒，陆封寒突兀抬手，覆住祈言的半张脸。

掌心下的人问他："为什么捂住我的眼睛？"

陆封寒无法解释。

没有得到回答，祈言也没有固执地追问。

直到陆封寒想到了一个理由："要不要睡会儿？"

祈言这才低低"嗯"了一声。

陆封寒拿出星舰配置的静音耳塞，细致地给祈言戴上，让这人好好休息。

不过没多久，祈言就从浅睡中醒了过来，他的第一反应便是看向陆封寒，用眼神询问发生了什么事。

星舰内没有任何声音，气氛沉滞，舷窗外是跃迁通道扭曲的光影。

陆封寒将静音耳塞取下，放回原处，嗓音很低："遇到了星际海盗。"

祈言立刻反应过来："他们也在星舰里面？"

陆封寒眸色黑沉："没错，装作乘客混了上来，现在正在找人。一共6个，每个人都配置了武器。"

舰舱内只有脚步声，像厚底军靴踏在地面发出来的，通过节律判断，现在舱内有两个人在走动。

祈言没有贸然打量四周，只悄悄问："他们在找谁？"

陆封寒回答："应该是Y。文森特提过，反叛军正在加紧追踪Y的下落，不过找到好几个疑似目标，最后都是错的。"

祈言的关注点却在："反叛军和星际海盗……合作了？"最后几个字，他几乎只用了气音。

这个敏锐度，陆封寒额首："不出意外的话。不过，这不叫合作，这叫……"

祈言补上："狼狈为奸？"

陆封寒笑了笑，没有反驳。

这时，一个端着枪的星际海盗经过祈言和陆封寒的座位旁，腰上别着两把武器，戴着的半截面具挡了全貌。

陆封寒见祈言从醒来到现在，除了问了几个问题外，神情都没什么变化，问他："不害怕？"

"不怕，有你在。"祈言扯了扯身边人的衣袖，凑到陆封寒耳边悄悄问："他们找Y，是为了中控系统？"

"十之八九。"陆封寒回答道。

这时，一直在过道巡逻的星际海盗停下，手指按了按耳朵。陆封寒猜测，那里应该有一个内置通讯器。几秒后，他听见那人朝舱尾的另一个人做了手势。陆封寒认得出，这个手势只表达一个意思——找到了。

接着，两人一起快步去往前一个舱舱。

陆封寒眼色微厉。

祈言再次握住陆封寒的手腕，声音很小，却笃定："他们找到的不是Y。"

陆封寒垂眼看过来："确定？"

"确定，被他们抓住的人不是Y。"祈言迟疑两秒，给出了一个不算理由的理由，"Y没有搭乘这艘星舰。"

陆封寒思忖："如果不是，有两种可能，一是星际海盗的情报有误，抓错人了。要不就是，这是一个针对海盗的局。"

祈言注意力却在："你信我？"

得知被抓的不是Y本人，陆封寒便放松下来，懒洋洋地回话："不相信你的话，早就把你关进小黑屋了。"

陆封寒从来不是坐以待毙的性格，特别是星际海盗已经抓到了人，不管这个人是不是Y，都是一条人命。

脱离星际海盗的监视后，很多事就可以做了。

他问祈言："能把星舰的监控系统牵过来吗？我想看看现在的情况。当然，你的安全优先。"

意思是，如果有被星际海盗发现的风险，那就不要做。

祈言低头操作个人终端，很快，监控影像投影在了空气中。巴掌大的画面里，登上星舰的六个海盗都在一个位置，在他们旁边，站着一个外表看起来40多岁的中年男人，应该就是他们以为的"Y"。

陆封寒只看了两眼就确定："这不是设计的局，反叛军的情报系统出了错，找错人了。"他手指点点画面里的中年男人，"这是个普通人，甚至没接受过如何面对危险情况的培训。"

祈言静静等着陆封寒给出下一个指令，但隔了几秒没等到，他有些疑惑地抬眼，眼带询问。

陆封寒正皱着眉，研判地看着监控传来的画面，目光定在一个星际海盗拿着的武器上。

不确定发生了什么，两个星际海盗突然发生了争执，其中一个将手里的武器对准了另一个，且手指已经扣在了扳机上。

突然间，陆封寒扬声厉喝："所有人将右侧扶手上的方形按钮连按5次！立刻！星舰要爆炸了！"

与此同时，他三两下解开祈言身上的安全装置，把人整个拉了过来，接着，右手闪电般按了5次方形按钮。

祈言也反应过来。

跃迁通道内部结构极不稳定，一旦那个星际海盗愤怒之下向同伙开枪，造成的微粒波动数大于470，则会如蝴蝶翅膀般扰动整个通道，而穿行在这一跃迁通道中的星舰，立刻就会被撕碎！

只听"嘀"声接连响起后，"已就位"的电子播报声此起彼伏，座椅变作紧急逃生舱。

紧接着，无数人高声惊呼，只见星舰顶部的金属板仿佛被一个巨大的怪兽用利爪撕开，将所有人类都曝光在了极度危险的宇宙之中！

这一刻，内心涌起的恐惧让所有人都意识到，于太空而言，他们甚至不如临河筑巢的蚂蚁！

下一秒，陆封寒将祈言护在身后，不让他再看这骇人的一幕。

只听"轰"的一声巨响，祈言感觉自己被一股巨大的力量重重抛掷，如同一粒碎石自瀑布的顶端飞溅而下！

周围，星舰的金属外壳已被撕成了碎片，甚至部分材料在迅速融化。

但陆封寒握紧他的手分毫未松。

失去意识前，祈言无比清晰地意识到——陆封寒在保护他。

第十二章

荒星矿石

祈言意识到自己似乎正处于一段弯曲的时空里。

他行走在一条影影绰绰的长廊中，两边都是镜子。左边的镜面，是年纪还小的他独自坐在祈家的庭院里，积木被扔在了一边，他正低头拆除一辆玩具悬浮车的动力引擎。一个育儿机器人在两步远的位置站着，发出"不可以，这样的行为不可以！"的电子音。

右边的镜面里，显示的是他坐在妈妈的实验室里，正在翻看一本厚厚的纸质书。而他妈妈林稚身穿白色实验服，快速在阅读器上记录着什么，侧脸的神情十分专注。

那时他还没到6岁，被林稚带离祈家近3年，他很喜欢那段时间的生活，因为当他表现出异于同龄人、甚至普通人的特质时，没有人会像祈文绍一样感到惊讶或者恐惧，更多的人还会表示："这很正常，我小时候也是这样的，我比你还要厉害一点，跟你一样大的时候，我在研究约瑟夫方程。""你想改改这个函数的引入量？没问题，来，我们仔细看看你的想法到底能不能变成现实……"

再往前看，画面里，他似乎长大一点了，正在查找论文和资料，看完一部分后，开始和旁边的人争论。

祈言自动将这部分画面补全，时间是他9岁6个月，争论的对象是奥古斯特，那时奥古斯特39岁。

又一个画面出现，妈妈终于完成她进行了8年的项目，所有人都在欢呼，伊莉莎举着酒杯，甚至流了眼泪。11岁的他坐在角落，却感到了隐隐的恐惧。

祈言本能地不敢再往前走，他几乎可以判定，再往前，看见的会是什么样的画面。

可是这条弯曲的时空通道却不受他意志的影响，他无法控制地踏出一步，右手边的画面很快浮现出来，是救陆封寒的那片居民区。

8年前，这片居民区还没有完全荒废。他记得那天，林稚瞒着所有人，独自回了勒托，他几乎凭着第六感，悄悄跟了上去，随林稚搭乘星舰辗转数个跃迁点。

在林稚消失在紧闭的房门后，等待许久，祈言强行更改了门锁的系统，打开了门。

扑鼻而来的，是很重的血腥气。

他的妈妈林稚，联盟最优秀的科学家之一，自杀了。

祈言觉得很冷，耳边响起了连绵不断的雨声，同时，弯曲的时空长廊越来越扭曲，所有的画面，年幼的他、少年时的他、欢呼的人们、书架、墙壁、建筑……所有的一切，都像零碎的拼图般四散开去。

"轰"的雷声中，祈言猛地睁开了眼睛。

眼前是燃烧的火苗，头顶上方是几块尖长石凌乱组成的一个锥形，他就躺在尖锥下方的一块石头上。几步远，豆大的雨珠砸在地面，空气里满是潮湿的水汽。

他身上披了一件外套，正枕着陆封寒的大腿。

"醒了？"

有一双手贴在他的耳朵上，像是在为他挡着雷声。

"嗯，醒了。"祈言声音沙哑，嗓子涩痛，眼前浮现出星舰爆炸时的画面，他朝向陆封寒，"你有没有受伤？"

陆封寒挑起唇角："不关心你自己有没有受伤，反倒先关心我？"他拉起袖子，露出手臂，"这算吗？逃生舱坠毁的时候，被不知道什么东西划了一下，已经凝固了。"

见祈言盯着伤口不放，陆封寒叹气："不疼，你以为谁都像你那么怕疼？"说着，又指给祈言看，"民用星舰上配置的逃生舱质量不错，从载着我们飞出跃迁通道，突破这颗行星的大气层，到砸在地面，竟然还能大致看出原本的形状。"

祈言看过去，一个近椭圆形的物体倒栽在地上，外壳焦黑，金属表皮翻卷，离损毁只差半步了。

"上面的定位系统还在吗？"

"在，个人终端没法连入星网，这颗行星没人居住不说，活物都看不见一个，幸好这玩意儿质量好，救援人员应该能通过逃生舱的坐标找到我们的位置。"明明情况未知，陆封寒却说得很轻松。

祈言坐起身，这才发现火堆是由几块褚褐色石块组成，火焰呈淡淡的幽蓝色。他环顾四周，凶猛的雨势限制了可见范围，但地面有这种石块零散分布。

"这里……有点像矿星。"

联盟将生物资源匮乏、矿藏却十分丰富的行星称为矿星，通常在勘探队勘探明确后，就会派驻一定数量的挖矿机器人进行采矿作业。

"应该是。"陆封寒随手拉了拉顺着祈言肩膀往下滑的外套，"就是不知道我们还有没有在联盟范围内，另外，逃生舱里存着营养剂，省着喝，我们两个能撑过一个星期。"他又开玩笑，"只不过说好的沃兹星两日游，变成了不知名行星多日游。"

"对，"祈言回忆，"在你让大家按下逃生舱按钮的时候，我看见叶裴他们都按照你说的做了。"

"嗯，那估计没什么事，要不会在太空里飘几天，最多也就像我们一样落在无人星，死肯定是不会死的。"陆封寒被迫降落在无人星不是一次两次，摸清了周围大致的情况后，半点不怵。

祈言放了心，发现他们所在的地方像是一处平原，不过除了几块尖长石外，光秃秃一片，什么也没有，雨水在地面汇聚，很快渗进了地下。

在下一道雷声来临时，祈言拢了拢身上披着的宽大外套。

陆封寒背靠着石壁，一条腿屈着，手臂随意搭在膝盖上，就瞥见祈言的小动作："怕打雷？"

祈言点点头："嗯。"

或许是因为才经历了一场意外，又可能是这个行星上说不定只有他们两个人，陆封寒难得放弃该有的分寸，追问："为什么怕打雷？"

沉默。

铺天盖地的雨声里，祈言轻声回了一句："我妈妈自杀那天，也是这样的雷雨天。"

陆封寒呼吸一窒。他曾暗暗猜测过祈言母亲的死因。现今联盟的医疗技术，很多病症都可以治愈，所以他想，可能是意外，可能是基因病，却没想到会是自杀。

他又想起，祈言曾经抱着软绵绵的枕头敲开他房间的门，每次雷声一响，就会紧张得把床单都抓皱了。

大约是还受到醒来前见到的那些画面的影响，祈言盯着空气中的某一点，接着开口："其实……我很早就预感到了。她一直在生病，心理状况非常不好，但因为一直在研究一个项目，所以显得……很冷静，也很理智。但她就像一根绷紧的弓弦，绷到极致，就会断。所有人都很惊讶，觉得她不会自杀，她怎么可能自杀。"

陆封寒看着祈言，看他抱着膝盖，蜷缩在自己的外套里。

太过可怜了。

"我妈妈曾经说过，她一直处在一种疯狂和清醒的微妙状态里。一旦她做着的事情迎来终结，那么，她也会被黑暗吞没。"幽蓝的火焰映在祈言眼睛里，他出了会儿神，"伊莉莎一直在帮我妈妈研制药物，可是没什么用，她的情况一直都时好时坏。我现在其实有些理解了，她……活得很辛苦，很疲惫。"

说着说着，祈言的叙述便有些混乱了："我当时走进那道门，血腥味很重，我没办法呼吸。我知道发生了什么，她瞒着所有人悄悄离开的时候，我就猜到她要做什么了。那时我已经11岁了，有独立思考的能力，在庇护之下，能安全长大，所以她很放心……其实我应该表现得不那么聪明对不对？笨拙一点、胆小一点，一直一直需要她的照顾，可是……"

祈言很轻地自言自语："她还是会走的。"

没有谁会一直陪着他。

陆封寒遇见过无数个下雨天，勒托的，无人星的，学校的，前线的，却没有哪一场雨，令他如此烦躁郁闷。

记忆力太好，所以每到雷雨夜，发生过的场景就会完完整整地重复，甚至……会不会分不清是现实还是记忆？

一次又一次不断地目睹自己母亲的死亡，一次又一次的无能为力，不断明确地告诉自己，她依然会离开是什么样的感觉？

陆封寒闭了闭眼睛，勉强控制着情绪。

祈言却没有放任自己沉溺在这段情绪里，他捏捏眉心，脸色有些苍白："伊莉莎说，一直回忆这件事，会让我的病情加重。"

没等陆封寒问，祈言主动开口："伊莉莎是我妈妈的医生，也是我的医生。"他说完这句，嗓音还哑着，但已经缓过来了，换了话题："联盟和反叛军，情况是不是不太好了？"

陆封寒顺着他的意思接话："为什么这么想？"

"星际海盗躲藏了20年，现在却敢在勒托附近动手，一点都不害怕。"

"不久以后，会有一场战争。"陆封寒直言，"主战派势弱，主和派以为自己运筹帷幄，只会把反叛军和星际海盗的心越养越大，生出一口吞掉勒托的狂妄念头。"

可他做不了什么。

从他在前线被伏击开始，这件事便一眼能望到结局，非一人之力可以挽回。

联盟军方领导各自的心思打算，不过只是一道狭窄缝隙，无数人的选择与命运交织在一起，将令这道缝隙化作鸿沟，轻易无法用沙土填平。

联盟势必会经历一场避无可避的战争。

祈言："战火会烧到勒托吗？"

"很大概率。"

撑着下巴，祈言看着幽蓝色的火焰，想，如果勒托真的发生了战争，为了安全，那他肯定会被接走，到时候陆封寒……

陆封寒应该不会跟他一起。

于是他又问："战争会在两年内发生吗？"

注意到"两年"这个时间限定，陆封寒跟祈言对视两秒，被迫移开目光："反叛军等不了两年那么久。"

那就是，和约还没到期，战争就会开始。

陆封寒会离开。

祈言"哦"了一声，垂眸看着砸落在地面上的雨滴。

两人又没了话，各自想着事，一时间只有冲刷天地的磅礴雨声。

这颗行星的气候和昼夜都没有数据可以参考，用勒托时间计算，一场雨下了快两个小时，乌云散去后，天空出现了"太阳"，热度不算高，晒了许久，地面依然潮湿。

两人从尖长石下面出来，在附近走了一圈，视线所及，除了石头还是石头，但这也说明，只要营养剂够用，那在救援到达之前他们都是安全的。

陆封寒回忆起自己在第一军校时上过的一门课，叫"太空心理训练"，当时他们都觉得这门课开设得太看不起人了，有什么好训练的？直到任课老师将他们全扔进了模拟舱里，整个太空以全息的方式出现在他们视野里，一切都仿若真实，他们才意识到了自己的狂妄。

作为一个小小的碳基生物，宇宙中的一缕射线、一点飞灰可能都会致命。

如果遇见特殊情况，例如长时间的飞行不能接触地面，或者迫降在某个没有生命体的星球，更会诱发人类藏在基因里的"太空恐惧症"。

不过陆封寒没再想下去，因为雨再次下了起来，雨势依然很大，这让陆封寒不得不怀疑，这么大片的致雨云到底是从哪里飘来的，以为自己是洒水系统吗？下了一阵又来一阵。

两人躲回尖长石锥的下方，天色昏暗，有闪电掠过。听见雷响，陆封寒拍拍自己的大腿，无声询问。

祈言顺从内心的想法，挪过去，枕在了陆封寒的大腿上。

手捂着祈言的耳朵，陆封寒低头凑近，问祈言："要不要睡会儿？睡醒了，雨就停了，说不定救援人员也到了。"

祈言抬眼看他："不用安慰我，我已经成年了。"

陆封寒反问："那天晚上你又为什么安慰我？"

祈言闭上眼，转了个身，背对着陆封寒，假装没听见。

这颗行星上，一天里有三分之二的时间都在下雨。祈言跟着陆封寒，在天晴时以尖长石锥为圆心，逐渐往外探索，虽然还是没看见有生物的痕迹，但这种经历对祈言来说很新奇。

不过这么过了两天祈言就走不动了，捡了几块矿石回去研究。

外面依然下着大雨，陆封寒将指甲盖大小的碎石随意往上抛："如果这种矿石没被联盟收录在册，说不定你就是发现这种矿石的第一个人。"

祈言正在记录这种矿石的外部结构，闻言抬头："有什么用吗？"

"当然有，发现新矿石或者新矿星，联盟都会给发现者一大笔星币作为奖励。如果矿石的价值很高，那第一个勒托年产生的所有收益会分一部分给发现者。"陆封寒乱七八糟的事情了解得不少，"所以，不少星际流浪者最喜欢干的就是驾驶着一艘破破烂烂的小型星舰，带一套挖掘鉴定工具，在各种荒星上挖来挖去。有时候几个月大半年都没成果，不过一旦找到了，说不定就瞬间暴富。"

他在前线时，休战期，不少底层士兵也喜欢这么干，陆封寒向来睁一只眼闭一只眼，去寻矿挖矿可以，但每到一颗行星，必须把这颗行星的具体位置、地表生态和大气情况、引力状态全部记录上交。所以南十字大区前线的星图格外翔实，关键时刻能起到不小作用。

祈言听得专心："有人成功过吗？"

陆封寒跟讲故事一样："当然有，我以前认识的一个人，在前线打仗，他们整艘星舰直接砸行星表面了，砸出了一个大坑。"他随手比了比，"等他们吐完血，发现那个大坑露出来的矿石竟然是某种珍稀矿。联盟奖励了他们1600万星币，不过他们全舰300多个人，一个人分到手里也就5万，勉强改善了一段时间的伙食水平。"

祈言点点头："5万星币？确实挺少的。"

陆封寒默默一噎，如果联盟没按时往他账户里打工资，他现在所有存款加起来，比这个"挺少的"应该……再少一个"0"？

一不小心便直面了自己贫穷的现实。

祈言把手里的矿石给陆封寒看："虽然没有仪器能观察内部结构，但从它烧完后留下来的灰烬以及横切面来看，应该很值钱。"

陆封寒倒没怀疑祈言的话："那你盲猜一下这种矿的储量？"

"非常大，"祈言指指地面，"雨水落下来，直接渗透，不会聚集成水流，说不定下面全是这种矿石。"没犹豫，他又开口，"如果联盟奖励 1600 万星币，我分你 1500 万。"

"这么大方是会吃亏的，"陆封寒笑他，心里又冒出几许不太明晰的期待，故意问，"为什么给我这么多？"

祈言给出理由："因为我已经很有钱了。"

陆封寒："……"

十分有道理。

把矿石翻来覆去研究了一遍，祈言又裹着陆封寒的外套，将个人终端的屏幕投影在空气里，神思专注地继续做"破军"的架构。

陆封寒发现，祈言虽然既娇气又挑剔，但他的这种娇气和挑剔是很有分寸的。而且他的环境适应力非常强，让陆封寒错觉两人依然在勒托的家里，而不是在一颗荒星的几块石板下，等待不知道什么时候才会到的救援。

没出声打扰祈言，陆封寒其实很习惯这种独自一人的状态，依照在前线养成的习惯，他打开个人终端里的模拟战场，挑选了 40 年前的一场战役作为背景，开始玩两军对阵的战略游戏。

雨一直在下，两人躲在尖长石锥下，做着各自的事。

就这么过了 3 天，陆封寒撕开一包营养剂给祈言，又两口咽下属于自己的那份："等回了勒托，你第一件事是干什么？"

祈言想也不想："洗澡。"

陆封寒笑着捏了捏他的脸："啧，果真是小洁癖。"又想到，"我身上只带了你一天的药量，按照勒托时间，两天没吃药了，会不会有什么问题？"

"还好，"祈言静了静，"这 3 天的记忆……我都分不清哪些是真的，哪些是假的，不同时间发生的不同事情，都穿插嫁接全混在一起了，不过我情绪没问题。"

陆封寒皱眉："药的作用是？"问完，陆封寒想，可能是因为这颗行星上一共就他们两个人，朝夕相对，明明以前因为要掌握好分寸或是其他顾忌问不出的话，现在都能平平常常地问出来了。

"主要是摒除类似害怕、恐惧的负面情绪，让我冷静、理智地分辨记忆的真假，还有些别的辅助效果。"祈言咬着营养剂，话说得含含糊糊，"不过我已经习惯了，没什么关系。"

陆封寒却不觉得"没什么关系"："回去就吃药，我会帮你记着。"

祈言点点头，没把营养剂一口喝完，而是叼着小口小口尝，一边继续做"破军"的架构。写了几十行字符，他又问陆封寒："假如，我是说假如，你是前线的一个士兵，你会希望有一个人工智能机器人在跟你聊天的时候讲讲冷笑话或者小故事吗？"

"如果有这个功能应该会不错，偶尔需要放松。"

"那小故事呢？"

"也可以。"

"你比较喜欢话多的还是话少的？"

陆封寒想了几秒："话多一点的，不然太冷清了。"

综合了陆封寒的需求，祈言飞快键入指令，顺便还加上了"会唱歌"这一条，让"破军"以后能在需要的时候唱歌给陆封寒听。

不太清楚祈言是在做什么，陆封寒见他问完继续面对那一页页的字符，自己也继续玩战略游戏。

当天夜里，陆封寒从浅睡里惊醒，手下意识地帮枕在腿上的祈言盖了盖外套，再抬头时，便看见漆黑的天幕中出现了一道亮光。

低声把睡着的人叫醒："应该是救援的人来了。"话是这么说，他却没有急着站到空地上去呼救。

祈言揉了揉眼睛，坐了起来，裹着外套没说话。

直到小型星舰降落在逃生舱附近，确定出现的人身上穿着救援服，陆封寒才带着祈言从尖长石锥里出来。

确定双方身份后，临走，祈言还带上了一块矿石。

星舰逐渐升空，祈言发现他们所在的这颗行星整个都被棕色的地表包裹，没有海洋也没有湖泊，只有一条巨大的河流如长线般在地表横切而过，整体呈楔形。

祈言猜测，所有的水最终应该都会渗过矿石层，汇聚在地下。

等回过神来，他听见陆封寒正在询问星舰事故相关消息。

救援人员深棕色的头发微微卷曲，笑道："你们运气真的不错！虽然是在跃迁通道出的事，但逃生舱都扛住了，没有损坏。现在把你们找到，再找到剩下的5个，我们就可以收队了。"

"只剩5个人？"陆封寒敏锐地捕捉到关键字，"距离星舰事故多久了？"

"43天，按照勒托历，今天是12月12日。"

陆封寒和祈言对视了一眼。

明明他们在那颗荒星上只过了五六天时间。

棕发的救援人员了然："是不是发现时间流速不一样？我们找到的不少乘客

都遇见了同样的情况，有的以为自己才失踪三四天，没想到已经过了半个月。有的在宇宙中飘了快大半个月，都快饿死了，结果现实只过了一个星期。"

陆封寒明白过来："因为跃迁通道？"

"没错，还有你们所在的行星也有影响，时间流速不一样，很明显，你们在跃迁通道里耽搁了一段时间，所在行星的时间流速也比外面要快，正常的。"救援人员搬出一句老话，"宇宙之大，无奇不有！"

"那劫持星舰的星际海盗……"

"都死了，死得不能再死了，被炸成了灰！不过这件事连续四五天都在《勒托日报》头版上挂着，吵得太厉害了。克里莫上将指责聂怀霆上将一直在对联盟公民撒谎，口口声声说星际海盗已经被陆钧将军打没了，但现在，星际海盗就在勒托门口搞出了不小的事端，这明显不是'打没了'的状态。"

陆封寒："聂上将怎么说？"

"聂上将认为反叛军已经和星际海盗勾结在了一起，所谋甚大，联盟应该抓紧时间，集中兵力，把反叛军打残。"救援人员笑道，"我们也不太明白到底是怎么回事，反正《勒托日报》热闹了好几天，各种消息眼花缭乱。这里先跟你们提两句，以免回去被消息砸蒙了。"

陆封寒望着舷窗外，状似随口地问了一句："你呢？你支持哪个观点？"

救援人员一边操纵着小型星舰跃迁，一边回答："我？陆钧将军牺牲了那么多年，当年的事情还怎么说得清楚？不过克里莫上将说得还是有点道理。而且打仗打了这么多年，一艘艘炸了的星舰都是钱，倒不是说不打反叛军，反叛军确实很可恶，但可以暂时歇一歇。"

听完，祈言望向陆封寒的侧脸。他原以为陆封寒会难过、会失望或者愤怒，但无数光影下，这个人却没有露出丝毫的情绪，依然坚定，如雨后青山，不为云雾所扰。

等两人跨越无数光年回到首都星，勒托已经是夜色深沉，熟悉的双月静静缀在夜空。

祈言的个人终端连入星网，接连收到了几百条信息，他一一报了平安。跟陆封寒回了家，他第一件事就是上楼洗澡，走之前还让陆封寒帮他看看收到的信息里有没有什么重要的事。

等祈言裹着黑色丝质睡袍下楼，陆封寒已经把药片和水准备好了。

"好消息和坏消息，先听什么？"

祈言捧着杯子喝水："按时间顺序。"

"有几条是加密的，我看不见内容，能看见的消息里，傅教授知道你安全回勒托后，提醒你，你已经缺了一个多月的课，请尽快补完这段时间缺的课程以及作业，还有研究组的项目内容。"

祈言："……"

虽然他速度很快，但这个量还是很大的，祈言有点发愁。

陆封寒继续念："叶裴说，研究组的内容她和蒙德里安回来得早，已经帮你做完了，不用担心。夏知扬表示他帮你记了课程的笔记，还录了像，已经发到了你的个人终端，如果你需要，可以拿来补补课。"

祈言点点头："还有吗？"

"铂蓝说她已经回了沃兹星，如果有机会，她在沃兹星等大家去玩儿，并且对这次的事情表达了歉意。"陆封寒往下翻了翻，"其余的都是你认识的人发来的问候和表达的关心，夏知扬这段时间里发了57条，陈铭轩发了31条，许旻13条，夏加尔16条，他还真是殷勤。"

祈言没明白，为什么陆封寒独独会说夏加尔殷勤。

陆封寒："昨天夏知扬还有一条消息，说江云月和江启已经被保释出来了，祈家交了大笔的罚金，两人在接下来的一年内限制离开勒托。"

"保释出来了？"祈言没怎么放在心上，"嗯，知道了。"

陆封寒抬眼："不怕江云月和江启报复你？"那两个人，狭隘又自视甚高，虽然掀不起什么大的风浪，但终是烦人。

"不怕，那些事都可以简单解决。"祈言坐在沙发上，发梢润湿，"而且，要是解决不了，可以让你打他们。"

这句略显幼稚的话令陆封寒低笑出声，见祈言满眼信任地看着自己，陆封寒懒散抬手附和道："是是是，谁欺负我们祈言，我就打他们。"

等祈言睡着，陆封寒站在卧室窗边跟文森特联系，才知道事情并不像搜救人员说的那么简单。

"指挥，你一失踪就失踪这么久，让我以为你没死在反叛军的炮口下，反而成就了星际海盗人生的光辉顶点，弄死了你！"

文森特号了几句，却不再废话，直接抛出了消息："民用星舰被星际海盗劫持、于跃迁通道中爆炸这件事成了导火索。其实这件事说穿了，只是那帮星际海盗半吊子文盲，业务能力不足，不知道在跃迁时不能轻易开火动武，但这成了主和派攻击主战派的一个关键点。"

陆封寒看着窗外的夜色，道："虚化星际海盗的实力，在联盟公民心里埋下恐惧的种子？"

"差不多就是这样吧，星网上到处都是关于星际海盗实力的信息流，枫丹一号被袭的事被重提，还有各种老旧视频，总之一句话，星际海盗就像一把铡刀，悬在所有人的头顶上，一个不小心就会落下来，杀人见血。"文森特语气复杂，"你懂，大家都是羊，在草原上快乐吃草，突然一只豹子跑出来，咬死了几只羊，剩下的羊茫然又害怕，不是说20年前就没豹子了吗？问题又来了，现在豹子有多少？厉害不厉害？有没有进化？越是未知，越是恐惧。"

陆封寒开口道："有没有人提议让远征军先停战，调派兵力，回防勒托？"

"必须有啊！还不止一小撮人这么提，不少人都觉得反叛军这么厉害，打了这么多年都没打出个结果，不如先回来打星际海盗，打完再继续去打反叛军，中央行政区和勒托不容有失。"文森特话在舌尖滚了两圈，还是说了出来，"还有不少人提议调查当年陆钧将军提交的相关报告，重新核定战功，并针对星际海盗卷土重来给民众一个交代。"

陆封寒："陆钧在天穹之钻广场的雕塑没被人推了？"

"没有没有，这还不至于。"

"不至于，但也快了？"陆封寒眼神微眯，"星际海盗劫持星舰这事，主和派自导自演的概率有多少？"

几秒后，文森特回答："80%，我为我推断的数据负责。"

说80%，还自己为自己的推测负责，陆封寒了解文森特，这人言下之意，就是100%了。

陆封寒不怒反笑："还真是好手段。前线连败，勒托两次遭遇星际海盗，安逸已久的联盟民众怕是觉都睡不好了。再加上舆论鼓吹，每个人都会变成惊弓之鸟。等最后一根稻草压下来，克里莫就能顺应民意，轻轻松松，一脚把聂怀霆踹走。"

"这就是现在高强度信息流的弊端，联盟版图太大，没人会真的去前线实地考察，说多了，假的也变真的了。"文森特有点暴躁，"聂将军一系前前后后一个月，已经被换下了三十几个要职，差不多一天一个。阵地一个被抢，后面就再守不住，我都能想象现在克里莫肯定睡着了都会笑醒！"

陆封寒借了文森特的比喻："你觉得一头豹子，被故意放在羊群里，肆无忌惮惯了，还会再想被赶回去吗？"

"当然不想！"

陆封寒冷嘲："这个道理，是个人都懂。"

又聊了几句，文森特问："指挥，等你回前线了，你的雇主怎么办？到时候勒托肯定人心惶惶的，安全系数断崖下跌。"

陆封寒转向卧室门，好一会儿没说话。他许久才开口："他不会留在勒托，会有人接他离开。"

文森特坐在情报部门，对祈家闹出来的事也知道了个大概："谁接他？祈家靠不住，他妈妈那边还有人吗？如果没有，我们这边照顾照顾？"

陆封寒："不用，他应该是'那边'的人。"

文森特一惊，甚至传来什么东西落地的声响："不可能！他年纪多大？19岁？刚刚成年啊！"

不过很快，文森特又反应过来："他妈妈是科研工作者？是'那边'的核心成员？如果是这样，那就说得通了。如果他是以核心成员直系亲属的身份列入了'那边'的保护名单，真正的个人资料必然有密级，轻易查不到。"

"这只是我的个人推断。"陆封寒问起，"勒托什么地方方便做矿石检测？"

"你从荒星上带了矿石回来？"文森特回答，"矿石检测当然是图兰！联盟第一败家子名头不是虚的，他们那里的矿石检测装置，第九代了吧？全勒托应该找不出更高的了。我们学校的好像还是第六代，老破旧，每次一开机，能抖落三颗螺丝。"

陆封寒发出疑问："差三代？"

文森特努力保住母校尊严："指挥，你别小看这三代，一代800万星币，三代就是2400万星币！我第一军校勤俭持家，省了2000多万星币！"

陆封寒："穷也要面对。"

文森特长长叹了一口气，又期待："指挥，矿石怎么样？有发财前景吗？"

"不是我带回来的，是祈言。"陆封寒故意停了停才接着道，"他说，如果能拿到1600万星币，他分我1500万。"

好一会儿没动静，文森特才小声说了句："有人养了不起？有人给钱了不起？一夜暴富了不起？"

就是了不起。

陆封寒心情好了不少，结束话题："我去看看祈言睡着没有，踢没踢被子。对了，主和派进展太过顺利了，你留意留意后面还有没有别的势力在推波助澜。"

"是！"应下之后，文森特琢磨一会儿，觉得不对，"等等指挥，卧室都恒温的，踢被子有什么……"

通讯被挂断了。

陆封寒给自己的行为做出注解：文森特太过聒噪。

他去到对面，轻轻打开祈言的卧室，里面灯关着，能听见平稳的呼吸声。

明显已经睡着了。

陆封寒立在黑暗里，背靠着墙，望着床的方向，就这么静静看了许久。

祈言回学校当天，先是被夏知扬上上下下打量了四五遍，确定人好好的才算完，还顺带夸了陆封寒，说他这个保镖当得不错。

等叶裴和蒙德里安来了，祈言有些无措地看着直掉眼泪的叶裴，求助地望向陆封寒。

陆封寒心道，看着她哭完不就行了。

还好叶裴泪腺不算发达，哭了两分钟就没哭了，问了祈言和陆封寒的经历后，又感谢陆封寒："要不是你在爆炸前提醒我们启动逃生舱，说不定我们都死在跃迁通道里了。"

陆封寒回答简短："应该的。"

叶裴失落："上次枫丹一号说是星际海盗误入停用的跃迁通道，几下就被消灭了倒还好，这次竟然在勒托门口劫持星舰！我爸妈已经开始紧张了，说到处都是星际海盗，让我最近都少出远门，我原本还想过几天去沃兹星找铂蓝玩儿的。"

陆封寒提醒："最近确实不适合出远门，你就当现在是海盗活跃期。"

叶裴对陆封寒的话总是不由自主地信服："好吧，那我先不到处跑了，跟铂蓝另约个时间。"

蒙德里安最先注意到陆封寒带来学校的矿石："这是？"

祈言："从我们降落的荒星上带回来的，我觉得应该很有用。"

叶裴也听过不少关于挖矿的事情，立刻激动道："走走走，我们去鉴定！"

前后几分钟，去矿石鉴定中心的人就从 2 个变成了 5 个。这件事传到图兰的内网交流区，有人泼冷水。

"真以为一夜暴富这种事谁都能遇到？每年联盟不知道多少人申请矿石鉴定，也没见有几个赚回鉴定费用的。"

"祈言不是姓祈吗？还这么缺钱？学那些星际流浪者捡石头做白日梦？哦，也对，他家里好像不喜欢他，他爸更喜欢那个继子吧。"

"看了前面说的，是有故事？"

等到了鉴定中心，祈言将矿石递给负责鉴定的老师，在旁边等结果。

被叶裴科普了一大堆挖矿挖出绝世稀有矿的传奇故事后，鉴定结果还没出来，夏知扬已经开始畅想："祈言，要是这个矿石很珍稀，联盟奖励你 100 万星币，你怎么花？"

祈言想都没想："分90万给陆封寒。"

夏知扬一怔："那要是奖励了1000万星币呢？"

祈言毫不犹豫地回答："分900万给陆封寒。"

夏知扬看了看祈言，再看看陆封寒，忍不住靠祈言近了一点，小声道："祈言，你要是被威胁了，你就眨眨左眼！"说完还一脸紧张。

陆封寒听完整句话，心想，当我耳朵聋？不过又低头勾唇笑起来。

也不怪别人怀疑祈言是被威胁。

这时，做鉴定的老师开门出来："比对结果出来了，这种矿石属联盟未发现的种类，而且内部结构很有意思。"

叶裴出声道："老师，有意思是哪方面有意思啊？"

她知道这些专业老师们的共性，搞矿石的老师，看见个颜色不常见的就会觉得"这石头有意思"，就跟植物学的老师看见什么花花草草都觉得"有意思"一样。

鉴定老师说得详细了些："我初步判定，内部结构应该指向能源方向，你发现这种矿石的行星的具体位置知道吗？"

陆封寒看向祈言，祈言果然点了点头，把在小型星舰上一眼扫过的立体星图在个人终端上标了出来。

没马上拿到结果，几个人倒也不失望，跟鉴定老师约好了时间，下次再来。

等从实验室忙完，祈言离校时已经是晚上9多了。临近校门口，陆封寒突然停下，将祈言挡在身后，眼光凌厉："谁？"

没想到走出来的会是江启。

相比一两个月前，江启明显消瘦了很多，头发略乱，有些阴郁。

陆封寒没动，依然把祈言藏自己身后："什么事？"

"没什么事，只是听说你回来了，来看看，打个招呼。"江启神情遗憾，"为什么星舰爆炸你都没死呢？"

陆封寒皱了眉。

江启又笑道："我刚说错话了，哥千万别怪我。"

"真实年龄19了吧？这个年纪了，还学不会人话，看来联盟这么多年的基础教育，没能教会你当一个人的必备技能。"陆封寒抬抬下巴，善意提醒："如果实在学不会，不用勉强自己。"

江启脸上挂着的笑慢慢消失，狠狠地盯着两人。

陆封寒懒得再理他，带着祈言走了。

上了车，见祈言眼睛一眨不眨地盯着自己看，陆封寒挑起唇角："怎么？在看什么？"

祈言夸奖："你很厉害。"

陆封寒心想，这四个字确实动听。

"哪里厉害？"

"骂人很厉害，"回想起前两次陆封寒骂人的句子，祈言得出结论，"你很会骂人。"

陆封寒无奈："我这是为了谁？"

等悬浮车驶上快速车道，两侧的景物纷纷成了影子，陆封寒手肘撑在车窗边上，偏头看了一眼祈言。

祈言投影出了一小块屏幕，正盯着上面的字符发呆，眉眼专注。荧亮的光映在他脸上，皮肤又细又白，像没有瑕疵的玉，不知道是吃什么长大的。

陆封寒觉得很有意思，于是他打开个人终端的拍照功能，对着祈言的侧面拍了一张。

不知道是太专心还是对他毫无防备，拍完了祈言都没发现。陆封寒心情愉悦，出声问："在干什么？"

"在做'破军'。"祈言一心二用，一边输入字符，一边跟陆封寒说话，"你刚刚在拍我？"

没想到祈言发现了，陆封寒问他："怎么发现的？"

"你动作幅度太大，没有隐藏，很容易发现。"

陆封寒眼里浮起笑，看来，祈言也没看上去那么认真。

两人没有直接回家，而是顺路去了一趟黛泊定制工作室订衣服。这还是陆封寒意识到的，从荒星回来，眨眼就到了12月，该买冬装了。

即是联盟的衣料薄薄一层已经足够保证冬暖夏凉，但出于人类数百万年形成的意识，依然会追求视觉上的温暖，就像陆封寒看着祈言穿件衬衫，总觉得祈言会冷。

到黛泊时，依然是上次来家里给祈言量身的裁缝接待的他们。因为时间已经过了快4个月，祈言身量有变化，裁缝又拿了软尺过来，不过这次他没有贸然动手，而是主动把软尺递给陆封寒："能劳烦您量一下尺寸吗？"

陆封寒接在手里，也想起了祈言上次喊疼的经历。

拎着软尺到祈言身旁，陆封寒低声带笑："来，量量我们娇气包长高长胖没有。"

祈言正拆解能用上的定级函数，只分了几分注意力在陆封寒身上，任对方摆弄自己。

将软尺在祈言腰上围了一圈，手指碰拢，陆封寒垂眼看软尺上的数字："啧，又变瘦了些。"

陆封寒跟祈言讨论："会不会是 A 套餐的问题？"

祈言分神回答他："可你做饭太难吃了。"

确实也是，这就跟在前线，开炮的命中率太低是一回事，没说话的资格。

陆封寒果断闭嘴，又犯愁："还是多吃 A 套餐，少喝一点营养剂，再瘦就要没了。"

衣料是祈言选的，款式却是陆封寒上的手，他面对裁缝投影出来的当季新款，皱眉："这里一共多少种款式？"

"陆先生，款式一共 117 种，如果算上不同的衣料，则会更多一些。"

陆封寒从没有考虑过着装问题。

第一军校有规定着装，上课、训练都有不同的制服。等到了远征军，几套制服换着来，穿破一件领一件。至于两只手就能数清楚的休假时间，蹭埃里希和文森特他们的套头运动服也就过了。

因此，面对复杂的多维星图都面不改色、分分钟能理清楚的陆指挥，第一次因为衣服款式过多、不会选而感到棘手。

而祈言已经调出了虚拟草稿纸，不知道在写写画画些什么。

陆封寒只好把祈言平时的穿衣习惯回忆了一遍，捡着不容易出错的款式选。一边选一边想，保镖的职业范畴还包含给雇主挑选当季衣服吗？

不过一想到祈言会穿上别人挑的衣服……算了，这种事还是自己来吧，一回生二回熟。

于是接下来半个小时，祈言低头写着长串的复杂公式，而陆封寒心无旁骛，勤勤恳恳地帮祈言挑衣服。

裁缝在一旁将陆封寒指定的款式编号记下来，又瞥了一眼坐得很近的两人，总觉得这小少爷和保镖，小少爷倒是清冷矜贵，保镖……却不那么像保镖。

定好衣料和款式，星币会直接从祈言账户里扣，两人正准备走，隐约听见一个女人说话的声音，娇滴滴的，对话里带出来的名字是"文绍"。

见陆封寒凝眉看向声音的来处，裁缝知觉："说话的是我们店的新顾客，骆菲娜女士，第一次是随祈文绍先生过来的。"

这个裁缝话说一半，意思却都表达全了。明显是知道祈言的身份，才提了这么一句。

见祈言心思在"破军"上，发着呆没注意这些，陆封寒闲聊一般："江云月女士知道吗？"

裁缝显然对这些秘辛八卦很是清楚，"骆菲娜女士很高调，江云月女士虽然才被保释出来，但应该已经知道了。"

陆封寒对勒托这些人的情感纠纷不感兴趣，但这事关祈言，他琢磨两下就明白，江云月因为学术造假这件事，不仅被关了一段时间，坏了名声，说不定祈夫人这个位置都快保不住了。

按照江云月的心性，好不容易从底层爬上来，体会了所谓人上人的滋味，权力欲只会一层一层往上累积，轻易不可能放手。祈文绍半点没藏着掖着，说不定一个不注意，就会遭到江云月的反噬。

只要不涉及祈言，陆封寒倒是乐见其成，毕竟那一家都不是什么好东西。

跟陆封寒想的差不多，这时的江云月坐在沙发上，尽量维持着表情，等祈文绍接完通信。

被警方带走前，她就猜到她不在的这段时间，说不定会发生什么事情。等她被保释出来，果不其然，整个社交圈都在看她的笑话。

从前次次邀请函都亲自递到她手里的人，已经敢当着她的面说："听说祈家基金会和慈善项目你都管不了了？还真是可怜，天天在家里泡茶养花，不过你也要习惯，一辈子还长着。你儿子呢，图兰进不了了，准备去哪个学校读书？"

句句都在戳她的痛处。

而她的丈夫，不仅没有保全她，反而踩着她的脸，毫无顾忌地跟别的女人亲密进出。

江启已经废了，出狱后脾气越来越差，行事也冲动无理智，指望不上。至于祈文绍，她想起监狱里有人提点的，依靠祈文绍，她祈夫人的位置都不一定能保住。

有些东西，得自己握在手里才万无一失。

她原本还有些迟疑，现在却觉得是自己之前眼皮子太浅了。

小心将茶倒进茶杯里，江云月尝了尝，笑容越发温柔娴雅。

进了 12 月中旬，气温日渐下降，勒托还没什么动静，图兰就仗着自己有气候检测调控系统，非常应景地先下了一场大雪。

大雪纷纷扬扬一整夜，学校所有大理石白的建筑上都积满了厚厚一层雪，银装素裹。走在地上，会留下连串的脚印。

扫雪机器人兢兢业业地将主路面上的雪清理完，就依照指令站在树下。

祈言穿着黑色高领毛衣，还被陆封寒强行戴了一副耳罩，耳罩毛茸茸的，这么一来，本就没多大的脸更小了一圈。

等祈言走在雪地里时，陆封寒故意落后几步，叫祈言的名字，等人转过头来，趁机抓拍了一张。

明明背景霜雪像画一般，却因为祈言，全都沦为了陪衬。

等陆封寒拍完，祈言开口："你最近很喜欢这样。"他鼻尖被冻得有些红，沁出淡淡的粉色。

"拍你的照片？"陆封寒将手揣进上衣的口袋里，没解释。

不过祈言也不在意，而是提起来另一个话题："夏知扬刚刚来讯息提醒我，说最近很危险，是出什么事了？"

前几天祈言想通了一个关窍，"破军"的基础架构随之具备了雏形。两天前，他带着陆封寒特意跑了一趟超光计算机设备中心，申请了一间设备室，在里面弄了一整晚的数据模拟。第二天苍白着一张脸，却兴奋得觉也没补。

陆封寒不用猜都知道，应该是"破军"又进了一步，虽然他其实不太明白"破军"到底是干什么用的，但不妨碍他跟着心情愉快。

也是因为这样，祈言满心扑在"破军"上，《勒托日报》都没时间翻。

"最近勒托权贵圈子动荡得厉害，夏知扬应该是从他父母那里听了什么，所以来提醒你。"陆封寒简单概括，"这一个星期里，接连有一个音乐家、三个富豪、两个继承人，以各种方式死于意外。据我所知，夏知扬的舅舅也出了悬浮车事故，现在还在治疗舱里躺着，跟他情况差不多的还有六七个。"

祈言："是人为？"

"没错，"陆封寒眼底映着雪色，"星历数到现在 200 多年，勒托的人脉网就交织了 200 多年。就像你和夏知扬，说不定也有相同的遗传基因，沾亲带故。这 6 个人的死亡，在勒托这个用金钱和权力堆砌的圈子里掀起了巨大风浪。"

祈言一听就明白了。

先不论亲友关系，只说今天死了一个，明天又死了一个，那后天会不会轮到自己？而恐惧与因恐惧产生的愤怒，必定会有倾泻的目标。

祈言问："他们要求远征军回防勒托？"

陆封寒笑了起来。

祈言非常聪明，他似乎不懂人情世故，却又将人性看得透彻无比。

"没错。如果说，前一次勒托往沃兹星的星舰在跃迁通道被星际海盗劫持这件事唤起了普通民众的恐惧，那么这一次接连的意外死亡，则让权贵们如芒在背。"陆封寒语气一点不像在聊严肃的政事，"聂怀霆将军坚持不了多久了，各方齐齐施压，如果他依然坚持将远征军留在南十字大区前线与反叛军对峙，那么，最先乱起来的会是勒托。"

祈言却极为清醒："可是，如果从前线调回远征军，乱起来的将是整个联盟。"

陆封寒停下脚步，垂眼看着表情认真的祈言："但对很多人来说，十步外的危险，不如半步内的屠刀来得可怕。人类生存本能，保命最是要紧，只要保住命了，联盟没了，1000万人死了，又有什么关系？"

祈言摇头："这不对。"

"可这就是人心。"陆封寒望向图兰之外，望向勒托层层建筑，话里多了些别的情绪，"反叛军和克里莫走了一步好棋，不，应该说每一步都是好棋。"

祈言觉得这时的陆封寒是难过的，只是他平时目光太过散漫，内心又太过坚毅，以至于连难过也不会让人轻易看出来。

陆封寒却迅速收敛了情绪，仿佛刚刚泄露出的难过是祈言的错觉。他抬手帮祈言拢了拢领口，隔绝冷风："一会儿我们可以提醒夏知扬，让他这段时间不要离开图兰。这些意外背后是人为，他们圈子里肯定有谁在跟反叛军和星际海盗通消息，或者是安插多年的暗桩开始运作。图兰有防护系统，比外面安全。"

祈言扬起下巴，露出脆弱的喉结，方便陆封寒整理，轻轻"嗯"了一声。

见他这么乖，陆封寒又道："只要我在，就会保护好你。"

他以前虽然穿着联盟军方的制服，肩上担着一颗银星，除"陆指挥"外，偶尔也会有人叫他一声"陆将军"或者"陆准将"。可跟陆钧不同，他向来没有多崇高的追求和理想，没想过名留青史。长年驻扎前线，也只是因为那是他能做的事，想做的事。

有时候累了倦了，杀敌的刀卷了刃，把刻在第一军校石碑上的宣言念上几遍，也能再凑几分站起来杀敌的勇气。

"以骨为盾，以血为刃，仅为联盟，一往无前。"

每一个联盟军人都念过百遍，背得很熟。

这一刻，陆封寒却默念着"我作刀盾，不只为保护群星，也为保护你"。

第十三章 〈 ● ● ● 〉 放弃遗产

祈言以为自己又是毛衣又是耳罩，已经穿得很厚了，没想到走进教室，一眼就看见把自己裹得胖了快 10 斤的夏知扬。

夏知扬手套围巾样样不缺，见祈言盯着自己，他低头看了看身上橙红色的外套："是不是穿上就成人群的焦点？这是勒托最近大热的款式！"他笨拙地拉开外套，指指里面，"看，不仅防弹，还防撞击，甚至有一定的防爆炸作用，能在关键时刻保我一条小命！"

祈言明白了这个款式的衣服为什么受欢迎，他提起："你最近要不要尽量留在学校？图兰有防护系统，会安全不少。"

"哎！有道理有道理，不用坐悬浮车回家，能减少悬浮车事故的发生概率！"夏知扬眼睛一亮，拳头砸在自己掌心，"这个提议好！我去申请试试，看能不能近段时间留校。"他又叹气，"我可不想早死，我车库里还有好多限量版悬浮车没上过路呢！"

陆封寒引过话题："情况特别严重？"

夏知扬把知道的全倒了出来："应该是很严重，我爸我妈他们都没心思盯着我了，天天出门，不是喝下午茶就是约晚餐，一群人聚在一起商量事情，具体我不是特别清楚，反正注意安全就对了。我家三代单传，自从我舅舅重伤后，我爸妈很想让我在家别出门，但又怕家里房子被炸，一家人死得整整齐齐怎么办。"

他问祈言："你家里是不是根本没提醒你？"

祈言点头。

夏知扬生气："我就知道！而且江云月不是被保释了吗？她真的当什么都没发生过一样，到处聚会喝茶！我妈昨晚还在跟我爸聊，说江云月运气不错，当上祈夫人不说，这次出意外死亡的人里，有两个最近都跟她不对付。"

陆封寒留了意："这么巧？"

"对啊，有一个人刚在下午茶会上说江云月出身低贱，进监狱没什么大不了。没想到晚上回家，路上就出意外死了。"夏知扬瞎猜，"我怀疑江云月是不是掌握了诅咒的技巧！"

陆封寒倒没想到什么诅咒，他有更深的怀疑。

祈家的花厅里，几个喝茶的夫人也聊到了这件事，掩嘴笑说那人不积口德，运气不好。

江云月掩饰住得意之色，称自己要去厨房看看，暂时离开。

她刚走一段路，就有人追了上来。来人是沙珂的母亲，两人的儿子是同学，关系也好，家长自然也亲近。

一起到了厨房，江云月捡了几块做工精致的点心放进了盘子，又暗暗注意着时间。

沙珂的妈妈关切的神情不似作伪："江启这孩子只是一时鬼迷心窍，还是很优秀的。现在图兰不能念了，接下来准备去哪里上学？"

余光看见门口有一道人影，江云月收回嘴边的话，换了种语气，惆怅道："我也正伤脑筋。这件事之后，他爸爸也在生我们母子的气，你知道的，我跟江启没有别的倚仗，一直都只能依靠他爸爸。以前文绍很喜欢他，可现在祈言回来了，一切都变了。"

沙珂的妈妈听出江云月的言外之意，惊讶地捂嘴："沙珂跟我说时我还不信，竟然是真的吗？祈言虽然被养在外面，但祈文绍一直悄悄用心培养，最终是想让祈言继承祈家？"

江云月红了眼圈，掩饰性地垂下头："祈言毕竟是文绍亲生的，又聪明，文绍给祈言钱、为祈言铺路进图兰，我都理解。"她话里渐渐带了哽咽，"只是我可怜的孩子，也被文绍当作垫脚石递到了祈言脚下。我就是因为有了危机感，才慌慌张张地想为江启拿到奖，多一点资本，没想到……"

"没想到被人夸了又夸、出尽风头的竟是祈言。"沙珂的妈妈也跟着叹气，"你还是太急了。"

"我怎么能不急呢？"江云月越说越难过，"现在祈言出尽风头，江启却从图兰退学，别的学校都不想收他。他才 18 岁，以后怎么办？"

躲在门边的江启，原本只是和平时一样进厨房拿吃的，没想到却听见了事情的"真相"。

一切都有了理由！

原来他会被退学，会被人唾弃鄙夷，会在伦琴奖颁奖礼上受尽羞辱、成为笑话，一切都是因为，他只是祈言的垫脚石！

这一刻，他摇摇欲坠的精神像是找到了支撑，心里猛蹿起一股怒火，他惨白着一张脸，近乎跌跌撞撞地往外跑。心里不住地想，如果祈言从这个世界消失，如果他消失……

厨房里，确定江启已经走了，江云月收了眼泪和情绪，一边继续挑拣点心，一边想：这个她培养了十几年的儿子虽然再指望不上，稍微起点作用还是能行的。

解决了祈言，祈家就暂时没了继承人。至于祈文绍，那个男人可不是年轻时那个风流倜傥、才华顶尖、令林稚倾心的富家公子了。

真斗起来，还不知道谁输谁赢。

她仪态端庄地往花房走，露出微笑：江启，你可千万别让妈妈失望啊！

祈言在实验室多留了两个小时，跟同组的人一起加班完成了最后的数据整理。这种经历对祈言来说很新鲜："我一直认为科学研究是一件寂寞和孤独的事，但现在发现……"

"发现很热闹？"叶裴束起的高马尾随着她的脚步晃来晃去，"我喜欢独自一个人安静地思考，也喜欢这种大家一起热热闹闹地做事情！"

她望着祈言，眼里有笑，"你知道你有一个很大的毛病吗？"

祈言："什么毛病？"

"太清冷了！倒不是说清冷不好，而是，你偶尔也可以尝尝人间烟火气，说不定能收获不一样的快乐！"叶裴还试图找陆封寒当同盟，"对吧？"

陆封寒跟在祈言身侧，只是笑："他高兴就好。"

坐上车，祈言又调出屏幕，继续进行"破军"的架构。

陆封寒将悬浮车开得很稳，问他："又是研究组的任务，又是'破军'，会不会很累？"

祈言摇摇头："不会，做研究组的任务，对我来说是休息时间。架构'破军'很累的时候，做研究组的任务能让我的大脑放松。"他给自己的话做注解，"相当于在算沙普利中域定值时算累了，就算算二加二等于四，休息一下。"

陆封寒笑起来："这句话不要在叶裴他们面前说。"

祈言疑惑："为什么？"

"或许会对他们的自尊心造成不可逆的损伤。"陆封寒顺手捏了捏祈言的脸，"这么聪明，怎么长大的？"

祈言回答："呼吸氧气长大的。"

陆封寒挑眉："同样是呼吸氧气，我为什么没这么聪明？"

祈言思忖两秒，半是安慰地说了句："你长得好看。"

陆封寒握着操纵杆的手一紧，一时间不知道该回答什么，别开视线，再不看祈言。

悬浮车开了一段路，陆封寒打破车内的沉静："有人在跟踪我们。"他还评价了一句，"技术实在不怎么样，想不发现都难。"

祈言视线从屏幕移开，听了陆封寒的叙述："有些奇怪。"

陆封寒也觉得奇怪，如果是前几天接连袭击勒托权贵的人，技术不可能这么糟糕。如果不是，祈言好端端的又没得罪什么人。

江启坐在驾驶位上，双眼紧盯着属于祈言的那辆车，眼神疯狂而阴鸷。他无法抑制地想，要是没有祈言，他依然会是祈家受人追捧的小少爷，是所有人眼中优秀的继承人，是考入图兰、前途无量的好学生，他的妈妈依然会是高贵典雅的祈夫人。

他们的人生都不会有任何的污点。

他们不会被讥笑、被嘲讽，生活不会有任何波折，不会沦为任何人的垫脚石。更不会因为所谓的学术造假被抓进监狱，而他私生子的身份也会永远成为秘密！

为什么要有祈言的存在？

如果没有这个人，多好啊……

江启眼中弥漫着红血丝，五官却组成了微笑的诡异模样。他拇指狠狠按下加速按钮，直直盯着前方，嗓音混在喉咙里，嘴里不住地道："去死！去死！去死！"

身后的悬浮车突然撞上来的瞬间，陆封寒长臂一捞，将祈言整个护住。与此同时，车内的防护装置迅速启动，将两人保护得严严实实。

往往会引发悬浮车损毁爆炸、车内人员重伤甚至死亡的猛烈撞击，却神奇地只是令两人所在的悬浮车车尾凹陷大半，闪了闪火花。

半小时后，警局。

祈言挨着陆封寒坐在沙发上，手里捧着一杯温水。另一边，江启靠墙坐着，垂着头，稍长的头发遮掩了眉眼神情。

根据监控，江启在快车道上突然提速至极限，猛撞向目标悬浮车，并在相撞前为自己做好了安全防护，其目的不言而喻。

这件事初步判定为蓄意谋杀未遂。

江启为自己争辩："我没有！我没有故意杀人，我当时坐在悬浮车上，车突然失控……勒托最近不是发生了那么多意外吗？我怀疑我的悬浮车被人动了手脚！我是冤枉的！"

警察冷冷地打断了他的话："已经调取车行记录，证明加速是由你本人操作。"

不再理会江启，警察转向祈言和陆封寒，指指一个监控画面："只有车尾凹陷了一部分。"

这类事故，不管悬浮车质量多好，被这么猛地一撞，绝对能给撞碎。

陆封寒回答："车身是液态复合金属做的。"

警察一时语塞。

液态复合金属做车身？那玩意儿不是陆地装甲才会用上吗？原来现在有钱人都是这么花钱的。

在江启和祈言之间，他选择祈言作为询问对象："通过资料对比，我们发现肇事者和受害者之一具有法律意义上的亲属关系。鉴于你们还是学生，所以我们联系了家长，没意见吧？"

话音刚落，一旁的江启突然坐直，眼睛睁大："不可以……"他嗓音陡然拔高，"不可以联系！不可以让爸爸知道……不行，不能让爸爸知道……"

没过多久，有匆忙的脚步声传来。最先进来的是祈文绍，迟一步的江云月披着棕色外套，进门时脚还不小心崴了一下。

当着所有人的面，祈文绍一巴掌落在江启脸上，怒不可遏："年纪轻轻不学好，学人谋杀？知道现在全星网都在讨论什么吗？都在讨论你做的丑事！"

陆封寒唇角泛着冷。

祈文绍一进门，没了解情况，关于祈言有没有受伤更是不问一句，生气的原因大半都在于丑事外扬、伤及了脸面。

陆封寒垂眼看祈言，发现祈言将空了的水杯放在一旁，正发着呆，估计又是在脑子里想"破军"的问题，才勉强放了心。

另一边，江启缩了缩，不敢抬头看祈文绍，江云月说不出话来，只知道望着两人哭。

祈文绍闭了闭眼，手攥成拳："我以为把你养在祈家，能把你培养得很优秀，可你看看你都干了些什么？学术造假，被关进监狱，现在又是蓄意杀人，我祈文绍的名声都被你败光了！"

祈文绍的每一个字都令江启发抖，再抬头时，他满脸都是眼泪，狼狈地低声道："爸爸，我错了，我真的错了，我只是一时冲动，我不该做这种事，我不该，我不该……爸爸，你不要放弃我，我会很努力的，真的，请你相信我！我会听你的话……"

祈文绍不想理他，转向江云月，疲惫道："看看你教出来的好儿子！"

江云月红着眼，伸手抓着祈文绍的衣摆："文绍，我……我也没办法啊。他长大了，我管不住他，上次伦琴奖的事，是他哭着求我，我不忍心才出了手，他是我儿子，我怎么忍心不帮他。我只是不知道，他怎么变成了这个模样……"

江启仿佛花了许久才消化完江云月的这番话。

是他哭着求江云月吗？

不，是江云月主动让他参加伦琴奖，还告诉他，一切都准备好了，只需要按照她说的做，就能捧起伦琴奖的奖杯。

祈文绍按按眉角："慈母多败儿！"语气却温和了许多。

江启看着跟祈文绍站在一起、眼睛都哭红了的江云月，从最开始的不敢置信，到最后的突然大笑。

他看明白了。

他从小崇拜、畏惧、努力讨好的爸爸无比轻易地放弃了他，他的妈妈借着这件事，将自己洗得干干净净、清清白白。

他在厨房门口听见的那番话，也是故意的吧？

看见比祈文绍和江云月晚几步来的记者进了门，江启笑容恶劣，他声音不大，却足够让所有人听清楚："爸爸，你以前不是说，我是你和妈妈亲生的儿子，血浓于水，不管什么时候都会疼我、喜欢我吗？"

江云月脸色骤白。

跟进来的几个记者恰好听见这句话，已经意识到这是一个大新闻。

不是继子，而是……私生子？

江启满意地看着江云月的脸色："妈妈，从小你就告诉我，要装得很乖，很可怜，这样爸爸就会来看我们，就会喜欢我。你让我除掉祈言，我也按照你说的做了，你为什么还要哭？"

江云月指甲掐在手腕上，艰难地保住了自己的仪态。

而现场的记者已经将这一幕发到了所属报社的星网页面，短暂的空白后，无数句子飞快出现。

"开局就这么惊人？这场车祸不是意外，而是私生子意图谋杀婚生子？或者，小三上位后，撺掇自己的儿子去谋害前妻的孩子？连带着伦琴奖那件事分析，太可怕了！"

"明明是私生子，却摇身一变，贴上了符合道德且拥有继承权的继子身份，我实名吐了！"

"图兰学生举手发言，学校里江启总是'哥哥哥哥'地喊祈言，话里话外却是指责祈言对他态度不好，他为一家人的团结忍辱负重。我要是祈言，我能生生气死！搭理他？好言好语好态度？他多大脸？还一家人团结，江启年纪比祈言小不了多少啊！你们品品！"

祈言挨近陆封寒，小声说了句："他们好吵。"

陆封寒手捂上他的耳朵，又学着他小声说话："要不要静音耳塞？"

祈言摇摇头。这时，他的个人终端亮了一下，提示收到了信息。打开一看，是特情五处的副处长冯绩发来的。

信息内容简短，他告诉祈言，之前允诺调查的关于是谁花钱收买洛朗，指使洛朗构陷祈言，让祈言声名狼藉、被赶出图兰学院的人找到了。

祈言点开随之发来的人物资料和证据链。不算意料之外的，资料最上面一栏的姓名处，写的是"江启"。

同时，负责这件事的警察也收到了一份资料。

陆封寒注意到这个细节，猜测对方收到的应该和祈言收到的资料相同，很明显，冯绩知道了现在正发生的这件事，想顺手卖祈言一个好。

果不其然，警察将资料看完后，目光严肃地朝向江启："除谋杀未遂这项罪名外，你于9月初，利用非注册通讯号，以高达100万星币的报酬，要求图兰二年级学生洛朗构陷祈言，直至祈言被图兰学院开除。"

等在一旁的记者纷纷对视，而星网上围观的众人也分外惊讶。

"我以为只有谋杀未遂和私生子，竟然还有侵犯名誉权、花钱构陷的戏码？"

"鉴定完毕，这个私生子的心真的不是一般的黑，一开始就抱着置人于死地的心思！按照联盟法律，该怎么判？希望庭审可以全星网直播，最后的审判结果真是令人期待啊！"

夜色渐深。

由于证据链完整，江启已经被暂时收押，等待法庭判决。警局门口，祈文绍和江云月被闻风赶来的记者团团围住，无数微型录像机器人飞在半空，将两人的神情动作一丝不缺地拍摄下来。

江云月一直跟在祈文绍身边，神情慌张无比，无论记者问什么问题，她都含着眼泪不说话。

祈言则在记者围上来前，就被陆封寒带上了车。

透过车窗看了看，祈言收回视线，见陆封寒似乎在担心，便主动开口："他们只是无关紧要的人，不用担心我。"

陆封寒对上他清澈的眼睛，没接话，拍了拍祈言的肩膀表示安慰。

还没到家，祈言就收到了好几个通讯请求，分别来自夏知扬、叶裴和蒙德里安，他干脆开启了多人会话。

夏知扬嗓门最大："祈言你没事吧？受伤没有？有没有心情不好？你保镖跟你在一起没？"

叶裴出声："夏知扬，你把我想问的都问了！还给不给人说话的机会了？"

祈言依着顺序回答问题："我没事，悬浮车安全防护等级很高，没有受伤，没有心情不好，他一直跟我在一起的。"

听见祈言最后几个字，陆封寒轻轻侧眼看了看他。

"那就好那就好，你别难过啊！为这种人渣难过不值得！星网上的消息我全看了，江启什么垃圾东西？他怎么敢开车撞你！"虽然夏知扬自诩勒托纨绔，但骂人的词汇量实在不多，他生气道，"我们运气太差了，竟然跟这种人间渣渣同呼吸过一片空气！亏他以前还在我们面前做出一副趾高气扬的姿态，原来是心里发虚，所以虚张声势！"

联盟人均寿命已经过了100岁，一个人成年后，将会迎来漫长的青年期和中年期，晚婚晚育与独身主义盛行的同时，对爱情和婚姻的观念也逐渐发生了改变。

社会并不反对不婚或者多段婚姻，却很看重在婚姻存续期间一夫一妻的忠贞，因此婚内出轨备受鄙夷，私生子也不具备任何继承权。

叶裴则是想起洛朗的事："怪不得洛朗以前那么针对你，肯定有江启在后面撺掇和100万星币的原因！要不是事情爆出来，简直难以想象江启可以一边笑眯眯地喊你'哥'，一边关心你，一边暗地里想置你于死地！"

夏知扬总结："人面兽心！"

叶裴："其心可诛！"

两人你一言我一语，跟唱双簧似的，蒙德里安一时间竟然插不上话，只好打字："没事就好。"

夏知扬最先看见："蒙德里安你怎么只打字不说话？"

蒙德里安又发了一个省略号。

没意识到是因为自己话太多，夏知扬欢快地提议："我们要不要一起聚一聚，庆祝庆祝？今天这事情真是大快人心！你们不知道我在翻星网上的评论时心里面是有多爽！终于有越来越多的人看穿江启的伪装了！"

不过他的提议被无情拒绝。

叶裴："研究组的项目任务不允许我出门聚一聚！"

蒙德里安："这一阶段的任务在收尾，一小时掰成两小时用。"

夏知扬小心翼翼："祈言呢？"

祈言："研究组的任务我已经完成了，但我要做别的，也没有时间。"

夏知扬失望地号了一声，又坚定："那我们进全息系统庆祝一下！5分钟！"

最后4个人从个人终端接入全息系统，找了一家虚拟咖啡店，干了一杯虚拟的咖啡，又各自纷纷下线。

陆封寒一直听着几个人的交谈，见祈言从全息系统里切出来："最近时间抓这么紧，因为'破军'？"

虽然没有真的喝到咖啡，但味觉神经依然传导了淡淡的苦味，祈言点头："嗯，时间快来不及了。"

"来不及？"

祈言没答，视线悄悄转开。

被他这个小动作逗笑，陆封寒改换话题："那……为什么会喜欢做这些大部分人看起来都觉得困难的事情？因为不管多困难，总需要有人去做？"

祈言很少思考这种涉及"动机"的问题："一部分原因是这样。另外就是，科研是向前的，我没有想明白的公式，那就是没想明白。我没有理解的步骤，我也不会以为自己已经理解了。我不会记错。"

这是他难得的清醒。

陆封寒很快想到另一个可能："会不会出现，你已经解出了公式，却记错了，以为自己还没解出来。已经完成的作品，记成了自己还没完成？"

"有时候会。"祈言很坦然，"不过清醒大于混淆，足够了。"

车祸这件事，在如今信息流巨大的星网上也足足喧嚣了半个星期。涉及豪门与此前出卖科研资料的叛徒以及伦琴奖学术造假有关，再加上出轨、私生子、隐瞒身份、多次暗地陷害、故意谋杀等关键词，热度高居不下，祈文绍也随之扬名联盟。

只是名声不那么光彩。

而根据蹲守记者的信息，江云月从警局回家后再也没有出门，祈家更是大门紧闭，拒绝所有外客和记者采访。

同一时间，也就是星历216年年底，《勒托日报》极为低调地在第二版的版面上刊登了聂怀霆将军有意辞去荣誉职衔"联盟统帅"的消息。

联盟统帅虽无对应的实权，纯属虚衔，却是所有人默认的联盟军方第一人。接任者的信息尚未传出，单是这一行为，就说明主战派已经到了退无可退的地步。

陆封寒看着这则简短的消息，不确定背后的人是不是暂时不愿将这件事的影响扩大，于是只在第二版简单地刊登了几句。

他心思难得浮空没有着陆点，想起陆钧曾经踌躇满志，想先灭星际海盗，再灭反叛军，还联盟安宁，最后却连骸骨都没能找到一片。

又想起聂怀霆明明还未步入老年，鬓发就已经白了几根，满心扑在联盟，殚精竭虑，想拔除反叛军这根插在联盟心口的刺，如今，却只能亲自卸下统帅之职。

一时间，他有些不解。

都说要顺应民心，可如果民心是错的，又该怎么办？

就像聂怀霆，他肯定从来没想过有一天自己会被自己一直保护的联盟公民质疑、猜忌，以至于不得不以妥协的姿态，安抚各方。

但即便至此，聂怀霆依然未曾松口将驻扎南十字大区前线的远征军调回勒托，同时下令整合中央行政区各处的兵力部署，加强勒托的防控。

陆封寒看得出，聂怀霆此举是为避免同时两处受敌。可这个命令一出，又引起了不少人的不满。

和陆封寒有同样想法的还有文森特，他甚至没有像往常一样用通讯联系，而是在入夜后，亲自敲开了祈言家的门。

摘下宽檐帽和黑框眼镜，文森特毫不见外地瘫在沙发上，盯着天花板好一会儿，歪头问陆封寒："指挥，等新年一过，聂将军是不是就要正式卸任统帅了？"

有气无力，像失了精神。

陆封寒没坐，习惯靠墙站着："应该是，过了新年，马上就是联盟成立日。按照规矩，成立日的庆祝典礼是由联盟秘书长和军方统帅共同主持。主和派那帮人不可能等到那个时候，让聂将军再收拢一波民心威望。"

文森特嗓音发苦："我今天一整天都提不起劲，感觉……不知道自己提着武器保护的到底是什么。"他将手背盖在眼睛上，露出了掌心的枪茧，"指挥，你不寒心吗？星网上的主流论调，好像远征军花着最多的军费、用着最尖端的武器、驾驶着最厉害的星舰，却打着最窝囊的仗。把反叛军说得像无往不胜的战神，却把我们说得像一个个不堪的废物！"

文森特失了往日的不正经，嗓音带上哽咽与愤怒："可是，如果我们贪生怕死，我们畏缩不前，那谁跟我说说，雷纳、冯奥、哈辛托、路易、莫霏，为什么会死？老子加入远征军时，队伍编号是 7683，全队 100 人，现在还活着的，加上我，只有 19 个！那谁告诉我，另外 81 个人去哪里了？啊？"

越到后面，他声音越抖，额角鼓起的青筋明显。但他在陆封寒面前，终究还是压制住了爆发的情绪。

陆封寒站在阴影里，毫无军容军姿可言，等他呼吸平缓下来才开口，说出的每一个字都带着郑重："拿起你的武器。"

文森特狠狠闭了闭眼，隔了几秒接下后半句："保护身后的群星。"他咬着牙，"可是……"

"没有可是。"陆封寒不容置疑，"如果你认为你是对的，大多数人都是错的，那你就去纠正那些人的错误。如果你认为那些人的判断是错误的，那你就提供足够且准确的信息，让每个人都拥有正确思考的基础。即使是错，错也不在发散舆论的联盟公民，而在故意引导错误舆论的人。"

文森特没说话。

寂静充斥着每一个角落。

许久，文森特才挪开挡着眼睛的手，苦笑着望向陆封寒："指挥，你怎么做到的？在每个人都愤怒、失望、迷茫的时候，你为什么总能保持清醒？哦，顺便还把我们这群人一个个骂醒。"

"因为你叫我'指挥'。"陆封寒挑眉，"怎么？难道还想我跟你们一起捏着拳头捶桌子，一边捶一边手痛得哇哇叫？"

文森特反驳："绝对不可能发生这样的情况！"

陆封寒格外敷衍："哦。"

文森特："……"

一不小心，又回忆起了自己当年有多傻。

到现在，文森特才终于有心思朝周围望了望："祈言呢？"

陆封寒答："书房。"这几天每天都熬夜，好像有什么在后面追着。

"不愧是河对面学校的学生，够勤奋！"文森特起身，捏起宽檐帽和复古眼镜框，"我走了啊。"

陆封寒没挽留，只提醒："珍惜这次机会，下次再来，就要收费了。心理医生以分钟论价，我就以秒来算星币好了。"

文森特跟钉地板上似的，挪不动步，觉得早走一分钟，亏的就是上万的星币！他沉痛道："指挥你……你以前不是这样的，你变了！"

"以前？你也知道那是以前。"

文森特觉得哪里有点不对，琢磨一会儿，试探性地问："那现在？"

"你不懂。"陆封寒手插在裤袋里，不知道想到了什么，声音轻了两度，"现在要存钱了。"

军方高层暗潮涌动，但对图兰学院来说，今天跟昨天没什么两样，反而因为新年临近，到处都在热闹谈论。

公共大课上，教授正式开课前先提了 Y 的事："Y 在昨天晚上，一次性开源了 7 个新工具模型，同学们可以去看看，以后应该都有用得上的地方。"

一听见这个名字夏知扬就兴奋了，他举手高声问："教授，我看星网上说，反叛军到处在找 Y！他最近还好吗？"

教授风趣答道："这位同学的问题是我教学生涯中遇到的最难的问题之一，实际上，我也想知道 Y 最近好不好，开不开心，有没有生病。"

"我……我……"夏知扬抓抓后脑勺，"那教授您最近还好吗？"

教授眼角的皱纹笑出褶皱："挺好的，我已经准备好新年那天穿的新毛衣，还有联盟成立日那天要穿的新衣服也买好了。"

等开始正式上课，夏知扬耳朵都烧红了，转过身跟祈言说话："好尴尬好尴尬真的好尴尬！我怎么就把那个问题问出来了！"

祈言尽力安慰："大家都开始上课了，会忘记你说的话的。"

夏知扬捏了捏自己耳廓上扣着的金属环，左看看右看看，确实都开始听课了，这才松了一口气。

图兰范围内已经下了几场雪，图兰之外还没什么动静，每次进出校门时，祈言都有点不适应。他踩踩鞋底上沾着的雪渣，问陆封寒："你以前上学的学校会下雪吗？"

"不会，"陆封寒毫不给伫立在河对面的第一军校面子，"我们学校……就算有天气调控系统，也不会下雪。因为下了雪，就要扫雪，要扫雪，就要配扫雪机器人，用机器人，就要供给能源，要能源，就要花钱。"

祈言眼里泛起浅笑："下雪要花钱，所以不下？"

"对，没钱。"陆封寒也笑起来，又想起第一军校的做派，"不过真要扫雪，学校应该会让全校学生一起扫，名义是加强锻炼，实际是省钱。"

这大概也是为什么远征军整艘指挥舰都跟没见过钱似的，第一军校毕业生含量太超标了，其见钱眼开程度，一度让陆封寒以为自己带的是一窝海盗土匪。

晚上睡觉前，祈言拿着《帝国荣耀》的游戏终端来卧室找陆封寒。

陆封寒最近加强了体能训练，他身上只穿着件黑色的工字背心，宽阔的肩背和紧实的肌肉线条尽数展露，黑色长裤包裹着的双腿利落又好看。

发尾汗湿，陆封寒停下单手俯卧撑，手腕一撑便站了起来，扬唇："找我打游戏？"

"对，"祈言思来想去才找好借口，"有一关我过不去。"

陆封寒提步走向他："来，给我看看。"

将游戏终端递过去的同时，祈言被陆封寒的强大气息包裹，逼得他不得不转开眼。

陆封寒靠在床头，一条长腿伸直，颇为懒散，他打开游戏画面："战略关卡？"

祈言跪坐一旁说道："对，我几次都没过去，你帮我。"

这种小关卡陆封寒在把游戏规则看完之后就知道该怎么过了，又奇怪，祈言不应该过不去才对。想是这么想，陆封寒却没吭声。

两个人一起玩游戏，一玩就到了12点。陆封寒看了一眼时间，指尖戳了戳祈言的额头："该睡了，今晚上不熬夜吧？"

"不熬。"

见祈言将游戏机抱在手里，却没有离开的意思，陆封寒等了10秒："今天晚上要不要在这里凑合一晚？"

祈言一双眼干干净净地望过来。

在祈言回答之前，陆封寒又胡乱掰了一个理由："今天晚上我临时有点怕黑。"

祈言将游戏终端在一边放好，答应道："好。"

陆封寒关了灯，留了一盏小夜灯在角落，光线有和没有虽然没多大差别，但勉强撑住了自己临时有点怕黑的人设。

反而是祈言浑身透出种松弛感，似乎极为安心。

陆封寒单手枕在脑后，没头没尾地开口问道："你以前住的地方，有没有天气调控系统？"

如果有，以后干脆设定别下雷雨，这样就不会害怕睡不着了。

祈言眸子在暗淡的光线下似乎浮着一层氤氲的雾气，他点点头："以前有，后来坏了。"

"没修？"

"修好了，又坏了，就没修了。"祈言解释，"伊莉莎说要尽量去感受自然的不同，否则很容易错觉自己生活在虚拟的世界里，加米叶说要从自然中树立对自然的敬畏。他们两个游说了很多人，在最后'修不修天气调控系统'的投票里，不修的人占了多数。"

或许是夜色太温柔，陆封寒不知道是被哪种情绪或隐忧驱使，问祈言："你以前住在哪里？"

他这个问题，其实有些逾矩了。

祈言也知道陆封寒问的不是他那份个人资料上写的住址。

许久，祈言轻声道："礁湖星云，我以前一直住在礁湖星云。"

他在半空中轻轻指了指："这里是勒托。"手指往旁边划了一道，"这里是梅西耶大区。"虚线一折，他定在某一处，"经过五个跃迁点，这里就是礁湖星云。这片星云不大，宜居行星很少，有很多尘埃和陨石带，非常危险，但很漂亮。那些尘埃和陨石连在一起，在天空上，像很薄很轻的飘带。"

陆封寒随着他的动作，记得很仔细，又在脑海的星图上标注出礁湖星云的位置。他想，以后到了南十字大区前线，想到这个人时，至少知道该朝什么方向望了。

他又允诺："我会保密，不会告诉别人礁湖星云的位置。"

祈言"嗯"了一声。

第二天早上，陆封寒盛了清水，合着药一起递给祈言。

杯子是陆封寒给祈言买的，上面手绘了一只白色红眼睛的小兔子。

明明祈言在外人看来一贯清冷寡言，到了陆封寒眼里，却跟小兔子没有什么差别。

祈言吃完药，缩在沙发里，有些慢地翻《勒托日报》。翻了两页，他忽然朝向陆封寒："你过来。"

陆封寒依言过去疑惑道："嗯？"

祈言无比自然地朝陆封寒伸了手，是要人背的姿势。

陆封寒无奈一笑，弯腰把人背起来，声音低沉问道："沙发坐着不舒服了？"

祈言半阖着眼，"嗯"了一声，算是回答。

和同龄人比起来，祈言身高足够高，却因为瘦，没多少重量，像背了一团软绵绵的云。

陆封寒几乎可以确定，他知道自己会走、会暂时离开，所以才会如此反常，近乎反常的依赖和黏人。

想到这，陆封寒声音更轻了些："'破军'做完了？"

昨晚没熬夜，也没有在吃早饭时盯着屏幕。

"快了，我申请了 ISOC 超光计算机'银河'的使用权，让'破军'上机运行一遍。"

"'银河'？一台机器就占了地下 11 层那个？"

"对，我架构出的是分离的模块，要将模块接续完整，只有银河可以支撑'破军'庞大的运算量和数据量。"祈言提起"破军"，眼底就添了几分神采，"但'破军'很厉害，完成后我会将它的数据核分离出来，这样，普通的小型光计算机也能容纳。"

没管到底听明白了几成，陆封寒都毫不犹豫地夸奖："对，确实很厉害。"

就是不知道是在夸人还是夸"破军"。

等药物的副作用过了，祈言有了点精神，才从陆封寒的背上下来："要去学校了。"

陆封寒暗暗"啧"了一声，只好照做。

夏知扬申请了学校的临时宿舍，这几天都没有回家，不过消息依然十分灵通。

"据说啊，只是据说，祈……"鉴于祈文绍对祈言不闻不问，夏知扬改了以前的称呼，"江启他爸据说病了，现在天天躺在家里，都在传是江启的案子要开庭了，判得肯定不会轻，他太没面子，不敢出来见人。但我妈说好像是真的病了，病得还很厉害。"

他刚说完，祈言的个人终端就提示有新的信息。

等祈言看完，夏知扬眨眨眼，觉得祈言看自己的眼神有些微妙："怎么了？"

"发信息的人是祈文绍。他说他病了，让我去一趟祈家。"

夏知扬咋舌："不是吧，这么巧？我怎么总觉得哪里不对，他会亲自邀请你去祈家？"

祈言也觉得有些不对劲儿。

陆封寒却开口："去看看？我有个猜测想证明。"

夏知扬见祈言答应，连忙举手："我我我，我跟你们一起！就算真有陷阱，我好歹是夏家的继承人，还是有那么几公斤的分量！"

下午的课上完后，祈言没去实验室，直接去了祈家。

上一次来祈家还是来参加祈家的庆祝宴，虽然最近鲜少有人来拜访，但园艺机器人依然将草坪打理得十分平整。

验证来客身份信息后，大门缓缓打开，里面除了来来去去的家务机器人外，一个人影也没有。

夏知扬扫了一圈："我怎么觉得怪吓人的？难道是房子太大了？不对，我家房子也这么大啊！"

见祈言垂眼点按着个人终端，他好奇："你在干什么？"

祈言："暂时关闭家务机器人。"

在他话音落下的瞬间，祈家所有的家务机器人都停下了动作。

夏知扬嘴张成了 O 型："这……这操作太炫酷了！"

这时，有什么重物落在地面的声音从楼上传来，祈言轻松绕进祈家的监控系统："祈文绍在二楼第二个卧室里，只有他一个人。"

等三人推开卧室的门，就看见床边滚落了一个铁铸花瓶，床上，祈文绍脸色蜡黄，正喘着粗气望着他们。

夏知扬吓了一跳，没想到他妈妈的消息是真的，祈文绍看起来病得很严重。可这么严重，为什么没看见医疗机器人或者私人医生？

祈言站在离床三步远的位置，没有要走近的意思。

祈文绍嘴唇干焦，双眼盯着祈言："你还是来了。"

不过短短一段时间，他似乎快速地消瘦了下去，颧骨凹陷，盯着祈言的眼神仿佛抓住了浮木，他整个人朝前倾，语速非常快："祈言，你要救我……江云月要杀我，她想我死！"

夏知扬被他的情态吓得后退了半步。

祈言冷静回问："江云月想你死？"

"对！她已经疯了！她趁我不注意，给我吃了不知道什么东西，我觉得我快死了！"祈文绍抬起自己枯瘦的手，呼吸都在抖，"她还有别的倚仗，后面有人在给她撑腰、给她出主意！我听见了，她当着我的面跟人通讯，商量着要怎么杀了我！"

祈文绍从来没想过有一天，永远都仰望着他的江云月会动手要他的命。他开始回忆自己为什么会让江云月进祈家的门，因为她出身平凡，性格温顺，只有一点自以为是的小聪明，她的一切都是他给予的，没有他，江云月什么都不是。

他害怕林稚，也害怕祈言，在曾经的妻子和儿子那里碎裂的自尊心，在江云月面前得到了重塑。

可是，他差点死在这个从未被他看在眼里的女人手里。

陆封寒半点没有同情这番遭遇的意思，只是问出关键："那你为什么能联系到祈言？"

"江云月改了所有家务机器人的设置，拿走了我的个人终端，闭门谢客，不允许我见任何人。但她不知道，家里有一个机器人设有'安全防御'，我的命令是最高指令。"

陆封寒："所以你命令那个机器人，趁江云月不在，找来了你的个人终端？"

"没错。"祈文绍不敢联系别的人，担心那些人跟江云月是同伙，不得已才找了祈言，他虚弱地咳嗽了几声，"祈言，你救救我，只要你救了我，我会让你当祈家的继承人！"

祈言不为所动："我很有钱。"

陆封寒看看祈言，觉得祈言这个阐述在这一刻十分具有刺激性。

祈文绍神情一僵，有不屑，还是好言好语："祈言，你现在还小，没有概念，你再有钱，能跟祈家比吗？"

他有把握，祈言不会不动心。

祈言却懒得再说话，直接显示了账户的余额。

一串数字出现在个人终端上方，夏知扬惊呼出声："这……这到底是多少位数？九位数？十位数？十一位数？"

陆封寒也挑了挑眉。他知道祈言很有钱，只是没想到会这么有钱。又忍不住一算再算，原本计划是攒 10 年攒够祈言账户余额的零头，现在"零头"升级，不知道攒 50 年够不够。

祈文绍却难以置信："不可能……不可能！"

如果祈言不需要祈家的财产，那他拿什么跟祈言谈交易？想到什么："对了，你妈妈……你妈妈她……"

祈言打断祈文绍的话："妈妈曾告诉我，她喜欢的那个你早已经死了。"

祈文绍如遭雷击，喜欢的那个我？

他艰难地回想，大学时的自己是什么模样？

家世赋予他良好的教养和谈吐，为了跟林稚见面，他每天有时间就去林稚班里听课，林稚在的公共大课他一定会在，为了理解林稚随口说的话，他会通宵查阅各种资料，在林稚因各种论题跟人辩论时，他会满心骄傲……

他爱林稚吗？那时候是爱的，否则不可能锲而不舍地追求了足足 3 年。在林稚答应他的求婚时，他好像还哭得很没形象。

可又是什么时候开始改变的？

是当他发现林稚有许多志同道合的朋友，他却插不进一句话？还是发现林稚说的话、解的公式，不仅是他没听过的，更是他根本无法理解的？或者是逐渐地，他已经从一个学生变得成熟，林稚却还和在学校时一样，毫无成长，只怀着对科研的一腔专注与纯洁？

不，可能是……意识到自己的无能，承认自己的平庸，对他而言，太过难堪了。

所以在林稚离开后，他又会不由得将林稚作为对比的参照，觉得无论是江云月还是别的人，都比不上她。

他视线落在祈言身上，僵硬开口："那你妈妈去世时……"

祈言冷冷地道："如果我妈妈对你有一丝一毫的在意和眷恋，就不会选择离开这个世界。"

祈文绍许久才长吸了一口气，甚至引起了咳嗽，沙哑道："这样啊？"

原来他对林稚来说，早已无关紧要。

原来，他这辈子，过得这么失败。

他失去了林稚，以俯视的姿态，选择了一个自以为能够完全掌控的普通女人，直到他在无形中将这个女人的野心养得越来越大，越来越大，大到对方将他视作绊脚石，准备随手处理干净。

他宠爱的儿子学术造假，蓄意杀人，一直都在他面前装软弱，哄他骗他，现在进了监狱。

而对曾经爱的女人和另一个儿子来说，他只是无关紧要的存在。

祈文绍突然失了力气。他望向祈言，嗓音更加沙哑："江云月给我用的药叫'河碱'，你知道是什么吗？"

陆封寒回答道："'河碱'是一种慢性神经性毒素，反叛军做出来的东西，可以让人在清醒的状态下逐渐虚弱，最后窒息死亡，联盟现今还没有研究出治疗手段。"

江云月一个勒托贵妇，能拿到"河碱"，本身就说明了不少问题。

陆封寒发了短讯给文森特，让他帮忙盯着人。

祈文绍在听完这句话后，竟没有太大的意外，只是觉得讽刺，最后在他眼前的，竟然是这个他一度排斥和畏惧的儿子。

从祈家离开，夏知扬依然处于震惊的状态。

"江云月为什么要杀祈文绍？为了祈家的家产吗？"夏知扬从小在勒托长大，虽然平时大大咧咧，对这方面却很敏锐，"如果江云月的目标是家产，她肯定会想除掉你，那之前的车祸……"

"说不定江启就是受了她的鼓动。"陆封寒把夏知扬想说的话说了出来。

"对对对，我也这么觉得！"夏知扬越想越心惊，"太可怕了，没了祈言，江启被判刑，再杀了祈文绍，她就是祈家财产的唯一合法继承人！"

他回头望了望祈家的房子，觉得祈文绍很可怜，但又觉得，这或许就是自作孽不可活吧？一切结果，都来自他曾经做的选择。

晚上，祈言又抱着软绵绵的枕头来到陆封寒的卧室。

主动将枕头放在陆封寒的枕头旁边，摆整齐了祈言才问："我可以找你聊聊天吗？"

陆封寒回答道："当然可以。"

祈言声音低而清晰："我无法理解他的想法，每个人都是不同的个体，都有自己擅长和不擅长的事，都有缺点和优点。"

陆封寒很快意识到"他"指的是谁。

祈言举了例："夏知扬很会跟人交流，他在的地方从来不会冷场。陈铭轩游戏打得非常好，叶裴很擅长统筹和分派任务，蒙德里安能跟不同的人合作，夏加尔体能很不错。还有很多人，每个人身上都有不同的优点。"

陆封寒听完，认同地点点头。

他想，你这双眼睛太干净了，才会抱着欣赏的态度，注意到每个人身上优秀的特质。

不是每个人都能做到。

注视着祈言微翘的鼻尖和精致的唇线，陆封寒问他："那我呢？你提了那么多人，你心里，我的优点是什么？"

问出这句话，他竟然难得出现了紧张的情绪。

祈言思考的时间不短，但似乎也没多长。

光线暗淡的房间里，陆封寒听见祈言的声音，"你什么都好。"

第二天一大早，祈言就和陆封寒去了 ISCO 超光计算机设备中心，由服务机器人扫描身份信息后，两人乘升降梯至地下 11 层。

发现夏知扬打来通讯时，祈言下意识地看了看时间，6 点半。

"你起这么早？"

"不是起得早，我昨晚根本没睡！"夏知扬嗓音沙哑没力，"完了完了，我恐婚了，我昨晚一闭眼就是祈文绍躺在床上的模样，那个叫什么碱的毒药实在太可怕了！"

银色金属门在两人面前打开，祈言一边听夏知扬说话，一边走向"银河"主机所在的位置。

地下 11 层空间十分宽敞，目之所及，所有墙面都使用银色金属做装饰，平整无缝，除放置数十万光调器组件的玻璃房外，再无隔断。

听动静，夏知扬好像又在床上滚了一圈，声音发闷："而且我在纠结，祈文绍拦着我们不让我们报警是为什么？都被人下毒了，快没命了，竟然还不报警抓了江云月吗？我昨晚悄悄跟我妈说了这件事，我妈竟然也不倾向于报警，难道这就是大人的世界？"

祈言也不懂，目光下意识投向陆封寒。

"勒托推崇晚婚晚育，祈文绍差不多 60 岁了，他在勒托权贵富豪的圈子里浸淫几十年，处事方法已经根深蒂固。他们向来不信法律规则，因为规则在他们心里都是能变通的；也不信警方，因为所有联盟警察在他们看来都能被人收买。"

陆封寒戳了下祈言的脸，"所以祈文绍在拿到个人终端后，才会第一时间联系你，而不是报警。"

通讯里，夏知扬恍然大悟："原来是这样！所以我妈也没想报警？"

"或许。祈文绍自己也说，江云月背后有别的倚仗，有人在给她撑腰。祈文绍不敢报警，担心一旦报警，江云月没被抓，自己反而惹怒了江云月，剩下的几天也活不成。"陆封寒记起他们离开祈家时祈文绍的状态，"他已经认清现实，知道自己活不了几天，很可能是想降低江云月的警惕，拉着江云月一起死。"

夏知扬倒吸一口凉气，好一会儿才憋出一句："人真可怕。"

陆封寒："需要加上限定词。没规则和道德约束、为了满足野心不择手段的人才可怕。"

夏知扬想想觉得对："所以你虽然看起来气势很强很不好惹，但你跟祈言说话，连语气都很温和，是个好人！"

陆封寒："……"

观察能力还挺强。

夏知扬思来想去："那祈文绍能成功吗？虽然这个想法有点……但我还挺希望他能报仇的。"

陆封寒："可是如果他没在江云月入狱期间另找情人，让江云月感觉受到了威胁，这些事说不定不会发生。"

"……也有道理。"夏知扬觉得好像每个人的行为都是有缘由的，但真判断，又说不清到底谁对谁错，"算了算了，我睡会儿觉，不想了不想了！"

通讯结束后，祈言做完准备工作，开启"银河"的主机，在传输数据时把灯全关了。

周围暗下来。

陆封寒不明所以。

祈言拉拉他的袖子，指着一个方向："看。"

只见放置组件的玻璃房子里，如夏日森林，有点点萤火渐次亮起，微光透过玻璃映在四周的金属墙面上，如盈满星光的褶皱水面。

祈言告诉陆封寒："之所以将这台超光计算机命名为'银河'，就是因为数十万光调器放在一起，周围灯光熄灭时，能看见无数闪烁的微光，像银河星光。"

陆封寒眼里亦是繁星点点："很美，名字也很美。"

"嗯，我想让你看到。"祈言又道，"'银河'是我外公和外婆的作品，也是由他们命名的。"

"你外公外婆？"陆封寒看向祈言的目光里有惊讶，却毫不掩饰。

"星历 144 年，失去空间源后，联盟提出'科技复兴计划'，145 年，我外公外婆一起加入了这项计划。不过 20 年后，外公外婆就被反叛军暗杀了，那时我妈妈 6 岁。他们死前留下的最后一个作品，就是这台'银河'。"祈言话里隐隐透出羡慕，"他们很厉害，还很会取名，可这个基因好像没有遗传给我。"

陆封寒对祈言的"PVC93"和"R9-03 加速器"印象深刻，毫不客气地笑了出来，怕娇气包难过，又补救："以后我帮你想，你就不用为难了。"

他不由想起跟图兰学院的校长见面时，祈言说过一句"但有些事，就算随时会死，也不能不去做"。现在回想，又多了不一样的情绪。

祈言对超光计算机很熟悉，虽然操纵台上无数按钮符号错综复杂，但他有条不紊，甚至有种节律的美感。

陆封寒原本在做战略模拟，被接连的"嗒嗒"声吸引，忍不住盯着看了一会儿。

没想到祈言手上动作慢了几拍，最后偏头，小声反对："不要看我。"

陆封寒笑，长腿叉开，连点了两下头："好好好，不看。"

"银河"运行时有低低的白噪音，这种环境反而让陆封寒变得专注，有种置身前线指挥舰，正做战术设计，做完还要去会议室跟手下一帮人开会的错觉。

到了中午，陆封寒把带来的 A 套餐放到祈言旁边，等他手上的事暂停才开口打断："吃了饭再继续？"

祈言一心二用，回答陆封寒的话："没有营养剂？"

"没有，故意不带的，"陆封寒视线在祈言腰上扫了圈，"都快瘦没了，单吃营养剂不够，要认真吃饭。"

陆封寒坚持，祈言也就接了套餐，一边吃，眼睛一边还盯着屏幕。

个人终端有提示，祈言允许连接通讯，下一秒就听夏知扬的声音在设备室里响起："不好了不好了，祈文绍死了！"

祈言捏着勺子的手停了停，问："然后？"

"江云月在接受采访，说祈文绍的死跟你有关，还有江启开车撞你的事也是你自导自演，最终目的是把江启送进监狱！"夏知扬语速快得跟弹珠似的噼里啪啦，"这个恶毒女人，太厚颜无耻了，竟然还一边哭一边说没了祈文绍她以后怎么办。她下毒之前早就想好了吧？虚伪！"

在夏知扬说话的同时，陆封寒打开了星网。

基于星网每秒无比庞大的信息流和人数，江云月的采访才刚开始，讨论度就进了本日前三。

投影出的画面里，江云月鬓发微乱，双眼哭得浮肿，脸上满是泪痕，毫无往日贵妇的形象："早知道会发生这样的事，从最开始我就应该反对我丈夫将祈言接回来！明明是他妈妈从小将他带离勒托，文绍也一直照顾他……祈言表面装作半点不在意，可暗地里，他却想除掉所有挡路石，拿到家产。我不知道他用了什么方法激怒江启，造出了这场车祸。所有人都以为江启要杀他，可事实上，是他想借这个手段让江启入狱，没有机会跟他争家产！"

一旁的主持人适时询问："车祸这件事，你为什么会产生这样的怀疑？"

"祈言的车被撞后，只有轻微的损伤，这还不够吗？如果不是提前知道会发生车祸，怎么会做好万全的准备？"江云月含泪看着主持人，哽咽质问，"一个普通人，会每天开这样的车吗？"

不少人在讨论。

"这也是车祸事件里我的疑点！快车道上的车速大家都清楚，以前那些车祸视频里，一撞，两辆车都废了。可这次很奇怪，明明是全速撞上去，祈言的车却只凹陷了一点，是装了外部保护装置？可普通人会给自己的车搞这玩意儿吗？除非你知道有人要撞你的车！"

"那事情真实顺序其实是，祈言先提前做好准备，然后故意激怒江启，让江启开车撞他，去警局，联系记者，让所有人都知道江启故意谋杀，他是受害者？"

"心机好深……怪不得到现在才被发现……"

"这原本只是我的猜测，直到现在我才确定……都怪我，没有保护好我的儿子，也没有保护好我的丈夫……"江云月鼻音非常重，甚至叙述都有些凌乱，像悲伤过度的状态，"文绍因为两兄弟不和，很伤心，病倒了，我一直仔细照顾，希望他快点好起来，我太害怕了。因为文绍在病床上也怀疑祈言在车祸这件事中到底扮演怎么样的角色，想当面问问祈言。他怕我难过，还让我暂时出门散散心。"

江云月神情逐渐转为悲痛和愤怒，紧捏着裙角的手发抖，似乎看见了什么痛苦的画面："可是当我回家时，却发现文绍已经没有了呼吸！医疗机器人的判断是死于窒息，整个上午，家里只有祈言去过！"

她朝向镜头，哀求："祈言，你要什么我通通都让给你，钱、财产、房子……我什么都不要，我只想要文绍还活着……"

"天哪！难道是祈言被他爸挑破了动机，所以怒下杀手？"

"太可怜了，失去了儿子，现在丈夫也被害死了……"

陆封寒手搭在祈言的椅背上，将人半圈在自己身影下，他看着江云月唱作俱佳的表演，嗤笑："她没有足够的证据链证明是你杀了祈文绍，干脆示弱装可怜，先一步引导大面积舆论。这样一来，涉及舆情，警方再以涉嫌故意杀人将你带走，就理所当然。"

祈言好奇："带走之后呢？"

陆封寒顺手捏了捏祈言细腻的后颈："警局里会有人帮她，你只要被关进去了，就再没有出来的机会。等你悄无声息死在里面，再把你畏罪自杀的消息放出去，全星网说不定都会相信江云月这套说辞。"

祈言指指投影画面："所以她哭这么久，指控我杀人，是为了抓我进去？"

"当然，车祸没成功，你肯定会提高警惕。想从意外入手，成功率低，还容易暴露。江云月已经搭上了反叛军这条线，她想除掉你，她的合作方必然会趁机表示表示，巩固合作。"陆封寒故意换了个声调，低沉沉地开口，"你只需要给我们一个逮捕他的理由，我们就不会让他活着走出去。"

"你一点也不像坏人。"祈言一讲就通，"所以祈文绍联系我这件事，也是她故意留的破绽。"

陆封寒"嗯"了一声："她在祈文绍身边这么久，将祈文绍的喜好脾性琢磨了个遍，更是了解祈文绍的行事习惯。留下一个破绽，让你去见祈文绍，等祈文绍死了，你自然成了祈文绍死前见的最后一个人，嫌疑最重。"

祈言试着将自己放进这个局里，客观评价："这个设计似乎……没什么漏洞。"

正看着，叶裴的通讯又过来了。

"我刚刚一直在做模型，还是看了内网的交流区才知道这件事，祈言我们都相信你！至于交流区，你先赶紧屏蔽，学校大了，总有几个以小人之心度君子之腹的傻子！"

祈言反倒问起："他们说了什么，让你这么生气？"

叶裴犹豫之后，还是回答："说什么祈言你一看就很缺钱，从荒星回来，还做一夜暴富的美梦，拿矿石去做鉴定，说不定真能为了钱和家产干出这种事情。"

祈言抬头，问陆封寒："我看起来很缺钱？"

陆封寒实话实说："那些人眼瞎。"

祈言的思维很直接，"江云月的论点是，我为了祈家家产，陷害江启，杀害祈文绍，我只需要证明这一论点不成立，对吗？"

"对，"叶裴回答，"怎么这种事一旦转化为学术问题后，似乎就变得……简单了？"

她总觉得祈言这个问法很熟悉，上一次祈言用上这个句式是在……是在做出PVC93后，被污蔑请了"家教"，祈言当时说的是："是不是只要证明PVC93

是我做的，就没事了？"

叶裴下意识地激动起来："祈言你准备干什么？"

祈言："驳斥。"

叶裴立刻接话："正方通过证据，指出反方的论证是错误的或不正确的，由此击败反方！"

"对。"

20分钟后，当江云月的采访热度持续上升，无数关于"祈言已被刑拘""祈言承认罪行"等等消息乱飞时，联盟中央银行发布了一份通告。

"应我行七星级客户祈言先生所托，特发布通告如下：祈文绍先生为我行六星级客户，江云月为我行四星级客户。另：祈言先生名下账户所有财产，均来自母亲一系遗产继承所得。特此通告。"

"我查了一下中央银行的星级表，四星级客户为资产上千万，五星级客户为资产上亿，六星级七星级根本没有公示，但应该是多一个星级多一个0？如此一算，我的存款只比祈言少了区区7个0……"

"今日份笑话，资产七星级的为了抢六星级和四星级的钱，不惜动手杀人。夸张一点就是，联盟首富为了一个硬币，打劫乞丐？江云月女士，您觉得这个笑话如何？"

"第一次听说七星级客户！啊啊啊我羡慕了！我的存款，比祈言少了6个0而已……"

"我的存款比祈言少了8个0……比穷我从来不会输！"

"哈哈哈哈，祈言就差明着说老子真看不上你那点财产，老子有的是星币！"

这时，祈言陆续收到了好几条信息。

夏知扬："我的存款，也就比祈言少7个0而已……"

叶裴："才买了一套设备的我，存款也就比祈言少8个0而已……"

夏加尔："我全宿舍4个人的存款加起来，也就比祈言少9个0而已……"

这几条信息陆封寒也看见了："你好像一不小心成了计量单位。"说完又挑挑眉，穷果然还是第一军校的穷。

正说着，文森特的信息也过来了："指挥，有人养快乐吗？有存款比我多7个0的人养快乐吗？"

陆封寒回了5个字："你想象不到。"又问，"这件事在你们管辖范围内，什么时候抓人？"

文森特："从昨天你提醒我到现在，乱七八糟各种暗线已经理明白，可以动手带人了。这次我出任务，已经在去的路上，有吩咐？"

陆封寒手指点了两下桌面："好好表现。"

星网上，也有不少人反应过来："祈言没了杀人动机，江云月的说法不再成立，那这件事到底怎么回事？勒托警方为什么还没有任何行动？"

但无论星网舆论如何，勒托警方依然一声不吭。

就在星网纷纷要求勒托警方回应时，直播的采访中，有两个人进入了画面内。

主持人和江云月看了过去。

无数人的注视下，明显使用了虚拟面容的年轻男人亮出证件，看向目露警惕的江云月："军方情搜处办事，怀疑你勾结反叛军，烦请配合。"

现场的主持人最先反应过来，她勉强露出职业的微笑，但未能完全掩饰住紧张，措辞也不够得体："您好，请问……您确定没有找错人吗？"

她看着面前相貌虽普通，但气势格外冷峻的男人，又望向脸色极差的江云月。

这到底怎么回事？

星网上不少人也跟她有同样的疑惑。

"？？？江云月不是祈家夫人吗？虽然又是私生子又是小三上位，但怎么跟反叛军扯上关系了？"

"军方情搜处？竟然出动了军方情搜处！这个机构直属军方，一直半藏在阴影里，这次竟然因为江云月露脸了！虽然是假脸……"

"你们品一品！江云月前脚说祈言为了钱，有害死生父的嫌疑，祈言后脚就澄清我有的是钱！祈文绍有头有脸，死得不明不白，勒托警方到现在都还一声不吭，为什么？军方情搜处来人就是原因！如果江云月勾结反叛军，顺便还害死了自己的丈夫——这超出勒托警方的职权范围了！"

江云月很紧张，确切地说，她感到了某种因情况不明和失控带来的慌乱，全身肌肉都在这一刻变得紧绷，她不断地安慰自己，找她合作的那些人那么厉害，当面骂她、挖苦她的人，通通都"出意外"死了，也没一个人怀疑到她头上。给她"河碱"的那个人还保证过，这种毒素珍贵又隐蔽，全勒托都没几个人认得出，且人死后，法医也无法查出具体死因。

一切都天衣无缝，毫无破绽！

江启在监狱里，祈文绍再不甘心也已经死了，只要再让祈言消失，祈家所有产业都会被她握进手里，怎么可以有波折出现呢？

因为哭太多，江云月鼻音很重，神情疑惑地看向来人："这位……先生，你说的和反叛军勾结，是指我吗？"她露出正常人被误解后的惊慌，"这其中是不是有什么误会？"

她像是猛然想到了某种可能，突然喃喃道："江启，文绍……现在是轮到我了吗？"

文森特冷眼看她表演，心想这人心理素质还不错，这种时候了，都还想着把锅甩到祈言身上。

既然指挥让他好好表现，文森特不介意将抓人的过程拉长一点。他怎么想也就怎么说了："你是指，你是清白的，和反叛军勾结这种事，你做不出来。是有人诬陷你，而诬陷你的人就是祈言？"

江云月连忙摇头："我没有这个意思！"

"没有吗？"文森特扯扯自己的袖口，"那你就是怀疑军方情搜处没有确切证据，胡乱抓人了？或者说，怀疑我渎职？"

江云月心中暗恨。她不是没有接触过军政人员，因着祈家夫人这个名头，就算有少数人会比较冷淡，可依然会保有社交礼貌，而不会像面前这个男人，咄咄逼人。

她再一次感受到手中无权的憋屈。

此时，江云月正在估量自己的事被发现了多少。只是怀疑？还是已经掌握了证据？掌握的证据又有多少？有没有洗清嫌疑的可能？她一边想一边回答："当然不是，您误会了。"

"误会了啊，不过为了洗清我渎职的嫌疑，"文森特毫无预兆地开始按时间顺序叙述，"你因学术造假被判入狱，住你隔壁房间的是一个叫弗琳的女人。你应该知道弗琳的另一个身份——反叛军在勒托的一个间谍。"

江云月矢口否认："你在说什么？我根本不知道！"

"不，你当然知道。"文森特继续往下说，"你出狱后联系上了弗琳，愿意跟她合作。合作后的第一件事，让祈文绍的情人骆菲娜因意外毁容。第二件事，伊芙·亨德森、亚莉·拉马斯等7人，因为与你意见不合或者说过你坏话，接连出意外死亡，其中4起为悬浮车驾驶系统被入侵造成，3起为人为的'意外'。第三件事，你花10万星币从弗琳手中买了两克名叫'河碱'的神经性毒素，用在了祈文绍身上，这种毒素只在反叛军内部流通，还挺珍贵，被称为'神赐'。当然还有第四件事，反叛军藏在勒托警方中的暗桩已经做好准备，等你把祈言送进去，那边就行动，绝对会让祈言在24小时内毙命。不过不好意思，这个暗桩我们已经连夜砍了。"

文森特露出可称谦虚的笑容："时间较短，我们只查到了这些，请问江云月女士还有什么要补充的吗？"

在文森特说完这番话后，在场的主持人惊得说不出话来，而星网上的观众虽然已经习惯了每天内容驳杂的信息流，但文森特说的这段话里，内容实在太过丰富了。

"？？？信息量超标了……真的超标了！！"

"总结就是，勒托富豪圈前段时间接连出的意外，基本都有她的手笔，她丈夫是她买了神经性毒素亲自毒死的，这次采访最终目的是除掉祈言？我为我前一秒的愚蠢道歉，我竟然真的觉得她很可怜！"

"心疼祈言，被这种人陷害，还被陌生人骂了好久！"

"江云月女士不仅上位手段非常出色，贼喊捉贼、颠倒黑白的能力也是出类拔萃的！我在开始看这个节目时，根本想不到后面这么精彩！"

在这个男人念出伊芙·亨德森这个名字时，江云月整个人便已经僵住了。那是她借助反叛军的手，除掉的第一个人。

让看不顺眼、喜欢嘲讽她的人消失在这个世界上，随意判下一个人的生死，手握这种权力，令人上瘾。并且，不需要她亲自动手，只需要表达自己的想法，第二天就会得到那个人已经死了的消息。

毫无负罪感。

江云月声线紧绷："你……没有证据。"

文森特："抱歉，我们不仅有证据，还非常非常充足。"

在陆封寒提醒他江云月有问题后，他一晚上基本没睡，要是这样都不能找到足够的证据，他也可以不用说自己是第一军校毕业的了。

江云月脸色惨白，仍然试图否认："我不相信！"

文森特挺有耐心："所以？"

言下之意便是，你不相信，又怎么样？

"你不能抓我……不是我，都不是我做的，"江云月双目圆睁，嘴唇颤抖，手抓着领口，"不是我做的……我不想死、我不能死！"

文森特神色倏然变冷："你怎么不问那些因你而死的人，问他们想不想死？"

觉得差不多了，文森特抬抬手指，指挥自己的下属："去带人，回去交任务下班了。"

随他出任务的下属沉默寡言，行动力却很强，在江云月不顾形象的挣扎下还能精准地戴上手铐。

文森特毫不在意军方情搜处的对外形象，朝向浮在半空的一个小型拍摄机器人：“今天的法治在线节目到此结束，想知道后续的观众朋友可以翻翻《勒托日报》登登星网。至于跟反叛军有染的，请小心。”

临走，他还朝无措的主持人道：“打扰你录节目了，抱歉。”

主持人愣了两秒才连忙回应：“没有没有，谢谢您！我们都没想到江……江云月会做出这些事，而且……这期节目的收视率和关注度应该会非常非常高。”

确实如主持人所言，这一次采访的收视率呈波段上升，在军方情搜处的人出现后，更是爆发式增长。

不管是哪个时代，这类部门都吸引着无数人的好奇心，这一次还是在镜头下对质、抓人，一时间，《告诉你军方情搜处的前世今生》《虚拟面容的运用》满星网到处飘。

在 ISOC 地下 11 层的陆封寒收到文森特发来的话：“圆满完成任务！”

陆封寒回了一个“嗯”，肉眼可见的敷衍。

祈言一边调试“破军”，一边分心问陆封寒：“要不要谢谢文森特？”

“谢他干什么？这次以江云月为中心，一拔拔出一连串，收获颇丰。如果他们情搜处以业绩算工资，他这个月应该能脱贫致富。”陆封寒站在祈言身后，垂眸看他快速敲击字符的指尖，“我们给他提供了线索，该他谢我们才对。”

祈言于人情世故并不擅长，既然陆封寒这么说了，他就不再纠结，继续一心二用跟陆封寒讨论：“江云月缺乏严谨，她在设计陷阱时没有考虑到不稳定因素的存在。”

陆封寒发现，跟叶裴说的一样，不少问题在被祈言转化为学术问题后，都变得清晰又明了。

“不稳定因素是‘河碱’和你。江云月的预设是，没有人能认出这种毒素，但你不仅通过祈文绍瞳孔的蓝斑认出了‘河碱’，还知道‘河碱’来自反叛军，这就是在前期设计时没有控制不稳定因素造成的后果。”祈言表示，“我 6 岁做实验时，就已经不会忘记控制不稳定因素了。”

“很厉害，”陆封寒捏了捏祈言的耳垂，毫不犹豫地夸奖。

ISOC 设备室，祈言一待就待了整整 3 天时间，其间他仿佛不知道疲倦，满心都落在“破军”上。陆封寒只好算着时间让祈言活动活动、喝水吃东西或者闭眼睡会儿觉。真正跟着祈言这么熬过来，他才切身明白，傅教授为什么总是对学生强调，科研在大多数时候都是单调、重复、枯燥又孤独的。

第三天晚上，祈言关闭“银河”，对着玻璃房内渐次熄灭的光调器发了会儿呆，慢吞吞地趴到陆封寒大腿上，隔了会儿才开口：“接续调试完成了，后续再抽取出'破军'的数据核。"

"就结束了？"

"嗯，"祈言声音很低，像是精力都在前三天高强度的工作中耗尽，"10月初到现在，花了3个月时间，比我预估的快一点，赶上了。"

他话到后面，声音越说越低，不过陆封寒还是听清了最后3个字。

赶上了？

到底是赶上了什么？

两句话的时间，祈言沉沉睡了过去。陆封寒用指令关了设备室里的灯，"银河"运行的声音已经消失，整间设备室里，只有玻璃房内有隐隐几点微光闪烁。

陆封寒猜测整间设备室用的都是隔音材料，这也导致外面的声音半点传不进来，安静到了极致。

有些像大溃败的那场爆炸后，他随着破破烂烂快散架的逃生舱漂浮在太空里，视野内只有几颗不知道距离多遥远的恒星。

每到这种时候，人就会下意识地安静下来，思考很多平日里难得想到的东西。

命悬一线那次，陆封寒想的是决不能死，真死了，对不起牺牲的兄弟，对不起这概率微乎其微的死里逃生。

至于这一次，他只想到了祈言。

陆封寒就这么一动不动地坐了一个小时，确定祈言睡熟了不会醒，陆封寒才小心翼翼地把人背起来。

衣角传来牵扯感，陆封寒无奈发现，这人睡着了竟然还握着自己的衣角不放。仔细把手指松开，陆封寒把人放到了角落的折叠床上。

祈言这一觉睡得沉，被个人终端吵醒时有些茫然。眨了眨眼，看清玻璃房里闪烁的微光，他坐起身，几乎全凭着感觉看往一个方向。

几秒后，灯光亮起，眼睛被光刺了刺，陆封寒映进了他眼里。

"这是睡傻了？"陆封寒手在祈言眼前晃了晃。

祈言反应有点慢："没有。"

听他嗓音嘶哑，陆封寒把水递过去，见祈言怔怔没接，干脆又接手了喂水这项业务。

缓过神来，祈言开了个人终端。

陆封寒放好水杯："谁找你，这么急？"

祈言将信息的内容给陆封寒看："好几个人，都在让我尽快处理祈家的产业。"

陆封寒也才想起，祈文绍没了，江云月被抓，江启还在监狱里，有资格处理祈家家产的，只有祈言。

祈言也意识到了这件事："好麻烦。"他给陆封寒投来求助的眼神，摆明了的逃避态度。

陆封寒语气纵容："真拿你没办法。"

等祈言从 ISOC 出来，翻了翻这两三天的新闻，才发现江云月被带走后，没多久就都承认了，还交代了不少细节。包括在监狱中弗琳跟她说了些什么，出狱后又是怎么搭上线，以及谋杀祈文绍的细节。

由于舆论关注度高，部分证据和口供都进行了公布。

现在，江云月正处于司法流程，最终的审判结果不外乎死刑，只区别于哪一种执行方式。同时，无数人都在猜测祈言会怎么处理祈家的产业。

夏知扬也问了这个问题，不过得到的回答是："我不知道。"

"我也觉得这一堆事太突然了，你要不要找个职业经理人先稳住局面？"夏知扬帮忙出主意，"你现在有大的方向或者粗略的想法吗？"

"有，"祈言没多思考，"祈家的……我都不会要，至于如何处理，我想抽取一部分星币，设置一个基金会。"

夏知扬觉得这没什么问题："你不想沾手的话，签署几份协议就可以，让祈家那些产业直接跟基金会对接。基金会独立运行的案例很多，联盟有现成的模式可以参考。基金会你想做哪方面的？科研学术？"

祈言："不是，我想先设置抚恤金。"

听见这句，陆封寒望向祈言。

夏知扬飞快明白过来："是针对前线阵亡军人遗属的抚恤金吗？没问题，你有想法，交给职业经理人和基金会去做就行，联盟的监管机制挺完善，闹出的幺蛾子不多。"

祈言又开口："你能推荐一个职业经理人给我吗？"

夏知扬愣了好一会儿："你这么信任我？我的天，你等着！我帮你找人！一定给你找一个超级靠谱的！"

等通讯被急匆匆挂断，陆封寒不经意般问起："怎么想起设置抚恤金？"

祈言理由很简单，"战事太多了，前线两次大败，以后也还有很多仗要打。"

战火频发，牺牲名单就会随之拉长。

陆封寒心中的滋味却有些复杂。

军人会壮烈牺牲这件事，也成了无数人心中的默认。很少有人意识到，军人有生有死，也有妻有子。当前线的战役、爆炸与牺牲作为一连串的数字被统计、记录和发布，"人"在其中的存在感便不断被弱化。

祈言见陆封寒盯着自己："怎么了？"

陆封寒摇摇头。没说出的话是——谢谢你记得他们。

接下来的3天里，祈言也没能回学校上课。夏知扬帮他找了一个职业经理人，在祈言阐述完自己的想法后，对方效率极高地开始拟定合约和声明，召开不同的会议，办理各种手续。

签完最后一份声明，祈言终于结束了忙碌的行程，坐上悬浮车回家。

因为出席的场合很正式，祈言难得穿上了在黛泊工作室定做的黑色西服。手工裁剪的线条贴合身形，在祈言身上刻画出清淡的内敛与矜贵。

他坐姿规整，冷白的皮肤映着窗外一闪而逝的光，因为疲惫，半垂着的眼睫透出冷感，让他像松枝上盛着的薄雪，很像才去参加完晚宴，裹着一身颓靡气、性格疏冷的小少爷。

漫不经心地翻了翻《勒托日报》，祈言没想到会在版面上看见自己的名字——是他放弃祈文绍的遗产、建立基金会和抚恤金的相关新闻。

陆封寒瞥了一眼新闻配的图，想起之前的事，笑道："现在所有人都知道我们祈言非常有钱了。"

祈言转头问陆封寒："会很麻烦吗？"

"当然不会。"陆封寒直视前方，眼底映着夜色中的灯火辉煌，"祈言的事，永远不会是麻烦事。"

第十四章

新年钟声

星历 216 年的最后一天，天气预报显示有大雪。祈言透过窗户看了看外面阴沉沉的天色，裹好被子继续赖床。

每个月最后两天都是公休日，图兰学院基本不会排课，祈言开着个人终端，更新了"破军"的研究进程。

他这边刚点提交没 1 分钟，通讯就响起来了，这让祈言怀疑奥古斯特是不是设置了监控小系统，他一更新，小系统就会提示。

"祈言，你竟然 3 个月完成了'破军'？"

祈言半闭着眼睛，"嗯"了一声，又解释："有我妈妈的基础，而且来勒托的 21 个月前就已经开始设计了，不过那时混淆现实的情况比较严重，没敢真正重启项目。"

奥古斯特叹了一口气："你那时哪里只是比较严重？伊莉莎不知道悄悄哭了多少次，我们都很害怕你在混乱的记忆中再也无法清醒过来。"

祈言很少回忆那段时间的具体状况，因为时至今日，他依然分不清那些缠在一起的记忆到底哪些是真实、哪些是由自己虚构的，只道："让你们担心了。"

"无论如何，你只用 3 个月就做出了'破军'！就算加上设计的 21 个月，两年！你两年做出的'破军'！"

听着奥古斯特激动的发言，祈言神情也轻松起来道："具体效果现在还测试不了。"

奥古斯特颇有些迫不及待："需要连上军用星舰的中控系统对不对？你要不要请个假再打个申请，去一趟前线？"

"暂时还不用，等将'破军'的数据核抽出来再说。"祈言没把自己的打算说出来，换了话题，"明天就是新年了，奥古斯特，新年快乐！"

奥古斯特爽朗的笑声传来："纠正了多少遍了，这种正式的语境里，应该叫'奥古斯特叔叔'！每年都会纠正你，来年依然不照着来！不过今年是你第一次在外面过新年，你不在总有点不习惯。"

祈言毫不犹豫地戳穿他的话："去年新年你在实验室；前年新年你正好遇见一个难题，把自己关在房间一个星期；大前年你生病，在治疗舱里躺了两天两夜，所以我们已经连续三个新年没有一起过了。"

奥古斯特大笑："祈言，这些能不能都忘了？"

祈言唇角微松："不能，我记忆力太好了，忘不掉。"

这时，对面传来伊莉莎的声音："奥古斯特，你在跟祈言通话？"

祈言主动道："伊莉莎阿姨，新年快乐。"

伊莉莎话里笑意满满："祈言新年也快乐！今天会去什么地方玩儿吗？"

祈言下意识地望向门口，回答："应该会，好像要去天穹之钻广场看喷泉表演，再参加新年倒数。"

这是陆封寒昨晚睡前跟他提的，说"破军"做好了，祈家的事情已经处理完，又不用去学校，正好可以参加参加新年活动。

伊莉莎很欣慰："我们祈言终于知道要出去玩儿了！"

祈言没什么底气地反驳："我一直都知道的。"他犹豫了会儿，还是提起，"祈文绍……几天前去世了，他现在的妻子给他吃了'河碱'。"

伊莉莎和奥古斯特曾和林稚是至交好友，自然知道祈文绍是谁，曾经又有哪些事。

两人都静了静。

伊莉莎问："你怎么样？"

祈言仔细思考："我也不知道，我见了他一面，那时他已经活不了了，后来听见他的死讯，心里有一瞬间，好像有点……空落落的感觉。很奇怪，明明他对我来说，和陌生人差不多。"

从小到大，林稚并不避讳提起祈文绍，形容和评价都非常客观，所以他对祈文绍没有期待和依恋，也没有怨恨。

"祈言，不奇怪。"伊莉莎声音温和缓慢，"你是一个拥有感情的人，不是程序调控的机器，你会因旁人的死亡产生某种情绪是正常的。况且这个人的离世，还意味着这个世界上再也没有谁是你血缘上的父亲了。"

翻了个身，祈言将半张脸埋进枕头里："嗯，我知道了。"

祈言下楼时，陆封寒正握着重力器在练体能，手臂的肌肉凸显出流畅有力的线条。注意到陆封寒手腕上配置的个人终端微亮，祈言猜应该是在跟谁通话。

见陆封寒神情冷峻，他没有出声，去厨房倒水喝。

"指挥，你让我注意着前线情况，从远征军传回来的报告上看，由于联盟军方表现出议和的倾向，近期，远征军和反叛军之间除小规模摩擦外，开火范围不大，双方都挺克制的，反叛军也一直驻扎原地，没有大动作的迹象。"

文森特向来认为自己是陆封寒手下好用的"工具人"之一，不明白陆封寒的用意也没什么，反正按吩咐查就是了。

"至于星际海盗，从劫持星舰事件后，又在勒托附近抢过两次民用运输舰和一次小型短途星舰，之后就销声匿迹了。我手里查到的消息看，他们跟冬眠了似的，只在开普勒大区边境和南十字大区边境搞过三次事。"

陆封寒听完："活跃度太低了。"

"我也觉得很低，不知道是不是反叛军给吃给喝，那群海盗已经不用劳心劳力养活自己了。"文森特问得直接，"指挥，你觉得有问题？"

陆封寒不答反问："是不是快到成立日了？"

文森特："没错没错，我把这两个时间记得很清楚！新年那天，指挥舰上的厨房会吃丰盛大餐，菜的品种是平常的两倍。等隔几天，菜的品种变成新年的两倍了，那就是成立日到了！"

星舰漂浮在太空中，舰上的人对日夜轮转和四季变化都非常迟钝，要不是通过下舰轮换来记录日期，要不就是像文森特这样，靠厨房菜品变没变多来分辨有没有什么特殊庆祝日。

一说完，文森特就反应过来问道："指挥，你认为反叛军会在联盟成立日当天搞事？"

没等陆封寒回答，他自己先否定："应该不可能，如果我是反叛军的老大，我不会非挑这个日子不可。虽然威慑力是足够强，相当于踩着联盟的脸在天穹之钻广场地面上摩擦又摩擦，但成立日当天，难度太大了，不仅勒托防守极为严密，随便谁都难进难出，聂将军为了避免两面受敌，还把中央行政区的兵力都收拢了。指挥，要是这样反叛军都攻进了勒托，联盟没了算了。"

陆封寒沉吟："只有预感总不太好。"

文森特没觉得陆封寒在杞人忧天，反而像陆封寒这样在前线跟反叛军对峙数年的人，突然冒出的一个预感说不定比参谋团在沙盘上推演100遍得出的结论都靠谱。

"那我放心上，多盯着看看，有什么异常就报给你。"

陆封寒应下，又状似关心下属："今晚不出去跨年？"

文森特哀叹："跨什么年？孤孤单单一个人出去，仰望勒托半夜的夜空吗？不对，勒托天空上，连月亮都成双成对！"

陆封寒语气平淡："哦，我跟祈言要出去。"还添上详细信息："去天穹之钻广场看喷泉表演，那里好像还有倒数这个环节？"

文森特："……"

我为什么要毫无戒心地回答这个问题？指挥，亏我这么信任你！

祈言发现，有一种冷，叫陆封寒觉得他冷。在陆封寒切断通讯看见他后，视线自然就落到了他赤着的脚上。

就在祈言也随着陆封寒的目光看向自己的脚，正在找理由来解释为什么没穿鞋这件事时，陆封寒几步走近，一把将他横抱起来，垂眼问他："冬天了，今天还会下雪，不觉得冷？"

祈言怔了怔，手下意识搭上陆封寒的肩膀保持平衡："……不冷。"

将人放在沙发上，陆封寒顺手碰了碰他的脚背："这还叫不冷？"

话里没责怪，反倒有点无奈的意味。

等陆封寒去帮他拿拖鞋，祈言盯着自己的脚，现在好像……感觉到冷了。很奇怪，明明之前没觉得冷。

拖鞋也是陆封寒挑的，他的审美跟他个人性格不相符，一式几双，鞋面上是不同的小动物，竖耳朵的兔子或者长尾巴松鼠，整双鞋用不知道什么皮毛做成，祈言穿着，总觉得像踩在云上。

盯着松鼠毛茸茸的尾巴看了一会儿，祈言开口解释："没有人会提醒我要穿上拖鞋，我就习惯了。"他又补上承诺："我会尽量记住。"

陆封寒捏了捏他的脸："记不住也没关系，我提醒你。"

入夜后，陆封寒开车带祈言去天穹之钻广场。

祈言有些期待："人会不会很多？我听叶裴和夏知扬说，在天穹之钻广场跨年的人不少，很挤。"

"应该还好，每年都限制了人数，要提前预约，约满了就进不去了，只能在家里用全息看。"

祈言望向他："你预约到了？"

"嗯，我提前问过夏知扬，他跟我说了开放预约的时间。"陆封寒单手开着悬浮车，又问祈言，"开心吗？"

祈言认真点头："开心。"

下车时，陆封寒拿了条浅棕色格纹围巾给祈言围上，这才开了车门。

占地面积极大的天穹之钻广场上，人比祈言想象的还要多一点。

陆封寒见他左看右看的模样，缓声带笑，提醒："人很多，跟着我，不要走丢了。"

祈言头是点了，还是只看左右不看路，好几次差点撞了人。

陆封寒无奈，握了祈言的手腕放在自己小臂的位置，挑眉看他。

慢了好几拍，祈言才垂着眼睫，缓缓收拢指尖，轻轻攥住了陆封寒的衣袖。

等他攥紧，陆封寒线条锐利的双眼变得温煦，继续往前走："嗯，这样就不会走丢了。"

祈言想说我不是小孩了，但跟着陆封寒走在人群中，瞥见身侧肩背挺拔的男人，把话咽在了肚子里。

两人先去看了喷泉表演。

他们站的位置靠前，身后似乎有人在往前挤，祈言还没反应过来，陆封寒就把手搭在了他的肩上，固定他的位置。

祈言不由抬眼看向陆封寒，正巧对方也在看他。

直到陆封寒低头，凑近他耳边提醒："表演开始了。"祈言才机械性地朝向喷泉表演的方向，水光与灯光纷纷映进他的眼里，他却觉得自己好像什么都没看进去。

喷泉表演不知道什么时候结束的，两人都没提刚刚的表演有些什么内容。

随人流往钟楼的方向走，祈言虽然觉得自己不会迷路，但迟疑后，手指还是抓上了陆封寒的衣袖。

明明不长的路程，却因为人太多拖慢了步速，好一会儿才到了钟楼下。

天穹之钻广场的钟楼设计得十分宏伟，大理石白的表面，精美的浮雕，最顶部是据说一千年才会延误一秒的铜黑色指针。

陆封寒告诉祈言："据说这座钟楼是勒托乃至全联盟的第一座钟楼，在人类离开地球、登上我们脚下这颗行星后建成。意在，'此为人类源出之地，此为联盟起始之时'。"

祈言点点头："你怎么都知道？"

陆封寒心想，要是这都不知道，他那三四页的资料就真是白查了。

随着时间的流逝，周围人群喧哗起来，又在零点前的最后一分钟里逐渐安静。

陆封寒俯身，靠近祈言问道："新年有什么愿望吗？"

"我不告诉你。"祈言尽量忽略耳朵传来的痒，问他："你呢，你有愿望吗？"

陆封寒眉眼是笑："我也不告诉你。"

"好吧，"祈言抿抿唇，没有追问，"那我们都悄悄许愿。"

两人肩膀相挨，跟众人一样，仰头望向钟楼。

离零点还有 30 秒。

预报多时的大雪终于下了起来，雪花纷纷扬扬，如云絮坠天，浮散四野。

离零点还有 10 秒。

整个天穹之钻广场上，响起了整齐的倒数声。

"10！"

"9！"

"8！"

……

"4！"

"3！"

"2！"

"1！"

"咚——"

钟声响起的同一时刻，星历 217 年 1 月 1 日的第一秒，陆封寒正激动地抓住祈言的手庆祝新年的到来。

新年一过，铺天盖地都是联盟成立日庆典的预热。

所有消息通通让位，《勒托日报》头版头条每天刊登一段联盟史，星网首页将各种关于联盟的纪录片滚动播放。商家打折的信息轰炸而下，陆封寒见着便宜，没忍住多买了几份 A 套餐放家里。

文森特其间来了一趟，把他们情搜处发的水果和吃食分了一部分给陆封寒，他孤家寡人吃不完，干脆匀一些给顶头上司。

走之前，陆封寒把人叫住，又确认了一遍："前线没问题？"

"没问题，反叛军队伍全驻扎在原地，星际海盗在开普勒大区时不时动弹一下，抢两艘运输舰，没什么异常消息。中央军团分散在中央行政区各处的驻军已经向勒托收拢了，七成已经就位。"文森特想起，"不过今天上午拿到新消息，聂怀霆将军想更新驻军的武器装备，要求下面报名单，被克里莫压回去了，说财政早已被远征军拖累得不堪重负，拿不出钱来升级装备。不过要我说，中央行政区的驻军，武器确实该换换了，他们拿的枪还是好几年前的款式。"

陆封寒却听出了蹊跷："什么时候聂将军想知道调拢来的驻军实际数量，都需要这么拐弯抹角了。"

文森特顿了两秒才反应过来："指挥，你是说？"

"聂将军担心下面的人阳奉阴违，他让调 10 万驻军来勒托，说不定实际只调来了5万甚至3万驻军，所以借口想要升级驻军武器装备，让下面报名单人数。"

陆封寒面色不太好看，"这种小事都能被克里莫拦住，看来主和派确实势大遮天。"

被陆封寒这么一说，文森特心里咯噔了一声："应该不会吧？说调10万驻军，至少也能有8万驻军就位吧？"

但这话说出来，他自己都拿不准，觉得虚。

假如聂怀霆将军仍是联盟统帅，那么说调10万驻军，就是10万驻军。可现在，情势逆转，军方内部向来派系林立，聂怀霆将军的话不如从前管用，中立派的中下级将领可能不敢做得太过，让调10万驻军，实际能派出9万驻军差不多。至于主和派的，有没有6万驻军都够呛。

再加上克里莫一力阻止，让文森特觉得这里面说不定真有猫腻，他嗓子有点干："不过聂怀霆将军坚持，各退了一步，克里莫同意给勒托的驻军升级装备武器。"

陆封寒颔首："升级一部分，总比不升级来得好。"

文森特不知道怎么的，明明之前还笃定反叛军不可能头脑发热，勒托也不可能出问题，现在心里却开始慌起来："现在勒托的防御力量有两支，一是勒托本地驻军，一是行政区别内的地方调来协助的，都……很不能打。"

他这话说得已经很给面子了。

除反叛军外，联盟境内多年无战事，驻军的作用，不过打打星际海盗，日常巡巡逻。

20年前，陆钧领着人把星际海盗全打趴下了，导致驻军真的只剩巡逻的事可做。

不止中央行政区，梅西耶大区、开普勒大区都是一样。只有南十字大区临近前线，稍微好那么一点。

战火皆被远征军拦在家门之外，内部自然愈加懒散，枫丹一号就是个例子。

安逸日子过惯了，警惕全无，骨头也会软。

见文森特脸色变了又变，陆封寒没再继续，只朝他抬抬下巴："东西送完了就赶紧走。"

文森特苦笑："我这不是在这里心才安稳吗？出了这个门，我今晚怕是要失眠了。"

"你我能想到的，聂将军自然也能想到。"陆封寒没说完的半句话是，如果聂怀霆也应付不下来，单凭他们两个，也不过蚂蚁撼树。

若为洪流，非一人能挡。

文森特吁了口气，像是立刻找到了心理支点和主心骨："对，聂将军还在，那我走了啊，有事联系我。"

"嗯，"陆封寒叮嘱一句，"通讯保持畅通。"

文森特眸光严肃，多了两分认真："是！"

成立日当天，图兰破例全校放假，允许学生上街观看庆祝队伍，学校门口还有人免费发放可供挥舞的小方旗。

祈言原本准备跟陆封寒回家，家里的光计算机开着，正在抽取"破军"的数据核，这是抽取进程的第四天，已经快完成了，他想在旁边盯着。至于庆祝典礼，可以通过全息系统去虚拟的天穹之钻广场观看。

但叶裴、蒙德里安和夏知扬都跃跃欲试，几个人干脆都加入了去往天穹之钻广场的队伍。

陆封寒跟在祈言身侧，帮他挡着旁边挤过来的人。不过人实在太多，祈言被蹭撞了几次，疼得皱了眉。陆封寒注意到，立马将祈言往安全的地方拉了拉。

到达天穹之钻广场时，已经有无数人在这里汇集，安保机器人维护着秩序，广场上空悬浮着巨大的光屏，实时播放广场中央礼宾台的情况。

夏知扬大声道："怎么办？出校门时我还很淡定，可现在我热血沸腾起来了！想想，200多年前，人类离开地球来到了勒托！这里是人类的起点，人类注定向前！向往星河辽远！"

蒙德里安向来克制内敛，此时也被广场的氛围感染："为联盟做出过贡献的人，他们的雕像都静立在广场一侧，跟我们一起庆祝！"

夏知扬更激动了："对对对！我要好好学习！我期末要拿 B！我要像 Y 神一样开源！我要为联盟奋斗！"

叶裴听着两个人的对话："你们疯了吗？"但说完，也闭着眼睛大声道，"我今年 19 岁，50 年后，我一定会成为联盟最优秀的科学家！"

她双眼明亮，笑容映得双颊都微微发红。

蒙德里安："我也会！"

夏知扬哈哈大笑："那我就当最会赚钱的商人，然后给你们提供科研资金！要多少给多少！"他顺便还把在家里打游戏的陈铭轩的未来也安排了，"陈铭轩以后要创立全联盟最厉害的游戏公司！开发的游戏都免费给我们玩儿！"

叶裴也大笑："免费？非常不错！"

一旁的陆封寒正在跟文森特通话。

"指挥，没有异常，不过我太惨了，真的太惨了，去年成立日就该我值班，今年抽签竟然又抽到了我！我也想去现场！"文森特哭诉，"世界上为什么会有值班这种万恶的东西？"

陆封寒出声："幸好你值班。"

文森特的哭诉一噎："好吧，也对，我今天一天都会守着各方动静，指挥你放心！"

断了通讯，见祈言低头捣鼓着个人终端，陆封寒问："在干什么？"

"远程控制家里的光计算机，'破军'的数据核快剥离成功了。"过了1分钟，祈言重新抬头，"庆祝典礼什么时候开始？"

他声音不大，陆封寒却一直注意着，立刻回答："10点，现在9点55，快了。"

星历217年1月7日，上午10点，联盟成立日庆祝典礼正式开始。

联盟秘书长率先登上礼宾台，由于联盟统帅暂缺，本次庆典军方3位四星上将均出席，与秘书长并排，前后相错半步。

联合作战部总司令伍德罗·克里莫站在首位，其次是太空军总司令、中央军团长聂怀霆，最后是联盟安全委员会负责人霍奇金。

联盟安全委员会法定成员包括联盟秘书长、聂怀霆和克里莫，这也导致霍奇金虽然是安委会的负责人，但向来没什么存在感，是军方有名的中间派，几乎从不参加主战派与主和派明里暗里的争斗。

聂怀霆曾在私下里跟陆封寒评价过，说霍奇金就是个闷葫芦，就算当着他的面骂他窝囊，他也能笑眯眯地继续喝他的茶，左耳进右耳出，十分沉得住气。一副你们争你们的，别扯上我，我安安稳稳干到退休就满足的模样。

此时，广场上方的光屏中，聂怀霆表情严肃，克里莫端着态度，只有霍奇金毫无包袱，笑呵呵地朝民众挥手致意。

望着光屏中里的影像，陆封寒算了算，他有好几年没见过聂怀霆了，上一次见面，还是聂怀霆到前线来视察远征军情况，作为远征军总指挥的他负责接待。

比起那时候，聂怀霆老态明显，法令纹深了许多，不说不笑的模样，随便去个幼儿园，都能吓哭一大片。

陆封寒觉得自己小时候胆子确实大，那时候陆钧刚牺牲，聂怀霆来找他，说愿不愿将监护权移到他名下去，陆封寒就一个要求，不改名字，也不改姓氏。

聂怀霆点头，说他也没想多个儿子。

然后陆封寒就跟着他走了。

这些年下来，两个人之间不存在什么亲不亲情，更多的就是上级下级。聂怀霆守在联盟首都星，将前线托付给他，他扛下这份托付，就这么简单。

联盟秘书长上前一步，发表成立日讲话。

与此同时，枫丹一号上，不在岗的工作人员都聚集在一处，观看庆祝典礼的直播。

　　有人在念叨："离我轮换回地面还有3天，等回去，我要给自己一天安排四顿饭，一定要把勒托新开的美食店通通光顾一遍！"

　　"四顿？你就不能进全息系统，去虚拟店里尝尝过瘾？"

　　"这能一样吗？味觉神经嗅觉神经是尝到了，可我实际上只吃了空气！毫无真实感！"那人又感慨："时间怎么过得这么慢？"

　　旁边有人安慰他："想想，等你回地面，那时商家全都还在打折，多幸福。"

　　枫丹一号的防务长霍岩路过，听见这些人全在谈论吃的，也不由开始计算自己什么时候能轮换回地面。

　　他还欠着陆封寒一顿酒。

　　进了防务指挥室，霍岩见两个工作人员正凑在一起聊天，屈指敲了敲金属墙："纪律呢？"

　　发现霍岩，凑在一起的两人赶紧坐好，其中一个不好意思地解释："我妻子刚刚生了，是个很可爱的女孩儿，我家里人传了照片和影像给我，忍不住总是看。"

　　作为远征军单身狗的一员，老婆都没有，孩子更是渺茫，霍岩心底暗想是不是远征军的单身剧毒毒倒了他，又羡慕道："今天是成立日，你女儿很聪明，正好今天来到这个世界。"

　　就在这时，有一个观察员惊讶地提高声音："防务长，雷达范围内出现不明飞行物！"

　　霍岩眉头一抬："详细点！"

　　观察员的声线突然抖了起来："数量……数量太多了！"

　　意识到不对，霍岩猛地大步跨过去，就见雷达画面上，无数红色光点出现在检测区内，只有未登记的星舰才会在枫丹一号的雷达中显示为红色。

　　近百颗红点排成楔形，仿佛突然出现在太空中一般，堂而皇之地不断朝枫丹一号接近。

　　不，不是枫丹一号，是朝勒托靠近！

　　霍岩瞳孔一震，几乎抖着手按下了按钮，全堡垒通报敌袭，同时命令通讯员传讯回勒托。

　　下一秒，通讯员嗓音拔高："通信断了，我们跟地面的通信断了！"

　　霍岩猛然转头："怎么个断法？"

　　通讯员快速回答："勒托单方面切断了与我们的通信线路！"

霍岩闭了闭眼睛。再睁眼时，他声音恢复了沉着，在堡垒的广播中，要求非战斗人员就地掩护，战斗相关人员迅速到岗，全堡垒进入临战状态。

观察员手心满是冷汗："对方行进速度极快，已经进入 180 个射程范围内！"

"那是敌方，星际海盗没有这么大的体量，来的是反叛军。"

霍岩不敢想。

不敢想远在南十字大区前线的反叛军是怎么浩浩荡荡地开着星舰来到中央星系的。

不敢想为什么这么长距离的迁徙，沿途没有发出一份警报。

不敢想是他们联系不上勒托，还是勒托内部有人关闭了一切对外的通信接口。

观察员再次提醒："150 个射程范围！"

霍岩站直，厉声在全堡垒内通报："敌人没绕开我们，说明在攻入勒托前，会顺手将我们也扫干净。此刻，没有援兵，只有我们自己。各位，1 分钟时间，写好你们的遗书，我们可能要死战了。"

频道内，无一人说话。

有一丝哭音响起，很快又被捂住。

霍岩沉声道："坐以待毙，下一秒便会化作尘埃碎屑，奋力一搏，说不定还有一线生机！诸位，听我命令……"

勒托。

联盟秘书长的讲话内容不算多，但因为语速慢，也还是讲了十几二十分钟。

每年都差不多，追忆往昔，加强凝聚力，再谈谈今年联盟的各项成就，鼓舞鼓舞民心，最后展望美好未来，期望联盟更好。

明明讲话稿的格式多年不变，但在场的人依然感到兴奋，像夏知扬，手里领的小旗子都要挥出残影了。

接下来是克里莫讲话。

克里莫身穿四星上将礼服，表情还算严肃，他开场白说完后，着重谈了前线战况如何，表示军方出于新的战争形势，将会在政策上做出一些必要的改变。但无论如何，都会以联盟公民为先，都会以生命为先。

聂怀霆开始垂着眼听，后来不知道是不是听不下去了，干脆闭上了眼。

陆封寒也一样，觉得克里莫洋洋洒洒好几页发言稿总结下来，两个字就能概括——放屁！

他屏蔽克里莫的声音，凑近问祈言："累不累？"

祈言皮肤被太阳晒着，冷白色调更为明显，他轻轻摇头："不累，就是有点闷。"

陆封寒见祈言有些疲惫，便开口道："要是累了，可以借你肩膀靠靠。"

祈言没多说什么，只应了声："好。"

得到回应后，陆封寒心情好了不少。

像在第一军校时，门门功课都拿了第一。又像才进远征军，第一次拿一等功。或者他职衔升上准将，肩章变为了一颗银星，他成了陆将军，他爸陆钧不得不退为"陆老将军"。

不，这种心情好，还是有点不一样。

这时，陆封寒感觉自己衣袖被拉了拉。他偏头，见祈言指指他的手腕。

个人终端亮了，是文森特。

"出了什么事？"

文森特声线凝重："指挥，我刚刚发现有些不对劲，再仔细对比，发现我……不，应该说军方情搜部门收到的部分信息，波段完全相同！"

陆封寒立刻明白过来。波段完全只有一种情况，这些信息都是伪造的！

文森特语速极快："发现不对后，我立刻做了实验，枫丹一号每隔 15 个小时会朝勒托发布常规安全信息，3 分钟前，他们的消息到了。可是，我试图反向联系他们，联系不上。"

陆封寒："说清楚！"

文森特深吸一口气："勒托对外的通讯口被阻断了！我不确定阻断是从什么时间开始的，只知道，所有信息，所有！勒托收到的信息，我这里收到的信息，都是假的！有人在假装枫丹一号假装外围小型巡航舰发消息给我们，伪造平和的假象！"

与此同时，广场上空的光屏上，聂怀霆睁开了眼睛，眼神锐利。

陆封寒几乎可以确定，聂怀霆也知道了这个消息！

枫丹一号。

曾被《勒托日报》誉为"一颗漂浮在太空的黑晶"的枫丹一号，黑色金属材料的外壳已经被炮火摧至残破，再无昔日的美感。整个堡垒歪斜坏损，缓慢地围绕着勒托转动。

堡垒内部，霍岩全身是血，双腿呈现扭曲的状态，明显已是多处骨折，他的腰上有一个拳头大的血洞，在他附近，无数人倒在地上，鲜血横流。

他接连呛咳了几声，匍匐在地，艰难地朝联络台爬去。

通讯员已经死了，霍岩双手撑在台面上，因疼痛产生的冷汗一滴滴砸下来，他不断按动按钮，朝勒托发送"敌袭"的讯号，可惜都如同石沉大海，毫不见回应。

数十上百遍后，霍岩手指痉挛，再也坚持不住，整个人脱力地委顿在地。

枫丹一号堡垒的外壳已被击碎，缝隙中，露出一线漆黑宇宙，遥远的恒星若隐若现。

他缓慢地转动眼珠，将周围死去的同僚们一一看过。最后打开个人终端，在加密的频道里，写下了最后一条讯息。

一条不确定能不能被对方看见的讯息。

"拿起手里的武器，保护身后的群星。"

"指挥，幸不辱命。"

写完后，力竭，休息许久，霍岩才接着写道："枫丹一号，全堡垒，死殉，望，生者珍重。"

第十五章

星河洪流

天穹之钻广场。

见聂怀霆匆匆离开礼宾台，随即，克里莫和霍奇金也接连退场，陆封寒将尚在激动中的夏知扬3人从人群里拉出来，站到了一棵树下。

夏知扬有些奇怪："怎么了？"

陆封寒望向广场上方的光屏，礼宾台上只剩下了秘书长一个人。或许是军方三位上将齐齐离席，反倒没有引起众人的疑心。

收回视线，陆封寒神情严肃："如果我说，勒托马上就会出事，反叛军已经攻到附近了，你们信不信？"

夏知扬笑道："哈哈哈，怎么可能，今天成立日，联盟成立日哎，反……反叛军怎么……"他脸上的笑容一寸寸消失，先看看祈言，又看回陆封寒，逐渐结巴，"真的？你说真的？不开玩笑？"

陆封寒很坦诚："百分之八十的可能。"

这个数值他说低了，真要算，百分之九十五的概率，剩下的百分之五皆是侥幸。

叶裴和蒙德里安对视一眼，咬咬牙，率先开口："我信！"

夏知扬举了举手："我……我也信！"

虽然听起来像天方夜谭一样，但不知道怎么的，这般离奇的话由陆封寒说出来，却格外让人信服。

明明他只是祈言的保镖。

蒙德里安问："那现在怎么办？"

陆封寒没答，只问："时间不多，你们怎么想？"

叶裴飞快做下决定："我回家！如果真的出事，我爸妈在家！"她看向蒙德里安，"你要不要跟我一起？"

她知道蒙德里安父母都死于反叛军的狙杀，在勒托没有别的亲人。

蒙德里安也立刻点头："好，我跟你一起！"

夏知扬连忙也道："我也回家！"

陆封寒颔首："你们各自回家，回去后，找能躲爆炸的地方藏好。"

叶裴连忙问："那你们？"

陆封寒看向祈言。

祈言没有犹豫："我跟他一起。"

几人简单道别，便逆着人流朝外跑。

原地，陆封寒盯着祈言："真跟我一起？"

祈言认真点头："嗯，合约上写了的，你保护我，无论何时，无论何地，现在合约期还没过。"

陆封寒把人看了好几秒，低笑："好，我保护你。"

指挥部外。

身穿黑色军礼服的聂怀霆大步走进指挥室，气势如严冬般肃杀无比，肩上的四银星折射出金属的锋利质感。克里莫和霍奇金走在他后面两步远，也各自沉着一张脸。

突然，聂怀霆脚步骤停，转身拔枪，枪口直指克里莫眉心！

克里莫双眼圆睁，嗓音沉下："聂怀霆，你想干什么？"

杀机顿现。

霍奇金站在旁边，被这个场面吓了一跳，不知道该怎么劝，只好一贯地当和事佬："现在情况紧急，以大局为重啊！"

聂怀霆眸光黑沉，握枪的手上有褶皱，却极稳，影子落在地面上，棱角也显得锐利："这个问题应该问你，伍德罗·克里莫，你想干什么？"

克里莫冷笑："怎么，你以为封锁通讯口是我下的命令？"

聂怀霆不语。

近 10 秒的冷厉后，他放下枪，只留下一句："若是从你嘴里出来的命令，我毙了你。"

指挥室里，满是肃杀。

与此同时，陆封寒和祈言已经坐上悬浮车，以极快的速度离开天穹之钻广场。

个人终端一直亮着，文森特不断将各式情报传过来。

"刚刚聂将军朝克里莫拔枪了！但是最后又放下了！难道聂将军判定，封锁通讯口这件事不是克里莫干的？或者是担心紧急关头，主和派哗变，暂时留克里莫一命，稳住各方？"

陆封寒眸光微动："都有可能。"

"现在全部门紧急会议，门关得死紧，里面什么情况不知道！已经查清，通讯口是从内部被阻断的，"说到这里，文森特明显咬了牙，又强行切回冷静的工作状态，"现已破坏阻断程序，重启成功。据最新消息，'枫丹一号'为勒托前卒，已全堡垒阵亡，最后曾向勒托发回数百条'敌袭'讯息！"

文森特的声音哽咽了一下。

陆封寒呼吸停了停。

祈言听见这条消息，忍不住朝天空看去。他还记得离开枫丹一号返回地面时，曾远远看见那座漂浮在太空的堡垒。里面的每一个人，只要见过，他都记得清楚。

全堡垒……阵亡了吗？

"反叛军已靠近勒托防御系统外围，携带大量不明武器，小型歼击舰已预热完成，率先迎敌！"

信息太过驳杂，就算是在前线待过、早已习惯战事紧迫的文森特，一时间也分辨不清哪些重要，哪些次要。

陆封寒手握着操纵杆，目视前方，无数纷繁的想法快速掠过，他总觉得好像有什么细节被忽略了……

后背直直蹿上一股凉意，陆封寒握紧操纵杆，问文森特："首都星防御系统的控制室！"

文森特一时没反应过来："什么？"

"控制室里，现在是谁的人？"

文森特被问住，他呼吸变粗，十几秒后，他给出答案："克里莫！最初在聂将军手里，3个月，不，4个月，我不确定，克里莫要求聂将军交出首都星防御系统的控制权，聂将军不肯，最后双方妥协，控制权交到了霍奇金手上！前些日子，聂将军正式卸下联盟统帅后，克里莫立刻就将控制权从霍奇金手里拿走了！"

最后一个字的音直接劈了，文森特心跳极快，失声喊："指挥！"

陆封寒侧脸凝成冷峻线条，眸光如刀锋。

文森特声音不可抑制地发着抖："指挥，有没有可能……"

就在这一瞬间，不知道从哪个方向，"轰"的爆炸声传来，扩散开的余威连带着悬浮车的玻璃都震了震！

文森特那边的电子音响成一片："指挥，是矮行星级太空导弹！"

陆封寒猛力按下加速器。

这个爆炸声，他单凭耳力已经能精准分辨。

一颗太空导弹落在了勒托上，这意味着什么？意味着勒托的防御系统被关闭了，从内部被关闭了！

勒托，联盟的首都星，此时此刻，竟毫无保护地暴露在反叛军的炮口之下。若不是今时今日就在所有人眼前发生，谁敢想象？

文森特难以置信："防御系统除非有四星上将的权限，谁也无法擅自关闭！"说完，他又喃喃道："难道克里莫……真的背叛了联盟？"

越是危急，陆封寒嗓音越是沉着："我离首都星防御系统地面控制室还有70秒车程，我先夺下控制权，有事联系。"

文森特："是！"

窗外的景色尽数化为不可见的线条，车内电子音正在提醒陆封寒超速，陆封寒恍若未闻。

这时，个人终端显出提示：加密频道收到消息。

心底蹿上某种猜测，陆封寒指尖一颤，隔了两秒，才打开。

一行行字映入眼中，字字若泣血。

"拿起手里的武器，保护身后的群星。"

"指挥，幸不辱命。"

"枫丹一号，全堡垒，死殉，望，生者珍重。"

陆封寒五指成拳，狠狠砸在了悬浮车的操纵台上，眼底血丝密布。

全堡垒死殉！

副驾驶座上的祈言伸过手，覆在了陆封寒拳头之上。过了一会儿，陆封寒才静默着，反手握了他的手。

祈言将个人终端的虚拟屏投影在空气中，告诉陆封寒："我进了系统，地面控制室近半年来陆续进行过人员调动。调动幅度在近一个月达到最高，调动共23人，14人有问题。今天，其中11人，再加53名入职5年以上的工作人员，同时在岗。"

陆封寒把所有情绪压在心底，声音沙哑，问："都是谁批准调入的？"

他忽然想起他才到前线时，一个老兵曾告诉他——战场上，来不及悲伤。

"控制室总负责人，加夫列中校。"祈言又补上一句，"我已经拿到了直接进入地面控制室的权限。"

首都星防御系统地面控制室。

加夫列正在安抚惊慌的下属："从传回来的信息看，反叛军已经在首都星外列阵，但目前情势不明，我们必须冷静，直到接到攻击的命令！在接到命令前，所有人不得擅作主张！"他又强调，"你们要相信，我们的防御系统张开的大网，必将勒托守得固若金汤！"

控制室内的空气近乎停滞，每个人都对着操纵台。只有少数几个人知道，控制室对外的联络途径已经被加夫列把控，而此时，控制室收到的所有"实时讯息"都是假的。

当然，更不会等到所谓的上级命令。

实际上，首都星的防御系统根本没有打开，早在3分钟前，就已经被加夫列利用四星上将的权限关闭了！

有一个长发女军人询问为什么上级还没有命令，加夫列回答："现今，我们和反叛军的情势不同往日，上面慎重决策也是应当，各位要沉得住气。"

就在这时，加夫列身后的金属门突然朝两侧滑开，他下意识回头，皱眉："你们是什么人？"

进入控制室却没引起警报，那说明来人拥有准入权限，但两人都极眼生。

陆封寒拿出一把折叠手枪，正是在ISOC遇袭那天，祈言从升降梯墙内拿出的那一把。他用了之后没有交还，只是没想到真的会派上用场。

枪口瞄准了加夫列的眉心。

加夫列后退半步，厉声喝道："你到底是谁？"他随即提高音量，"这肯定是反叛军的人！快来人啊！"

陆封寒满身煞气骇人，直接扣动扳机，"砰"的一声枪响，打断了加夫列的话。

"加夫列勾结反叛军，陷联盟首都星于危局，特殊情况，现场处决。"

陆封寒说话的同时，将控制室的人和祈言提供给他的照片进行对比，找出了名单中的那11个人。

随后，每一声枪响，带走一条人命。

"奉叶，与上述同罪。"

"本淇，与上述同罪。"

"艾略特，与上述同罪。"

……

连续11声枪响。

不到1分钟时间。

陆封寒有如收割人命的死神，每个人都听见了巨镰拖曳在地面的声音。

控制室由一开始的躁动变成死寂。

陆封寒全然不像才杀过人的模样，甚至有些懒散地垂下灼烫的枪口，目光淡淡一扫："处决完毕，接下来，希望诸位配合。"

他刚刚的行动以及这句话，亦是在警告少数一两个漏网之鱼。

极致的安静后，有人尖叫。这里的军人均为文职，没上过战场，几乎都是第一次见血。

很快，有一个长发的女军人出列，冷静质问："我们凭什么相信你。"

下一秒，一直低头输入连串指令的祈言开口："首都星防御系统已重新打开，过去的 3 秒内，共拦截矮行星级太空导弹 31 枚。"

问话的人大惊："你说什么？"

随即，又有人反应过来："确实如他所说，防御系统打开了，刚刚是关闭状态！"

"他说的是真的！我们刚刚被加夫列骗了！"

剩下的所有人再顾不上刚刚连串的枪响，纷纷扑到操作台前。

陆封寒接上祈言的话："在此之前，防御系统被加夫列关闭，反叛军数枚矮行星级太空导弹已落至首都星。"他环视众人，"此后，勒托之安危，皆系于诸位之手！"

最初质问的女军人在确认情况后，脚后跟一并，代表其余众人朝陆封寒行了一个军礼："必不辱命！"

陆封寒回了一个军礼。

又一个人急急开口："不行，加夫列死了，我们权限不足，最多只能将防御等级提高到 A 级！"

陆封寒没有犹豫，大步走到说话那人身边，在权限验证界面输入了一串数字，验了指纹后，又输入了三重密钥。

电子音响起："验证通过，已确定防御等级：S 级。"

在场所有人都知道，只有联盟将军级的身份，才有提升防御等级的资格。但陆封寒未言明身份，便没有一个人主动询问。

权限开启。

控制室四堵墙纷纷亮起，显露出完整星图。控制室正中央，浮现出一个清晰的球体——正是勒托。只见环绕勒托的防御网已然就位，每一块土地上方，都有薄膜般的光层覆盖。

陆封寒走之前，面朝曾质问他的女军人："联盟可以信任你吗？"

女军人点头，眸光坚毅："我是第一军校毕业生，第一军校校训，仅为联盟，一往无前！"

陆封寒唇角拉开一个弧度，他将手里的折叠手枪交给对方，"现防御网已完全打开，除非四星上将，不能关闭。这把枪给你，若有人再次试图陷联盟于危局，格杀勿论。"

女军人郑重接下了枪。

走出控制室，两人再次上车，祈言问："现在去哪里？"

"先去发射塔。"

这几个字令祈言立刻想起他来勒托的第一天，在夏知扬大红色的限量版悬浮车上，对方曾指给他看过军方印着长剑银盾徽记的发射塔。夏知扬当时说，虽然他在勒托住了十几年，也不知道那东西到底是用来发射什么的。

车没开出多远，前方路面直接被炸出了一个大坑，断了。陆封寒毫不犹豫地转向减速，直直开出了车道。车内电子音一边提醒路线错误，一边警告已超速，不过车里两个人都没心思理会。

窗外景色变作街景，个人终端响起，文森特一经接通，就劈头盖脸砸下一堆信息："太空军跟反叛军已经打起来了，只是有两个军用星港被炸毁，星舰出港的速度变慢！指挥你猜得很对，聂将军要求在中央区其他地方调军守卫勒托，真正调来的，还不到聂将军要求的六成！更可气的是，聂将军要求给勒托本地驻军升级装备，经手的人是主和派，硬是卡着不派发，现在百分之七十的武器还堆在仓库里，本地驻军用的都是几年前的老款！这让人怎么打？肉搏吗？"

文森特一口气不带喘："现在最可怕的是，我们知道太空中漂着多少星舰，雷达探测一扫，数一数就完了，可是我们不知道在此之前，反叛军派了多少人潜入勒托。"他停了一秒，"特别是在联盟一个四星上将保驾护航的情况下。"

这句话说出来，他现在都还有种做梦的感觉，甚至梦都不会这么荒谬！他至今都想不出克里莫背叛联盟、开门引入反叛军的理由！

陆封寒提及："还有星际海盗。勒托这席盛宴，他们不可能不来分一杯羹。"

文森特脑子转得飞快："那群海盗前段时间跟冬眠了一样，动静太小，难道他们已经……"

"要不混入了勒托，要不在某星系的主要行星四处点火。"陆封寒下颌线紧绷，又告诉文森特，"为了将首都星防御系统的防护等级提升至S级，我用了我的权限密钥。"

文森特惊讶："指挥，你的权限竟然没被注销？你都死这么久了！"

陆封寒其实也有同样的疑问。

远征军方面一直没有公布他的死讯，但其实大部分人已经默认他已经死了。他的权限仍在，只能说明聂怀霆出于千万分之一的侥幸心理，认为他还活着，或者，留着他的身份，用作缅怀。

不过不管是哪种理由，都给了他紧急时的便利。

切断通讯后，悬浮车继续朝发射塔进发。

大街上已经见不到平民，到处都是爆炸造成的坑洞和焦黑。联盟境内安逸了太多年，惊逢战乱，不知道多少人慌乱无措。

陆封寒心口堵着一股闷气。

远征军这么多年，牢牢立在南十字大区前线，枕戈待旦，牺牲无数，半步不曾退却，为的就是将战火阻拦在外。然而世事难料，一步接着一步，整个联盟终是被拖入了战火的泥潭。

陆封寒开口跟祈言解释："现今勒托已经乱成一团，正是浑水摸鱼的好时机，我要是反叛军，我会趁乱去找我一直想要的东西。"

祈言反应极快："军用星舰中控系统的源架构？"

"没错，如果星际海盗提前到了勒托，那说不定现在已经动手了。"

祈言："发射塔！"

"发射塔只是掩饰，"陆封寒还是很久以前听聂怀霆说起过一次，"发射塔地下有保险柜，中控系统源架构在勒托，聂将军对克里莫不信任，很有可能会将中控系统放里面，谁也碰不着。"

悬浮车在大街上穿行一大段路后，陆封寒准备将车开回车道，临到转弯，余光突然瞥见一个人影，他猛地一个刹车，然后打开车门，朝愣着没反应的人开口道："上车。"

夏加尔坐上车后，才后知后觉道："你们怎么会在这里？平民不是都避难去了吗？"

陆封寒没回答，只问："你为什么在这里不去避难？"

夏加尔不由老老实实回答："我去天穹之钻广场参加庆典，后来安保机器人开始快速撤离所有人。我没去避难，今年大四，我一毕业就会入伍，想着回学校，看能不能帮上忙，没想到路断了回不去。现在勒托……太乱了。"他听着外面持续不断的警报声，尚觉得不真实，"反叛军……怎么突然就打过来了？像幽灵一样突然出现。而且，而且，今天是联盟成立日。"

是啊，今天还是联盟的成立日。

可惜没人能替他解答这个疑问。

夏加尔迅速收敛心神，问祈言："你们现在去哪里？"

这时，陆封寒的个人终端再次响起，他语音命令接通后，虚拟光屏出现在半空。画面中的，正是不久前还站在天穹之钻广场礼宾台上的人。

夏加尔嘴巴张大，双眸圆瞪，以为自己眼花，又条件反射地冲他的虚影行了联盟军礼："聂将军！"

聂怀霆回了一个军礼，目光转向陆封寒："没死？"

陆封寒回得简洁："没死。"

在用自己的权限开启 S 级防御后，他就知道聂怀霆必会找到他。

聂怀霆："现在在哪儿？"

"在去发射塔的路上。"

"嗯，"聂怀霆沉声命令，"源架构就在里面，记住，拿到源架构后，立刻启程回前线。如果东西带不走，你亲自销毁！"

陆封寒抬眼，对上聂怀霆丝毫不显浑浊的眼睛："勒托保不住了？"

这句话问出来，云里雾里的夏加尔悚然一惊。

聂怀霆给出了肯定的答案："多半保不住。我怕两面受敌，坚持将远征军留在前线，若中央军团驻军尽数到位，尚能抵挡反叛军今日的进攻。"

可惜，未有如意之事。不仅实际调军只过半数，武器还跟不上。

陆封寒没再多言："你才 70 岁，还有几十年好活，别死了。"

聂怀霆也没时间跟他多说："知道了。"

说完就切断了通话。

夏加尔缓慢眨眼："刚刚……刚刚真的是聂将军？勒托真的守不住了？你……你……你是……"

陆封寒一个问题都没回答，反问他："你在第一军校，成绩很好？"

夏加尔注意力瞬间被带跑，点头："还不错。"

"实战模拟呢？"

夏加尔自豪道："本年级最高分！"

"行。"陆封寒朝向祈言，"能看见发射塔周围的情况吗？"

祈言绕进勒托的监控系统，速度极快地找到了发射塔附近的监控点，将视野投影在了空气中。

陆封寒把悬浮车改为半自动驾驶，叫夏加尔一起看。

发射塔附近停了五辆装甲车，一伙人正在跟发射塔的常规驻军交火。敌人明显凶悍，常规驻军花架子更多，被压着打。

夏加尔紧张："那几个驻军在学校格斗课肯定没及格！出左拳打他太阳穴啊！打啊！"

陆封寒："看守发射塔这种事是没油水的闲职，这几个人能撑这么久，已经算素质不错了。"

祈言出声："我找到了好东西。"

陆封寒抬眼："什么？"

"发射塔附近有一个小型隐藏炮台，应该是后备招数。不过我看了弹药量，只有五发。"祈言问陆封寒，"瞄准哪里？"

陆封寒没犹豫："炸了他们的装甲车。"

祈言手指飞快输入指令，只见监控画面上，3枚炸弹落在5辆装甲车之间，以防意外，第4枚第5枚炸弹随后便至，直接将装甲车炸得渣都不剩。

敌方几个人不料会遭遇未知袭击，聚拢防备周围，勉强让发射塔的驻军争取到一点喘息时间。

陆封寒再次开口："等到了，我会开车直接撞过去，夏加尔，你拿枪趁乱把那些人都毙了。"

"是！"夏加尔答完，又反应过来，"可是我没枪啊！"

"地上的枪都是你的，只看你捡不捡，懂？"

"懂！勤俭节约是美德！"夏加尔盯着监控影像，将地面上散落的枪的位置记下，都是重伤或者死了的人落在地上的，他开始祈祷自己能捡到一把弹药充足一点的。

陆封寒开着黑色悬浮车，硬生生地刀尖般嵌进战圈里。疾驰间，他猛一个刹车，夏加尔在被惯性带着前倾的同时打开车门，攀着车框长臂一捞，还贪心，一捞顺便捞起两把枪，起身关车门一气呵成。

"放心按扳机，这辆车是用液态复合金属做的，车门卸下来就是盾牌。"

听完陆封寒的话，夏加尔咋呼了一句："祈言你太奢侈了！真的太奢侈了！液态复合金属一平方厘米我都买不起！"

这时，陆封寒扳着操纵杆，整个车身一甩，卡了个视角，夏加尔双手极稳，凝神瞄准，按下扳机，"砰"的一声，一枪爆头！

战圈内双方人立刻明白了来人的敌我身份，很快，黑色悬浮车就遭到了连续数声枪击，闷闷的声响在车内荡起回音。

夏加尔一边开枪一边感叹："还是液态复合金属厉害！"

他只在车窗开了一道缝，正好够枪口探出去。而且他发现，陆封寒不知道长了多少双眼睛，每次甩车身卡出的视角都是他最完美的开枪角度。

夏加尔有种被大佬罩着的快感！

他们就像躲在一座移动碉堡里，轻易收割着敌人的性命，直到所有敌人毙命，夏加尔才放下了枪。

陆封寒没急着下车，直到祈言开口说"发射塔驻军没问题"，车门这才被打开。

虽然陆封寒几人刚刚帮忙解决了敌人，但驻军并没有贸然上前，尚抱有警惕。

陆封寒也没有走近，只开口："奉上级命令，来取东西。"

说完，立刻提步朝发射塔走去。

几名驻军身上都是伤，没有了一战之力，相互对视，没有制止，也没有追问。

一来，现在都是全自动发射系统，他们守在这里，不过是为提防特殊情况，所以，若来人目标在发射系统，注定白来一趟。二来，他们只是最底层的士兵，根本不知道这里有什么东西可以拿，如果确实是上级命令，那这就是他们无权知晓的军事机密。

陆封寒走得很快，边走边道："距离首都星防御网被关闭和重启只有约10分钟时间，刚刚我们消灭的装甲车属于先来踩点的小队，反叛军应该不清楚源架构的具体存放点，所以会往多个疑似地点派人。现在我们把一队人都灭了，必有增援过来，我们要快，拿了东西就走。"

绕至发射塔后方，陆封寒将个人终端贴在塔身，3秒后，金属表面出现一串荧蓝字符。陆封寒验过权限，3人面前出现了仅供一人进出的门。

陆封寒让夏加尔先进去，祈言在中间，他断后。

站定后，门转眼关闭，3人随着脚下的金属板飞快下降，夏加尔才发现这竟是一处升降梯。

不过10秒，升降梯停止，陆封寒大步朝前，用聂怀霆发来的密钥打开保险柜，从里面提出一个手提箱，转身按原路返回。

重新坐上悬浮车，陆封寒一拉操纵杆，车内立刻响起"您已超速"的提示音。陆封寒把这当白噪音，一路朝勒托的星港开去。

夏加尔握着枪，张了张口，很想问陆封寒你是不是我们校史上那个谁，但不知道怎么的，又有点问不出来。思来想去，最后问出："我们不去帮忙吗？"

陆封寒的回答近乎冷酷："帮得上什么忙？"

夏加尔被问住。

陆封寒说得直白："今天的局面，早在前线远征军第一次大溃败时就已经注定，不是一人之力造成的，也不是一人之力可改变的，而是一环接着一环，一步接着一步，逐渐走到了今天。每一个人都是无辜的，每一个人也都是推手。"

夏加尔迷茫了。他在第一军校接受的教育，让他遇战便战，现在却发现，面对当前混乱的局势，连战也不能。

"那……那守不住，勒托就这么让出去吗？联盟怎么办？"

"拿什么来守？"陆封寒手肘撑在窗舷，尾音短促，"没了勒托又怎么样？联盟的人在何处，我联盟就在何处。今天被抢，大不了明天再抢回来。"

这时，文森特的通讯再次拨了过来。陆封寒心下一沉，总有点不好的预感，他接通道："说。"

文森特失去了所有冷静与克制，声线绷紧如将断的弦："指挥，最新消息！聂怀霆将军重伤，进治疗舱前，通报全军，要求不计代价，立刻缉拿原四星上将霍奇金！"

陆封寒一字一顿："霍奇金。"

那个从来不参与主战派和主和派的争端，被军方内部视作和事佬、软柿子、闷葫芦的中立派代表。由于极弱的存在感，如果不是才在天穹之钻广场见过其本人，陆封寒不一定能记起霍奇金的长相。

文森特愤怒至哽咽："缉拿罪名为背叛联盟。指挥，就是他向反叛军打开了勒托乃至整个联盟的大门！"

只是霍奇金吗？

以克里莫为首的主和派狂妄自大，想以反叛军做棋子，确保军方的特权不旁落，却没察觉，养虎成患。

因星际海盗劫持星舰，无数联盟平民怀疑陆钧数年前的战绩真实与否，怀疑主战派一直在编造谎言，不知不觉中成了舆论推动之一。

受到死亡威胁的富豪权贵，胆战心惊间谋结在一处，共同施压要求调远征军回防勒托。

因政见不合、拖延为首都星驻军更新装备的后勤底层军官，各怀心思、不遵军令、故意不调足够人数支援勒托的驻军长官，因各种各样的理由背叛联盟、成为反叛军爪牙的普通人……

每个人的出发点与欲望都是一根线，最后编织成一张遮天蔽日的大网，将整个勒托甚至联盟裹挟其中。

陆封寒忽地想起，远征军前一任总指挥曾感慨，一个合格的指挥官，能够预料到天气和环境的影响，能够计算双方兵力的差距，但无法预料和计算清楚人心，从这一面来说，谁都无法做到神机妙算，只因人心太过易变。

"知道了，"陆封寒声音简洁，多问了句，"克里莫呢？"

"被聂将军控制了，据说他曾私下与反叛军的'智者'达成过协议，联盟拱手让出约克星外所有行星和矿藏，短时间内不发兵追回。与之对应的是，反叛军短时间内不掀起大型战事。"文森特忍不住从牙缝里挤出一句，"蠢货！"

陆封寒字句都是冷嘲："他是政客，一辈子都在搞利益交换这一套。反叛军可不是他门口的一条狗，扔过去一块骨头，让他蹲着不动，就真的会乖乖蹲着不动。"

文森特那边无数联络器提示音响成一片，他没多少时间跟陆封寒细说，只最后问："指挥，你现在是……"

"去星港。"

立刻猜到了陆封寒的去向，文森特似乎抹了把脸："您先回，我随后一定到。"

通讯切断后，车内很安静。

夏加尔正在努力消化这一连串的消息。明明只有几句话，却让他有种格外不真实的感觉。

联盟唯三的四星上将之一，背叛了联盟，为反叛军打开了大门？另一位鸽派上将曾经秘密与反叛军达成过协议？如果今天之前有人这么告诉他，他必定会大笑三声，以示嘲讽。

陆封寒却没给他多余的时间："接下来的计划是什么？"

反应过来陆封寒是在跟自己说话，夏加尔张张嘴，不知道应该怎么称呼，干脆含糊过去："我……之后会大规模开战对吗？"问话的同时，他的手指将裤腿的布料扯出了褶皱。

陆封寒颔首："是。"

"我想回一次家，虽然不知道能不能回得去……或者回一趟学校吧，然后我就入伍。"夏加尔前半句说得犹豫，最后几个字却一秒没有多想。

陆封寒只淡淡提醒："很可能会死。"

"我知道，死的概率还很大，"夏加尔望望车窗外，面庞尚显青涩，"可是，联盟都成这样了，好像总得有些人去做点什么才行。"

他迷茫却又坚定，在刚刚20出头的年纪里，隐约窥见了自己的前路，并决定要大步往前。

陆封寒没多话，又问："想去哪里？"

"前线！"想到现在说不定联盟遍地都是"前线"，夏加尔又加了几个字，"我想去南十字大区前线，我想加入远征军！"

陆封寒沉吟，随即问："个人终端号多少？"

夏加尔小心报出一串终端号。几秒后，他的个人终端提醒收到讯息，打开便看见是一封内荐信，落款是"陆封寒"。

夏加尔倒抽了一口凉气！

虽然早有猜测，且答案显而易见，但一切都敌不过真正看到这封信、看到这铁画银钩的3个字时涌起的激烈情绪！一时间，夏加尔看向陆封寒的眼神几乎在放光。

等夏加尔看完，陆封寒在他开口前出声："这里离第一军校不远了，下车。"

夏加尔一秒坐直，双手放在大腿上，目光明亮，中气十足："是！"

陆封寒勾唇，开了车门。

等夏加尔蹿下车，黑色悬浮车继续往星港驶去，陆封寒余光看了看对着虚拟屏正快速操作什么的祈言，唇线收紧。

他脑子里同一时间思考的内容很多。

聂怀霆的伤现在怎么样、多久能从治疗舱里出来主持大局，克里莫会不会再搞出什么乱子，正在勒托附近的太空军战况如何，反叛军从前线一路到了这里，那前线现在又是什么情况……

可这一切，似乎又都在一瞬间退得很远，远不及近在眼前的离别来得分明。

陆封寒想起自己以前曾冒出过的想法，比如把祈言随身带着到前线，但现在他定不会这么做。他还没有自负到相信"自己身边就是最安全的地方"这套说法，甚至现在，他巴不得祈言待在离他、离战火与危险十万八千里的地方，安安全全，一点风波都不要受。

他还想了很多，想以后他不在，祈言会不会好好吃饭，记不记得穿拖鞋，记不记得要带伞，吃药时会不会怕苦，住的地方会不会打雷下雨……

可所有话到了嘴边，却一个字都说不出口。

仿佛说出口了，就真的会马上分开了。

只好沉默着朝星港驶去，一边想缩地成寸，一边又贪求这条路无限延长。

直到勒托星港的建筑物遥遥出现在视野范围内，战斗正激烈进行，陆封寒操纵杆一转，朝向了另一边军用星港的地下入口。

祈言视线从个人终端移开："我刚刚收到消息，来接我的人已经到了勒托外，为了安全起见，他们打开了一个停用的跃迁点，现在就在跃迁通道另一边。"

陆封寒短促地应了一声："嗯。"

来接祈言的人很谨慎，现在勒托很乱，无法确定人群中的某一个会不会就与反叛军有联系，所以最好的方法是将祈言的存在尽量弱化，越是弱化，就越不会引起注意，就越安全。

理智是这么分析的，然而陆封寒却生出了一种抵触。他开始担心对方会不会不够仔细，会不会照顾不好祈言，会不会……

最终，他用理智强行将这些想法牢牢压制。

黑色悬浮车从秘密路径直入军用星港内部，陆封寒刷开尽头处的仓库，一艘黑色微型星舰出现在他们眼前，舰身漆黑如夜，线条流畅。

登上星舰，将装有中控系统源架构的箱子扔在一旁，陆封寒打开驾驶系统，在这不到半分钟的预热空隙里，他垂眼看着安静坐在旁边的祈言。

"两年？"没头没尾的两个字。

祈言轻易接上他的思维，点头："对。"

"按照任意时间、任意地点、贴身保护的要求，我不在的时间，不会算进两年的时限。"

"嗯。"

陆封寒拍了拍祈言的肩膀。他想说，等我回来找你，那时候，反叛军被打残，再闹不出什么事，你是想在图兰继续上学也好，去沃兹星旅行也好，想去哪里、想干什么，都可以，我都陪你、都保护你，什么也不用怕。

可对上祈言清澈的眼底，他还是没说出口。

承诺太轻太虚浮，他不该在这种时候说这样的话。

陆封寒的手回到了冷硬的金属操纵杆上，这种温度的差异，甚至令他心底涌起一种失落。

眼前一重重金属门接连升起，航线图出现在视野内，电子音播报："推进器预热完毕，7，6……3，2，1——"

最后一道金属门打开，微型星舰沿着轨道笔直上冲，以极快的速度穿透大气层，地面的一切都越缩越小。

颠簸间，陆封寒再次望向祈言说道："你回礁湖星云，等等我，好吗？"

他没说清，也说不清是让祈言等什么，他甚至觉得自己的要求无理且过分了。

他凭什么在不知道这战火会烧多久、不清楚胜败、甚至不确定自己生死的情况下，让祈言等他？

就凭那一纸合约？

可是，祈言毫不犹豫地点了头："好。"

他仿佛明白所有陆封寒未曾言明的字句与情绪。

星舰不断上升时的噪音充斥在耳里，陆封寒却奇异地将这个字听得清晰无比，连这一刻祈言的唇型、神情，都能在记忆中完整复刻。

他目光看着这个人，喉咙干涩，最后扯开嘴角笑起来。

他想，就凭这个字，就算快死了，他也会夺下死神的巨镰。

就凭这个字。

脱离首都星引力的瞬间，两人耳边都是一静，他们连同微型星舰，如浮尘般飘在太空中，毫不起眼。

祈言个人终端发出长长的"嘀"声，他明显松了口气，告诉陆封寒："'破军'的数据核剥离成功，我现在把它传导进你的个人终端。"

陆封寒难得怔住："什么？"

"破军"是……给他的？

同时，陆封寒腕上的个人终端亮了起来，上面显示"接收进度：1%"。

祈言解释，神情认真而郑重："我也会保护你，用我的方式。"

而把"破军"交给你，就是我保护你的方式。

想了想，祈言又叮嘱："你要好好照顾它。"

陆封寒不太明白"破军"为什么需要照顾，但祈言说什么就是什么，他应下来："一定会的，放心。"

这时，微型星舰的操纵台上升起一块虚拟屏，3秒后，出现了聂怀霆的影像，他肉眼可见的虚弱，脱下戎装，和勒托普通的老者无异。

陆封寒将人快速打量一遍："您还好？"

聂怀霆就坐在治疗舱边，摆摆手："死不了。出首都星了？"

"对。"

"南十字大区前线已失去音讯，具体情况未知。"

陆封寒倒不紧张："埃里希在，暂时稳住大局没问题。就算他没稳住，我回去也能重新整肃。"

点了头，聂怀霆更像是想找人说几句话，听完，沉吟片刻，难得如长辈般吩咐："路上注意安全。"

陆封寒应下。

微型星舰避开了交战区，沿着不在航线图上的隐秘航道逐渐远离勒托，朝向目标跃迁点。

而意外就是在这时发生。

雷达监视器上突然亮起红色警报，显示有高能量体快速接近中！陆封寒立刻张开防护罩，下一秒，整艘星舰都震了震。

祈言扶着座椅，稳住身形："我们被追踪了？"

"概率很低，没人知道中控系统在我手里，我挑的这艘星舰完全随机，十选一，被追踪不太可能。"陆封寒语速很快，操纵着星舰灵活避开袭来的第二枚炸弹，

"不是反叛军的打法，是星际海盗。"他推测，"应该是意外，星际海盗疯狗一样见人就咬，可能是做任务途中路过，见我们从勒托出来，就想来咬上一口。"

说话的同时，第三、第四枚炸弹瞬息而至，陆封寒低喝："坐好！"话音刚落，他操纵着微型星舰在太空中一个270度弧形旋转，生生避开了两处夹击！

两颗炸弹在远处齐齐爆开，如同黑暗中骤然亮起的火焰，除危险外，毫无美感。

扫见星图上显示的两个红色亮点，陆封寒没有恋战，而是全速驶向跃迁点。

敌众我寡，非要逞强才是吃亏。

没想到那两艘小型舰却像被这滑不留手的微型星舰激起了兴趣，偏开原本的航行轨迹，牢牢追了上来。

这帮星际海盗都这么闲？陆封寒在心里暗骂，面上却如深海般冷静沉着，他在脑中飞快计算此处离跃迁点的距离，又瞥了一眼跟上来的敌方星舰，迅速做出决定。

只见微型星舰在高速行驶中一个急刹，随即猛地下沉，而跟在他正后方的星舰反应不及，依然急速向前，即将从微型星舰上方滑过。

就在这千分之一秒的时间里，陆封寒按下发射按钮，小型粒子炮立刻就位，朝上方垂直激射而出，正中敌方星舰舰身！

爆炸引起的火光映在操纵台上，陆封寒没空观看这枚"烟花"，他松开操纵杆，将动力系统挡位降到最低，借由小型舰爆炸时引起的力场，如风吹落叶般，以一个奇异的角度被推离，从而再次避开了袭来的炮弹。

陆封寒扬眉："对方开了几炮了？"

祈言回答道："5炮了。"

陆封寒指尖轻轻叩在操纵杆的金属表面："还真是让他们破费了。"

说完，他猛地将动力系统开至最高挡位，操纵杆狠狠往后一拉，微型星舰如离弦箭一般折向侧旁，同时，一枚炮弹脱离炮筒，直击敌方动力源！

"打中了，我们走。"陆封寒操纵着微型星舰，如游隼般在太空急掠而过，他指指星图上标注的亮点，"这里是跃迁通道，这里，是来接你的人所在的坐标。到时候你就能安全地回到礁湖星云，等外面的一切平息。"

他这么说上一句，不知道是为了让祈言安心还是为了让自己安心。

而此时，陆封寒的个人终端上，"破军"数据核的传输已上了百分之六十。

望着这个数字，陆封寒有种由衷的愉悦感。就像两人即使分开，也依然拥有强烈的联系。或者说，日后无论哪种境况，他都有了找上门的理由——比如，"破军"运行出了问题，你能不能看看？

微型星舰靠近跃迁点，随即如弹丸般融进其中。

跃迁通道两侧俱是凌乱光影，晃得人眼花，挤压感也让人感到不适。

妄图延长的时间总是稍纵即逝，从跃迁点脱离的第一秒陆封寒就开启了防护罩。可陆封寒再是心思缜密，也没想到迎面而来的竟是爆炸时产生的余波！

整艘微型星舰如海浪中的浮舟般被掀往一侧，陆封寒观察后推断，3艘联盟星舰和3艘反叛军星舰交火，因某些原因意外进了这个刚打开的跃迁通道，直接从勒托到了这附近。

刚刚就是联盟一方的两艘中型舰发生了爆炸。

陆封寒谨慎避开交战圈，直直去往接应的坐标点。

此时，战圈内，3艘敌方星舰已经将联盟仅剩的星舰包围，就在炮口齐齐预热之际，联盟星舰竟在瞬间动力系统拉满，以无可阻挡之势力，骤然袭向敌方的星舰！

只见火光狂然腾起，联盟星舰自爆，3艘星舰尽数焚于火海！

剩下的敌方星舰在爆炸后迅速将炮口调转，未分敌我，直接瞄准了陆封寒与祈言的所在方位。

陆封寒眉心紧皱。

不等他有所反应，一枚中粒子炮已经袭至眼前，陆封寒敏捷闪避，然而中粒子炮攻击范围太广，即使全速，舰体仍受到损伤。

陆封寒毫不犹豫地按下一个按钮。

"舰体受损"的警报声中加入了细微声响，祈言发现自己被固定在了座位上，他猛地偏向陆封寒："你在干什么？"

陆封寒没有说话。

同时，敌方中型舰宣泄怒火般，第二枚中粒子炮再次逼近！

依然是险险避开，操纵台上提示"舰体受损"的红光却愈加刺目。

祈言很快明白过来，他面朝陆封寒紧绷的侧脸，手指颤动。

陆封寒知道，祈言已经明白了。

与跃迁前的情况不同。之前遇见的两艘星舰，俱是形制小、载重轻的小型舰，尚有一战之力。但面前这艘却为中型舰，甚至配备有足量的中粒子炮，又是才被激怒、杀红了眼的状态。

陆封寒即使战术高超、操作技术过人，但碍于天堑般的硬件差距，依然无法抗衡。甚至刚刚能接连两次躲开炮火的攻击，都得益于近10年来前线的生死淬炼。

祈言喉咙发紧，心率加速，视线凝在陆封寒身上，几乎是抖着气息："接应我的人正在赶过来……"

"轰——"

舱内警报声混成了一团！

"防护罩已破损，15秒后即将解除，15，14，13……"

"舰体动力系统破损，倒数200秒，即将停止运行，199，198，197——"

"监测到热源靠近！请注意闪避！"

"舱内含氧量迅速降低，请注意！"

陆封寒再次避开中粒子炮的袭击，整艘星舰却被力场乱流影响，快要解体似的震颤不停。在一片混乱中，他伸手安抚了一下祈言，嗓音依然是惯常的随性："来不及的。"

于急剧颠簸和刺耳的警报声中，陆封寒在收回手的瞬间，将透明的防护罩升起，形成一个严密的逃生舱，将祈言护在其中。

陆封寒命令："氧气注入逃生舱。"

听见这几个字，祈言拼命摇头，眼眶发红，眼泪接连从眼里滚落出来，湿漉漉的。他紧紧看着面前的男人，不断说着话："陆封寒你不要这样……你会死！"

却只有口型，没有声音。

手掌抵在透明的防护罩上，祈言指节用力到毫无血色，没有知觉般，指甲倒劈到了甲沟，整个人都在不可抑止地发抖。

陆封寒其实不知道这种时候应该说些什么。

他曾经不是没想过战死，他预设的场景是，死前将战略后续布置都交代下去，让接手的临时指挥不至于忙乱，交代完也就没别的了。他的抚恤金受益人空白没填，他没有家人，这笔钱以后会被用来资助军人遗属。

可是现在这样的情况，没有在他的计算范围内。

隔着透明防护罩，他望着祈言，不放心道："抱歉，没有经过你的允许就做了决定。如果能忘，不要记得这段记忆。"

祈言咬着下唇，用力摇头，不一会儿，便有血珠滑过，红得刺目。

陆封寒强忍下心疼，最后看了看祈言，命令："逃生舱即刻脱离。"

祈言嗓音低哑到发不出声音，他还是望着他，半个人贴在透明的防护罩上，一声一声沙哑地喊：

"陆封寒！"

"陆封寒！"

电子音响起："脱离程序已就绪！"

陆封寒目光专注，嗓音温柔至极："乖，接你的人马上会赶到，回了礁湖星云，战争结束之前，都不要出来。"

"陆封寒……"

"嗯，我在。"

"3、2、1，脱离！"

逃生舱被弹射出的瞬间，陆封寒驾驶着微型星舰猛地转向，随即毫不犹豫地攻向敌方星舰。

祈言被困在逃生舱里，眼看外壳破损的微型星舰背身远去，直到成为一个暗点，直到再看不见。

他攥着自己的领口，手指青白痉挛，悲伤席卷而至，令他脸色煞白地干呕，直到五脏六腑都绞在一起，似要呕出血来。

在他心里，有什么东西，也随之被生生剜去了。

由于舱内缺氧，陆封寒头脑已经开始发沉，他放缓呼吸，操纵着微型星舰，引着反叛军的中型舰靠近跃迁点。

在此之前，"一定要让祈言活下去"的念头如铁片般扎在他的脑子里。此时他又克制不住地想，祈言肯定要怪他，但这确实是他现在唯一能做的了。

舱内氧气只够一个人用，多一秒，两个人都有窒息的风险。防护罩已经被轰碎，星舰外壳损毁，只需要一丁点外力，外壳就会彻底失去保护作用，两人都会暴露在宇宙射线之下。

情况突发，等不及接祈言的人赶到。

回天乏术。

他不后悔，以后祈言怪他也好，怨他也好，他都不后悔。

只要祈言活着。

祈言还小，什么都没见过，看起来清清冷冷，但看个喷泉表演会很开心，跟同龄人一起都觉得新奇，给他用绷带系个蝴蝶结，会高兴很久。

虽然表现得很聪明，平日里却迷迷糊糊的。

况且，他陆封寒护着的人，怎么能死在这里。

在心里快速计算好逃生舱此刻的距离，陆封寒操纵着摇摇欲坠的微型星舰，一头扎进了跃迁通道。随之而至的，是中粒子炮和敌方星舰。

无声的爆炸。

微型星舰化作齑粉，陆封寒感觉自己漂浮在跃迁隧道里，无数光影映在他眼中，整个人仿佛处于一种奇异的意识游离的状态。

他闭了闭眼。

祈言安全了。

想到这个名字，他又意识到，自己终究还是不想就那么死去，所以没有靠近那艘中型舰自爆，而是一头撞进了这里。

他曾经早早思考过墓志铭，签过抚恤金，写过不超过50字的遗书，想过无数次死亡的场景，甚至做好准备，随时能为联盟赴死、为群星舍命。

可现在不一样，他有了一个想要好好照顾的朋友。

在意识脱离的同一时刻，陆封寒手腕处的个人终端微微亮起，上面的字符由"接收进度：100%"，已经变为了"强制启动"。

星历217年1月7日，联盟成立日。

联盟四星上将聂怀霆亲笔写了一封《告联盟同胞书》。

"……枫丹一号全堡垒死殉，勒托驻军流血百里，民众惶惶，皆因我军内部暗藏反叛军之爪牙，散布敌方不可战胜的谣言，煽动舆论，挑拨人心，更有鼠目寸光之辈，为谋私利，置同胞之性命于不顾，陷联盟之安危于险境。

……

敌人非不可战胜之神，更无所向无敌之兵，今星河犹在，炽血仍存，吾等必长驱千里，悍不畏死，以胜利之名，敬畏亡灵，威震群星！"

第十六章

死而复生

礁湖星云，白塔。

雨淅淅沥沥地下了小半个月，天色一直灰蒙蒙的，鼻尖都像是萦着一股潮气。

伊莉莎端着一杯热咖啡，观察玻璃墙上溪流般汇集的雨水。听到有人拉开椅子，她转身，看见奥古斯特："忙完了？"

奥古斯特穿浅灰色风衣，身形高大，眼睛是湛蓝色，他透过玻璃墙看向对面那栋两层楼的房子，回答伊莉莎的问题："我已经在内网提交了结果，暂时没有想开的项目，先休息两天吧。"

伊莉莎："嗯，多休息几天，睡个好觉，这段时间的天气容易让人心情低落。"

话停在这里，没人再继续说下去，又过了2分钟，奥古斯特才问："祈言……怎么样了？"

伊莉莎眼圈立刻红了，她捧着咖啡杯，视线朝向一边，别在耳后的碎发落下来："奥古斯特，我这几天一直在想，要是我没有提出送祈言去勒托，或者白塔的人去接他回来时速度再快一点，哪怕只快1分钟，事情是不是就不是现在这样了？"

祈言觉得自己做了一场梦，但具体梦见了什么，在醒来的同时又全然消散。他在床边坐了一会儿，头很晕，胸口有种沉闷的心悸感，赤脚踩在地上走了几步，又倒回去穿上了拖鞋。

经过桌边，他眉目清冷，用水果刀在手臂上划了一下，出血后再找到绷带，往自己手腕上缠了一圈又一圈，最后艰难地单手打了一个平整的蝴蝶结，这才开门出去。

沿着长廊一直走，他思维还在沉眠中未曾醒来，直到有人叫他："祈言！"

祈言停下，循着声音，看见了伊莉莎和奥古斯特。

伊莉莎笑着问他："睡得好吗？"

祈言反应有些慢，声音沙哑地回答："还好，我睡了8个小时，好像做了梦，但记不清了。"

瞥见祈言袖口处露出来的一截纱布，伊莉莎端着咖啡杯的手一紧："你又受伤了？"

祈言垂眼看了看蝴蝶结，语速缓慢地解释："嗯，不小心被水果刀划了一下，很疼。不过陆封寒给我涂了愈合凝胶，又用绷带缠了一圈，他说很快就会好。"

伊莉莎和奥古斯特对视了一眼。

祈言被接回礁湖星云后一直处于昏迷状态，明明除去嘴角上的咬伤和倒劈出血的指甲外没有别的伤处，却在治疗舱里躺了两天也不见醒来。

伊莉莎猜测，这应该是祈言的主观意志，他不愿意苏醒过来。

又这么在床上昏睡了三天，祈言才终于睁开了眼睛。

伊莉莎都已经准备好回答祈言的问题，连措辞都斟酌了几十遍，可让所有人都没想到的是，祈言一句话都没问，起床后往外走，又倒回来穿上拖鞋，边穿边问 E97-Z 号项目进展怎么样了。

伊莉莎心里总悬着，不敢说别的话，只答："从你去勒托到现在，一直在跑数据，奥古斯特一星期去看一次，现在还没出结果。"

祈言点点头，清瘦的身形裹在宽松的衣衫里，莫名空荡。他哑声道："我去看看。"

伊莉莎跟在他身后，她不断复盘祈言从醒来到现在的一切细微处，最后发现："拖鞋……"

祈言表情自然地回答："刚刚陆封寒提醒我穿上的，说不穿会冷。我总是记不住穿拖鞋，他说没关系，他会提醒我的。"

伊莉莎心下骤沉，她做的最坏的猜测，还是成了现实。

雨声小了一点，祈言拉开椅子坐下，先跟奥古斯特聊了几句 E97-Z 号项目的进展，两人均认为没有再进行下去的必要，因为半年都得不出数据，庞大的运算量已经证明这是一个死胡同，不应该再坚持下去。

奥古斯特视线扫过祈言苍白消瘦的脸颊和眼下的微青，又落在他细瘦的手腕上，心下轻叹，却没表露出来，只把话题拉到日常上："吃过药了吗？"

"吃过了。"祈言隔了几秒，眼里有些许迷茫，"我以为自己吃了药，其实又记错了。"

奥古斯特一顿："他提醒你的？"

祈言点点头："嗯，他把水端过来，把药给了我。"

等祈言被人叫走，伊莉莎放下已经冷了的咖啡，苦笑："这该怎么办？"

在祈言的记忆里，陆封寒没有因为救他死去，而是跟他一起来了礁湖星云。至于中间因昏迷缺失的时间，祈言像默许了这个"漏洞"存在一样，丝毫不予深究。

在他的话里，会时不时提到陆封寒，像今天这句"不小心被水果刀划了一下"，祈言几乎每天都会说一遍。

令伊莉莎恐惧的是，祈言为了加强这份由他自己虚构的记忆的真实性，痛觉那么敏感的他，会每天亲手用锋利物在手臂上划一道伤口，然后用绷带缠好，再系上蝴蝶结。

就像以此为证据，证明陆封寒真的还在他身边。

而祈言明明一整夜一整夜地睡不着，吃不下任何东西，一日比一日虚弱和消瘦，却虚构了一段"每天睡了8个小时，还做了记不清的梦"的记忆。

他消耗着所有生命力，沉溺在一个半是虚假半是真实的世界里。仿佛那个人没有离开，仿佛一切都和从前一样。只要他不深想，不探究，就绝不会打破这微妙的平衡。

咖啡口感极为苦涩，舌尖都跟麻痹了一样，伊莉莎手掌撑着额头："就像在悬崖上走钢丝……你知道吗？我很害怕，我怕祈言陷在这样的状态里，不断地割伤自己，一整夜一整夜地挨，一天一天熬，最终会熬不住。我又怕把他从这片沼泽里拉出来，他的一切会骤然崩塌，怎么承受得住？他好不容易，好不容易用那一段段记忆哄自己、骗自己，让自己摇摇欲坠，又依然勉力支撑……"

她说着，已经有了哭音。

所有人都不敢告诉祈言，陆封寒已经死了，这个世界上已经没有这个人了，就怕他的心理和精神在一瞬间便分崩离析。

伊莉莎从小看着祈言长大，更是做了他整整8年的心理医生，再清楚不过，祈言一直抱有死的想法。

从8年前开始，随着记忆混淆的不断加重，祈言每一天都过得极为艰难。他需要去分辨哪些是虚假，要全盘质疑和否定自己，再从中去拼凑真实，甚至还无法确定拼凑出来的这些"真实"到底是不是真实。

没有人知道这是一种怎样的痛苦与无望。

有时伊莉莎看着祈言，都觉得他是风中一团微弱的火，不知道什么时候便会彻底熄灭。

直到祈言去了勒托，直到他们第一次通话，虽然祈言没有提及一个字，伊莉莎却明显感觉到祈言似乎抓住了一根细丝。

就是依靠着这根细丝，让他堪堪活到了现在。

像溺水的人被拉出水面，得以短暂呼吸，甚至一天比一天好，一天比一天有希望。

可没有人知道，这根细丝断了，又该怎么办？

无名星上。

耳边隐约有人在争论着什么。

"这样的和平是难得的，也是可怕的，联盟的人们被安安全全地圈在墙内，天长日久之后，便会丧失血性、丧失对危险的感知度，再无警觉。包括中央军团、各行政大区军团派下的驻军，闲得太久，刀会锈蚀，剑柄会腐烂。"

另一个人回答："但军人天职便是保卫联盟，以远征军为雄关，拦住外敌，没有错。况且人类基因里便带有分歧和好战的成分，没了星际海盗，没了反叛军，自然会有别的。"

最先说话那人叹一口气："谁都没有预言的能力，你我能做的，不过是将眼下能做的事做好，再就是，兵来将挡水来土掩。至于后世之事，自然有后世之人去做。"

陆封寒模糊记起，这是他不到 10 岁时，一个雨夜，他父亲陆钧难得休假回家，在家里招待了战友聂怀霆。

他拿着一架星舰模型在拼装，一边听他们说着他不太懂的话。

星舰……

他驾驶的微型星舰已经碎在了跃迁通道里，追着他的那艘中型舰也一样。

他迟钝地发觉，全身好像都在痛，但那种痛感又隔着一层什么，不够真切。

耳边的雨声渐渐变小，陆封寒又回忆起他和祈言曾一起流落到一颗荒星上，祈言叼着营养剂，含混不清地朝他说着些什么。

祈言。

祈言……

这个名字在刹那间唤醒了陆封寒的神智，他用尽全身力气想要动动手指，却没有成功，思维仿佛已经与神经系统失联。

我不能死。

我要醒过来。

我要是死了，谁提醒那个小迷糊冷了要穿拖鞋、饿了要好好吃饭？

他还要回去，祈言答应了要等他。

祈言还在等他。

陆封寒睁开了眼睛。

光线太强，陆封寒眼前发花，许久才能聚焦。映入视野的是天空，上面有云，余光能瞥见绿色，从触感判断，应该是草尖。

混乱的记忆让陆封寒一时以为自己正躺在第一军校的草坪上，懒懒散散地晒着太阳。又想起祈言耳垂被草尖扎了一下，便娇气地说自己受了伤。

"您好。"

陆封寒听见这句话，眼光微厉，戒备明显。他最初以为是自己才醒过来，警惕性降到零点，所以才没发现旁边有人。但当他转动着僵硬的脖子环顾四周时，确定周围没有人，一个人都没有。

要不是幻听，要不就采用迷信一点的说法——外星见鬼。

"您好。"

那个声音再次响起。

陆封寒没有贸然回答。

"按照各项数据判断，您已经醒了。"那个声音再次出现，"或者，我在跃迁通道内已经坏了，我却不知道。"

"自检完毕，结论：我没有坏。"

"进行二次自检，结论：未发现损坏，无须自我修复。"

在陆陆续续听完这几句话后，陆封寒谨慎开口："你是谁？"

3 秒后。

"您好，我是'破军'，很高兴能跟您说话，您的开场白和我设想的相同，很高兴我们如此心有灵犀。"

这句话很长，仔细听，会发现一种微妙的生硬感。

抓取到其中一个关键词，陆封寒呼吸微窒："破军？"

"是的，感谢您为我命名，您的取名水平超越了全联盟 98.976% 的人，我很喜欢这个名字。"

陆封寒现在动不了，轻轻闭上眼，问："你在我手腕上？"

"如果您指的是我的数据核，那么是的，我暂时住在您的个人终端里。"

陆封寒许久才呼出一口浊气："我没死？"

"是的，除脑部震荡、三根肋骨骨裂、额角破损出血、手臂划伤外，您还活着，暂时没有死去的可能。"

陆封寒不认为自己在微型星舰爆炸的情况下还能活下来，"你救了我？"

"当时情况危急，因感应到您生命体征急速降低，我被迫强制启动，附近有一艘系统崩溃的中型舰，我趁机入侵，强行弹出了对方的逃生舱。"

明明是电光火石间的危急情况，却在"破军"平铺直叙的描述中显得平常。

"在我们进入逃生舱后，跃迁通道被爆炸摧毁，我们被乱流推出通道，进入了联盟星域之外。我通过对附近数据的分析，最后决定将逃生舱降落到这颗行星上。我们运气不错。"

陆封寒大致清楚了事情的始末，也明白"破军"所说的"运气不错"是什么意思。他躺着的地方有草，这就说明这是一颗适合生物生存的行星，食物与水源应该不成问题。

"谢谢你。"

"破军"很有礼貌地回答，"不客气。"

陆封寒能自主活动已经是8小时后了，陆封寒头依然昏沉，但能站稳。

至于肋骨骨裂和手臂划伤，并不影响他的行动，额角的血口已经凝固，他便没再理会。

一边探查附近，陆封寒一边问："你会不会讲小故事？"

这是在荒星时祈言问过他的，如果有一个人工智能陪他聊天，是否希望人工智能会讲冷笑话和小故事。

"破军"回答："当然，我数据核中包含有近十万条冷笑话，从古至今上百万个小故事，我还会唱歌。"

陆封寒挑眉："唱一首听听？"

不过只听了一句，陆封寒就皱了眉："好了，我已经知道你会唱歌了。"

"破军"很谦虚："感谢您的认可。"

陆封寒："……"

其实我并不太认可。

直到天黑，陆封寒才停止探查，进了一个岩石构成的山洞，因为"破军"提醒他今天晚上会下雨。无法接入星网，没有救援，他必须保证自己不能生病。

用找到的干柴升起一堆火，陆封寒靠着冰冷的岩壁："你有没有发现，我们看见的所有植物种类都差不多？"

"是的，我发现了。"

"不像是自然形成，倒像是有人撒了把种子在这里。"陆封寒手指叩在膝上，想，如果真的有人，那会不会找到离开这里的方法？

不知道祈言现在怎么样了。

他眼前浮现出逃生舱启动时，祈言双眼湿漉漉地望着他的模样。

他把娇气包惹哭了，还哭得那么厉害、那么伤心。

心口猛地一阵抽痛，陆封寒产生了一种自厌的情绪，他换了个姿势，将有伤的那条腿伸直，望着火苗映在岩壁上的影子，问道："白塔在礁湖星云，对吗？"

破军回答："是的。"

"白塔"建立于地球时代，当时全球生态环境极端恶化，人类集结了全球最顶尖的科学家，只为种族谋求生路，因此至今，白塔的宗旨仍是最初的"为人类的延续"。

地球历中第一次将人类送入太空、开启星际时代序幕的第一次科技大爆发便是白塔的成果，后来星历元年的第二次科技大爆发，亦为白塔推动。

人类种族史上，白塔拥有着绝高的席位。

反叛军成立后，白塔成员俱在黑榜前列，这才逐渐隐匿。而为了保护白塔，在外提及"白塔"这个名字时，所有人都会用"那边"指代，已是不宣的默契。

陆封寒得到肯定的回答，心下稍稍安定了几分，如果是白塔，必然能在一团乱中将祈言护好。

心思烦乱，陆封寒起身，没有冒失地离开岩洞，而是转了方向朝向岩洞深处，问破军："可以进去吗？"

"可以，根据环境数据，里面危险系数极低。"答完，破军还非常贴心地打开了光源。

陆封寒抬脚往里走。

四周太静，连虫鸣也没有，身前的光源破开黑暗，身后的阴影便亦步亦趋地跟了上来，有种一不小心便会被吞噬的危机感。

"破军"开口，打破沉寂："需要我为您唱歌吗？"

陆封寒没答，反问："为什么这么问？"

"破军"："因为我的制作者用一段数据提醒我，您偶尔会临时有点怕黑，需要人陪。"

陆封寒脚步一滞，又失笑，这是祈言拿着游戏终端来找他的那天晚上，他临时胡诌的理由。

心情柔软，陆封寒随口闲聊："你怕黑吗？"

"破军"："我不怕。"

陆封寒："那你怕什么？"

"破军"："我怕鬼。"

陆封寒以为是自己没听清："什么？"

314

"破军"重复："我怕鬼。"

陆封寒："这是设计者的设计，还是别的原因？"

"破军"为自己的恐惧作解释："跟设计者无关。我在入侵中型舰系统时不小心顺便带走了一些数据，在你昏迷的时间里，我探查完周围，很无聊，于是在其中翻找到了一部鬼片，出于好奇，我看完了，我很害怕，也很后悔。"

陆封寒一时间心情颇为复杂，他拥有了一个怕鬼的人工智能。

岩洞不算太深，停在尽头的岩壁前时，时间并没有过去很久。陆封寒调整光源，让光线照在上面，"有字。"

虽然是在岩洞深处，避开了日晒风吹，但那些字迹依然有些斑驳了，不过尚能看出是有人一字一句亲手刻下的。

是一段留言。

"致后来者：

我生于地球历2109年，是联盟'大航海'计划的成员之一。地球历2131年，我与3名同伴从地球起航，到达了这颗陌生星球。不幸的是，我们的飞船破损，再无法返航。

一名成员在3个月后自杀，一名成员因病死亡，我与另一名成员在这颗陌生的行星上度过了许多个日夜。

在看不到离开的希望后，他也结束了自己的生命。

我体会到了难以言喻的孤独。

这颗星球适合人类居住，却没有生命痕迹。

我将飞船中携带的植物种子撒满我所经过之处，它们郁郁葱葱，生机勃勃。然而我却更加清晰地感知到，这里并非我的故园。

若有后来者到达这里，请带走一颗石头，权当我与我的3名同伴，时隔多年，跨越星河，魂归故里。

我擅自为这颗行星取名'晨曦'。

愿人类迎来光明。"

陆封寒没有发现留下这段话的人的骸骨，猜测这条留言不单只刻在了这一处。

"大航海"计划是地球时代末期、联盟定居勒托前提出的一个近乎悲壮的计划，寄希望于如地球时代的"大航海"一般，于宇宙中发现"新大陆"——宜居行星。

那时，地球环境极度恶化，已不适合人类生存，种族灭亡迫在眼前。

一面是白塔的科学家殚精竭虑寻找出路，一面是无数普通人纷纷响应，怀着当今之人难以想象的无敌勇气，驾驶着近乎简陋的飞船，一头扎进浩瀚的宇宙中。

仅为人类。

仅为种族延续。

陆封寒俯身捡起 4 块小石头。

隐约看见 200 多年前，一个模糊的人影利用粗陋的工具，在岩壁上一字一句地刻下这一行行字。

看见 4 个年轻人降落在这颗行星上，怀着对种族未来的憧憬，满面笑容。

看见无数飞船自地球出发，飞向茫茫太空，寻觅生存的奇迹。

陆封寒声音很轻，怕惊扰了什么："人类这个不算强大、甚至脆弱的种族，为什么能从远古蒙昧走到地球时代，再走到星历纪元？"

岩洞之外，是陌生却充满生机的行星。

行星之外，是浩渺无垠的宇宙。

人类之于宇宙，甚至不如一粟之于沧海。

陆封寒的影子斜斜映在地面，他仿佛只是在自问自答："是希望。"

陆封寒所在的无名星昼长夜短，白天足足会持续 32 个勒托时，而日落后则会度过 18 个勒托时才会重新迎来日出。

不过作为太空军，陆封寒的生物钟并不依靠日光来调定，他划定了清醒和睡眠的时间，让"破军"帮他执行。又从逃生舱的残骸里找到了几袋营养剂和两罐营养膏，配上前人撒下的种子长出的植物果实，倒不至于饿死。

躺在草丛上，陆封寒折了根草茎衔在嘴里，半眯着眼看天空中那颗"太阳"。

四周只有风声。

"破军"主动开口："您在想什么？"

"想怎么离开这里，去找他。"

"可是按照现今条件，您无法离开这里去找我的设计者。""破军"完全没察觉到自己的话是火上浇油，有理有据，"我们所在的无名行星不在联盟星域内，无法接入星网，也就无法求救，没有人知道你在这里。这颗行星没有人居住，没有科技存在，无法提供建造飞船和星舰的条件。我们唯一能指望的只有某个倒霉蛋降落到这颗行星上，不过经过严密计算后，这个概率您可以视作无限接近于零。"

陆封寒一时没收住力，将嘴里的草茎咬断了，苦涩的汁液浸在舌尖，让他眉头不由一皱："你说的这些，我不知道？"

"破军"："您当然知道。"

"需要你提醒？"

"破军"沉默了 5 秒，以一种平铺直叙的语气说出恍然大悟的话："哦，我知道了，这就是人类的恼羞成怒。"

"……"陆封寒挑眉，"如果你不是祈言做出来的。"

"破军"接话："那么？"

陆封寒："那么你以后再也没有说话的机会了。"

"破军"明智地开始保持沉默。

半小时后，闭目养神的陆封寒突兀开口："破军。"

"什么事？"

陆封寒起身，拍了拍身上的草屑，漫不经心地开口："我昨晚在那个山洞里看见了奇怪的影子，有可能是我眼花，当然，也有可能是闹鬼。"

"破军"明显地怔了怔。

回到暂住的山洞，"破军"仿佛死机了一样，喊了几遍都没动静。陆封寒也没坚持，手动在个人终端调出光源，朝山洞深处走，最后停在那面刻了字的岩壁前。

虽然在这颗无名星上的时间只堪堪令他额角的伤口结出硬痂，但他现在已经有些懂得为什么意外降落在这颗行星的 4 个人里，除病逝的人外，另外两个都因为无望而选择了自杀。

留下这段留言的人应该也没能坚持下去。

独自一人被地心引力困在荒芜的星球上，在日升日落间，时时期待无比渺茫的希望来临。

他不知道在这一行行字前静静站了多久，才转身往外走。

很快，"破军"根据统计记录发现，随着时间的推移，陆封寒的话越来越少，时常他说完一大段话后才换来陆封寒一个简短的"嗯"字。

更多的时候，陆封寒漫无目的地游走在地平面上，到了黑夜，则会望着天空闪烁的星辰出神。

"礁湖星云在哪个方向？"

野草茂盛，陆封寒躺在草地上，下颌被草尖扎得发痒，他却没移开，目光在天空逡巡，专注寻找着什么。

"破军"回答："根据我数据库中现存的星图，无法回答您的问题。"

意料之中的答案。

陆封寒心上溢出一种尖利的苦意，他想起曾经祈言举着手，用指尖将礁湖星云的位置画给他看。他还想过，等见不到人了，好歹能朝那个方向望望。

现如今，连这种想法都成了奢想。

希望……

希望。

祈言回答的那个"好"字，成了一根线，牢牢吊着他，吊着他的希望。

"破军"出声："您在担心什么？"

我担心什么？前线有埃里希守着，暂时出不了问题。联盟即使再摇摇欲坠，也还有聂怀霆支撑。他只担心那个迷迷糊糊的娇气包，不知道现在怎么样，还好不好。

礁湖星云。

"祈言怎么样，醒了吗？"

伊莉莎沉默摇头道："还没有，医疗机器人已经替他处理了伤口，人一直昏睡着。"

奥古斯特捏了捏眉心："是我反应太慢了。"他坐在墙边的椅子上，手指交叉在一起，连做了好几次深呼吸，"我当时……我们当时正在争论一个公式，我和他想法不一样，祈言提到他前两天做过这个公式的扩展计算，但他不确定自己把计算用的草稿纸放在哪了。你知道，以前这样的情况经常发生。这时，他喊了声'陆封寒'，他问陆封寒，那张草稿纸他是不是随手放在沙发上了。"

奥古斯特吸了吸气："伊莉莎，你知道吗？他下意识地在向陆封寒确认，确认自己的记忆是否正确。可是，哪里有他的陆封寒？他应该是有短暂的清醒的，或者说，他脑海中的逻辑出现了混乱，无法自清，他骗不了自己了，因为他发现，他找不到那个人。"

"那一瞬间，祈言……非常非常惊慌，脸色很苍白，起身在房间里找了一圈，又开门去找，但根本就找不到他要找的那个人！直到他看到了一块金属片，很钝很钝的金属片，"奥古斯特叙述出现暂停，缓了缓才接着道，"他慌乱地在手臂上划，很用力，连续划了很多次才划出了血。然后他就捏着金属片，安安静静地站在原地，任由血沿着手指一滴一滴地滴在地上。"

"他受伤了，他在等陆封寒来给他包扎伤口，用愈合凝胶，用绷带……可是他在那里站了很久都没有等到人，"奥古斯特声音哽咽，"他怎么等得到？他怎么等得到……"

伊莉莎红着眼睛，背过了身。

明明平日里，祈言感情表现得很淡漠，几乎从来没有显露过激烈的情绪。

隔着一道门，传来医疗机器人短促的两声提示音，伊莉莎擦了擦眼泪，开门进去。

祈言躺在床上，比刚回来时消瘦了太多，往日的衣服穿在身上都像灌着风。他朝声音发出的位置看去，眼里隐隐期待着什么，又在下一秒熄灭。

祈言觉得全身哪里都在疼，特别是心口的位置，心悸明显，让他难受得想吐。

伊莉莎坐到祈言床边，柔声问："感觉怎么样？"

这句话仿佛打破了祈言某种禁制的情绪，他说不出话来，眼睛慢慢变红，眼泪停不下来般从眼里滑落，放在身侧的手指颤抖着，死死抓紧床单，青白到再无丝毫血色。他将一切呜咽尽数压在身体里，直到整个人小幅度开始轻轻颤抖，才终是沙哑出声："我好疼啊……伊莉莎，我好疼……"

伊莉莎眼泪跟着落下来，慌忙将手覆在祈言冰凉的手背上，问他："你现在哪里疼？"

祈言一只手攥在心口处，将衣料扯出了层层褶皱，疼得整个人蜷缩在一起，说不出话来。

他听见自己沙哑的声音，又定定盯着空气中的某一点，想，陆封寒不在，他说疼有什么用？说冷了、累了、疼了、害怕了，又有什么用？

他因为救我不在了啊！

仿佛在那艘微型星舰背身而去的瞬间，他心里被生生剜去的地方，就空着，再无法填补。

他终于意识虚假与真实之间，再无一个人愿意做他的锚点。

像是从浓绿的夏季刹那到了无比漫长的严冬，即使缩在床上，雪水也会漫上来，凝成一种浸骨的寒冷。

因为长时间服用药物，祈言的痛觉神经极为敏感，伊莉莎听着他无意识地一声声喊着疼，却不敢碰他，不知道应该怎么办才好，只能跟着流泪。

不知道过了多久，房间里凝滞的空气中才响起祈言沙哑的声音。

"他……很好，"祈言眼眶发红，泛着水汽，像是在告诉伊莉莎，又像是在独自回忆，"他，"字音停在这里，祈言忽然失去了运用词汇的能力，"我不知道应该怎么形容他。"

似乎没有一个词一个字能形容出陆封寒，可他又无比希望能多一个人跟他一样记得。

"他，哪里都好。"

伊莉莎点头，很重，又哭着笑："我知道，他很好，他对你很好。"

"嗯，他命令逃生舱脱离后，我叫他的名字，他说他在，可是现在，我再也找不到他了。"

祈言嗓音很轻，潜伏在心底之下的自责翻涌而出，将他的心脏死死抓住，连带着呼吸都在痛。

"他还对我说了抱歉，他知道我看见过的事都不会忘，所以让我可能的话，就把那段记忆忘记。"

"可是……可是我就是遇见他了啊。"

"我又怎么去忘记？"

他有什么办法？他怎么忘得了？甚至一丁点细枝末节也没法遗忘。8年前是这个人，8年后回到勒托，遇见的还是他。现在，他为了救他，为了让他活下来……

他开始想，怎么才能将记忆封冻、定格，怎样才能让他仅保有的这一点存在，不会再次失去。甚至已经在恐惧10年、20年后，他又要怎么向自己证明，遇见陆封寒不是来自他的虚构，不是他的一段妄想？

伊莉莎将祈言冰冷的指节拢进手里，哽咽道："我知道……不用忘，你可以一直记得，只要你还记得，他就依然没有离开。"

祈言看着伊莉莎，喃喃自问："可是为什么……为什么我这么难过？会、这么冷？"压抑至极的情绪冲破限制，祈言再次感觉到有什么被生生撕去的疼痛，眼泪不可抑止地再次溢出来，"伊莉莎，我真的好想回到从前……"

伊莉莎闭了闭眼睛，她想起20年前林稚怀孕时她们一起在花园里晒太阳。她们期待着这个生命的降临，想着要牵着他学走路，教他说话和写字，看着他找到朋友，等他再长大一点，就在他困惑无措时，告诉他这是什么。

可是她从来没想过20年后会是这样的情境。

将祈言的手指慢慢展平，伊莉莎语气温柔，双眼湿润着望向祈言，然后告诉他："因为他太重要，他对你来说太重要，缺失不得，所以你才会难过，才会不舍，才会想记得，不想遗忘。"

祈言缓慢地眨了眨涩痛的眼睛。

缺失不得的锚点……吗？

当这个疑问浮起时，他念起"陆封寒"这个名字，刹那间，像旷远绚丽的星云中，亘古的恒星刺破重重尘埃，将他的双眼照亮。

伊莉莎说的，是对的。

他是他缺失不得的锚点。

窗外的雨又淅淅沥沥地下了起来。

祈言哽了哽，心里念到这个名字，眼泪又流了出来。

连日的大雨后终于迎来了晴朗的天气，白塔所在的行星日照不强，就算是夏季也处于一种刚刚好的温度。

花园的小水塘里蓄满了水，映着天空的云，祈言坐在长椅上翻看纸质书，但许久都没能往下翻一页。

伊莉莎走近，将营养剂递给他："到午饭时间了。"

祈言接下，在撕开包装时动作滞了几秒，像是想起了什么。

伊莉莎："昨晚怎么样，睡着了吗？"

将撕开包装的营养剂握在手里，祈言手背的皮肤在阳光下呈现出冷白色调，他隔几秒后小幅度摇头："没有，还是睡不着。"

他说话的嗓音很低，还有些哑，没多少力气。

祈言有时会觉得自己跟一个充满气的气球一样，某一个地方被扎开了一个细小的孔洞，正不断漏着气。

伊莉莎尽量用轻松的语调："那看来昨晚用上的安眠气体没有效果。"

"嗯。"

祈言本就清瘦的身形再次无限制地清减下去，他每天晚上都睡不着觉，吃不下任何东西，营养剂多了就会生理性呕吐，只能断续咽下几口，不得已给他打营养针时，他的身体也会因排斥出现发热，全靠治疗舱强行维持着生命力。

像一片已枯萎的树叶随时会从枝头落下。

现在，祈言已经不再认为陆封寒就在身边，而是接受了已经发生的事实，但伊莉莎却极为矛盾地宁愿他一直活在虚构出的记忆里。

总好过现在。

或许就是那句话说的，"万事转头空，未转头时皆梦"。

阳光照在身上，祈言依然觉得寒冷，他转向伊莉莎："联盟怎么样了？"

这是这么多天以来，祈言第一次关心外界，伊莉莎掩饰住惊讶，回答："成立日那天的事你应该知道，反叛军联合星际海盗攻入勒托，勒托大气层外，太空军被打得七零八落，不过因为首都星防御系统仍支撑着，在太空的反叛军停了火。"说到这里，伊莉莎至今都还有些难以置信，"可潜入勒托的敌人实在太多，我甚至怀疑是霍奇金瞒天过海，直接将反叛军一整支军队安置在了首都星上。大气层外打输了，大气层内也同样。

聂怀霆将军为避免更大的伤亡，最终决定弃守勒托，和联盟秘书长一起将军方指挥部和行政中心临时迁往了开普勒大区。克里莫被监禁，陆续交出了一大批名单，里面包括了南十字大区前线远征军代理总指挥怀斯。而霍奇金摇身一变，成了反叛军在勒托的代言人，暂时不能够确定他从最初就是反叛军的人还是中途叛变。"

祈言听完，从短暂的出神中抽离，话题延伸："我好像在内网提交过雷达探测系统的升级项目。"

"对，你曾设想将探测范围延伸至跃迁通道内部，若可以检测出跃迁通道内是否存在高密度热量信号，那就能在敌军的星舰出跃迁通道前，提前做好防御或埋伏。不过当时你只开了个头就暂停了。"伊莉莎问得小心，"你想重启这个项目？"

"嗯，"祈言合上纸质书，望着池面的倒影，眸光静止，"联盟是陆封寒想保护的。"

陆封寒。

话止住，祈言手指搭在粗糙的封面上，过了一会儿，他嗓音轻得像蝉翼，失神道："伊莉莎，我总是会……想起以前的事，我的大脑并不听从我的指令，每时每刻每一秒，那些记忆都在。就像现在，我明明跟你说着话，可我依然在想着往事。"

随着时间的流逝，再深刻的记忆都会变淡褪色，所以很多人都能从过去的悲伤中走出来。

祈言做不到。

因为他不会遗忘。他只会一遍又一遍地去经历曾经经历过的痛苦，被记忆一次次反复冲刷，窒息、疼痛，周而复始。

伊莉莎双眼发涩，她伸手拢了拢祈言的外套，想安慰或者劝说，却一个字也说不出来。

祈言开始一日日地坐在实验室里。

所有人都发现，祈言似乎正在慢慢好起来，有了一件能让他专注的事后，他微弱的生命力又重新展现出活力。

他每天都会在内网上更新研究进度，过程中架构出的新工具也会跟以前一样放到星网上开源。

仿佛一切都没有发生过。

祈言没有离开过礁湖星云，没有去过勒托，没有遇见过那个人，中间的时光尽数被折叠，他依然是那个眉眼映丽、清冷寡言的天才少年，在远离喧闹的地方，静静专注于他想做的事。

奥古斯特每天都关注祈言的进度，一边又找到好几个研究项目，准备等祈言结束目前的项目，就立刻把这些研究项目接上去，说不定这样能转移祈言的注意力，能让他从记忆的泥潭里一点点走出来。

所有人都怀着乐观和希望。

连在最初几天，一直担心祈言是不是为了让他们安心，所以假装强撑的伊莉莎都逐渐放下心，想，或许是祈言有了目标，想要保护联盟，陆封寒生前一直尽心守卫的联盟。

直到祈言没有按时在内网更新研究进度，伊莉莎赶到他的实验室，看见祈言抱着膝盖坐在墙角，盯着空气中的一粒浮尘出神。

心里狠狠一沉，伊莉莎下意识地放轻脚步，靠近："祈言？"

祈言套着一件白毛衣，只露出玉色的手指，他闻声缓缓移过目光，声音沙哑道："马上换季了，陆封寒帮我在定制工作室选好了衣服，他说他去拿。"他睫毛颤了颤，"不对，现在是春天了，他怎么给我挑了冬装？而且取衣服的地方在勒托，我是在……我是在白塔？"

他像是清醒了，又像是没有，只喃喃道："礁湖星云离勒托好远啊，要跃迁几次，跃迁——"祈言的瞳孔猛地一震，脸色陡然苍白，像脱离了水的鱼一般，接近窒息地攥紧自己的领口，嘶哑地自言自语，"别去……陆封寒你不要去，不要跃迁！不要接近跃迁通道……你会死的！"

最后的字音，颤抖到只有出气声。

话音消失后，他又奇迹般地重新安静下来，侧脸枕在膝盖上，一句话不说，像没了生气的木偶。

伊莉莎红着眼，小心开口："祈言，这里很冷，要不要换个地方坐着？"

祈言看着伊莉莎，隔了很久才终于理解了她话里的意思："不行，我要等陆封寒回来，他去帮我取衣服了。"

伊莉莎："那我们换个地方等他好不好？"

祈言疑惑地皱皱眉："等谁？"

伊莉莎不敢说出那个名字，只试探地提问："那你现在在干什么？"

"我在……我在干什么？哦，我在等 E97-Z 号项目出结果。"祈言说完，又自我否定，"不对，这个项目已经被我和奥古斯特停止了。"

他像是陷入了记忆的混乱里，下意识地偏头问："陆封寒，你记得吗？"

没有人回答，他又垂下眼睫，告诉自己："陆封寒去勒托了，他不在，等他回来了我再问他。"

伊莉莎关上门，眼睛被阳光刺了刺，泛着疼，她沿着走廊去了奥古斯特的实验室。

奥古斯特一看她的表情："祈言情况再次严重了？"

伊莉莎摇头："不是再次，而是他一直都没有好转过。"

伊莉莎有些站不住，脱力地靠着墙："他的理智和逻辑让他不得不接受现实，接受陆封寒的死亡，可他的本能和情感都在拒绝。因此，他不得不对抗这两种矛盾的思维。再加上他一直以来严重的混淆现实，这让他内里如同一个黑洞，一切都是混乱的。他一直在努力，所以他每天上传研究结果，努力想让自己的秩序重新建立，不要迷失在黑暗里，但他失败了。"

"陆封寒的死亡，是最后一根稻草。"伊莉莎想起什么，打了一个寒噤，"奥古斯特，你知道我看着他，想到了什么吗？"

奥古斯特沉默，后又回答："林稚。"

"对，"伊莉莎抱紧自己的手臂，哭出了声，"对，我看着现在的祈言，我好害怕……害怕他最后会像他妈妈那样，奥古斯特。"

安静许久，奥古斯特退后两步，坐到了椅子上。沉思许久后，他湛蓝的眼睛直视伊莉莎："还有一个办法，唯一的办法。"

"'破军'，这个设计有没有再次提升的办法？"陆封寒站在一堆破铜烂铁前，目光凝在一根金属条上，开口问话。

"这已经是最优设计。""破军"说话不疾不徐，"我们已经将坠毁的逃生舱以及200多年前那艘飞船的残骸翻了17遍。"

陆封寒"嗯"了一声。他从来不是坐以待毙的性子，又有人在等他，他根本没想过在这颗行星上等死。

在附近探查完一大圈，找回了几块矿石，接着花了几天工夫，将坠毁飞船的残骸拆了个透彻，拆完又拆逃生舱，最后在一堆破铜烂铁中找出稍微能用的，勉强搭了一个信号加强器。

虽然"破军"用数据和理论告诉他，加强的这点信号和没加强区别不大，但陆封寒不觉得。多一点是一点，他不相信自己的运气会那么背。

前线大溃败那次，都能让他蹭着运输舰回到勒托，被祈言捡回家用VI型治疗舱救回一条命，这次说不定也能有这个运气。

1个月不行就10个月，1年不行就10年。

他就像一头被困在牢笼中的猛兽，按捺住本性，固执地等着虚无缥缈的一线希望。

因为这线希望的另一端，连着祈言。

除必要的日常活动外，陆封寒开始日复一日地守在这根信号加强器旁边。很无聊，能思考的事他都在脑子里来来回回思考了好几遍，也没什么旁的事可做。

陆封寒干脆躺在草地上，把跟祈言相遇以来发生过的所有事都拆开了、掰碎了，通通回忆了一遍，但即使如此，时间也没过去多久。

在陆封寒让"破军"讲了100多个冷笑话、七八十个小故事，唱了两首半的歌之后，他终于找到了消磨时间的事情，跟"破军"玩模拟战争游戏。

拉一个太空战的沙盘，两军对垒，你来我往，看到底谁能赢。

开始陆封寒5盘里总是输多赢少，后来掌握了"破军"的习惯，就输少赢多了。等超过100局后，"破军"已经很少能赢。

"破军"评价："可怕的人类。"

陆封寒乐于收下这个形容："姜还是老的辣，不用伤心，你还太小，按人类的年纪算，你还是没满一岁的小朋友。"

"破军"反问："那么，您已经是人类中的'老姜'了？"

陆封寒毫不客气地回答："不会说话可以闭嘴。"

这句话听过不知道多少次了，"破军"老老实实地闭了嘴，闭嘴前又说了一句："我的设计者明明用一段数据告诉我，您的脾气很好。"

说完，他利索地假装死机，反而留陆封寒一个人出了很久的神。

陆封寒向来不认为自己涵养高脾气好，在前线时，睡眠长期不足，脾气更不怎么样，一个眼神把新兵瞪哭的事也不是没发生过。

但在祈言眼里，自己是个脾气很好的人。

不。

陆封寒紧绷的嘴角松缓，露出一分笑意。

在那个小迷糊眼里，自己哪里都好。

"破军"突然出声："您心率突然紊乱。您生病了吗？我不得不提醒您，这个行星上没有药。"

陆封寒心情好得很微妙，难得没让"破军"闭嘴，反而跟他聊起天来："你知道你的设计者是什么样的人吗？"

"破军"老实回答："我不知道。他没有在我的数据核中留下任何相关的数据，但我很好奇，你知道吗？"

陆封寒想说我当然知道，你的设计者很聪明，但又很迷糊，经常把很多事情记混。娇气怕疼，力气稍微大点，青紫几天不会消，蚊子咬的伤也要绑绷带。还非常非常非常会撒娇，让人不得不哄着依着他。

可这些都是陆封寒独自享有的秘密。

于是陆封寒回了一句："我不告诉你。"

"破军"："……"

信号加强器日复一日地等待着来自宇宙的信息流，像一场未知终局的判决，赌桌上只放着玄之又玄的运气。

又是一天日出，陆封寒做完 10 组体能训练，就着山泉水洗了个澡，走到信号加强器旁边，问"破军"："从进跃迁通道到现在，几天了？"

"按勒托时算，还是按本行星时间算？"

"勒托时。"

"截止您问话时的时间，共 5 个月 6 天 9 小时 8 分 1 秒。"

陆封寒沉默，在被朝阳镀了一层光的信号加强器旁边坐下，许久才语气莫名开口道："5 个月了啊？"

100 多天，快半年了，勒托应该已经从冬季到初夏了。

心里有种恍惚的空白感。外面的世界一刻不停地在旋转，无数的事情在发生，只有他被困在一颗行星上，生命仿佛被定格。

转机出现在半个月后。

听见"破军"的声音时，陆封寒双眼睁开，不见半点睡意："怎么了？"

"破军"的声线依然带着特有的平直感："我抓捕到一段信号，很大概率是有一艘星舰在附近。"

陆封寒起身快步走出岩洞，抬头望向漆黑的夜空："确定？"

"确定。""破军"请示，"等待下一步指令。"

陆封寒毫不犹豫："把星舰控制权夺下来。"

"破军"："是。"

等待的时间仿佛极为漫长，1 秒被拉长了数倍，陆封寒捻了捻手指，又蓦地握紧。

"已获取控制权。""破军"的声音终于响起，"星舰上共有 5 人，均负伤，星舰型号为 G-173z，有改装痕迹，能源充足。"

"这个型号 40 年前联盟就淘汰了，有改装，应该是落单的星际海盗。"陆封寒倒不挑，有就不错了，只要能开，不说 40 年前，140 年前的都可以。

没一会儿，"破军"再次出声："3 人死亡。"

"怎么死的？"

"我听不懂，人类说话太复杂了。""破军"干脆一人分饰多角，将听见的声音转述给陆封寒。

陆封寒没几句就明白了。

这几个人确实是星际海盗，收到命令从中央行政区前往南十字大区，途中放不下打家劫舍的祖传技能，追了一艘运输舰。没想到这艘运输舰是军用伪装的民用，上面满载的全是前线物资，于是就被反追捕了。不知道被追了好几百星里，几个人运气好，发现了一个不稳定的小型虫洞，为了逃命，毫不犹豫地开进去。

没想到出来正好遇上宇宙风暴，再回过神，已经没有在联盟的星图范围内，星舰搭载的系统处于半报废状态，功能根本不支持找到来时的路。5个人已经在太空中飘荡了许久，回联盟的希望渺茫，开始相互推诿，只勉强维持着和睦。在破军夺走星舰的控制权后，几个人以为是星舰控制系统失灵，压抑的矛盾终于爆发，几枪之后，人就先死了3个。

"破军"又汇报："又死了一个，仅剩的一人重伤。"

3分钟后，"破军"再报："最后一个人也失去了生命体征。"

陆封寒挑挑眉，他原本已经在计划怎么处理这几个星际海盗，抢下这艘星舰。

"破军"："5分钟后，星舰着陆。"

陆封寒颔首，"嗯"了一声，返回岩洞深处，在刻着留言的岩壁前，捡了4块石头。

他不怎么相信世界上有鬼魂，然，先人遗愿，魂归故里，他当达成。

再出来，夜空中已经能看见一片逐渐扩大的阴影，没多久，一艘舰身涂满了明黄亮绿的喷漆、满是拆拆补补痕迹的星舰出现在陆封寒面前。

陆封寒自觉审美不算高水平，依然差点被这谜一样的外观扎瞎了眼。

舰门在陆封寒面前打开，舷梯也到了地面，陆封寒登舰，发现里面已经被"破军"收拾干净了，还非常细心地全舰喷了空气清新剂。

香是香，太浓太劣质，陆封寒上去就打了好几个喷嚏。

等星舰升空，陆封寒望着逐渐缩小的陆地："'破军'，记录一下这颗行星的位置。"

"记录完毕，请问标注名为？"

"晨曦。"陆封寒想起岩壁上那一行行字，"就叫'晨曦'。"

等破破烂烂的星舰重新驶入太空，陆封寒坐在操纵台前，看着舷窗外熟悉的景色，终是松下紧绷的弦，靠到了椅背上。

"破军"的声音不再从个人终端发出，而是出现在星舰的广播里："请下达航行指令。"

陆封寒吩咐："把这艘星舰的航行记录找出来。"

很快，陆封寒面前展开了一块虚拟屏，上面出现了一条曲曲折折的线条，就像漫无目的的蚂蚁在沙地上留下的痕迹。确定了虫洞出口的位置，陆封寒指尖点了点："我们先到这里。如果运气好，能再穿一次虫洞，直接回到南十字大区。"

星舰穿行在寂静的宇宙中，每前行一段，以晨曦星为起点，新的星图就会被完善一分。

陆封寒望着窗外单调的风景，从听见发现信号开始的激动情绪开始平缓下来，而另一种名为思念的情绪开始如野草般疯长。

就像遇见一阵风，眨下眼，风便吹到了天际。

陆封寒不由想，见了面，祈言会不会怪他？会的吧！一句没商量，擅自做出决定。

想起祈言的眼泪，陆封寒觉得自己是挺欠骂的。

不过，祈言应该以为他已经死了吧？会哭吗？等见到他，会不会以为他是假扮，或者是幻觉？

锋利的闷痛感又袭了上来，陆封寒吸了口冷气，不敢再往下想。

许久后，舰内响起"破军"的声音："临近跃迁点，是否准备跃迁？"

陆封寒睁开眼睛，眸光锋利："嗯，准备跃迁。"

南十字大区。

"我现在有点同情克里莫那个老东西了，他一直以为怀斯是他的人，努力把人安插到远征军，又在第一次大溃败后把人放上了代理总指挥的位置，没想到怀斯竟然是霍奇金的人！"文森特唏嘘，"克里莫脑子跟没清醒过一样，被霍奇金耍得团团转，又被反叛军撺掇着跟聂将军争权。一个人太傻的时候，免不了让人想到指挥曾经说的话，'他的脑子应该是在星际跃迁的时候，没能从跃迁通道里带出来！'"

最后一个字音说出来，他像是反应过来自己说了什么，脸上的笑容淡了下去。

埃里希像是没注意到文森特脸上的神情，问："情况怎么样？"

"接应怀斯的人到了，难为他躲躲藏藏几个月，还能一朝翻身，联系上反叛军来接。"

"前后关系错了，是联系上了反叛军，才敢冒头。"埃里希穿着白色军服，戴军帽，帽檐下一双灰眼睛显得冷静，通身没有杀伐的气质，比起远征军副指挥，更像军中的文职人员。

文森特大大咧咧："管他什么前后，反正他冒头就要锤死，不然安不了两次战败中牺牲的兄弟们的心。不过兵力上，我们不少，反叛军也不差，真要算，对方还多一点，这仗能打吗？"

埃里希："反叛军这次领头的是唐纳，他多疑又谨慎，我们只是扣下怀斯，不恋战，最近日子都不好过，唐纳不会贸然追上来。"

和埃里希的判断一样，打到一半，反叛军方面打出了信号，明显是想暂停商议。通讯员询问埃里希的意见，埃里希点了头："这一次我们的目标只是怀斯。"

寂静如夜的太空中，两军对垒，炮口纷纷预热完成，只等一声令下。

文森特开口："唐纳估计也在算账呢，为了一个怀斯跟我们耗，到底划不划算。"

埃里希接着文森特的话："多年交情，我们可以等他算完。"

就在这时，检测员报告："副指挥，发现不明星舰正在接近，好像是……星际海盗！"

文森特奇怪："星际海盗？星际海盗那一大帮不是在中央区跟反叛军闹了不和，搞了一场出走的戏码吗？那边来了多少？武器配备怎么样？突然掺和进来，帮对方的还是来打我们的？"

埃里希也看了过去。

监测员话里带着疑惑："报告，只有一艘星舰，武器配备低！"

文森特起身自己去看，就见画面内，一艘花里胡哨的星舰破烂至极，像下一秒就要散架："这玩意儿也能叫星舰？是迷路了？"

与此同时，唐纳也看见了那艘星舰。

就在这时，远征军和反叛军的通讯频道同时被强行接入。

一道漫不经心的声音在频段中骤然响起："唐纳？老熟人了，好久不见。"

唐纳霍然起身，惊魂未定地盯着通讯频道上显示的声音频段。

另一边，文森特不小心打翻了手边的水杯，瞪大了眼睛与埃里希面面相觑，许久才磕绊出一句："刚刚……刚刚那声音……"

埃里希手捏成拳，又松开，突然几步走近操纵台，手撑在台边，沉声问："你是谁？"

他几乎是屏着呼吸等待对面的回答。

星舰上，陆封寒听见这个问句，几乎能想象出埃里希此时的神情。他话里带笑："辛苦了，埃里希。"

埃里希眼眶骤然发红。

通讯频道里响起另一道声音，唐纳一字一句："陆封寒。"他质疑，"死而复生？"

陆封寒嗓音散漫："怎么，只让人死，不让人诈尸？"他接着吩咐，"接入影像。"

下一秒，唐纳所在的星舰被强行接入了视频通讯。

陆封寒出现在了所有人眼前。

眉一挑，陆封寒看见站在唐纳旁边的怀斯，隔着真空的距离，他问埃里希："抓人来的？"

通讯频道里，埃里希回答："对，只看唐纳愿不愿意放人。"

陆封寒看向唐纳，往后一靠，半点没有联盟军人的军容仪态，只扬扬下巴："意下如何？"

怀斯看了看突然死而复生的陆封寒，又望向唐纳，有了不好的预感。他在远征军这么多年，深知陆封寒遍布前线的赫赫凶名，唐纳不一定会为了自己跟陆封寒杠上。

他下意识地往后退了小半步。

果不其然。

唐纳短暂的思忖后，大方开口："如果这个人够格，就把他当作你死而复生的贺礼如何？"

陆封寒抬抬手指："你一番好意，我就不客气地收下了。"

等怀斯被带走跟远征军交接，陆封寒又吩咐埃里希，"埃里希，我回来第一天，不宜见血，等拿了人，就带队撤回。"

说完，他瞥了一眼讯息的界面，发给祈言的消息还没有任何回复。莫名地，陆封寒心头涌起焦躁。

埃里希毫不犹豫应下："是！"

唐纳看着视频中陆封寒的影像，怀疑这人隐匿多时，半年前在勒托附近一朝现身后又飞快失去踪迹，现如今，却姿态从容地突然出现在这里，中间必定有什么猫腻或谋划。

而且，他还驾驶着一艘明显属于星际海盗的星舰。

多番心绪，唐纳都没表现出来，只笑着开口："恭喜陆指挥。只是这阔别便是一年多，陆指挥再回来，人不一定还是那些人，跟从前……"他停顿得很微妙，"说不定也会有些不一样。"

这明晃晃的挑拨离间，就差直说你陆封寒一走这么久，再回来，能不能指挥得动人都还是未知数。

与此同时，远征军所有星舰调转舰身，朝向同一方向，齐齐放出了由盾剑组成的徽章，光芒耀眼。

以黑暗为幕。

远征军的头狼回来了。

"今天就顺便给你上一课。"陆封寒唇边含着笑，直视唐纳，眉目不掩锋利，"我在哪里，远征军的指挥舰就在哪里。"

第十七章

绝对理智

破破烂烂、外观还扎眼睛的星舰被远征军主舰成功捕捞。

感觉身下的星舰"当"的一下被固定，陆封寒靠在椅背上，长腿叉开，思绪尚有些复杂。

他运气不错，从虫洞出来，"破军"提醒，这个小型虫洞没出毛病，连通的地点确实是南十字大区。

一接入星网，他就给祈言发讯息。几行字写好又删，删完重写，像是被困半年，语言功能退化了似的，来来回回，最后发了句最简单的"我回来了"。

发完觉得还有很多话想说，但又一个字都表述不出来。陆封寒贪心不足，想，要是这虫洞出口连通礁湖星云，或者直接连在祈言面前，该多好。

跃迁的挤压感还没过去，转眼，陆封寒就发现自己运气说差不差，说好也不算好，竟然正巧撞上了两军对垒。

一面明显是埃里希带队出任务，另一面，交手不知道多少回的老熟人，唐纳。

虽没料到，却也没多犹豫，陆封寒驾驶着他这艘小破星舰，丁零当啷地就这么直直刺进了阵前。

现在看来，效果不错。

打开舰门前，陆封寒不知道第几次问"破军"："有回复吗？"

"破军"："没有。"

放在操纵台上的手指一顿，陆封寒起身往外走，一边吩咐："有回复了立刻告诉我，立刻。"

被喷上了花花绿绿彩漆的星舰舰门朝两侧滑开，给人一种力道再重点门都能脱落的错觉。

陆封寒踏上舷梯，等候在外的一众人脚后跟几乎是同时一并，军靴相碰，发出低沉的"啪"声，齐齐向他行了一个联盟军礼。

埃里希站在队伍最前，注视着一步步走下舷梯的陆封寒，两颊绷得死紧才稳住情绪，却仍是红了眼，声音沙哑着，每一个字都利落："远征军副总指挥埃里希·普朗克，向您复命！"他深吸了一口气，灰色的眼眸里仿佛浸着这一年来的血与火，"至此前一秒，远征军上下，从未放下过武器，随时待命！"

陆封寒注视面前一个个熟悉的人，喉间发紧。

只是一年不见，却已两度生死。

他惯常不会将情绪表露出来，抬手郑重回了一个军礼，又恢复了众人熟悉的散漫语调："诸位，久违了。"

陆封寒，不，应该说整支远征军都不擅叙旧。陆封寒一句话打发了人，命令各自回岗，埃里希和文森特自觉跟了上去。

文森特换回远征军的制服，身上的气质没有在勒托那样松懈，连背都被撑直了些，就是话半点不见少，等周边没别人了，张口就来："指挥，没想到你死了一次能活，死二次竟然还能活！"

陆封寒凉凉看他一眼："怎么，很失望？"

"怎么会？"文森特故作震惊，又说起，"指挥，幸好你出现及时，把唐纳镇住了，利索交人。不然真要打起来，只为个怀斯，炮弹不要钱啊？勤俭节约不好吗？唐纳也真是，这么多年了，不知道吃过多少亏，依然改不了多疑爱脑补的尿性。"

懒得听文森特废话，陆封寒点名："埃里希，你来说。"

埃里希皮肤有种太空军人特有的白，他跟在陆封寒右侧，接了命令后，从最初开始说起："去年7月，您带人支援遭遇埋伏后，怀斯在几方势力的支持下当上了代理总指挥。我意识到情况有异，选择了暂时蛰伏，听其命令，放弃前线，退守都灵星。"埃里希叙述简单明了，"去年10月3日，反叛军半夜突袭驻地，怀斯假装打了两场，直接弃守都灵星，退至约克星。"

陆封寒虽然在ISCO的设备室里做过战役的复盘，知道是怀斯带着人送人头去了，但眼神还是不可抑止地凛厉了几分。

埃里希也觉得这场仗输得憋屈："当天夜里，防御警报系统检修，敌袭时无响应，巡逻队换岗，都没发现反叛军逼近。"

陆封寒："这种废话可以不说。"

埃里希点头，也觉得怀斯搞出来的是屁话没错了，他往下说："其间，怀斯的各种小动作都被拦住了，而我从文森特那里得知您没有死。"

文森特立刻叫屈："不是我说的！真不是我！是埃里希跟狗鼻子一样，发现我心情好，有事没事来诈我，百密总有一疏，我一不小心才漏了小半句话！谁知道他怎么从那小半句里得出指挥你没死的结论的。"

陆封寒没有深究："说说成立日的事。"

"没什么好说的。怀斯露出通敌的马脚，我下令抓人，他一早想好了怎么跑，躲得严实。在此之前，聂怀霆将军曾命令，无论如何，远征军守着联盟的防线绝不能动。同时，隔得太远，我不知道勒托的具体情况，也无法区分传来的命令，干脆切断了和勒托的联系。"埃里希言辞凿凿，"您教的，将在外，军令有所不受。"

陆封寒没觉得有问题，问："勒托呢？"

"勒托现在成了反叛军的地盘。反叛军奉行神神道道那一套，以科技大毁灭为立足点，专注给勒托民众洗脑，还招了一大批游吟诗人在联盟境内四处'传教'。他们手段不强硬，除对舆论管控很严、禁止进出外，勒托民众基本没有生命危险，只是不知道多少人会被忽悠瘸。聂怀霆将军现在在开普勒大区的奥丁，伤已经痊愈了，19天前曾和我通过话。"埃里希又提到，"反叛军跟星际海盗攻下勒托后，由于分赃不匀，撕破了脸，但不确定是真的撕破了还是撕给我们看的。"

陆封寒发现确实没什么好说的，让他说，一样说不出几句。

在前线久了，已经习惯抛却那些枝枝末末，只看结果。

因为对未来而言，过去的已无法更改，朝前看才是正确。

到这里，陆封寒没再继续问，也不准备交代自己在晨曦星上的半年困顿，招呼了一声："破军，出来见见人。"

文森特和埃里希正疑惑陆封寒在叫谁，就听舰内的广播中传出一道陌生的男声，声线悦耳，语速缓慢，听起来似乎很沉稳："你们好，我是'破军'，按照人类的方法计算，我今年半岁了。"

文森特指指声音的位置："人……人工智能？"

"破军"很礼貌："我是现今联盟最先进的人工智能，今后承蒙关照。"

陆封寒颔首，没有多解释："嗯，以后会一直在舰上。如果'破军'突然出声，不要受惊吓。"

文森特满脸控诉："以后都在舰上？半岁啊，指挥，你雇用童工！"

陆封寒："滚。"

等舰队撤至驻地，陆封寒回到指挥舰，他的房间还保留着一年前的模样，连桌上斜斜倒扣的阅读器都没挪过位置。

脱下半年来洗到发白的衣服，陆封寒冲了个澡，换上远征军的制服，心理准备做到现在才敢问："有回复吗？"

"破军"："未收到任何回复。"

陆封寒觉得闷，单手松开了衣领的扣子。

要是娇气包不理他了，该怎么讨好他呢？

陆封寒又问："你系统出故障的概率有多大？"

"破军"："概率低于 0.1%，您放心，一般的故障我都可以自行修复。"

看来"'破军'出了故障你要不要看看"这种借口是行不通了，陆封寒很失望。

就在他琢磨着要不要给祈言再发一条讯息时，回复收到了。

"很高兴得知你没事。"

陆封寒把这条回复颠来倒去看了好几遍，觉得哪里有点不对，不，应该是……很奇怪。

"'破军'，你的设计者有没有设计第二个人工智能？这会不会是他那边的人工智能代他回复的？"

"破军"回答："没有，按照人类的说法，我是独子。"

"确定这是祈言回复的？"

"是的，讯息确实来自他的个人终端。"

祈言回完消息后就没再看个人终端，他打开白塔的内网，将上面的最新进度更新为"完成"。

连续熬了 3 天的夜，可能是疲惫过度，反而不怎么困，只是起身时晃了晃，隔了几秒才站稳。

匆忙的脚步声由远及近，祈言转头对上呼吸急促的伊莉莎的眼睛，对方停在门前，表情像是哭又像是笑："陆封寒回来了！前线的消息，陆封寒还活着，他活着回来了！"

祈言站在初夏的阳光里，袖口挽在手肘的位置，皮肤白得像冰冷的瓷器，他点点头，语气平缓："我知道了，我收到了他发给我的信息。"他有些疑惑地问伊莉莎，"我回复了他，我觉得我的措辞没有问题。但，我的语气是不是应该再……开心一点？"

伊莉莎一时间不知道应该如何回答。

没有等她的答案，祈言已经撕开一包营养剂两口咽下，朝外走："太空雷达探测系统的升级已经完成，我从未使用名称册里挑了一个，叫'捕风'。不过这套探测系统需要配合星舰中控系统使用，我需要去一趟前线看看效果。"

伊莉莎跟在他身后："你如果要去一趟，现在申请使用星舰，很快就可以出发了。"

祈言突兀停下，他仔细回忆后，问伊莉莎："我以前很在乎他，对吗？"

伊莉莎给予肯定的回答："是的。"

"原来是这样。"祈言垂下单薄的眼皮，像是自言自语，"虽然我回想以前的记忆都像隔着一层雾，但在收到他发来的信息时，这里，"他手放在心脏的位置，眼里有几丝迷茫，"这里疼了一下。"

1小时后，星舰停在了星港外，能源充足。

奥古斯特跟伊莉莎一起来送祈言。

登上星舰前，祈言站在两人面前："你们不需要感到后悔或者愧疚。如果没有吃下药物，我现在很大概率已经死了。失去悲伤和绝望等负面情绪的同时不再有开心、激动，是应该付出的代价。"他尝试着放缓声音去安慰，"而且，伊莉莎你不是说过吗？我以后慢慢会好的，被剥离的情绪都会逐渐找回来的。"

祈言不明白为什么伊莉莎又哭了，他不知道应该说什么话、怎么做才合时宜，只好沉默着朝奥古斯特点点头，转身登上了星舰。

他其实也不清楚为什么奥古斯特和伊莉莎一直都感到愧疚，他觉得自己现在这样，好像和以前没有太大的差别。

唯一比较明显的应该是他更加理智了，虽然记忆依然会混淆，但他通常会将其视作程序的紊乱，对这种紊乱他没有什么感觉。

不，应该说，他缺失了"感觉"。

实验连续出错，他不会感到挫败；饥饿时吃下食物，他不会感到满足；探测系统升级成功时，他不会感到愉悦；甚至雷雨的夜晚，再次想起林稚的死亡，他也不会有任何悲伤的感觉了。

他就像一台机器，被剥除了某项功能，只是现在为止，他并没有觉得有什么影响。

远征军指挥舰上。

陆封寒已经将这一年来远征军内发生的大小事梳理了一遍，开了三个会，将半年来联盟的各种时事新闻、各处来的报告通通过目，还接了不知道多少个听闻他死而复生、特意问候的通讯。

等把所有事情处理完，时间已经过去了一天。

陆封寒捏了捏眉心，眼睛有些干涩。

他又把祈言回复的信息看了一遍，忍不住胡乱猜测，难道是关逃生舱防护罩前把人捏疼了？或者，出了什么变故？

陆封寒深吸了一口气，他承认，他害怕了。

他不曾怕过远征军物是人非，也没怕过会不会赢不了反叛军，不说半年一年，即使他 10 年后才回来，他也丝毫不惧。

但，祈言不一样。

祈言是他的朋友，是他即使被困百年，死前也必须再去看上一眼的人。

这时，"破军"出声："文森特正在舰桥，询问您是否有空，有重要的事需要您去一趟。"

陆封寒捞起军服外套起身，肩章上的银星微闪："让他们等着。"

等陆封寒大步到达舰桥，就看见埃里希也在，他用眼神询问文森特。

文森特尽力控制着情绪，还是掩不住激动："白塔那边秘密来人了，说是给我们搞了个厉害的装备！理论上能探测到跃迁通道内部的能量源，也就是说，下次反叛军还没从跃迁通道里出来，我们就能事先在出口的位置给他们垫上百米厚的炸弹，当迎宾红毯！"

白塔。

祈言现在就在白塔。

陆封寒把这两个字在心里转了一圈，难得体验了一把患得患失是什么滋味。

耳边传来"与指挥舰对接成功"的播报，文森特和埃里希都转身朝向舰桥尽头那扇对接来访星舰的门。

白塔的人向来神秘，少有在外露面的，常常只知道名字见不到人，有时连名字都是假的。

文森特和埃里希对视一眼，都从对方眼里看到了好奇，又不由整了整自己的衣领，以免军容不整，给远征军丢脸。

陆封寒勉强压下不安的情绪，也望向舰桥尽头。

两分钟后，舰桥尽头的银色金属门向两侧滑开，一行人走了进来。

站在最中间的人穿一件丝质衬衣，看起来有几分清瘦，神情冷淡，眉眼却极为昳丽。

文森特眼睛微张，震惊地看着来人，嘴唇动了动，想说出对方的名字，却又不敢确信。

几番挣扎后想起什么，又赶紧望向陆封寒，却见陆封寒唇线紧绷，牢牢盯着越走越近的那个人，半寸不移，神情难辨。

此时，舷窗外是无垠的宇宙与璀璨而遥远的恒星。

祈言在一步外停下，礼貌地朝陆封寒伸出手，因他不属于远征军，叫"指挥"不合适，于是称呼了职衔："你好，将军，我是白塔首席，Y。"听见这句话，文森特万分艰难地尝试去理解。白塔首席？Y？4 年前空降黑榜，牢牢占着第一的Y？给他们设计了星舰中控系统的Y？可面前这个人不是他们指挥的雇主、图兰学院二年级的学生吗？

文森特有点发晕。

而且传闻中的Y40多岁，是男是女未知，但是个双眼蕴含着智慧光芒、眉心有一道褶的沉默寡言的中年人！

祈言才多大？才成年不久，哪里中年人了？又一算，星舰中控系统是祈言……16岁完成的？

文森特转向什么都不知道的埃里希，很想拉着人，立刻把自己知道的全倒出来！可惜场合不对，他只好狠憋着，一个字不敢往外吐，忍得极为辛苦。

埃里希没注意到文森特时不时瞟过来的目光，只惊讶于Y的外表和年龄，他还发现陆封寒站在原地，没有把手递上去。

很奇怪，军方和白塔一直保持着良好的合作关系，星际时代，战争早已不是单纯地用人命来填，更多的是在战术和科技层面的比拼。

例如几十年前，基于白塔对太空通信技术的革新，就令反叛军在足足10年的时间里数次因通信系统被强干扰，如散沙一般，被远征军压着打。

因此对白塔，军方一直抱着尊敬的态度，特别是在前线的远征军体会更加深刻——白塔送来的东西，往往都是能救千条万条人命的东西，他们一直都很慎重。

可现在，陆封寒却全然忽视了Y伸来的手。

就在埃里希想要提醒时，陆封寒终于动了，他抬手握住了祈言的手，力气不大，却没有很快松开。

被指尖冰凉的温度刺了刺，陆封寒低声问："怎么这么冷？"

说着，他松开手，往前半步，同时将左手抓着的军装外套展开，细致地披在了祈言身上。

明明应该对突然这么近的距离产生不适，但身体却像完全习惯了一般，站在原地纹丝未动，毫无抵触。

祈言感觉肩上微微一重，下意识地抓住一侧衣领，看向陆封寒，又察觉自己在刹那间便被对方强烈的气息包围。

因星际跃迁产生的不适感在这一刻竟奇迹般舒缓下来。

陆封寒重新站好，没有退回原位，而是就在极近的距离问祈言："带了什么过来？"

披着陆封寒的外套，祈言开口："我带来了新型探测系统的源架构，名为'捕风'，不过实战使用前需要先与星舰的中控系统联结，进行测试调整。"

陆封寒挑眉："捕风？谁取的名字？"

祈言回答："在未使用名称册里挑的。"

"以前的'白隼''暮光''日暑'，都是？"

祈言点点头："对。"

"嗯，"陆封寒追问，"按照你的习惯，会取什么名字？"

这些问题无关紧要，但祈言本能地对陆封寒的问题一一仔细作答："CE0701新型探测系统。"

陆封寒唇角微勾，终于自冰层下捉到了一丝熟悉感。

看着祈言清清瘦瘦的模样，他心想，果然没好好吃饭，又问："现在就开始测试？"

祈言点头："嗯。"

陆封寒没多话，叫了声"破军"："带祈言去中控系统的设备室。"

"好的。""破军"的声音出现在广播里，打招呼，"很高兴与您相见，我的设计者。"

旁边的文森特又倒抽了一口凉气，埃里希也没掩住讶异。

祈言对突然出声的"破军"没有惊讶也没有激动，只吩咐道："走吧。"走了几步他又站住，回身，视线落在陆封寒的手上，迟疑道，"你的手……"

陆封寒："怎么了？"

祈言垂下眼："没什么。"说完，沿着破军显示在他脚下的引路标，离开了舰桥。

等舰桥上只剩下三个人，埃里希出声："指挥，您和Y……"

他的声音被文森特打断："指挥，你跟祈言怎么了？在勒托你们不是还好好的吗？他怎么感觉……"文森特想了个词来形容，"怎么感觉没什么人气？"

说完又悄悄给埃里希使眼色，示意我等一会儿给你讲解讲解。

陆封寒脸上轻松的神情尽数收敛，他看着祈言离开的方向，目光复杂，眼底还泛着明显的烦躁："很闲？埃里希，重新给我排一份防务表，晚饭前提交。文森特，去看看怀斯开口没有。"

见陆封寒眼神极冷，浑身上下裹着一层"活人勿近"的煞气，文森特和埃里希脚后跟一并，利落应声："是！"

陆封寒回了指挥室。

他从烟盒里抽出一支烟，咬在齿间，没点燃，心口压着的痛意直到此时才密密匝匝地扩散开，痛得陆封寒收紧呼吸，撑在桌边的手青筋毕露。

好几分钟后他才缓过来，靠到墙边，问"破军"："祈言现在在干什么？"

"破军"："在设备室，正在进入中控系统数据库。"

陆封寒整个人都陷在阴影里，过了一会儿，又接着问："有说别的什么吗？"他的嗓音沙哑，隐隐期待着什么，又带着不明显的惧怕。

"破军"："有，让我在6小时后提醒他休息，还询问了您手掌上的伤。"

"伤？"陆封寒微怔，低头看向展开的手掌，才发现上面有不少细小的伤口，都是他在晨曦星那半年留下的，有旧有新。当时没觉得疼，结痂留茧后更是没感觉。

也只有那个娇气包，才会觉得这是伤，才会把这点伤……都放在心上。

心里有点酸有点胀，陆封寒不知道怎么的，眼角微涩，他闭着眼睛，想象刚才祈言走近时的模样。

更瘦了，丝质衬衣穿在身上都空落落的，不知道是多久没好好吃过饭。手腕本就清瘦，现在更是细得像一折就断。给他披上衣服时，跟以前一样乖，会朝他露出一种满是信赖的温顺。

可这半年，祈言又是怎么过的？是怎样才把自己过成了这副冰雕雪筑的模样？才会站在他面前，疏离冷漠地喊他一声"将军"？

将背抵在冰冷的金属墙壁上，冷意浸进骨头里，许久后，陆封寒哑声问："能接白塔的伊莉莎吗？"

他从祈言那里只听过两个人名，一个是伊莉莎，一个是奥古斯特，这两个人应该都跟祈言很亲近。

"破军"很快回答："可以。"

陆封寒"嗯"了一声："连接通讯。"

几秒后，通讯连接成功，因为距离遥远，有几丝不明显的信号杂音。

陆封寒先开口："你好，我是陆封寒，突然打扰，很抱歉。"

伊莉莎没有惊讶，口吻温和："我猜到你很快就会联系我，你见到祈言了，对吗？"

"对，又瘦了。"陆封寒念及这是祈言的长辈，他尽量和缓语气，"我想知道祈言怎么了。"

"祈言记忆混淆的状况你知道多少？"

陆封寒眉心微皱："他经常会将发生过的事记错，很迷糊。"

"那关于他母亲林稚的事呢？"

陆封寒不知道对方为什么会将这两个问题连在一起，这让他像悬在万丈高空上，踩不到实处："这件事我知道，他跟我说过。"

几秒后，伊莉莎的声音重新响起："祈言11岁时，他的母亲林稚离开白塔，回到了她小时候和父母一起住的房子，在那里结束了自己的生命。在我们都不知道的情况下，祈言独自一人守在林稚身边守了很久，谁也不知道他当时是怎样的心情和想法，直到他主动联系外界，才被接回了白塔。"

听完这一段叙述，陆封寒突兀地冒出一点熟悉感，再一想，这点熟悉感又跟烟一样散了，捕捉不住。

伊莉莎："你知道，祈言记忆力很好。"

"是，"陆封寒接话，"他只要见过，就不会遗忘。"

所以他才会在弹出逃生舱时让祈言可能的话，将这段记忆忘掉，他不想让那个画面成为祈言新的梦魇。

"是的，他不会遗忘。所以他回到白塔后，我们都很担心。可很快我们就发现，事情比我们想象的严重，祈言的记忆出现了异常。"

伊莉莎长吸了气，回忆那段时光。

"在他的记忆中，林稚没有死去。祈言会告诉我们，他的妈妈在实验室，在花园，在开会，或者在5分钟前才跟他说了早安，他可以详细描述林稚当时的穿着和神情。在他眼里，林稚一直在白塔，没有离开过。"

没有给陆封寒缓冲的时间，伊莉莎给出结论："这是因为，基于极为卓绝的记忆力，祈言将脑海中关于母亲的记忆片段解构重组，形成了新的记忆，然后用新的虚假的记忆取代了真实的记忆。"

某种猜想在心里倏然划过，立刻就见了血，陆封寒这10年来，无论面对何等境况，都未曾感到畏惧，却在这一刻，不敢直面这个猜想。

他嗓音像是吊了千斤重的巨石，想问"然后"，却丝毫发不出声音。

"我们很快就发现祈言混淆现实的情况，还出现了沉溺其中的迹象，那段时间，他就像木偶般在一个地方寂静不动，脑中却不断虚构着记忆，我们用了很多办法才终于让他醒了过来，但对于混淆现实的问题我们依然无能为力，甚至他一直服用的药物也只存在辅助作用。"伊莉莎接着道，"后来，也就是去年，因为祈言混淆现实的情况越来越严重，由我提议，将他送到了勒托，一方面是为保护他，一方面是寄希望于换到陌生的环境，认识不同的人，或许能对他的情况有所缓解。"

陆封寒闭上了眼睛，仿佛头顶有一把高悬的利刃，即将笔直坠下来，将他前胸后背扎个对穿。

终是听伊莉莎说出了那句："你死后，祈言被接回白塔，却虚构了记忆。他说你一直在他身边没有离开，会提醒他穿拖鞋、吃饭，甚至为了加强虚假记忆的真实性，他每天都会在手臂上划出血口，然后自己用绷带缠好，打上蝴蝶结，再告诉我们，这是陆封寒见他受了伤，给他涂了愈合凝胶，缠了绷带，很快就会好。"

每一个字都仿佛钉子生生扎入陆封寒的血肉里，陆封寒连呼吸都不敢用力，只怕牵扯到五脏六腑都是痛。

连耳朵被草尖扎了一下，都能疼得皱眉的娇气包。

恍惚间，胸口的位置被划开了一道裂缝，皮开肉绽般的痛感如蛛网蔓延全身。

"后来，祈言承认你已经死了，但理智和情感相斥，他陷入了彻底的混乱，长期无法入睡，无法进食，只能靠治疗舱勉强维生，整个人如同张满的弓弦，下一秒即会崩断。我和奥古斯特没有办法，给他用上了药物。"

"什么药？"陆封寒说完才发现，喉咙已然钝痛。

伊莉莎声音轻了些许："一种消除情绪的药，起效后，他不会再感受到痛苦和悲伤，但也不会感受到愉快、满足等这类的情感。"

陆封寒想起祈言伸过来的手，像冰雪般冷。

"我和奥古斯特的想法是，先用药物将'绝对理智'维持一段时间，后面陆续减药，尽量在最大限度地保有祈言理智的情况下，让祈言不至于被负面情绪一次击溃。"伊莉莎话里透出愧疚，"但即使是用上了这么……残忍的办法，风险依然极大，我依然只有20%的把握能将祈言留在这个世界。"

祈言当时是处于何等无望的境况，才让伊莉莎迫不得已用上了这样的药物，以抓住微弱的希望？

祈言……

这一刻，陆封寒自我厌弃的情绪达到了顶峰。

灭顶似的灼痛汹涌袭来，舷窗外护卫舰掠过的光映在他的五官上，显出窒息般的痛苦。

耳边极致的安静中，陆封寒听见自己的声音："我可以做什么？"

设备室里，祈言一边将新型探测系统连上中控，一边一心二用地跟"破军"聊天。

因为在荒星上，陆封寒曾表示希望"破军"话可以多一点，祈言也就这么设置了。现在祈言发现，一旦缺少限制，"破军"确实是个话痨。

托"破军"的福，他现在已经知道陆封寒手掌上每一个细小的伤口的来历。

"将军喜好很奇特，在晨曦星上，很喜欢在岩洞最深处久坐，看来，人类确实存在特殊的癖好。"

"破军"学着祈言，把对陆封寒的称呼定为了"将军"。发现祈言没有回答，而中控系统已经打开了数据库，正接入"捕风"的数据流，"破军"识趣地没再出声。

直到"破军"提醒休息时间到了，祈言的思维才从浩瀚的数据流中脱离出来。他捏了捏眉心，隐隐察觉到什么，偏过头，就看见陆封寒穿一件制式衬衣，在门边靠墙站着，视线落在他身上，不知道已经看了多久。

可祈言不知道现在应该怎么反应才恰当。他拥有过去和陆封寒相处的所有记忆，但他不知道现在应该怎么做，或者，应该怎么说。

陆封寒先走了过来，目光在祈言的手腕处定格，许久才问出一句："现在还疼不疼？"

祈言眨眨眼，慢了两拍，回答："不疼了。"

虽然他依然记得那种疼痛是什么感觉，但回忆起来，已经缺少了当时的痛苦，这种缺失感让他觉得有些冷。

陆封寒听完，沉默两秒，再次开口："成立日那天，被中型舰袭击后，我不该擅作主张。"

这是在道歉。

祈言愈加不知道应该怎么办才好，试探性地回答："没关系。"

他答完，在陆封寒充满侵略意味的视线下，一方面想再近一点，一方面又手足无措想离远一些。

陆封寒发现了这份无措，只好放缓了语速："准备忙到什么时间？"

对陆封寒，祈言下意识地有问必答："晚上 11 点。"

陆封寒点头："好。"说完，顺手拍了拍祈言的肩。

等陆封寒走后，祈言站在原地许久，觉得有点冷，下意识地拢了拢身上披着的属于陆封寒的军装外套。

星舰上全无日夜之分，更没有时间流逝的参照物，祈言将"捕风"和中控系统联结时产生的数据流理顺时，感觉脖颈有些发酸，猜测已经过去了不短的时间。他问"破军"："几点了？"

"破军"尚未回答，门口就传来声音："11 点了。"

祈言循声望去，就见陆封寒站在门口，正看着他。

"你怎么来了？"

陆封寒有理有据："来接你下班，你第一次上指挥舰，怕你迷路。"

祈言想说有"破军"在，他不可能迷路，但身体已经先一步做出反应，站到了陆封寒身前。

两人并着肩，由陆封寒带路往前走。

"非战时，舰内会模拟白天和黑夜，就像现在，除执勤的人外，所有人都在房间里休息，四处的灯光也会调到最暗。"陆封寒铺垫完，"明天晚上我也会按时过来接你，到处都很黑，你容易摔倒和迷路。"

祈言觉得陆封寒说的话处处都是破绽，但依然是本能快于理智，先一步点头答应下来："好。"

等到了祈言的房间门口，陆封寒告诉他："门用你的个人终端就能刷开，有事立刻叫我，我在你隔壁。不管什么事，都可以。"

祈言依旧应下。

等祈言"嘀"的一声刷开了门，陆封寒见他准备往里走，静站了3秒，在关门前最后一刻，伸手拦住了即将合拢的门。

祈言站在门内，没有再用力，疑惑地望着他："还有什么事吗？"

陆封寒把自己的手往前递："我的手受伤了。"

祈言视线落在陆封寒的手掌上，上面的细小伤口都没处理，有的已经愈合，有的还泛着红，没结痂。

于心不忍往后退了一步，祈言出声："你进来吧。"

祈言对房间的布置不熟悉，还是陆封寒自觉拎出医药箱，从里面翻出了愈合凝胶。

这时，祈言才反应过来，陆封寒房间里肯定也有愈合凝胶。

像是看出了祈言的疑虑，陆封寒随口胡诌："我房间里的愈合凝胶用完了，所以才来找你。"

祈言接受了这个说法。

陆封寒手掌宽大，指节修长，各处都布着薄茧。祈言很有耐心，将愈合凝胶均匀地涂在伤口上。

只注意着伤口，祈言没注意陆封寒一直看着他。

涂完，祈言想了想，又拿起一截绷带，在陆封寒手掌上缠了两圈，最后系了一个平整的蝴蝶结："好了。"

陆封寒握紧手指，盯着绷带系成的蝴蝶结看了许久，让他差点克制不住神情。

祈言奇怪陆封寒为什么还不走，隐约间又想他多留几分钟，出于这种奇怪的心态，他没有出声，而是将医药箱放回原位，给自己倒了杯水，又拿出透明药瓶准备吃药。

但很奇怪，他有些抗拒当着陆封寒的面吃药，于是他握着药瓶，重新站到陆封寒面前，斟酌着措辞："时间不早了，你要不要回去休息？"

陆封寒专注地看着眼前的人，目光里是祈言看不懂的复杂。

祈言觉得自己被这束目光定住了。

犹如整条时间线都被人为拖慢，每一帧画面都缓慢而清晰。

祈言看着陆封寒走到身前，看着陆封寒俯身，在暗淡的光线中，祈言听陆封寒在他耳边低语，嗓音沙哑，含着无法丈量的悲伤，又温柔至极。

"祈言。"

"嗯？"

"我是你的知己。"

"以后，你无法确定的，我替你确定；你分辨不了的，我替你分辨。"

"我做你的药。"

– 上册完 –